재회

초판 1쇄 찍은 날 § 2005년 5월 18일
초판 1쇄 펴낸 날 § 2005년 5월 28일

지은이 § 현지원
펴낸이 § 서경석

편집장 § 문혜영
편집책임 § 이종민
편집 § 한지윤

펴낸곳 § 도서출판 청어람
등록번호 § 제1081-1-89호
등록일자 § 1999. 5. 31
어람번호 § 제5-0042호

주소 § 경기도 부천시 원미구 심곡1동 350-1 남성B/D 3F (우) 420-011
전화 § 032-656-4452 팩스 § 032-656-4453
http://www.chungeoram.com
E-mail § eoram99@chollian.net

ⓒ 현지원, 2005

ISBN 89-5831-557-1 03810

※ 파본은 본사나 구입하신 서점에서 교환하여 드립니다.
※ 저자와 협의하여 인지를 붙이지 않습니다.

· 차례 ·

프롤로그 7
하나 11
둘 33
셋 54
넷 80
다섯 101
여섯 124
일곱 146
여덟 163
아홉 190
열 213
열하나 238
열둘 267
열셋 288
열넷 312
열다섯 343
열여섯 369
열일곱 387
열여덟 413
에필로그 426
작가후기 434

프롤로그

양갈래로 앙증맞게 묶은 머리를 나풀거리며 꼬마 계집아이는 마당을 잘도 뛰어다닌다. 까르르거리며 웃는 여자 아이의 웃음소리에 이어 개구진 사내 녀석의 장난기 가득 배인 고함 소리가 간간이 들려왔다. 그 뒤를 장난스런 표정의 사내 녀석이 부지런히 쫓았다. 햇살에 익은 두 뺨이 진달랫빛처럼 발갰지만 두 꼬마는 그에 아랑곳하지 않고 쉼없이 쫓고 쫓기기를 반복했다.

"유경이 어머님은 저렇게 예쁜 딸이 있어서 너무 좋으시겠어요."

정원에 마련된 테이블 위에 음료수 잔을 놓던 금희가 아이들

쪽으로 시선을 주며 부러움이 담뿍 담긴 어투로 중얼거렸다. 그녀의 눈은 아들과 장난을 치고 있는 유경에게 고정되다시피 했다.

"전 정욱이 어머님이 너무 부러운걸요. 정욱이처럼 씩씩한 아들 하나 갖는 게 소원인데……."

유경의 엄마인 미옥의 뺨 위로 살짝 홍조가 돌았다. 남편의 절친한 친구 부인인 금희와 가끔 왕래를 하고 있지만 아이들만큼 매일 오가는 사이는 아니었다. 미옥의 성격이 워낙 내성적인 탓에 다른 이들처럼 쉽게 사람을 사귀는 것이 힘들었지만 아이들을 좋아하는 공통점 때문인지 최근 들어 부쩍 친밀해지고 있었다.

"음…… 그럼 이렇게 하면 되겠다. 유경이를 우리 집 며느리 삼을래요. 그럼 정욱이는 그 집 사위 되는 거니까 두 사람 소원 모두 이뤄지는 거네. 괜찮죠?"

시원스러운 외모만큼 금희가 말끔하게 상황을 정리했다. 미옥의 안면에 만족스러운 미소가 묻어날 즈음 또다시 자연스럽게 두 사람의 시선이 아이들에게로 향했다. 한참을 뛰어놀았는지 아이들은 보라색 꽃잎이 흐드러지게 핀 수수꽃다리 나무 아래에서 하늘을 올려다보고 있었다.

"정욱아, 이것 봐. 비 내려."

짙은 쌍꺼풀이 진 유경의 커다란 눈이 동그래졌다. 고사리처럼 작은 손을 쫙 펼친 유경이 손바닥으로 떨어지는 꽃잎을 받쳐 들었다. 바람이 불 때마다 아이들의 머리 위로 꽃잎이 흩날렸다.

"정말 나무에서 비가 내리네."

정욱이 유경의 말에 동조했다. 또렷한 눈매를 빛내던 정욱의 손이 유경의 머리 위로 올라갔다. 보랏빛 꽃잎이 유경의 머리 위에 꽃 핀처럼 내려앉아 있었다.

"예쁘다."

정욱이 떼어내 준 꽃잎을 받아 든 유경이 생긋 웃었다.

"네가 더 예뻐."

세상에 유경보다 더 예쁜 것이 없다고 믿는 정욱이 단언하듯 말했다. 여섯 살짜리 꼬마 녀석의 눈에는 오로지 유경만이 제일 예쁘고 좋았다.

"정말?"

입 안에 남아 있는 상큼한 딸기 맛 사탕 냄새를 풍기며 유경이 사랑스럽게 눈을 빛내며 물었다. 정욱이 단호하게 고개를 끄덕인다.

"응, 네가 젤루 예뻐."

정욱의 말에 유경이 수줍게 웃으며 몸을 틀었다. 귀엽게 고갯짓을 하던 유경이 주변을 살피고는 재빠르게 정욱의 뺨에 입맞춤을 했다. 그리고는 양손으로 입을 가리며 시침을 뗐다. 정욱은 방금 전 뺨에 와 닿았던 입술의 감촉을 다시 한 번 느끼기라도 하려는 듯 조심스럽게 손을 가져다 대었다.

'유경아, 나중에 어른 되면 나도 우리 엄마 아빠처럼 너하고 결혼할 거야.'

'으응. 나도 너하고 결혼할래.'

점점 더 소복소복 쌓이는 꽃잎을 증인 삼은 두 꼬마 녀석은 마냥 행복했다. 티없이 맑은 웃음소리를 뿜어내며 아이들은 두 손을 잡고 아름드리 꽃가지가 펼쳐진 나무를 몇 번이고 맴돌았다. 첫사랑의 추억과 아름다운 맹세라는 꽃말을 지닌 수수꽃다리 고운 꽃 비를 맞으며……

하나

아무도 없는 텅 빈 음악실은 에어컨 바람만이 시원하게 뿜어져 나오고 있었다. 음악 선생님이 보잔다는 연락을 받고 음악실을 찾은 유경은 허탈한 웃음을 지었다. 아무래도 누군가 장난을 친 것 같았다. 유경은 입술을 잘근 깨물었다. 수업도 받지 않는 과목의 선생님이 부른다고 했을 때부터 의심했어야 했는데. 유경은 나지막한 호흡을 내뱉은 후 다시 한 번 음악실을 둘러보고는 발걸음을 돌렸다.

유경이 막 음악실 손잡이를 잡을 때였다.

"잠깐! 기다려."

등 뒤에서 잔뜩 가라앉은 거만한 목소리가 들려왔다.

유경이 뒤를 돌아보자 옷감 스치는 소리와 함께 누군가 몸을 일으켰다. 음악실의 제일 뒷줄 의자에 누워 있던 탓에 미처 보지 못했던 모양이다. 유경은 목소리의 주인공이 완전히 몸을 일으키자 속으로 신음 소리를 삼켰다. 손끝에 와 닿는 쇠붙이를 만지작거리던 유경은 기다릴 것도 없다는 듯 달칵거리는 소리를 내며 문을 열었다. 그와 동시에 음악실을 쩌렁쩌렁 울리는 고함 소리가 들려왔다.

"야!"

정욱의 다급한 외침에 유경의 동작이 멈칫했다. 고함에 놀라 얼떨결에 문을 닫는 유경의 뺨이 붉게 열기를 뿜었다. 고개를 돌리는 유경의 깊은 두 눈에는 정욱의 행동을 나무라는 빛이 역력했다. 그러거나 말거나 정욱은 신경도 안 쓴다는 듯 잔뜩 굳은 얼굴을 한 채 한달음에 유경에게로 다가왔다.

"기다리라고 했잖아!"

다시 한 번 정욱이 핏대를 올렸다.

화를 내야 할 사람이 누군데. 핏기 없는 얼굴로 유경이 정욱을 뚫어지게 쳐다보았다.

"네가 기다리란다고 내가 기다려야 할 이유라도 있니?"

유경의 싸늘한 물음에 정욱의 입가가 살짝 일그러졌다.

"장유경!"

"소리 낮춰, 여기 학교야. 네가 그렇게 강조하지 않아도 내 이름 장유경인 거 누구보다 내가 더 잘 알아."

한껏 목소리를 죽인 유경은 놀란 가슴을 손바닥으로 살짝 눌렀다.

"그래? 난 또 네가 이름을 잊어버린 게 아닌가 싶어서 그랬지, 장.유.경."

정욱이 일부러 유경의 이름을 또박또박 힘 주어 불렀다. 유경은 꾹 다문 입술을 바르르 떨다 입을 떼었다.

"훗, 내 이름 확인시켜 주려고 이런 장난친 거면……."

조소를 품은 유경이 잠시 말을 끊고 정욱을 또렷하게 쳐다보았다. 한심하다는 빛이 노골적으로 드러나 있었다.

"다시는 이러지 마. 심심하면 네 친구들하고 놀아. 난, 네 장난 받아줄 만큼 한가하지도 않고 받아주고 싶은 마음도 없어."

차갑게 되받아친 유경이 휙 몸을 돌리자 단정하게 묶인 긴 머리가 정욱의 코끝에 살짝 와 닿았다. 유경이 다시 문을 열려 하자 손잡이 위에 놓인 손 위로 정욱의 손이 덮쳤다. 멈칫하는 유경은 아랑곳하지 않고 정욱이 가는 손목을 잡아당기며 벽에 밀어 붙였다. 달각거리며 문 잠기는 소리가 들리자 유경의 눈이 커졌다.

"왜 이래? 너…… 지금 이게 뭐 하는 짓이야?"

분노에 찬 목소리와 달리 불안감에 흔들리는 눈빛이 정욱을 향했다.

"나 할 이야기 시작도 못했거든."

정욱이 눈빛만큼 차가운 목소리로 내뱉었다.

"할 이야기 있는데 문은 왜 잠그는 거야? 어서 열지 못해!"
안달하는 유경과 달리 정욱은 피식 웃었다. 그 모습에 유경은 더욱 발끈하고 말았다.
"웃음이 나오니? 이렇게 유치하게 구는 게 재미있어? 넌 재미있는지 몰라도 난 아니니까 얼른 문 열어."
"섭섭하네. 웃는 얼굴에 침 뱉는 사람 없다던데 넌 예외냐? 그래도 우리 한때는 친구였는데 너무 야박하게 구는 거 아니냐?"
정욱이 유경의 얼굴로 자신의 얼굴을 바짝 들이밀었다. 순간 유경의 얼굴이 벌겋게 달아올랐다.
"친구? 그랬었구나, 알았으니까 그만 비켜."
"누가 여기서 너랑 산다고 했어? 나도 나름대로 바쁜 몸이야, 아실라나 모르겠지만."
빈정거리는 목소리와 달리 유경의 홍조 띤 얼굴을 바라보는 정욱의 눈빛은 조금 전과 달랐다. 따뜻함이 느껴지는 눈길로 유경을 바라보던 정욱이 그녀의 손목을 잡고 가장 가까운 의자에 강제로 앉혔다.
"왜 이래?"
"지금 점심 시간이잖아. 밥이나 먹자."
정욱이 책상 위에 놓여 있는 종이 가방을 유경과 자신의 앞으로 잡아당겼다. 여전히 한 손은 유경의 팔목을 잡은 채였다. 누군가 두고 간 가방이려니 무심코 넘겼던 유경은 정욱이 꺼내놓는 도시락을 보며 입술을 또다시 잘근 깨물었다.

"이 손 놔."

"걱정 마, 놔줄 거니까. 설마 내가 밥까지 먹여줄까 봐?"

여전히 시비조가 다분하지만 조금 긴장하고 있음이 느껴졌다. 유경은 팔목을 잡고 있는 정욱의 힘이 느슨해지자 과감하게 손을 뿌리치고 일어났다. 유경의 얼굴에 인 모멸감을 아는지 모르는지 정욱은 매서운 눈을 의아하게 치켜뜰 뿐이었다. 유경이 몇 발자국 걸음을 옮기자 거친 숨소리가 들려왔다.

"거기 서! 서라고 했다, 장유경."

유경이 협박에 가까운 경고를 애써 무시하며 걸음을 떼자, 둔탁한 소리와 함께 발 아래로 맛깔스럽게 보이는 음식물의 파편이 여기저기 흩어졌다. 분노에 찬 표정을 짓기도 전에 정욱이 유경의 앞으로 다가섰다. 매섭게 노려보는 정욱으로 인해 유경은 자신도 모르게 뒷걸음질쳤다. 정욱의 목울대가 꿈틀거리며 움직이는 것이 보였지만 억지로 화를 삭이는 듯 더 이상 고함 소리는 들려오지 않았다.

"네 말처럼 한때 친구였기 때문에 억지로라도 상대해 주려고 했는데 더는 못하겠어."

"억지로? 황송해서 어쩌나. 이왕 인심 쓰신 거 조금만 더 쓰지 그러냐?"

빈정이 상한 듯 정욱이 입매를 삐죽거렸다.

"너랑 이렇게 얼굴 마주 대하는 것도 나 겨우 참고 있거든. 여기서 더 인심 쓰길 바라는 거라면 차라리 나더러……."

쿵!

정욱의 주먹이 빈 벽을 사납게 쳐댔다. 유경은 반사적으로 두 눈을 질끈 감았다. 두려움이 엄습한 유경의 표정을 아는지 모르는지 정욱은 이 갈리는 소리를 냈다.

"장유경, 너 나 일부러 열받게 만드는 거지? 내 성질 돋우려고."

"너…… 정말 애구나. 이렇게 제멋대로 구는 거랑 나랑 무슨 상관이야? 탓하려면 네 자신이나 탓해."

유경의 목소리가 바르르 떨렸다. 공포감이 느껴지는 이런 분위기, 유경은 너무 싫었다. 끔찍할 만큼.

"그래? 그럼 넌 어른이냐?"

정욱이 점점 더 가까이 얼굴을 들이밀자 등을 완전히 벽에 밀착한 채 유경은 두 눈에 더욱 힘을 주었다. 약한 자의 단점은 미리 자신의 약점을 드러내 보이는 것이다. 그런 일 따윈 절대 하지 않아. 유경은 일부러 정욱의 시선을 마주 대하며 두 손을 세게 주먹 쥐었다.

"유치하게 말장난하자는 거니? 휴우…… 그만 하자. 너 보니까 머리 아파지려고 해."

"이미 아팠던 건 아니고? 바보같이 그러니까 쓰러지지!"

유경은 한 대 맞기라도 한 것처럼 갑자기 뺨이 달아오름을 느꼈다. 이틀 전 체육 대회 때 전교생이 보는 앞에서 쓰러졌으니 온갖 소문이 나도는 것은 본인도 알고 있었다. 차마 입에 담지도 못할 말까지 오가고 있었다. 근거없는 소문이지만 말 만들기 좋아하는 아이들은 사실로 믿고 있는 듯했다.

어떤 상황에서도 흐트러짐없는 행동거지를 보여왔기에 남에게 트집 잡을 곁을 주지 않았다. 그랬기에 지금 정욱과 마주 대하고 있는 것도 오점을 남길까 최대한 주의를 기울이고 있었다. 아직 어린 나이라 해도 자존심 하나만큼은 누구 못지않았다.

"내가 쓰러져서 불쌍해 보였니? 동정심 발휘하려고 이러는 거라면 하나도 고맙지 않으니까 그……."

"남의 호의를 그딴 식으로 말하지 마! 동정은 누가 동정한다고 그래?"

유경의 말을 자르며 정욱이 이번에는 연속해서 벽을 아프도록 쳐댔다. 유경의 눈 또한 계속 움찔거렸다.

"이게 네 나름대로의 인심 베푸는 거니? 그렇다면 마음만 고맙게 받을게."

딱딱하게 굳은 얼굴과 목소리, 투명하리만큼 핏기 없는 유경을 내려다보며 정욱은 크게 숨을 들이마셨다. 수다스럽고 잘 웃던 예전 모습은 오간데 없고 차갑게 날이 선 유경의 모습이 이럴 때면 너무 낯설다.

"전혀 고맙다는 표정이 아닌데?"

"너, 정말……."

유경은 말을 끊고 한숨을 내쉬었다. 답답함에 미칠 것 같은데 소리 지를 힘조차 없어 버겁기만 했다.
"고마워. 고마워서 눈물 날 것 같아. 됐니?"
유경은 지쳐 버릴 것 같았다. 이런 집요함, 유치함 어느 누군가를 통해 질릴 만큼 느끼고 봐왔다. 뜻대로 되지 않으면 소리부터 지르고 종내에는……. 노여움으로 붉게 변해가는 정욱을 보며 유경은 씁쓸한 웃음을 흩날렸다.
"천하의 최정욱이 날 위해 저런 배려까지 해줬는데 어떻게 고맙지 않을 수가 있겠어……."
삐딱함이 배제된 자조 섞인 한숨이 흘러나왔다.
"단지…… 먹을 수가 없어. 몸이 받아들여 주질 않아. 억지로 먹고 나면 속을 다 게워야 해. 그게 고통스러워서 그래. 그것까지 동정하지 마. 동정받을 일 아니야. 당연한 거야."
"어째서 그게……."
정욱의 목소리가 흔들렸다.
"우리 엄마…… 요즘 물도 못 드셔. 무조건 다 올리고 마니까. 엄마 생각 하면 나도 아무것도 먹을 수 없는 거 당연하잖아. 네가 상상하는 것처럼 못 먹어서 쓰러진 거 아니니까 다시는 그런 오버 하지 마. 애들 지어내는 말에 너까지 동조할 줄은 몰랐다."
극도로 절제된 유경의 설명이 정욱을 더욱 분노 어리게 했다. 끝까지 흐트러짐없는 유경의 독기에 돌아버릴 것 같았다.
정욱이 침묵을 지키자 유경이 살짝 몸을 틀었다.
"음악실에 에어컨 켜놓은 사람도 너니? 전기세 많이 나오겠다, 얼른 끄고 저것도 잘 치워."

"그딴 건 네가 신경 쓸 필요없어! 그럼 언제까지 안 먹을 건데?"

"너도 신경 쓸 필요없는 일이야."

"신경 쓸 필요가 없다고? 너랑 내가 같아? 너……."

정욱이 말을 하다 말고 주먹을 꽉 쥐었다. 유경의 수척해진 얼굴을 보던 정욱이 갑자기 양손으로 뺨을 감싸고는 입맞춤을 했다. 순식간에 벌어진 일에 유경이 도리질을 했지만 정욱은 그럴수록 더욱 입술을 밀착시켰다. 유경의 주먹이 등과 가슴으로 날아들었지만 정욱은 꿈쩍도 하지 않았다.

"이…… 이…… 나쁜 놈! 변태에 쓰레기보다 더한 자식!"

정욱이 한참 만에 입술을 떼어내자 유경이 욕설을 퍼부으며 손등으로 입술을 문질러 거칠게 닦아냈다. 가슴을 들썩이며 숨을 몰아쉬던 유경은 분이 풀리지 않은 듯 정욱의 뺨을 향해 손을 날렸다.

음악실 안을 울리는 날카로운 소리가 끝나기 무섭게 침묵이 흘렀다. 뺨을 맞은 정욱은 살짝 볼을 움직여 볼 뿐 별다른 반응이 없었다. 유경은 그 모습에 더욱 화가 치밀었다. 저런 것이 남자들의 습성인가 보다. 약한 여자를 힘으로 제압하고 강제로 이겨내려는 유치한 본능 같은 것…….

"네가 지금 어떤 짓을 했는지 알기나 해? 네가 이러면 좋아하는 애들 많을지 몰라도 난 아니야! 더럽게 유치해, 너!"

유경이 절규하듯 외쳤다. 분노로 크게 떠진 유경의 눈에서 굵은 눈물방울이 흘러내렸다.
"오버는 네가 한다, 장유경. 내가 다른 애들한테도 이랬을 거라고 생각해?"
정욱의 당당함에 유경은 할 말을 잃었다. 답답함에 격한 숨소리를 내쉬는 유경의 어깨에 정욱이 살짝 얼굴을 묻었다.
"처음이란 말이야. 입맞춤…… 누구한테도 해본 적 없어. 네가 처음이고 마지막이야."
고개를 든 정욱이 유경을 뚫어지게 바라보며 비장하게 말했다. 그 모습에 유경은 경멸감을 드러내었다.
"네가 처음이든 끝이든 상관 안 해. 그거야 네 자유니까. 하지만 한 번만 더 이런 짓 하면 너 죽여 버릴 거야. 오늘이 처음이자 마지막이야. 저 음식값 대신했다고 칠 거니까."
"훗! 믿든 안 믿든 그건 네 자유야. 그렇지만…… 십삼 년 전에 먼저 입맞춤했던 사람은 너라는 거 잊지 마. 난 앞으로 이십 년 후, 그 이십 년 후에 또 그 다음도 너하고만 할 거니까."
정욱의 흔들림없는 눈빛에 먼저 진 쪽은 유경이었다. 차라리 벽에 대고 충고를 하는 것이 낫다. 꽉 막히고 제멋대로 구는 사람은 하나로 족했다.
"비켜! 안 그러면 나 무슨 짓 할지 몰라."
유경의 명령에 정욱이 마지못해 옆으로 물러섰다. 정욱의 품을 벗어나 발걸음을 떼던 유경이 비틀거렸다. 분을 이기지 못한 정욱의 막무가내에 정신이 지친 탓이었다.

"잡지 마. 네 손길 불결해."

날이 선 유경의 외침에 정욱이 손을 내밀다 말고 피식 웃었다.

"기분 나쁜 건 알겠지만 불결하다고까지 하는 건 심하다."

몸을 똑바로 추스른 유경이 피아노로 눈길을 줬다. 빛을 받아 반짝거리는 그랜드 피아노를 보는 유경의 눈에 회한 같은 것이 어렸다. 열아홉 소녀에게는 전혀 어울리지 않는.

어렸을 때는 떼쟁이처럼 정욱에게 매달린 사람이 자신이라는 걸 유경도 기억하고 있었다. 그러나 지금은 아니다. 추억은 단지 지난 시간일 뿐이며 정욱 또한 과거일 뿐이었다. 그녀의 기억 중 가장 행복하고 소중했던. 돌아가고 싶어도 더 이상 돌아갈 수 없는. 무엇보다 이제는 깡그리 지워 버리고 싶은 말 그대로 옛일에 지나지 않았다.

"난…… 너 같은 애 정말 싫어."

'그것보다 힘없는 내가 더 밉고 싫어…….'

유경이 담담하게 말을 마치고는 문으로 향했다.

"장유경!"

나지막한 정욱의 부름에 유경은 멈추지 않고 손잡이를 꽉 쥐었다. 한 번만 더 놀리는 일 따위 하면 가만두지 않겠다는 듯. 그리고 자신의 의지력이 흔들리지 않기를 바라며.

"너 혹시 그때 내가 했던 말 때문에 이러는 거냐? 그때 그런 말 한 거 정말 실수였어. 아니, 그냥 무조건 미안하다, 그러니까……."

"그만 해, 됐어."

정욱의 담담한 어투에도 불구하고 유경은 매정하게 말을 끊으며 차갑게 눈을 도사렸다. 굳이 잊고 있었던 사실을 자꾸만 상기시키는 정욱이 그렇게 미울 수가 없었다.

"너 참 재수없어."

발끈 얼굴을 붉힌 채 유경은 힘차게 음악실 문을 열었다. 복도로 나서기 무섭게 유경은 훅 하고 신음 소리를 냈다. 냉방이 되던 음악실과 달리 복도의 뜨거운 열기에 놀랐지만 이내 냉정함을 되찾았다.

"그때 그런 말 한 거 정말 실수였어."

실수? 누구도 그러더라. 한 번 실수한 거니까 용서해 달라고. 그런데 그 사람 같은 실수를 몇 번이나 반복하는지 이젠 미안하다는 말이나 용서해 달라는 말 같은 건 하지도 않더라. 후훗.

홀로 남은 정욱은 쥐고 있던 주먹에 바스라질 만큼 힘을 주었다. 한때 실수로 내뱉은 말이 유경에게 그리 깊은 상처로 남아 있으리라고는, 아니, 지금까지 골로 남아 있을 줄은 몰랐다.

아빠가 사업을 부도 내고, 다른 사람과 산다는 말을 하며 울먹이는 유경에게 남자니까 그럴 수 있는 거라며 대수롭지 않게 대꾸를 했었다. 여자들이 참는 거라니까 인내심을 가지고 기다리라고. 중학생인 정욱 딴에는 어른들이 하는 말을 인용해 위로라고 한 것이었는데 안 그래도 투명한 유경의 얼굴에서 핏기가 가시는 것을 보며 의아했었다.

소리 죽여 눈물을 뚝뚝 흘리며 뒤도 돌아보지 않고 돌아서던 것을 끝으로 유경은 지금까지 매몰차게 정욱을 외면했다. 해맑은 미소는 고사하고 늘 경계심을 품은 채 눈길조차 주지 않았다. 어쩌다 두 눈이 마주치면 경멸감을 담고 쳐다보았다.

유경이 피하는 이유를 전혀 이해 못했던 정욱은 몇 년의 시간이 흐르고 나서야 자신의 실수를 깨달았다. 그전에는 자신을 거부하는 유경이 미워 일부러 괴롭히며 관심을 구하기까지 했었다. 어렸으니까, 아무것도 몰랐다고 변명하고 싶지만 유경은 그럴 틈도 주지 않았다.

유경의 상황이 지금처럼 최악이 될 것이라고는 상상도 못했었기에 무심코 했던 말이었는데…….

정욱은 아프게 머리카락을 휘저으며 고개를 떨구었다.

"조금 만 더 뒤로 물러나 줄래?"

색이 잔뜩 바랜 플라스틱 빗자루 하나가 그늘진 담장 밑으로 불쑥 끼어들었다. 담벼락에 일렬로 서서 담배를 피우고 있던 사내 녀석들은 놀랍지도 않은지 한 치의 흐트러짐도 없었다. 교복을 입은 채 한껏 폼을 잡고 담배를 피우던 녀석들 중에 한 명이 일부러 담배꽁초를 바닥에 내던졌다. 고의성이 다분히 느껴지는 행동이었다.

미동도 하지 않는 녀석들 앞에서 비질을 하던 유경은 자신의 발밑에 떨어진 담배꽁초를 물끄러미 쳐다봤다. 본격적인 여름으로 접어든 날씨 탓인지, 아직 불씨가 남아 있는 담배의 꽁초 탓인지는 모르지만 유경의 양미간이 가늘게 찌푸려졌다. 잠시 입술을 달싹거려 보던 유경은 가볍게 고개를 젓고는 묵묵히 비질을 해나갔다.

이마에 송골송골 맺힌 땀방울로 인해 유경의 맑고 깨끗한 얼굴이 피곤해 보였다. 비질을 하느라 허리를 구부린 까닭에 살짝 올라간 교복 치마 아래로 뽀얀 빛을 지닌 다리가 보이자 이내 휘파람 소리가 사방에서 터져 나왔다.

"이야, 각선미 죽이는데."

"이왕 보여주는 거 치마 길이 좀 줄여라. 너무 길어!"

"유후, 장유경! 우리가 원하는 게 뭔지 아는걸~"

저마다 신이 난 녀석들이 낄낄거리며 조롱을 했다. 그러나 유경은 불량기 다분한 녀석들의 말을 여느 때처럼 가볍게 무시했다. 처음에는 눈물이 날 만큼 속상하고 무안했지만 두어 번 겪다 보니 어느새 이력이 났다. 가벼운 존재들의 시시함이라 일축하며 유경은 자신이 맡고 있는 구역을 깨끗하게 쓸어나갔다.

저런 반응에 일일이 대꾸하기보다 자신이 해야 할 일에 충실하는 것이 우선이었다. 지금 하고 있는 체육관 주변을 청소하는 것이 유경에게 맡겨진 일이었고 그것으로 장학금을 받고 있었다.

고등학교에서는 좀처럼 보기 힘든 근로 장학금이었지만 유경이나 아이들은 그것이 사립학교의 특권이라고 여기고 있었다. 돈이 많은 재단이다 보니 유경처럼 형편이 어려운 우수 학생에게 성적 외에 주는 장학금으로 이해했고 유경도 그렇게 받아들이고 있었다.

비질을 마친 유경이 허리를 쭉 펴고 당당하게 체육관 모퉁이를 향해 걸었다. 그녀가 막 모퉁일 돌 무렵 낯익은 목소리가 발걸음을 멈추게 했다.

"너, 여기 있는 쓰레기는 안 보이냐?"

시비가 다분한 음성에 유경은 일단 한숨을 푹 하고 내쉬었다. 한동안 잠잠하다 했었는데……. 애서 표정을 관리한 유경이 방긋 웃는 얼굴로 뒤돌아섰다. 그녀의 눈에 조금 전까지 없던 담배꽁초가 보였다.

"미안, 아까는 안 보였는데 또 떨어졌나 보네?"

능청스럽게 대꾸를 한 유경은 목소리의 주인공 앞으로 다가갔다.

정욱의 운동화 옆에 떨어져 있는 담배꽁초를 맨손으로 주워 든 유경이 손을 불쑥 내밀었다. 그녀의 행동에 정욱이 의아한 듯 눈썹을 움직였다. 그에 동조하듯 유경이 턱짓을 하며 꽁초가 놓인 손바닥을 살짝 흔들어 보였다. 담배꽁초를 집어보라는 그녀의 동작을 이해한 듯 정욱이 그것을 집었다.

"착한 사람은 쓰레기를 함부로 버리지 않는 거야. 그보다 더 착한 사람은 담배를 피우지 않는 거고. 네가 피운 담배도 스스로 못 버리는 걸 보면 너 아직 애구나? 그런데 이렇게 어른 흉내 내면 재미있니?"

웃고 있지만 유경의 목소리에 잔뜩 날이 서 있었다. 유경의 난데없는 공격에 당황한 정욱은 허를 찔린 듯 멍한 표정이었다. 그런 정욱을 재미있는 표정으로 쳐다본 유경은 느슨하게 풀어져 있는 정욱의 넥타이를 쥐고 바짝 조였다.

"넥타이도 아직 제대로 못 매고 너 고등학생 맞니? 누나 바쁜 몸이니까 앞으로 쓰레기는 네가 알아서 버려. 그래야 착한 어린이지. 안 그랬다간 너까지 쓰레기통에 넣어버릴 거야."

시종일관 미소를 잃지 않던 유경이 마지막 말과 함께 싸늘한 미소를 지었다. 정욱의 넥타이를 소리나게 뿌리친 유경은 찬바람이 쌩 돌 정도로 차갑게 돌아서며 이를 악물었다. 곧이어 기분 나쁜 웃음소리가 유경의 발걸음을 붙잡았다.

"하하하! 하하하!"

자지러질 듯 웃는 정욱의 웃음소리였다. 머뭇거리던 유경은 주먹을 꽉 쥐어 보이고는 그대로 발걸음을 옮겼다.

"야, 최정욱! 너 지금 웃음이 나와? 저 계집애 완전 미친 거 아니야? 확실하게 손 좀 봐줄까?"

이미 저만큼 멀어져 가는 유경의 뒷모습을 보며 희준이 금방이라도 튀어나갈 듯 상체를 앞으로 내밀었다. 험악한 인상을 지으며 흥분하는 희준으로 인해 나머지 녀석들도 한마디씩 동조하고 나섰다. 다른 사람도 아닌 정욱을 놀리다니! 녀석들은 정욱의 눈치를 살피며 뒤늦게 소란을 피워댔다.

"됐다, 그만 해. 저깟 여자 애 손봐서 뭐 하게?"

한참을 웃던 정욱이 정색을 하며 희준을 담장으로 밀어 넣었다. 정욱의 한마디에 녀석들은 흥분 일색이던 분위기를 가라앉히고 뒷담을 나누기 시작했다.

"저 계집애 말이야, 매일 우리 앞에서 청소하는 거 쪽팔리지 않나? 보기보다 독종인 것 같아."

"그러게 말이다. 그런데 집안 형편이 그렇게 안 좋나? 3학년이 청소부까지 하게."

"꾸미고 다니는 꼴이 별로라서 그렇지 얼굴 하나는 죽이지 않냐? 저 계집애 언제 한번 데리고 놀아볼래?"

희준이 비굴해 보일 만큼 이죽거리며 음흉하게 웃었다. 그렇게 해서라도 정욱의 마음에 들고 싶은 것인지 정욱의 눈치를 살폈다. 한껏 성장기를 겪고 있는 아이들답게 말과 달리 아직 앳된 기가 남아 있는 얼굴들이다.

저마다 한 마디씩 거들며 떠드는 아이들을 두고 정욱이 담장에서 몸을 떼냈다.

"먼저들 들어가라."

정욱은 유경이 쥐었다 놓은 넥타이를 느슨하게 풀고 천천히 햇살 속으로 걸어나갔다. 그늘에 있을 때와 마찬가지로 변함없이 굳은 표정이지만 빛을 받은 외모가 눈부시기까지 했다. 또래보다 훨씬 큰 키에 반듯한 이목구비는 학교 최고의 인물로 불리는 데 가히 손색이 없었다. 그러나 여타의 아이들에 비해 정욱의 눈빛은 늘 차가웠다. 정욱의 얼굴에서 미소를 본 기억이 전혀 없기에 아이들은 그를 더 경외하는지도 모른다.

정욱이 조금 전 유경이 사라졌던 모퉁이로 모습을 감추자 희준이 담배 하나를 다시 꺼내어 물었다.

"존나 짜증나!"

더 심한 욕설을 억지로 삼키며 희준은 애꿎게 담배를 괴롭혀댔다. 정욱에게 명령을 당하는 신세를 푸념할 곳이라고는 그나마 담배뿐이었다. 자신의 배경이 잘났다고 나서봐야 정욱에게는 어차피 상대도 되지 않기에 치미는 분노를 억지로 누를 수밖에 없었다.

'기분 한번 엿 같네.'

"유경아, 무슨 손을 그렇게 오래 씻어? 손 소독해?"

운동장 구석에 마련된 수돗가에 멍하니 서 있던 유경은 얼른 수도꼭지를 잠갔다. 시원한 물줄기 소리에 심취해 있던 탓에 물도 잠그지 않고 손을 내밀고 있었다. 물기 머금은 손을 허공에 탁탁 털며 유경은 성옥을 향해 고개를 돌렸다.

"쿡쿡, 네 말처럼 손 소독했어. 그런데 넌 여기 웬일이야?"

복도 양 끝마다 화장실과 세면대가 있었다. 굳이 운동장까지 나온 성옥을 향해 유경은 고개를 갸웃거렸다.

"요즘 매일 책상 앞에만 앉아 있어 그런지 통배가 장난 아니야. 배도 꺼뜨릴 겸 나왔지 뭐. 청소는 다 한 거야?"

"응."

"그러면 냉큼 교실로 들어와서 언니랑 놀아줄 것이지 뭐 하러 이 땡볕에 서 있냐? 더위 먹으면 어쩌려고."

햇살에 익은 유경의 뺨을 보고 난 후 은근히 속이 상한 성옥이 핀잔을 주었다. 성옥의 말에 유경이 살짝 혀를 낼름거렸다.

"실은…… 몸에서 담배 냄새가 쉽게 안 가셔져."

말을 마친 유경이 고개를 돌려 어깨에 코를 갖다 대었다. 아직도 희미하게 나는 담배 냄새에 그녀는 인상을 찌푸렸다. 그리 길지 않은 시간이건만 니코틴 냄새는 담배를 피우지 않는 유경의 머리와 교복에 잔뜩 묻어났다.

날씨 때문일 수도 있겠지만 고3이라는 상황 탓인지 최근 반 아이들은 유달리 예민했다. 특히 유경의 뒷자리에 앉아 있는 하영은 노골적으로 싫다는 내색을 했다. 그 때문에 유경은 밖에서 최대한 냄새가 사라지길 기다려야 했다.

"정말 짜증나. 담배 피우는 것들 왜 다 정학 안 시키나 몰라? 학주나 선생님들 모두 알면서 안 잡는 게 더 재섭서. 우리 엄마한테 교육청에 전화라도 하라고 할까 봐."

성옥이 유경보다 더 흥분하며 큰소리를 냈다. 유경이 청소하는 체육관 주변이 사내 녀석들, 특히 학교에서 내로라하는 집안 아이들이 흡연하는 곳임을 학교 측이 모를 리 없었다. 담배꽁초가 많아 청소를 하는 곳이기에 제재를 가하지 않는 것이 불만 아닌 불만이었다. 더욱이 유경이 청소를 하는 곳이기에 더 그랬다.

성옥의 신경질적인 반응에 유경이 고개를 체육관 쪽으로 돌렸다. 유경의 입가에 희미한 미소가 어렸다.

"그러지 마. 그러면 나…… 일자리 잃잖아."

농담처럼 내뱉은 말이지만 유경의 음색이 조금 탁했다.

유경이 청소를 하며 근로 장학금을 받고 있다는 것을 잠시 잊었던 성옥은 아차 하며 입을 두들겼다.

"미안…… 그 생각은 미처 못했어."

성옥이 손가락으로 코끝을 문지르며 어쩔 줄 몰라 했다.

"미안한 걸로 따지면 내가 미안하지 네가 왜 미안해."

유경의 담담함에 성옥은 벌겋게 상기된 뺨을 두들겼다. 생각이 짧았음을 자책하는 행동이었다. 유경이 그런 성옥의 팔을 잡아당겨 팔짱을 꼈다.

"에효, 이제 냄새가 조금 덜 난다. 수업 시작할라, 어서 가자. 그런데 넌 고3이 너무 한가한 거 아냐?"

이번에는 유경이 핀잔을 주자 성옥이 입술을 삐죽 내밀었다.

"그러는 누구는 고3이 아닌가 보네?"

"응, 난 고3을 득도한 고4야."

농담처럼 대꾸를 한 유경이 쿡쿡거리며 웃었다. 그 모습을 보며 함께 웃던 성옥의 표정이 갑자기 일그러졌다. 환하게 웃던 유경 역시 웃음을 일순 멈췄다. 수돗가로 어슬렁거리며 다가오는 정욱의 모습에 두 소녀는 누가 먼저랄 것도 없이 걸음을 천천히 했다.

정욱과 눈이 마주친 유경은 재빨리 눈길을 피했다.

"우리 얼른 가자."

"응."

날카로운 정욱의 시선을 스쳐 가며 유경은 호흡을 가다듬었다.

"난 있지, 최정욱 쟤만 보면 가슴이 막 울렁거리다가도 막상 가까이서 마주치면 숨이 멎을 것 같아. 멋있기는 한데 어쩐지 좀 무서워 보이기도 하고, 구분이 안 가네."

성옥이 유경의 귀에 작게 속삭였다. 유경은 알 듯 모를 듯한 미소를 지으며 고개를 저었다.

"난 쟤가 꼭 골난 아이처럼 느껴져서 무섭다는 생각보다 우스워 보여."

"야, 너 그 말 최정욱 광팬인 하영이 앞에서는 하지 마. 몰매 맞을 거야."

성옥이 생각만 해도 소름 끼친다는 듯 고개를 저었다. 정욱은 후배들이나 동기들은 물론이고 타 학교 여학생들까지 교문 앞에서 장사진을 치게 만들었다. 사실 성옥도 정욱에게 관심이 많았다. 알 만한 사람은 다 아는 자동차 회사 사장의 외아들에 인물까지 출중하고 공부도 잘하니 미워할 이유가 없었다. 오히려 무관심하게 구는 유경이 이상했다.

"우리 장유경 양은 공부는 잘하는데 남자 보는 안목은 꽝입니다요."

성옥이 자신의 팔짱을 끼고 있는 유경의 팔을 손가락으로 콕콕 찌르며 놀렸다.

"그건 아닌데요. 전 공부 말고 청소도 아주 잘한답니다."

스스로 말하고도 우스운지 유경이 까르르 웃음소리를 내었다. 맑고 청아한 소리가 햇살 속으로 번져 나갔다. 두 소녀의 재잘거림 뒤로 희미한 물소리가 들려왔다.

수도꼭지를 꼭 쥔 채 서 있던 정욱의 입매에 어렴풋한 곡선이 머물다 사라졌다. 누구에게도 보여주지 않던 미소였다.

둘

칠판에 남아 있는 분필 자국을 지우는 유경의 손길이 다급했다. 시간을 초과하여 수업을 마친 영어 선생님으로 인해 다음 수업 시간까지 몇 분밖에 여유가 없었다. 유달리 칠판 상태에 민감한 수학 선생님의 수업이기에 대충 지울 수도 없다.

보충 수업이 시작되기 전 교실을 나서야 하는 유경은 주번 활동을 자신에게 미뤄두고 수다를 떠는 정은을 원망할 수도 없었다. 유경이 가고 나면 남은 두 시간의 보충 수업은 정은이 맡아서 하기 때문이었다. 화장실에 간 성옥이 돌아오면 도와주겠다고 성화를 부릴 것이기에 유경은 빠르게 마무리를 했다.

"유경아, 담임이 너 오래."

수업 시작종과 동시에 가방을 들고 나서던 유경은 막 교무실에 다녀오던 반장의 말에 인상이 굳고 말았다. 가방을 단정하게 어깨에 걸친 유경은 빈 복도를 힘없이 걸었다. 교무실로 향하는 유경의 발걸음이 무척 버거워 보였다. 유경은 수업이 끝나면 보충수업을 하는 반 아이들과 달리 하교를 했다. 고3에게 가장 중요하다는 여름 방학을 목전에 둔 상황이지만 유경은 자신과 상관없는 일이라 생각하고 있었다.

당사자인 유경은 대학을 포기했지만 담임 선생님은 그렇지 않은 듯했다. 고3이 되면서 시작된 담임 선생님의 설득은 여름 방학이 다가온 지금까지 변함이 없었다. 유경의 생각이 확고해질수록 담임 선생님의 의지 또한 집요해지고 있었다. 아무리 그래도 유경은 자신의 신념을 더욱 확고히 굳힐 뿐이었다.

제 나이 또래에 결코 어울리지 않는 한숨을 내쉬며 유경은 조심스럽게 교무실 문을 열었다.

"너희들, 지금 나하고 장난하자는 거야?"

유경이 막 교무실 안으로 막 들어서던 순간, 고3 담임들 중 가장 악랄하기로 소문난 영어 선생님의 고함 소리가 들려왔다. 그 소리에 깜짝 놀란 유경은 입 안에서 웅얼거리는 인사 소리를 삼켜 버렸다. 불안한 눈으로 담임 선생님의 자리를 쳐다봤지만 빈 책상 위에는 각종 참고서가 쌓여 있었고 선생님은 보이지 않았다. 보충수업 때문인지 교무실에는 몇몇 선생님들만이 자리를 지키고 있었다.

"어, 유경이 왔구나?"

별명인 여장부답게 걸걸한 담임 선생님의 목소리가 뒤쪽에서 들려왔다. 잠시 볼일을 보고 온 듯 서둘러 자신의 책상으로 오는 담임을 보며 유경은 작게 한숨을 내쉬었다. 좁은 책상 사이를 지나 담임 선생님의 자리로 다가가며 유경은 자꾸 영어 선생님을 의식했다. 아니, 영어 선생님의 앞에 서 있는 아이들을 의식했다.

"여기 앉으면 되겠다."

마침 보충수업에 들어간 옆 자리 선생님의 의자를 끌어주며 담임은 유경을 자신의 옆에 앉혔다. 조심스럽게 의자에 앉는 유경을 보며 담임은 책상 위에 올려둔 모의고사 성적표를 옆으로 치웠다.

"선생님이 왜 불렀는지 알고 있지?"

건너편 자리에 있는 영어 선생님과는 대조적인 목소리였다. 잔뜩 음성을 낮춘 담임의 물음에 유경은 고개를 숙인 채 말이 없었다. 신고 있던 자신의 낡은 구두를 내려다보던 유경이 담담하게 고개를 들었다. 순간 맞은편 자리에 서 있던 정욱과 눈이 마주쳤다.

하필이면 왜······.

정욱에게로 향하는 신경을 끊자 다짐하며 유경은 조심스럽게 담임 선생님을 바라보았다.

"선생님이 일전에 한 말, 부모님께 말씀드려 봤니?"

"……."

"유경아, 선생님도 참 힘겹게 공부했어. 대학만 들어가면 공부는 생각보다 하기 쉬워. 학비는 노력해서 장학금 받으면 될 거고 생활비는 과외라도 해서 쓰면 되잖아? 선생님은 정말 네 실력이 아까워 죽겠어. 너만 마음을 바꾸면 되는데 왜 너는 요즘 아이 같지 않게 욕심 부릴 줄을 모르니?"

안타까움이 잔뜩 묻어난 담임의 하소연에 유경은 다시 고개를 떨구었다. 자신인들 왜 욕심이 없고 꿈이 없을까. 그러나 그럴 형편이 안 되는 절박함을 당해보지 않은 사람들은 결코 모를 일이었다. 유경의 침묵 대신 답이라도 하는 듯 건너편에서 요란스러운 소리가 들려왔다. 유경과 담임 선생님이 동시에 소리나는 곳으로 고개를 돌렸다.

두꺼운 참고서를 손에 쥔 영어 선생님이 아이들의 머리를 세게 내려치고 있었다.

"이 녀석아! 너는 너희 부모님께서 그렇게 공부를 시키려고 안달인데 이것밖에 성적이 안 나와? 대학 안 가고 공장 갈래?"

"아, 아파요."

"아파? 어디서 그런 소리를 해?"

앞쪽에서부터 아이들의 머리를 내려치던 영어 선생님의 목소리가 갑자기 더욱더 커졌다.

"최정욱 이 녀석! 고2 때까지 전교 톱을 달리던 녀석이 갑자기 100등 밖으로 밀려난다는 게 말이나 돼? 너 나한테 반항하는 거냐? 엉? 말해 봐!"

"갑자기 안 되는 공부를 저더러 어떻게 하라는 말씀이세요?"

"뭐야? 이 녀석이."

당장이라도 정욱의 머리에 참고서를 내려칠 것 같던 영어 선생님이 동작을 멈칫거렸다. 빈정거림이 다분한 정욱의 불량스러운 태도만으로도 충분히 체벌감이었다. 그러나 영어 선생님은 다른 아이들과 달리 정욱에게는 손을 대지 않았다. 아니, 하지 못했다. 그도 그럴 것이 제일고등학교의 황태자를 누가 감히 때릴 수 있겠는가.

학교 운영위원회 회장인 정욱의 아버지가 해마다 발전 기금으로 내놓는 돈이 얼마인지 학생들도 대충 짐작하는 마당에 담임이 모를 리 만무했다. 담임이 치켜든 손을 그냥 내리자 정욱의 얼굴에 경멸감 같은 것이 어렸다. 다른 학생들이 저런 행동을 보였다면 당장 출석부부터 날아왔겠지만 정욱이기에 허용이 되고 예외가 되었다.

유경은 선생님들의 이중적인 행동에 실망을 금치 못했다. 아이들을 앞에 두고 노골적으로 차별하는 선생님들의 태도가 불만이긴 하지만 그녀가 상관할 필요는 없었다. 굳이 신경 쓰고 싶지 않을뿐더러 그럴 여유도 없었다.

"선생님, 저 그만 가봐야 해요."

차분한 유경의 반응에 담임은 허탈한 호흡을 내뱉었다.

"휴우, 그래. 가야 한다니까 가야지. 그래도 유경아, 선생님이 하는 말 한 귀로 듣고 흘리지 마라. 응?"

"네……."

유경은 마지못해 대답을 하고 서둘러 자리에서 일어났다. 눈이 마주치는 선생님들에게 인사를 한 그녀는 서둘러 교무실을 빠져나왔다.

등에 걸친 가방의 무게만큼 버거워 보이는 유경의 뒷모습을 보며 담임인 선영은 저도 모르게 한숨을 내쉬었다. 학생을 편애하지 않겠다고 늘 다짐하지만 유경에게만은 그럴 수 없었다. 성적, 태도, 성격 무엇 하나 흠잡을 것이 없는 아이였다.

다만 한 가지…… 지극히도 사적인 가정 환경이 문제였고, 그것은 그녀가 어떻게 해결해 줄 수 없다는 게 안타까운 일이었다. 유경이 말고도 신경 써야 할 학생이 한둘이 아니지만 유경에게만 매달리고 싶은 심정이었다. 이럴 때면 교직을 천직으로 여기는 자신에게 실망이 들곤 했다. 학생을 차별하지 말자는 다짐을 스스로 버린 것이지만 그만큼 유경의 진학을 바라는 간절함이기도 했다.

"유경이 정말 진학 안 한대? 올해 고3들은 푸닥거리라도 해야 하는 거 아냐?"

공문 작성을 하던 체육 선생님이 마치 정욱이 듣기를 바라는 것처럼 빗대어 말했다. 그도 그럴 것이 작년까지 전교 1, 2등을 나란히 다투던 정욱과 유경은 고3이 되자 그 상황이 너무 바뀌어 있었다.

유경이야 변함없이 제 석차를 유지하고 있지만 대학 진학은 절대 안 하겠다고 버티는 상황이었고, 정욱은 뭐가 불만인지 학교의 불미스러운 일에 연관되며 성적이 곤두박질치는 중이었다. 한 번도 드러나게 사고를 치진 않았지만 그 배후 인물이 정욱이라는 것은 알 만한 사람은 다 아는 사실이었다. 다만 능력 있는 아버지를 둔 탓에 늘 정욱은 모든 일에서 제외될 뿐이었다.

"저 이만 가봐야 하는데요."

선생님에 대한 존경까지는 바라지 않지만 기본 예의까지 무시하는 정욱의 태도는 불순하기 짝이 없었다. 그렇지만 고3이라는 상황과 돈의 위력을 가진 정욱의 집안 배경이 그 모든 것을 덮어주며 묵인해 주었다. 질렸다는 듯 가라는 담임의 손짓에 정욱이 교복 넥타이를 풀며 교무실을 나섰다.

"이 자식들, 너희들은 오늘 단단히 각오해야 할 거야!"

정욱에게 못다 한 화풀이를 하려는 듯 또다시 담임의 매 타작이 시작되었다.

고3치고는 제법 길다 싶은 머리를 입술로 힘껏 불어 젖힌 정욱은 불만에 가득 찬 얼굴로 복도를 걸어나갔다.

낡은 미닫이 문이 삐걱거리며 열렸다. 햇살로 인해 빨갛게 익은 얼굴로 유경이 작은 식당 안으로 들어섰다.

"안녕하세요."

"어, 유경이 왔구나? 아이고, 얼굴 익은 것 봐. 덥지?"
주방에서 부산스럽게 시장 바구니를 챙기던 파주댁의 얼굴에 반가운 기색이 역력했다.
"시장 가시게요?"
"오늘도 김씨가 안 왔지 뭐냐. 때문에 김치도 못 담갔어. 몸 좀 식히고 밥부터 먹고 있어, 아줌마 후딱 시장 좀 댕겨올 테니."
유경이 고개를 끄덕이고는 방으로 들어갔다. 학교에서 삼십 분 남짓한 거리에 있는 파주댁이 하고 있는 식당은 유경이 방과 후 아르바이트를 하는 곳이다. 그리 크진 않지만 인심 후하고 좋은 손맛 덕에 손님이 꽤 되었다. 근처 학교의 수업이 끝나는 시간에는 학생들도 제법 되었고, 근처 학원가와 관공서 직원들로 인해 식당은 손님들이 끊이질 않았다.
옷걸이에 걸린 앞치마를 벗겨 목에 걸며 주방으로 향한 유경이 작은 어깨를 들썩였다. 파주댁 혼자서 전쟁을 치른 흔적들이 여기저기 남아 있었다. 더위에 익은 얼굴이 채 가라앉기도 전에 주방의 열기로 다시 상기되었다. 설거지를 하는 유경의 모습이 꽤나 익숙해 보였다. 빠른 손놀림으로 설거지를 하던 유경이 갑자기 동작을 멈췄다. 거품이 묻은 손으로 수도꼭지를 잠그며 폭 폭 한숨을 내쉬었다.

"선생님이 일전에 한 말, 부모님께 말씀드려 봤니?"

부모님이라는 단어가 이제는 너무 낯설었다. 양친을 의미하는 것이 부모님이라는 단어라면 자신에게는 해당 사항이 없었다. 한때는 유경을 공주님이라고 부르며 사랑해 주던 멋진 아빠가 있었지만 과거형일 뿐, 지금은 병든 엄마와 자신을 버려두고 다른 여자의 남편 노릇을 하고 있었다. 그는 더 이상 유경에게 살아 있는 존재가 아니었다. 아스라이 꿈같았던 옛 시간들은 유경이 지워 버리고 싶은 순간이기도 했다.

"아이고, 설거지 같은 건 하지 말라니까."

어느새 장보기를 마쳤는지 파주댁이 식당 안으로 들어서고 있었다. 장바구니를 양손 가득 든 파주댁이 주방에 있는 유경을 보며 인상을 찌푸렸다. 유경은 언제 우울했냐는 듯 생긋 웃으며 장바구니를 받아 들었다.

"곧 저녁 시간일 텐데 서둘러야겠어요."

유경이 냉큼 장바구니를 들고 주방 안으로 들어가자 파주댁의 안쓰러운 시선이 곧장 뒤를 따랐다.

'지 엄마가 저 예쁜 딸 고생하는 거 알면 얼마나 마음이 아플꺼나.'

마음 같아서는 유경을 당장이라도 집에 돌려보내고 싶었다. 아픈 엄마 때문에 돈을 벌어야 한다는 뜻이 기특하기보다 마음 아팠다. 아직은 부모 품에서 응석 부릴 나이건만 그놈의 돈이 무언지 유경은 아이가 아닌 어른이 되어 있었다. 가난이란 환경이 어린 유경을 그렇게 만든 원인이었다.

"아주머니, 이 배추 절일 거죠?"

"그래. 아줌마가 할 테니까 넌 그만 이리 나와 앉아 있어."

얇은 블라우스의 소매를 걷으며 파주댁이 주방으로 들어갔다. 그녀가 주방 안으로 들어서기 무섭게 손님들이 하나둘 가게 안을 채웠다. 그러자 파주댁과 유경 모두 더욱 바쁘게 움직이기 시작했다.

"저번부터 궁금했는데, 이 학생은 아주머니랑 어떻게 되는 사이예요?"

막 나온 콩국수에 소금을 뿌리던 손님이 유경을 가리켰다. 교복을 입고 부지런히 식당 안을 오가는 유경이 궁금했던 모양이다.

"내 조카유. 예쁘지? 공부도 아주 잘해."

"그래요? 아주머니랑 다르게 조카는 아주 예쁘네."

파주댁의 대답에 농담 섞인 답이 들려왔다. 좀처럼 손님과 농담을 하지 않는 파주댁은 손님들이 유경에 대해 궁금해하면 꼬박꼬박 자신의 조카라고 설명을 했다. 정이 폭 고여 나오는 어투로.

얼마 전까지 파주댁을 도와 일을 해주는 이가 있었다. 갑자기 사정이 생겨 더는 식당을 나오지 못하는 통에 유경이 대신 돕는 중이었다. 파주댁은 배달을 줄이면서까지 따로 사람을 구하지 않았다. 유경은 파주댁이 몸이 안 좋아 일을 줄인 것이라 알고 있지만 그것은 유경을 생각하는 파주댁의 깊은 배려였다. 유경이 할 줄 아는 것이라고는 식탁을 닦고, 음식을 나른다거나 설거지가 전부였다. 그러나 파주댁은 전혀 개의치 않을뿐더러 늘 유경에게 고맙다는 말을 아끼지 않았다. 돌아가신 유경의 외할머니와 친분이 있었다는 인연만으로 파주댁에게는 유경이, 유경에게는 파주댁이 아주 특별한 사람이었다.

"유경아, 늦었다. 어서 가봐. 엄마 걱정하실라!"

아홉 시가 한참 넘은 시간을 확인한 파주댁이 주방에서 크게 소리를 질렀다.

"네, 이것만 마저 치워놓고요."

"아서! 아줌마가 할 테니."

물기 묻은 손을 앞치마에 닦으며 파주댁이 주방에서 나왔다. 유경의 손에 들린 행주를 빼앗으며 파주댁이 인상을 썼다.

"아줌마 말 잘 듣기로 했지? 어서 앞치마 벗고 가방 들고 나서."

"뒷설거지도 많이 남았잖아요? 이것만이라도 해놓고 갈게요."

"저기 아줌마 친구들 안 보여? 힘들면 저이들한테 도와달라고 할 테니까 어서 가봐."

파주댁이 밤이 되면 십 원짜리 화투 놀이를 하기 위해 놀러오는 친구들을 가리켰다. 유경을 편하게 보내주려는 마음 씀씀이였다. 정해진 시간보다 일찍 보내주는 파주댁의 성화에 유경은 마지못해 방으로 들어가 가방을 들고 나섰다.

"이거 묵은 김치랑 새로 담근 거 조금씩 넣었어. 밑반찬도 조금 넣었는데 요즘 날씨가 더워서 상할 수 있으니 얼른 먹어야 할 거야."

김치를 새로 담그는 날이면 으레 그래 왔듯 파주댁은 유경이 들고 갈 몫을 따로 준비해 놓고 있었다. 말을 마친 파주댁이 서둘러 주방 안으로 사라졌다. 어린 유경에게서 고맙다는 소리를 듣는 것이 민망한 탓이었다. 일부러 주방으로 피한 파주댁의 마음을 알기에 유경도 일부러 말을 아꼈다. 대신 더욱더 열심히 일해 그녀를 돕자고 다짐했다.

"아주머니, 저 갈게요. 내일 뵐게요."

유경이 막 인사를 하고 나서자 기다렸다는 듯 사람들의 수군거리는 소리가 들려왔다.

"쟤가 금안리 장 부잣집 손녀딸이라며? 생긴 모습이 제 아빠 판박이네."

"장 부자는 무슨? 그 집 망한 지가 언젠데. 하기야 부자 망해도 삼 대는 간다고 그래도 쟤 아빠는 좀 사는 것 같던데 조강지처랑 딸은 아예 거들떠도 안 보나 봐? 저 어린애가 이런 곳에 와서 일하는 거 보면."

"쓸데없는 소리 말고 먼저들 패 돌리고 계슈! 내 이것만 마저 치우고 들어갈 테니."

파주댁이 버럭 소리를 질렀다. 낡은 문만큼이나 삐걱거리는 한숨을 쉬며 유경이 입술을 아프게 깨물었다. 무더운 공기를 타고 들려오는 숨 막히는 이야기들.

못 들은 척, 상관없다는 척 시침을 떼려 해보지만 사춘기 소녀인 유경에겐 버거운 일이었다. 씩씩한 척 굴어도 마음속 한구석에는 늘 아픔이 도사리고 있었다.

유경은 터벅거리는 발걸음이 거슬려 무릎의 각도를 높였다. 사뿐하고 가볍게. 억지로 기분을 상승시킨 유경은 영어 단어를 외우기 시작했다. 대학은 포기할지라도 공부 자체를 포기할 생각은 없었다. 단어를 중얼거리던 유경이 걸음을 재촉했다. 집에서 홀로 기다리고 있을 엄마를 잊고 있었다는 생각에 마음이 조급해졌다.

잰걸음으로 동네 어귀에 들어서던 유경의 표정이 어둠보다 더 짙어졌다. 기다란 그림자는 분명 사람의 형상이었다. 유경은 손에 들고 있던 반찬 그릇을 꼭 끌어안고 뒤를 돌아보았다. 멀리 자동차 불빛만이 드문드문 보일 뿐, 좁은 골목길에 인기척이라고는 전혀 찾아볼 수 없었다.

"언제까지 그러고 있을 거냐?"

정욱이 라이터를 달칵거리자 물방울처럼 번진 불꽃 속으로 익숙한 얼굴이 괴물의 형상처럼 나타났다. 유경이 흠칫 놀라며 비명을 지르곤 발걸음을 물렸다. 유경의 비명과 동시에 품 안에 안고 있던 반찬 그릇이 요란스러운 소리를 내며 바닥으로 떨어졌다. 정욱이 재빨리 라이터를 껐다.

둘 45

"놀랐어?"

정욱이 급히 유경에게 다가왔다. 바들거리며 떠는 유경의 어깨를 정욱이 다급히 잡았다.

"놔!"

유경이 신경질적으로 정욱의 손길을 뿌리쳤다.

"괜찮아?"

달빛을 받아 하얗게 드러난 유경의 질린 얼굴을 정욱이 걱정스러운 눈길로 바라보았다. 유경은 코웃음을 치며 급히 몸을 구부렸다. 파주댁이 정성스럽게 싸준 반찬들이 바닥에 쏟아진 채 냄새를 풍기고 있었다. 유경은 가방에서 휴지를 꺼내 음식들을 한곳으로 모으기 시작했다.

"뭐 하는 거야!"

정욱이 버럭 소리를 질렀다.

"……."

"뭐 하냐고 묻잖아."

"너하고 말하고 싶지 않아서 그래. 너 정말 왜 이래? 미치겠어, 정말!"

정욱이 내지른 소리보다 더 크게 유경이 고함을 질렀다.

흙과 버무림이 되어버린 반찬들을 그러모으던 유경이 바닥에 주저앉고는 치마에 얼굴을 묻었다. 입술을 잘근잘근 깨물며 유경은 억지로 눈물을 참았다. 유경이 눈물을 감추고 싶은 사람 중의 한 사람이 눈앞에 있자 더욱 그랬다.

"……미안하다."

정욱이 유경의 옆에 앉으며 조심스럽게 내뱉었다. 사과를 하는 정욱의 목소리가 가늘게 떨렸다. 유경은 들은 체도 하지 않으며 음식들을 골목 구석에 모은 뒤 벌떡 일어났다. 그릇 속에 조금이나마 남아 있는 반찬을 감으로 느끼며 유경은 집 쪽으로 발을 뻗었다.

"미안하다고 했잖아."

유경의 팔목을 거칠게 잡아당기자 그녀는 반항하며 매서운 눈으로 정욱을 노려보았다.

"이 손 놔, 한 대 치기 전에."

"쳐, 네 마음이 편해진다면."

"너 지금 네가 얼마나 유치한지 모르지? 네가 그렇게 나오면 내가 멋있다고 할 것 같아? 멋있어 보이기는커녕 한심하고 바보 같아! 도대체 같은 말을 몇 번이나 해야 알아듣겠니?"

유경의 빈정거림에 정욱이 피식 웃음을 터뜨렸다. 여전히 그녀의 가는 손목을 잡은 채였다.

"너한테 멋있게 보일 마음 따윈 없어. 다만."

말을 끊은 정욱이 분노에 차 부들거리는 유경을 뚫어지게 주시했다. 점점 아래로 향하던 정욱의 시선이 흙과 반찬 국물에 뒤범벅되어 있는 유경의 손으로 향했다. 정욱이 오물 묻은 손을 자신의 가슴께로 잡아당겨 입고 있는 교복 상의에 쓱쓱 닦았다.

"너…… 뭐 하는 거야?"

당황한 유경이 손을 빼내려 했지만 정욱은 요지부동이었다. 오히려 유경의 손을 자신의 심장 가까이 끌어당겨 지그시 눌렀다.

"들려, 내 심장 뛰는 소리?"

너무도 진지한 정욱의 물음에 유경은 마른침을 삼켰다. 호소하는 듯한 정욱의 눈빛에 유경은 할 말을 잃었다. 눈이 부셔…… 유경은 고개를 돌렸다. 눈이 부신 건 정욱의 눈빛 때문이 아닌 달빛 때문이다, 그렇게 믿었다. 저런 사소한 것에 흔들리는 건 나약하다는 것을 스스로 인정하는 것밖에 되지 않는다고 스스로를 꾸짖었다.

"널 위해서만 뛰는 거야."

긴장감이 감도는 탁한 고백에 유경은 비웃음을 터뜨렸다.

"유치한 짓 그만 하고 집에 가서 공부나 해. 네 연기력 테스트 해볼 사람 필요했니? 너희 엄마 닮았으면 어련하시겠어? 그만하면 그럭저럭……."

"장유경!"

유경의 손이 아프도록 정욱의 힘이 느껴졌다. 그럴수록 유경은 더욱 차가운 표정을 지었다.

"네 입에서 부르는 내 이름, 듣기 싫어. 짜증나고 징그러워. 이 손 그만 놔!"

유경이 있는 힘껏 정욱의 손을 뿌리쳤다. 정욱의 모양 좋은 손이 허공으로 내쳐졌다.

"이게 네가 보이는 일종의 관심인지 몰라도 난 안 흔들려. 변하지 않아. 오히려 너 같은 사람 경멸해. 그래 봐야 너에 대한 미움만 더 키울 뿐이야."

유경의 반응 따위는 신경 쓰지 않는다는 듯 정욱이 싸늘한 미소를 지었다.

"네가 그런 말할 자격 있냐? 나하고 결혼할 거라고 노래 불렀던 사람이 누구였는지 기억 안 나?"

정욱의 물음에 유경의 얼굴이 살짝 붉어졌다 이내 냉정한 빛을 띠었다.

"여섯 살짜리가 뭘 알겠어. 아무것도 몰라서 내뱉은 말인데. 애였잖아. 그래서? 넌 내 말에 책임이라도 지고 싶어서 이러는 거니? 내가 너한테 결혼하자고 했으니까 그 약속 지키면 멋있어 보일까 봐? 평강 공주보다 더한 온달 왕자님 흉내 내려고? 그전에 너희 부모님께 여쭤보지 그러니? 유경이가 어렸을 적에 나랑 결혼한다고 했으니 어떻게 하죠? 그러면 너희 부모님께서 참 좋아하시겠다?"

"그렇게 빈정거리지 마!"

정욱이 울분을 토하듯 고함을 질렀다. 유경의 손이 저절로 귀로 향했다. 듣기 싫어! 무서워! 유경은 두 귀를 막고 진저리를 쳐댔다.

"장…… 유경."

정욱의 손이 저절로 뻗어 나갔지만 피하는 유경이 더 빨랐다.

"가까이 오지 마."

잔뜩 겁에 질린 표정이 잠시 스치는가 싶더니 이내 평정을 찾은 듯 유경은 거칠게 호흡을 뿜어냈다. 당황한 정욱은 낯선 유경의 행동에 잠시 머뭇거렸다.

"네 말대로 그땐 어린아이라고 쳐. 그러나 지금은 아니야. 내 감정이 어떻다는 것 정도는 충분히 다 아는 나이잖아."

"훗, 이렇게 어설프게 어른 흉내 내는 게 네 감정이고 충분한 나이라고? 웃긴다, 난 정말 네가 그 잘난 최정욱이 맞는지 이럴 때면 혼란스러워. 너 나한테 이런 욕 먹어가면서 왜 이러니? 난 그게 너무 궁금해."

"장유경, 그러지 마! 제발."

정욱이 간절한 애원을 뭉개며 유경은 더욱 차갑게 굴었다.

"너나 나한테 이러지 마. 너랑 전혀 어울리지 않아. 너 혹시 애들하고 내기했니? 요즘 그런 거 유행이라며? 누구 지목해 놓고 정해진 기간 내에 사귀면 이기는 거?"

"너 정말!"

정욱은 어이가 없어 할 말을 잃었다. 머리를 거칠게 쓸어 올리던 정욱이 한숨을 내쉬고 말았다. 일방통행은 바이크를 탈 때만 유효한 건가? 사람이 이렇게 철저하게 꼬일 수 있다는 것이 믿기지 않을 만큼 정욱은 지금의 상황이 답답했다.

"내가 그렇게까지 유치한 놈 아니라는 건 네가 잘 알 거라고 믿는다. 대신 정식으로 사귀어보자, 장유경."

평화 협정을 체결하는 사람처럼 진지한 표정으로 정욱이 손을 내밀었다.

"널 보면 내가 고3이라는 게 믿기지 않아. 시간 되면 병원이나 가보지 그러니?"

정욱의 팔이 툭 하고 떨어졌다. 유경의 무표정한 얼굴을 바라보던 정욱이 허탈하게 웃고 말았다. 호기심이 가득한 눈으로 그의 뒤를 따라다니던 꼬마 유경이의 모습이 겹쳐진 탓이었다. 지금도 그때처럼 티끌 하나 없는 맑은 눈동자지만 은근한 고집은 여전했다. 변하지 않은 게 하나라도 있어 다행이라고 생각했다. 일부러 유경을 괴롭히고 못살게 굴어도 버텨내는 것이 그 고집 덕분이 아닐까 싶다. 정욱은 유경의 손에 소중하게 들린 보자기를 보며 억지로 한숨을 삼켰다. 어쩌다 여기까지 왔는지 모르겠지만······.

"담배 끊을 거야."

정욱이 조금 전 자신이 한 말을 실천하기라도 할 것처럼 불쑥 내뱉었다. 칭찬이라도 받기를 기대하는 듯한 정욱의 태도에 유경은 무덤덤하기만 했다.

"끊든 피우든 네 마음대로 해."

전혀 대수롭지 않다는 유경의 반응이었다. 그게 무슨 자랑거리냐는 눈빛에 정욱은 또다시 웃음으로 응수했다. 이래서 사람들이 미치는가 보다. 바짝 약이 오른 자신과 달리 이래도 흥, 저래도 흥인 정욱으로 인해 질식할 것만 같았다.

"언제는 내 허락 맡고 피운 것처럼 구네. 별일이야."

쌀쌀맞은 얼굴로 발걸음을 옮기며 유경은 손에 매달린 보자기를 힘 주어 쥐었다. 정욱의 시야에서 빨리 벗어나고 싶은 마음에 유경은 작은 골목길로 서둘러 사라졌다.

'휴우.'

유경이 무사히 집으로 들어가는 것을 멀리서나마 확인하고 나서야 정욱의 얼굴에 긴장감이 풀어졌다. 기다란 전신주에 등을 기대고 선 정욱이 주머니에 넣어둔 라이터를 꺼내 찰칵거렸다.

유경이 마음속에 담고 있는 울분을 자신에게라도 터뜨리길 바라는 마음에 볼 때마다 시비를 걸지만 끝은 늘 허탈하다. 다른 이들에게 싫은 소리 한번 내지 못하는 성격을 알기에 자신에게라면 필히 터뜨릴 것이라고 생각했는데 그렇지 않았다.

유경을 조금이라도 더 보기 위해 피웠던 것이 담배였다. 어찌 그리 어리석고 무모할 수 있냐고 해도 유경이를 위해서라면 뭐든 못할 것이 없었다. 유경에게 청소를 맡길 수 있게 아이들을 체육관 담벼락에 집합시킨 것도 순전히 그 때문이었다. 그렇게 해야 근로 장학금이라는 명분을 내세울 수 있으니까.

그러나 한 가지는 알고 한 가지는 몰랐던 것이 있었다. 담배 연기 때문에 유경이 땡볕에 서서 냄새를 지워야 한다는 것. 유경의 자존심을 건드리지 않기 위해 딴에는 머리를 쓴 것이었는데……. 정욱이 밤하늘을 향해 머리를 들었다.

"너랑 나, 예전엔 친구였을지 몰라도 이젠 아니야."

유경의 말을 떠올린 정욱은 부정하듯 머리를 흔들었다.
'네 말대로 우린 더 이상 친구가 아니야. 난 널 친구로 생각하고 있지 않아. 친군 사랑할 수 없는 거니까.'

셋

낡은 철 대문이 아귀가 맞지 않은 까닭에 끼익거리며 인기척 없는 집에 기운을 북돋았다.
"유경이니?"
마루 너머 여닫이 문이 활짝 열리더니 빛을 토해냈다. 그 사이로 유경의 엄마인 미옥의 창백한 모습이 선명하게 드러났다. 수돗가로 향하던 유경이 제 엄마의 물음에 얼른 대답을 했다.
"응."
"공부하느라 힘들었지?"
"아니."
"옷이나 갈아입고 세수하지 그러니? 교복 버리겠다."

어깨에서 가방도 내려놓지 않은 채 수돗가에 앉아 세수부터 하는 유경이 미옥은 못내 안쓰러웠다. 유경의 행동 하나하나를 놓치지 않으려는 듯 딸아이에게서 시선을 떼지 않았다. 그런 엄마의 시선을 알기에 유경은 콸콸 쏟아져 나오는 수돗물을 연신 얼굴로 끼얹었다. 딸에 대한 걱정으로 마음 졸였을 엄마에게 눈물을 보일 수 없었다.

손바닥에 거품을 내던 유경이 이미 세수를 마쳐 물방울이 뚝뚝 흐르는 얼굴에 또다시 세안을 했다. 손에서 자꾸만 아까 만 졌던 음식물 냄새가 나는 것 같아 유경은 몇 번이고 비누칠을 했다. 요란스럽게 들리던 물소리가 그쳤지만 유경은 쉽게 쪼그리고 앉은 자리를 벗어나지 못했다. 비눗물로 인해 눈이 아린지 그전부터 흐른 눈물 탓인지 쉬이 눈을 뜨기 힘들어 한참을 멍하니 있었다.

"원, 애도. 무슨 세수를 그렇게 요란스럽게 하누. 벌레 물릴라, 얼른 씻고 들어와."

"응."

방문이 닫히는 소리를 듣고서야 유경은 겨우 고개를 들었다. 후들거리는 다리를 일으켜 세우며 유경은 얼굴에 흐르는 물기를 손등으로 대강 닦아냈다. 낡은 철 대문을 걸어 잠근 후 버릇처럼 하늘을 한 번 쳐다본 다음 방 안으로 들어섰다.

깔끔하고 정갈한 미옥의 성격을 보여주듯, 낡은 장롱이 전부인 살림이었지만 방 안은 먼지 하나 묻어나오지 않을 만큼 깨끗

했다. 그러나 환자의 방임을 알려주는 약 냄새만은 지워지지 않은 채 집 안 곳곳에 스며 있었다. 아빠라는 이의 부재(不在)와 함께. 오히려 그 부재가 고마운 지금이지만.

전교생 대표로 우등상을 받았던 중학교 졸업식 날, 그때만 해도 지금보다 건강했던 엄마의 손을 잡고 식당을 찾았던 유경은 다른 여자의 입에 고기를 넣어주며 다정스레 웃고 있는 아빠를 보았다. 빨간 매니큐어를 바른 손으로 갈비를 자르고 있던 여자의 화사한 얼굴. 그리고 그 옆에서 입고 있는 붉은색 코트만큼이나 행복해 보이는 계집아이. 유경의 분노에 찬 시선을 의식한 듯 아빠의 얼굴이 붉어지긴 했지만 그뿐이었다.

오히려 죄인처럼 서둘러 그곳을 빠져나왔던 사람은 엄마였다. 자신의 팔을 끌고 나오던 엄마의 초췌한 얼굴은 유경에게 절대 잊을 수 없는 분노와 씻을 수 없는 아픈 기억으로 남아버렸다. 그리고 그날 밤, 잔뜩 술에 취해 찾아온 아빠라는 이는 폭언과 폭력으로 너무 진한 상처를 남기고 사라졌다. 선물치고는 너무 큰 선물이었다. 영원히 지워지지 않을 만큼. 아무리 술기운이었다고 하지만, 이미 마음속에 내재되어 있던 미움이 표출된 것이라고 유경은 단정지었다.

그날 이후 유경은 그 갈비집만은 꼭 피해 다녔다. 그 불결하고 악몽 같았던 기억이 또다시 자신의 눈앞에서 재현될까 봐.

부인이랑 자식 놔두고 어떻게 다른 여자랑 살림을 차릴 수 있냐며 흥분하는 쪽은 당사자인 미옥이 아니라 제삼자들이었다.

천벌을 받을 것이라고 장담하는 이들의 말과 달리 미옥은 점점 초췌해져만 갔다. 그리고 암 판정을 받고 투병 생활을 하는 쪽도 미옥이었다.

"엄마는 아빨 사랑해서 결혼한 게 아니라 돌아가신 네 외할머니의 뜻이어서 마지못해 했어. 스물두 살에 청상과부가 되어 자식이라고는 나 하나밖에 없던 할머니는 엄마가 돈 많고 똑똑한 네 아빠와 결혼하는 게 소원이셨거든."

유경이 제 아빠의 존재를 부인할 때마다 미옥은 그를 위한 변명을 빼놓지 않았다. 미워하지 말라고, 처음부터 벽을 쌓았던 건 자신이었다고. 가난 때문에 이루지 못했던 사람을 마음에 품고 시작했던 결혼 생활이 온전할 리 만무했다. 유경이 태어나고도 한참 동안이나 남편을 거부했던 그녀는 뒤늦게야 사랑을 깨달았지만 그땐 이미 남편의 마음이 돌아선 후였다.

"아빠가 아파할 때 엄마는 한 번도 그 상처를 보듬어주지 못했거든. 그래서 아빠가 떠난 거야. 세상 그 누구보다도 엄마를 사랑해 주고 널 사랑하던 아빤 엄마 때문에 떠난 거야. 아빠를 사랑하기 때문에 보내줘야 한다고 생각했어. 힘겹게 엄마에게서 벗어났는데 다시 돌아와 달라고 할 용기가 없었어. 그리고 그건 엄마가 아빠에게 해줄 수 있는 처음이자 마지막 사랑이었으니까……."

사랑하기에 떠나고 사랑하기에 떠나보낸다는 게 유경은 도무지 이해가 되지 않았다. 사랑한다면 그 사랑을 끝까지 지켰어야지, 떠나는 사람이나 떠나보내는 사람이나 진정한 사랑은 아니라는 생각이 들었다. 그리고 자신은 사랑하는 사람이 생기면 절대 쉽게 떠나보내지도, 포기하지도 않겠다고 다짐했다. 평생 해바라기처럼 하늘만 바라보고 사는 바보짓은 안 할 것이라고.
"엄마, 나 공부 좀 하다가 건너갈게."
한동안 생각에 잠겼던 유경이 자신의 방으로 향했다. 엄마가 아무리 변명을 해준다 해도 친딸인 자신은 나 몰라라 하며 다른 아이를 사랑하는 사람을 용서하거나 용서해 줄 생각 같은 건 절대 없었다. 자신의 긴 머리칼 속에 감춰진 꿰맨 상처가 절대 없어지지 않는 것처럼.
자신이 악착같이 공부하는 이유도 장학금을 받아 제 힘으로 졸업하고 싶은 오기 때문이었다. 학교만 졸업하면 지긋지긋한 이곳을 하루라도 빨리 떠나고만 싶었다.

"유경아, 벌써 청소 끝난 거야?"
며칠째 유경이 일찍 교실에 들어오자 성옥이 재빨리 부채를 들고 다가왔다. 마구 바람을 일으켜 주는 성옥을 향해 유경이 생긋 미소를 지었다.
"괜찮아. 팔 아플 텐데 그만 해."
"이까짓 것 몇 번 했다고 팔 아프긴? 내 근육 보이지? 내 팔 힘 장난 아니야."
성옥이 교복 소매를 살짝 들어 보였다. 주장하는 바와 달리 근육은커녕 뽀얀 살색만이 눈에 들어왔다.

"훗, 너 팔뚝 보기보다 되게 가늘다."

유경의 말에 성옥이 어깨를 으쓱해 보였다.

"내가 인물은 조금 달리지만 몸매는 의외로 글래머야. 가슴도 빵빵해."

성옥은 무슨 비밀이라도 되는 것처럼 유경의 귀에 입을 가져다 대고 속삭였다. 모처럼 유경의 얼굴에 웃음이 끊이지 않았다.

"근데 청소가 생각보다 일찍 끝났다. 내가 요즘 점심을 빨리 먹는 건가?"

성옥이 교실 벽에 걸린 시계를 흘끔 쳐다보곤 고개를 갸우뚱거렸다.

"아니야, 실은…… 요즘 청소할 게 거의 없어."

"흥, 그 인간들도 이제 정신 차리고 공부하려나 보다. 기말 고사 다가오니까 급해진 모양이네."

성옥이 입술을 삐죽거렸다. 며칠 뒤면 기말 고사가 시작되고 곧이어 여름 방학이었다. 성옥의 말처럼 시험이 다가오니 아무리 노는 게 중요한 아이들이라도 걱정이 되는가 보다. 유경이 떨떠름한 표정으로 책을 펼쳤다. 눈으로 글자를 좇던 유경이 볼펜을 입에 물고 생각에 잠겼다.

"나 담배 끊을 거야."

그래서일까, 체육관 담벼락에 일렬로 서서 줄기차게 담배를 피워대던 정욱 일당이 보이지 않는 건. 유경은 말도 안 된다고 일축하며 다시 책으로 정신을 집중시켰다. 그러나 우연치고는 정말 이상했다. 누가 비질을 한 것처럼 깨끗하기만한 체육관 주변도 유경의 심란한 마음을 부추겼다.

또 소설 쓴다, 장유경.

유경은 스스로에게 핀잔을 주고는 연습장에 힘 주어 영어 단어를 써나갔다. 열심히 단어를 외워 나가던 유경의 손길이 또다시 멈추었다.

"정식으로 사귀어보자."

어이없게도 자꾸만 귓가에 맴도는 말에 유경이 입술을 아프게 깨물었다. 사람에 대한 믿음보다 불신이 커버린 탓일까. 유경의 입가에 냉소가 맺혔다. 정욱의 말처럼 철없던 꼬마 시절엔 자신이 먼저 정욱과 결혼할 것이라고 했었지만 말 그대로 아이의 장난일 뿐. 복잡하게 얽히고설키는 과정을 겪을 줄 알았다면 절대 내뱉지 않았을 말이었겠지. 유경은 빛바랜 추억만큼 자신이 뿜어내는 색도 빛을 잃었다고 생각했다. 웃으려 노력하지만 또래보다 침울한 색을 자아낸다는 것을 알고 있었다. 해맑던 웃음은 더 이상 자신의 몫이 아닌 걸까? 이젠 정말······.

"휴우."

유경의 입에서 깊은 한숨이 새어나왔다.

"애개, 늙은이처럼 웬 한숨? 너 같은 범생이도 공부 때문에 한숨 쉴 때가 다 있니?"

아까부터 여러 책을 꺼내놓고 찍기를 하던 성옥이 눈을 빛내며 물었다. 수다를 떨고 싶은 마음은 굴뚝같은데 유경이 공부를 하니 이도저도 못하던 상황이었다. 이때다 싶어 기회를 잡은 성옥은 책상 위로 잔뜩 쟁여놓은 참고서를 서랍 안으로 집어넣었다. 명색이 점심 시간이면 밥 먹고 수다로 배를 꺼뜨려야지 모두들 공부 삼매경에 빠져 있으니 답답해 죽을 노릇이었다.

"범생이는 무슨. 그나저나 넌 공부 잘돼?"

유경은 속마음을 들킨 것 같아 괜히 딴청을 부렸다.

"아니, 어차피 나야 뭐 더 나아질 실력도 없고. 내가 요즘 잠자기 전에 무슨 소원 비는 줄 아니? 아침에 눈 뜨면 바로 내년 봄이었으면 하는 거야. 그때쯤이면 어떤 식으로든 결과가 나 있을 거 아니야. 대학생이 되어 있든 재수생이 되어 있든. 유경아, 실은 나 요즘 기분이 좀 그래. 책상 앞에 앉아 있는데 성적은 오르지 않고, 애들은 우리 엄마 말처럼 눈에 불을 켜고 공부하는 거 같고."

성옥의 하소연에 유경이 통통한 손등을 가볍게 두들겼다. 더위에 지치고 고3이라는 중압감에 이중고를 겪는 이래저래 힘든 여름이었다.

"여름 방학이 고비라고 하잖아. 방학 때 열심히 하면 성적 많이 오를 거야. 힘내."

"제발 그랬으면 좋겠다. 그래야 우리 엄마 잔소리도 피하지. 그런데 넌 정말 시험 안 볼 거야?"

"으응."

유경이 단출하게, 그러나 확고하게 대답을 했다. 누누이 마음속으로 강조하듯 우선 당장 대학을 포기한 것이지 공부를 포기한 것은 아니었다. 유경에게는 그 사실이 중요했다. 위암 말기임에도 불구하고 더 이상 손쓸 방법이 없어 집에서 투병 중인 엄마를 생각하면 이렇게 학교에 나오는 것 자체도 부담스러웠다. 지금 유경에게는 공부도 사치라는 생각뿐이었다. 앞으로 어떻게 살아갈지보다는 현재의 하루하루가 더 막막한…… 그렇기에 더욱더 여름 방학이 기다려졌다.

"성옥아, 나 화장실 좀 다녀올게."

유경이 갑자기 자리에서 벌떡 일어났다. 물 마시는 것조차 버거워하던 엄마가 못내 걸리던 참이었다. 엄마 생각이 나자 전화라도 해야겠다는 생각이 들었다. 아침에도 편한 얼굴로 엄마에게 인사를 하지 못했다. 아빠 이야기를 넌지시 꺼내는 엄마에게 듣기 싫다며 박하게 굴고 말았다. 아픈 엄마에게 그러면 안 되는데. 속마음과 달리 행동이 어긋나는 걸 보면 아직 아이는 아이인 모양이었다. 조금 여유가 있는 점심 시간을 확인하며 유경은 공중전화가 있는 일층으로 부지런히 뛰어내려 갔다.

또다시 동전 투입되는 소리가 들렸다. 유경은 앞에 선 남학생의 뒤통수를 살짝 노려보았다. 뒤에서 기다리는 유경은 신경도 안 쓰는 듯 남학생은 꽤 긴 통화를 하고 있었다. 교실로 돌아갈까 생각하던 유경은 은근히 오기가 발동했다. 헛기침 소리를 내어보기도 하고 손부채질을 요란스럽게 하기도 했다. 그러나 남학생은 요지부동이었다.

"저기요."

유경이 남학생의 등을 가볍게 찔렀다. 유경을 힐끔 돌아본 남학생은 못마땅한 눈길을 보낼 뿐 전화를 끊지는 않았다. 어이없는 표정을 지은 유경이 졌다는 듯 뒤돌아서려 할 때였다.

"그 전화 네가 전세 냈냐?"

익숙한 목소리에 유경이 고개를 돌리자 정욱이 계단이 연결되는 벽에 비스듬히 기댄 채 서 있는 것이 보였다.

"그랬다면 어쩔래?"

정욱의 시비 어린 목소리에 남학생이 험하게 인상을 쓰고 뒤를 돌아보았다. 그것도 잠시, 정욱과 눈이 마주친 남학생이 던지다시피 수화기를 놓고는 꾸벅 인사를 했다.

"서, 선배님……."

"선배고 선반이고 간에 오 초 안에 사라지는 게 좋을 거다."

정욱의 말에 남학생이 부리나케 계단을 뛰어올라 갔다. 인상 한번 쓰지 않고 상대방을 제압하는 정욱을 보며 유경은 황당한 얼굴을 했다. 어찌 보면 그것도 능력일 테지만 결코 부럽지 않은 능력이었다.
"전화해."
정욱이 바닥에 닿을 것처럼 늘어져 있는 수화기를 가리켰다. 얼굴이 살짝 상기된 유경은 그냥 교실로 올라갈까 망설였다. 정욱이 보는 앞에서 전화를 한다는 것이 못내 껄끄러웠다. 다른 사람이라면 몰라도 정욱의 앞에서는……
"자."
망설이고 있는 유경에게 정욱이 휴대폰을 내밀었다.
"이게 뭐야?"
"이걸로 전화해."
확 하고 밀려드는 것이 당혹감은 아니었다. 불쾌감에 두 주먹을 꼭 쥔 유경이 싸늘하게 뒤돌아섰다.
"웃겨, 정말."
유경의 날이 선 혼잣말에 정욱이 피식 웃음을 터뜨렸다. 핀잔이 아니라 유경이 정말 웃을 수 있다면 좋겠다는 생각을 하며 무안하게 버림받은 휴대폰을 빙빙 돌렸다.
아까부터 손에 쥐고 있던 탓에 땀이 축축하게 배인 동전을 넣으며 유경은 신경질적으로 번호를 눌렀다. 두어 차례 전화벨이 울리는가 싶더니 바로 엄마의 목소리가 들렸다.
"엄마? 유경이. 점심은? 난 먹었지."
통화를 하는 유경의 목소리가 아주 작았지만 정욱의 귀에는 선명하게 들렸다. 불과 몇 년 전만 해도 응석받이였는데 언제 저렇게 천연덕스러운 거짓말까지 는 것일까. 정욱은 유경의 좁은 어깨를 애틋하게 바라보았다. 한때는 스스럼없이 만지고 기대던 어깨였는데 언제부터인지 바라보는 것도 마음대로 하기 힘들어졌다.

통화를 마친 듯 유경이 힘없이 수화기를 놓는 것이 눈에 들어왔다. 곧장 돌아서지 않고 수화기를 잡은 채 멍하니 서 있는 유경의 모습에 정욱은 가슴이 먹먹해져 왔다. 유경의 엄마인 미옥은 정욱이 유경만큼이나 좋아하는 사람이다. 부모님 다음으로 정욱이 살가운 사랑을 받은 분이기도 했다. 비록 현재형이 아닌 과거형에 무게가 더 실리기는 했지만.

유경이 침울한 표정으로 돌아서더니 정욱의 앞을 무심히 지나갔다.

"잠깐만."

정욱이 나지막하게 외쳤다.

"……."

"야! 너 내 말 안 들려?"

유경은 정욱의 부름을 애써 무시했다. 여유롭게 미소를 지을 힘이 지금은 없었다. 새삼스레 정욱의 얼굴을 쳐다보는 것도, 함께 이야기를 나누는 것도 더 이상 그릴 수 없는 그림이었다. 지금 유경에게는 모든 것이 귀찮기만 했다.

"또 왜?"

지금은 그 누구와도 대면하고 싶지 않았다. 더군다나 정욱이라면 더 더욱. 그 마음을 눈치라도 챈 것처럼 정욱의 얼굴이 살짝 일그러졌다. 유경의 거부감 어린 눈길과 목소리가 정욱을 강하게 붙잡았다. 하얀 얼굴, 가냘픈 목선, 그리고 까만 눈망울. 어린 시절의 유경과 지금의 유경은 키만 달라졌을 뿐 그대로였다. 시간이 흐르고 세월이 흘러 어린 꼬마는 소년이 되고 이제 막 어른이 되어가지만 기억이라는 것은 오히려 역행하고 있었다.

주먹 쥔 정욱의 손이 교복 주머니로 향하더니 지갑을 꺼내 들었다. 뻐딱한 시선을 유경에게 고정시킨 채 자연스레 무엇인가를 꺼내 쑥 하고 내밀었다.

정욱이 내민 것을 얼떨결에 받아 든 유경의 얼굴이 하얗게 질렸다. 손에 와 닿는 종이의 질감. 메모 같은 것이 아닐까 생각했던 유경은 자기앞수표라는 선명한 다섯 글자에 피가 배어져 나올 만큼 이를 꽉 깨물었다. 자신의 손에 들린 수표를 있는 힘껏 구기는 유경의 두 눈에 불꽃이 일었다.

"너…… 너 이거 무슨 뜻이야?"

흥분한 유경의 목소리가 바르르 떨렸다. 이마에는 축축하게 땀이 솟아오르기 시작하는데 목소리는 한겨울인 것마냥 차가웠다.

"무슨 뜻? 별 뜻 없어. 내가 쏟아버린 반찬 값 정도라고 생각해. 실은 내가 도리어 세탁비를 받아야 할 상황이지만."

정욱이 자신의 상의를 가리켰다. 하얀 교복 상의에 얼룩이 남아 있었다. 그날 유경의 손에 묻어 있던 반찬 국물이 세탁을 해도 깨끗하게 지워지지 않은 모양이었다. 교복에 머무르던 유경의 눈길이 정욱과 정면으로 마주쳤다. 한껏 욕설을 퍼부어주리라 생각했던 유경은 예상과 달리 정욱의 표정이 너무 진지해 멈칫거렸다.

비참했다. 정욱이 차라리 웃고 있거나 놀림 가득한 얼굴이라면 모를까. 당당하게 바라보는 정욱을 보고 있노라니 유경은 저도 모르게 웃음을 터뜨렸다. 공허하게 웃고 나니 철딱서니없고 생각없는 정욱의 행동에 감당 못할 분노가 치밀기 시작했다.

"너랑 같이 숨 쉬고 있다는 게 창피스러워. 제멋대로인 줄은 알았지만 정말 짜증나. 넌 나를 동정하고 싶은 모양이지만 내가 보기엔 네가 동정을 받아야 할 것 같다. 내가 이 돈 받으면서 고맙다고 인사라도 할 거라 생각했니? 그랬다면 너 제정신 아니야. 너, 이 돈 혹시 누구 협박해서 뺏은 돈 아니니? 아, 니네 집 부자니까 그럴 리는 없겠다. 그런데 최정욱, 너처럼 복에 겨워 날뛰는 개념없는 애들한테 필요한 건 돈이 아니라 인간이 먼저 되는 거거든. 너 언제 인간 될래?"

"훗, 너 말 다 했냐?"

유경의 거친 반격을 예상치 못했던지 정욱의 얼굴 또한 붉어져 있었다.

"아니, 할 말은 너무 많은데, 더럽고 역해서 더는 못하겠어. 그렇게 지저분한 어른 흉내 내면 행복하니? 점점 더 이상한 짓만 느는 것도 네 능력인가 보다."
 유경의 감정이 점점 더 격해지고 있었다. 이미 하얗게 질려 버린 얼굴은 찔러도 피 한 방울 나오지 않을 만큼 싸늘한 기운을 자아냈다.
 "이 돈으로 약이나 사 먹고 정신 차려."
 유경이 정욱의 발치로 수표를 내던졌다. 팩 하고 돌아서던 유경이 걸음을 멈추고 다시 한 번 뒤를 돌아보았다.
 "너 같은 애 알고 지낸다는 게 수치스럽다고 해도 넌 또 귓전으로 흘려듣겠지? 포기야, 마음대로 해. 내가 그냥 무시하면 되는 거니까."
 유경의 흥분 상태는 좀처럼 진정될 기미가 보이지 않았다. 가까스로 감정을 추스르며 유경이 힘겹게 뒤돌아섰다. 감성이라는 놈이 이성을 이겨냈다면 어떤 일이 일어났을지 유경도 장담하기 힘들 것 같았다.
 유경이 쏟아낸 신랄한 비난을 묵묵히 듣고 있던 정욱이 자신의 발밑에 던져져 있는 수표를 집어 들었다. 독설을 퍼붓고 사라지는 유경의 모습이 완전히 자취를 감추자 정욱은 그제야 입매를 일그러뜨렸다. 유경의 질렸다는 표정에서야 무언가 잘못되었다는 것을 안 자신의 판단력에 정욱은 냉소를 지었다.
 정욱은 구겨진 수표에 남아 있는 유경의 흔적을 손끝으로 확인했다. 정욱이 두 눈을 감으며 힘없이 벽에 기대어 섰다. 수업을 알리는 종소리에도 불구하고 정욱은 입을 꾹 다문 채 한참을 그대로 서 있었다.

 기말 고사가 끝난 까닭에 파주댁의 식당에 학생들이 유난스레 많았다. 유경은 가끔 주문을 하는 아이들이 힐끔거리며 수군거리는 소리를 들었지만 크게 개의치 않았다. 지금은 그런 것에 연연해할 때가 아니었다.
 솔직히 유경은 한가한 것보다 바쁜 것이 고마웠다. 시간이 여유로우면 저도 모르게 온갖 생각들이 머리 속을 복잡하게 만들었다. 누가 그렇게 만든 것이 아니라 스스로 해대는 자학 같았다.
 "애가 애 같지 않네."
 파주댁의 식당에 자주 놀러오는 이웃 가게의 아주머니가 유경을 보며 한 말이었다. 그 말에 담긴 뜻을 유경도 모르는 바가 아니었다. 친구들과 최신 유행하는 옷 스타일과 유명 연예인들에 대해 이야기 나누며 떡볶이를 사 먹는 즐거움을 유경도 누리고 싶었다. 그러나 모두가 똑같을 수는 없다고 생각했다. 그래도 자신보다 더 불행한 다른 누군가를 보며 힘을 낼 수 있으니 그나마 행복하다고 믿었다.
 막 테이블을 벗어나는 한 무리의 남학생들을 보자 유경은 며칠 전의 일이 떠올라 입술을 아프도록 깨물었다. 아무리 잊으려 해도 정욱의 행동을 잊기 힘들었다. 절대 용서하지 못할 것 같았다. 차라리 오백 원짜리 동전이라면 장난으로 가볍게 응수했겠지만…… 같은 나이, 같은 하늘 아래, 똑같은 양의 공기를 마시며 살아가지만 살아가는 모습은 정말 제각각인 모양이었다. 정신 상태는 미숙아인데 어른 흉내를 내는 정욱이나 자신은…….
 마치 유경의 상념을 끊어주기라도 하려는 듯 요란스럽게 열리는 문소리와 함께 한 무리의 아이들이 들어섰다.
 "어서 오세……."
 습관처럼 인사를 하며 돌아서던 유경의 얼굴이 순식간에 찬물을 끼얹어 맞은 듯 멍했다. 가게로 들어서는 한 무리의 아이들을 보는 순간 절로 한숨이 나와 버렸다. 평소 유경과 관계가 소원한 하영의 등장에 살짝 긴장이 되었다. 일단 주방 쪽으로 가서 인원 수만큼의 컵을 챙기는 유경의 손길엔 힘이 없었다.
 "쟤 장유경 아니니?"
 "여기서 일하나 봐."
 "웬일이야."
 "대학교도 안 간다고 하더니, 집에 돈이 없긴 없나 봐. 하긴 고3이 청소까지 해가면서 장학금 받을 정도면 뭐."
 요란스럽게 테이블 의자를 빼내며 아이들이 한 마디씩 수군거렸다. 다른 사람들의 입방아는 아무렇지 않았던 유경이지만 지금은 볼이 살짝 달아올랐다. 낡은 에어컨에서 나오는 미지근한 바람 탓만은 아니었다. 자신에 대해 더 이상 관심을 갖는 일 따윈 없었으면 하는 바람이 들었다. 그동안 당한 흥미와 관심만으로도 충분했기에 더는 싫었다.

"학생들, 뭐 먹을래?"

주방 안에 있던 파주댁이 어느새 식당의 홀로 나왔다. 교복 입은 학생들이 들이닥치면 파주댁은 하던 일을 멈추고 자신이 직접 주문을 받았다. 유경을 배려하는 마음에서였다. 유경이 아무렇지 않다고 해도 다른 곳도 아닌 이런 곳에서 일을 하는 것이 절대 아무렇지 않을 리 없었다. 어린 꼬마 아이들도 자존심이 있는데 유경이라고 어디…… 평소와 다름없는 유경의 표정이지만 파주댁에게는 안쓰럽기만 하다.

"이런 곳에서 뭐 먹다가 식중독 걸리는 거 아니니?"

영 못마땅한 얼굴을 한 하영이 팔짱을 낀 채 퉁명스레 말했다. 곁에 앉은 친구를 쳐다보며 말했지만, 앞에 서서 주문을 받는 파주댁에게 들으라고 한 소리였다. 하영의 말에 파주댁이 예의 그 인심 좋은 웃음을 보였다.

"학생은 우리 집 처음 와보는구나? 꼴은 좀 우스워도 아직까지 식중독 걸린 사람은 없었어. 친구들 여기 많이 와봤을 거야. 한번 먹어봐."

파주댁의 설명을 흘러들은 하영은 여전히 못마땅한 듯 고개를 돌렸다. 친구들이 이것저것 주문을 하자 하영은 신경질적으로 휴대폰을 꺼냈다. 하영의 신경질이 슬슬 희준에게로 향하기 시작했다. 희준이 이곳에서 보자는 말만 하지 않았어도 이렇게 구질구질한 식당은 오지 않았을 것이다. 하필이면 왜 이런 곳에서 사람을 만나자고 해서 기분을 망치는지. 시험을 엉망으로 본 것도 스트레스가 쌓여서 죽을 판인데, 거기다 유경까지 봐야 한다니. 휴대폰의 플립을 연 하영이 급하게 문자를 보냈다.

 희준이 만나자고 했을 때 단번에 수락한 이유가 있었다. 이몽룡에게 방자가 있듯 희준은 그림자처럼 정욱을 따라다녔다. 당연히 두 사람이 함께 있을 것이라 생각했기에 희준의 제안을 거절하지 않았다. 정욱을 생각하자, 유경과 만나게 해서는 안 된다는 생각이 들어 문자를 보내는 손이 바빠졌다. 어려서부터 늘 붙어 다녔던 두 사람으로 인해 눈꼴셨던 하영은 또다시 그 모습을 보기 싫었다.

『어디야? 약속 장소 바꾸자. 앙팡에서 만나.』

 문자를 보낸 하영은 묵묵부답인 전화기를 계속 들었다 놓았다 바빴다. 답 문자가 오고도 남을 시간이건만 희준에게서는 답변이 없었다. 하영아 손톱을 물어뜯으며 다시 휴대폰을 집어 드는 순간 낡은 식당 문이 요란스럽게 열렸다.
 "야, 김하영! 그새를 못 참고 또 문자질이냐?"
 건들거리며 들어서는 희준의 뒤로 사내 녀석 몇 명이 보였다. 약속 장소를 미처 바꾸지 못했다는 생각에 하영이 희준을 못마땅하게 쳐다보았다. 여드름이 난 얼굴로 벙긋거리는 희준을 무시하며 하영은 누군가를 찾기 시작했다. 분명 보여야 할 정욱이 보이질 않았다.

"니네들 다섯 명이 다야?"

하영이 퉁명스럽게 물었다. 정욱의 부재가 궁금하기는 하지만 오히려 오지 않아 다행이라는 생각이 들기도 했다. 뭐, 유경의 초라한 모습을 함께 지켜보는 것도 나쁘지 않지만 어려서부터 워낙 돈독했던 두 사람이기에 굳이 부딪치게 하고 싶지 않았다.

소영의 물음이 무엇을 의미하는지 간파한 희준은 모르는 척하며 고개를 끄덕였다.

"너희들도 네 명이네? 숫자도 딱 맞는데 우리 그냥 소개팅이나 할까?"

희준이 어깨에 폼으로 메고 있던 가방을 의자로 던지며 껄렁거렸다. 빈 가방인 듯 희준이 그 위에 털썩 앉았다.

"미쳤니? 다 아는 애들끼리 무슨 소개팅? 말도 안 되는 소리 그만 집어치우고 어서 이거나 거들어. 아이, 별 맛도 없는데 양은 왜 이렇게 많아."

하영이 주문한 음식을 막 놓고 돌아서는 유경의 뒤통수에 대고 투덜거렸다. 창피해한다거나 주눅이 들기를 기대했던지라 유경의 담담한 모습을 보자 더욱 심술이 났다. 유경이 다시 한 번 음식을 가지고 오자 하영은 이때다 싶어 노골적으로 눈을 위아래로 훑었다.

"장유경, 너랑 앞치마랑 정말 잘 어울리는 거 아니?"

느닷없는 하영의 말에 유경은 저도 모르게 옷차림을 살폈다. 교복 위에 걸쳐진 빛바랜 녹색 앞치마가 잘 어울린다니 칭찬치고는 너무 후했다. 고맙다고 해야 하나? 어이없게 웃음이 나오려고 했지만 유경은 꾹 참고 돌아섰다. 상대할 가치가 없는 사람과 굳이 말을 섞기 싫었다.

"꼴에 자존심은 있다 보다. 재수없어."

반응없는 유경으로 인해 하영이 부들거리자 옆에 앉은 진희가 거들고 나섰다. 얼굴은 예쁘지만 머리가 단순한 하영이기에 분위기만 맞춰주면 물주 노릇을 톡톡히 했다. 진희의 한마디에 기분이 풀린 듯 하영이 목소리를 더욱 높였다.

"공부 좀 잘한답시고 잘난 척하지만, 요즘 그게 먹히는 세상이니? 요즘은 집도 웬만큼 살아야 좋은 대학도 가잖아."

"맞아, 고등학교 때 공부 잘하는 거 소용없어. 우리 사촌 언니 좋은 대학 안 나와도 예쁘고 집 잘사니까 시집만 좋은 데 가더라."

아이들이 노골적으로 동조를 해주자 하영의 입가에 웃음이 묻어났다. 유경이 모범생 흉내를 내니 선생님들은 예뻐하겠지만 아이들은 역시 내 편이야. 하영은 낮잠을 즐긴 고양이처럼 만족스러운 눈빛이 되어 작은 틈새로 보이는 유경의 모습을 쫓았다. 더운지 이마에 맺힌 땀을 수시로 훔쳐 내는 유경의 행동을 보니 만족감이 더욱 배가되었다.

학생들로 가득 찼던 식당 안이 순식간에 한가해졌다. 밀물처럼 빠져나간 손님들로 인해 유경은 빈 그릇들을 모아 부지런히 주방으로 날랐다. 희준의 무리와 하영이 앉은 테이블을 부지런히 오가던 유경은 그제야 무리들 중에 정욱이 없다는 것을 알았다.

어디 가서 또 못된 짓이나 하고 있겠지. 정욱을 궁금해하는 자신이 싫어 유경은 일부러 고약하게 생각했다.

"아서, 설거지는 내가 할 테니까 너도 앉아서 쉬어. 아줌마가 있다가 맛있는 거 해줄 테니. 시험 끝났다고 아주 신들이 났구나."

파주댁은 주방 안으로 들어선 유경의 등을 강제로 떠밀었다. 쫓겨나다시피 홀로 나온 유경은 출입구를 등지고 앉았다. 하영과 눈을 마주치기 싫은 탓이었다. 누군가 두고 간 신문을 펼친 유경은 건성으로 읽기 시작했다. 신문을 넘기는 손에 실린 힘을 다른 이에게 보여주지 않아서 다행이었다. 자존심이라는 건 어찌 보면 아무것도 아니지만, 반대로 생각하면 죽을 만큼 지키고 싶은 것이기도 했다.

"야! 곱게 좀 먹어. 이게 뭐야? 교복에 튀었잖아. 아줌마, 여기 물수건 좀 주세요."

누군가를 향한 타박 소리와 함께 하영의 앙칼진 목소리가 식당 안을 울렸다. 좁은 입구로 파주댁이 고개를 쑥 내밀었다.

"응? 뭐 달라고?"

"물수건이요."

"물수건? 우린 그런 거 없는데."

"뭐야? 뭐 이런 데가 다 있어? 요즘 물수건 없는 식당이 어딨 다고."

파주댁은 하영의 투덜거림에 미안한 듯 인심 좋은 미소를 짓고는 다시 모습을 감췄다. 유경이 자리에서 벌떡 일어났다. 주방으로 들어간 유경은 깨끗하게 삶아놓은 면 행주를 물에 적셔 하영이 앉아 있는 자리로 다가갔다.

"자."

유경이 뽀얀 행주를 하영에게 내밀었다.

"이게 뭐야?"

"보면 몰라? 네가 달라던 물수건이야."

유경의 손에 들린 행주를 보며 하영은 콧방귀를 연신 뀌었다. 잠시 후 하영이 무슨 생각이 있는지 손을 내밀었다.

"그래, 고맙다."

하영이 손가락 끝으로 행주를 받아 드는가 싶더니 일부러 바닥에 떨어뜨렸다. 그리고는 구둣발로 면 행주를 박박 문질렀다.

"우리 집에서는 이런 건 걸레로 쓰거든. 넌 손님한테 물수건과 구별도 못해서 걸레를 주니? 다시 가져와."

얼굴색 하나 변하지 않고 행하는 하영의 행동에 유경은 잠시 할 말을 잃었다. 그리고는 이내 아무 말 없이 돌아서서 정수기로 향했다. 손님이 끊이지 않았던 탓에 냉수여야 함에도 불구하고 컵을 통해 느껴지는 건 미지근한 기운이었다. 다시 하영의 자리로 온 유경은 망설임없이 컵에 담아온 물을 하영에게 끼얹었다.

"꺄아악!"

아이들이 급하게 몸을 피했다. 순식간에 벌어진 일에 모두 아연실색하는 모습을 보며 유경이 차분한 목소리로 입을 열었다.

"네 집에서 네가 아무리 잘난 공주라 해도 학교에 오면 공부 못하는 김하영이 되듯 이 집에서는 이게 물수건이야. 네 덕분에 이제 걸레가 되었지만."

싸늘하게 내뱉는 유경의 목소리가 희미하게 떨렸다.

어쩌면 억지인지 몰랐다. 가슴속에 맺힌 것이 폭발해서 하영에게로 더해진. 두 눈 가득 담긴 유경의 분노에 하영과 아이들은 잔뜩 얼어붙었다. 하영은 분한 표정을 감추지 못하고 거친 숨소리를 내뱉었다. 두 사람의 신경전에 아이들이 그저 입만 벌리고 눈치를 살피고 있을 무렵 다시 낡은 문이 삐거덕 소리를 냈다.

'훗!'

정욱의 등장에 유경은 이상하게 웃음이 나왔다. 정욱의 모습을 보자마자 당장이라도 일어날 것처럼 호들갑을 떠는 하영의 모습도 무언가를 기대하는 아이들의 호기심 어린 시선도 우스웠다. 새로운 공격을 기다리며 유경은 마음대로 하라는 듯 주방으로 향했다. 하영이 정욱에게 목매어한다는 사실이 어제오늘 일이 아니었다. 예전엔 무조건 자신의 편이었던 정욱이지만 이제는 아니라는 걸 유경이 더 잘 알았다.

"흑...... 흑......"

갑자기 하영이 울음을 터뜨렸다. 정욱의 눈썹이 살짝 치켜 올라갔다. 서러운 듯 우는 하영을 아이들이 달래느라 부산을 떨었다. 얼굴에 물기를 머금고 발밑엔 제법 깨끗한 수건을 밟고 있는 하영의 모습에 정욱은 한숨을 내쉬었다. 썰렁하다 못해 긴장감이 감도는 식당 안의 분위기가 일순 정욱의 눈치를 살피는 것으로 바뀌었다.

"저기, 정욱아."

희준이 젓가락을 입에 물고 자리에서 엉거주춤 일어났다. 정욱이 희준에게 고갯짓을 했다. 대충 상황 파악을 끝냈으니 나가라는 의도였다. 정욱이 입구를 가리키자 희준이 아이들을 독려하기 시작했다.

"자자, 이제 배를 채웠으니 그만 나가자. 여긴 덥기만 덥고. 우리 일단 나가서 시원한 팥빙수나 먹자. 자, 일어나, 일어나."

희준이 마치 참새 떼를 몰아내듯 양팔을 과장되게 들었다 놓자 아이들도 얼떨결에 일어났다. 정욱의 눈치를 살피며 울먹거리던 하영도 못 이기는 척 따라 일어섰다. 우르르 몰려왔던 아이들이 다시 한꺼번에 몰려 나가자 가게 안은 조금 전과는 또 다른 긴장감이 감돌았다.

"정욱이 넌 안 가니?"

마지막으로 문을 나서던 하영이 메뉴판을 뚫어지게 쳐다보는 정욱을 향해 이상하다는 듯 물었다. 하영의 질문에 답을 피한 채 정욱은 빈 의자에 거만한 자세로 앉았다.

"최정욱, 안 가냐니까?"

다시금 하영의 신경질적인 목소리가 들려왔지만 정욱은 또다시 무시했다.

"야, 김하영! 안 나오고 뭐 해? 얼른 가자니까."

눈치 빠른 희준이 문 입구에 몸을 반쯤 걸치고 있는 하영을 끌고 나가다시피 데리고 나갔다. 소란함이 일시에 가시자 곧바로 정적이 식당 안을 가득 채웠다. 바다 위에 홀로 떠 있는 배의 형상을 하고 정욱은 테이블 위를 손가락으로 툭툭 건드렸다. 순간 정욱과 유경의 시선이 마주쳤다. 덤빌 테면 덤벼보라는 듯 입술을 꽉 깨물고 있는 유경을 보며 정욱이 이번엔 오만한 표정으로 몸을 한껏 뒤로 젖히곤 검지를 까딱거렸다. 유경의 눈이 가늘게, 그러나 차갑게 빛났다.

넷

"주문 안 받냐?"

정욱이 자신을 노려보고 있는 유경의 시선을 슬쩍 피해 메뉴판을 봤다. 요지부동으로 서 있던 유경은 팔짱을 끼며 옅은 한숨을 내쉬었다.

"너도 나가. 너 같은 애한테 팔 음식 없어."

유경의 냉대에 정욱이 피식 웃음을 터뜨렸다.

"여기 식당 아니냐? 식당에서 팔 음식이 없다니? 너 지금 나랑 농담하냐?"

"식당 맞는데 너한테 팔 음식은 없다고. 내 말 못 알아듣겠어?"

유경이 주방에 있는 파주댁의 눈치를 살피며 목소리를 낮추곤 정욱에게 다가왔다. 유경이 누군가의 눈치를 본다는 사실을 감지한 정욱은 더욱 소리를 높였다.

"아줌마, 여기 재료 떨어졌습니까? 오늘 장사 다 하신 거예요?"

유경의 얼굴이 파랗게 질리는 것을 못 본 척하며 정욱이 능청을 부렸다. 유경은 호흡이 가빠지는 소리가 커질수록 정욱에 대한 얄미움과 미움이 커짐을 느꼈다. 그냥 나가줬으면 하는 바람을 정욱이 일부러 무시한다는 생각이 들자 더욱 그랬다.

"식당에 재료가 떨어질 리 있나. 학생, 뭐 먹고 싶어? 말만 해. 유경아, 널랑은 방에 들어가서 좀 쉬어. 시험 치고 와서 쉬지도 못하고. 아니다, 오늘은 그냥 집에 가서 쉬어. 보통 때보다 바빠서 이미 네 몫은 다 했어."

주방에서 두 사람의 실랑이를 지켜보던 파주댁이 중재자처럼 나섰다. 괜히 자신이 나서서 싸움만 커질까 봐, 유경을 믿기에 그저 바라만 봤었다. 파주댁은 정욱과 기 싸움을 하느라 벌겋게 상기된 유경의 등을 방 쪽으로 조심스레 떠밀었다.

"저 괜찮아요. 죄송해요, 아주머니."

유경은 철없는 아이처럼 군 행동이 파주댁에게 손해가 간다는 생각이 들자 스스로에게 화가 났다. 자신의 경솔함을 깨닫자 파주댁을 볼 면목이 더욱 없어졌다. 조금 더 하다가는 유경이 울 것 같아 파주댁은 유경의 손을 잡고 급한 김에 주방으로 밀어 넣었다.
"우리 유경이 더워서 열나겠다, 찬물에 세수라도 해."
유경의 자존심을 지켜주고 싶은 파주댁이 두 눈을 찡긋 감고는 정욱에게로 돌아섰다.
"학생, 메뉴는 정했어?"
"네, 여기 메뉴판에 있는 것 중에 지금 되는 음식 다 주세요."
정욱의 말에 놀랐는지 파주댁은 놀란 눈을 동그랗게 치켜떴다.
"에? 지금 뭐라고 했어?"
"지금 되는 메뉴 다 주세요. 배가 아주 많이 고프거든요."
도저히 못 믿겠다는 파주댁을 향해 정욱이 자신의 배를 가리키며 대답을 했다. 또래 아이들보다 출중한 외모도 눈에 띄지만 정욱의 싱긋 웃는 얼굴이 주방을 향해 있자 파주댁은 고개를 끄덕였다. 정욱의 진심이 무엇을 말하는지 묻지 않아도 알 것 같기에 파주댁은 속으로 흡족한 미소를 지었다. 오랜만에 보는 순정(純情)이었다. 그것도 여자가 남자에게 향하는 것이 아닌 남자가 여자에게 향한.
벌써 몇 개째의 그릇이 치워졌는지 모른다. 파주댁은 새롭게 만들어진 음식을 놓으며 맛있게 음식을 먹는 정욱을 걱정스러운 눈빛으로 바라보았다. 저러다 필시 배탈이 날 것 같아 말리고만 싶었다. 그러나 염려하는 파주댁과 달리 정작 당사자인 정욱은 천연덕스럽게 먹어내고 있었다.

"하도 공부만 하라고 애들을 닦달해서 그런가? 그것참……."

새로 맞이한 손님들의 음식 준비를 위해 주방으로 들어서며 파주댁이 혼잣말을 중얼거렸다. 누군가를 좋아하는 거야 이해가 가지만 저렇게까지 행동하기는 힘들 것 같았다.

"덥지? 방에 가서 선풍기 바람이라도 쐬지. 언제 또 이렇게 정리를 말끔하게 했어? 아줌마가 하면 되는데. 유경아, 오늘은 그만 하고 가봐. 시험 보느라 힘들었을 텐데. 이제 아줌마 혼자 해도 충분해. 다들 휴가를 떠나서 그런지 어젯밤도 조용했으니 오늘도 조용할 거야."

설거지한 그릇을 차곡차곡 정리해 둔 유경을 보며 파주댁이 혀를 내둘렀다. 한증막처럼 더운 주방에서 있느라 유경의 얼굴이 발갛게 달아올라 있었다.

"괜찮아요. 아주머니께서 저보다 더 피곤하실 건데……."

"괜찮긴? 나야 이 일에 이골이 났으니 상관없어. 그나저나 저 학생 저러다가 사단나겠다. 소화제 사둔 게 어디 있을 텐데 찾아봐야겠다."

풍채만큼 마음이 넉넉한 파주댁이 주방의 선반 위로 손을 뻗고는 더듬거리며 소화제를 찾았다. 그런 파주댁의 모습을 보며 유경은 낡은 싱크대에 몸을 기대고 섰다. 아무리 생각해도 정욱이 왜 저러는지 이해되지 않았다. 사나흘 굶은 사람처럼 부지런히 먹어대는 식성이 곱게 보이지 않을뿐더러 분명 수차례 경고했음에도 불구하고 고집스럽게 모습을 보이는 건 오기인지 만

넷

용인지 헷갈리기까지 했다.
"아주머니, 여기 물 좀 주세요!"
정욱의 외침에 파주댁이 소화제를 찾다 말고 나가려 했다. 유경이 재빨리 파주댁의 팔을 잡으며 저지했다.
"제가 갖다 줄게요."
자신 때문에 파주댁이 더 고생을 하고 있기에 유경은 미안한 마음을 가지고 얼른 정수기로 다가갔다. 플라스틱 컵에 물을 가득 따른 유경이 정욱의 얼굴을 외면한 채 테이블 위에 놓아주곤 돌아섰다.
"물 말고 콜라로 주라."
점점······.
호흡을 가다듬은 유경이 신경질적으로 돌아섰다. 유경이 씩씩거리며 정욱에게 다가섰다.
"너 지금 무진장 심심하지? 그럼 아까 네 친구들하고 놀면 되잖아. 왜 바쁜 영업 집에 와서 이래?"
유경의 타박에 정욱이 삐딱한 시선으로 고개를 들었다.
"너 손님한테 이딴 식으로 구는데 안 잘리냐? 난 엄연히 내 돈 내고 먹는 손님이야. 콜라 달라고 했잖아."
"없어."
"저기 냉장고 안에 든 거 콜라 아니고 간장이냐? 사이다 뒤에 있잖아."
정욱이 턱으로 주방 앞쪽에 있는 냉장고를 가리켰다. 이래도 할 말 있냐는 듯 거만한 말투였다.

"다른 사람한테 팔 콜라는 있어도 너한테 팔 콜라는 없어. 그만 먹고 나가."

더 이상 상대할 가치가 없다고 판단한 유경이 냉정히 돌아설 때였다. 쾅 하고 탁자 치는 소리가 들렸다.

"장유경! 넌 지금 여기 종업원이고 난 손님이야. 손님이 콜라를 달라면 콜라를 주고, 물을 달라면 얼른 물을 들고 와야 하는 게 네 할 일 아니냐? 내가 가져다 먹을까?"

유경의 얼굴이 하얗게 질림과 동시에 파주댁이 주방에서 총알같이 튀어나왔다.

"왜? 무슨 일 있어?"

유경의 파르르 떨리는 입술과 정욱의 상기된 얼굴을 번갈아 보느라 파주댁의 눈이 바쁘게 돌아갔다. 철없는 아이들의 싸움이 재미있기도 하고 동시에 가엾기도 했다.

'그래, 너란 아이는 그래야 어울려. 너도 그렇게 그 사람을 닮아서 변해가는 거야……. 그렇게…… 될 거야.'

이상하게도, 제법 잘 견뎌내다가도 순식간에 감정이 무너질 때가 있었다. 지금 이 순간이 그랬다. 유경은 핑 도는 눈물을 억지로 감추고는 방으로 들어갔다. 목 뒤로 묶은 앞치마를 푸는 손이 자꾸만 헛손질을 했다. 앞치마를 뜯다시피 벗은 유경이 가방을 들고는 파주댁에게 고개만 꾸벅거리고는 식당을 나섰다.

이런 얼굴로 가버리면 파주댁이 크게 상심할 것을 알지만 지금은 그게 최선의 행동이었다. 파주댁의 얼굴을 보면 대성통곡을 할 것 같았다.

"아이고, 저 어린것 눈에 눈물 마를 날이 없네."

파주댁의 입에서 묵은 한숨이 흘러나왔다. 유경이 덜 닫고 나간 낡은 문을 바라보며 정욱은 젓가락을 부러뜨릴 것처럼 힘을 주었다. 어려서부터 유경을 울리거나 괴롭히는 녀석들은 모두 정욱이 혼내주었었다. 그만큼 아끼는 유경을 이제는 자신이 울리고 있다는 생각에 정욱의 시선이 낮게 흔들렸다.

"아주머니, 여기 얼마예요?"

"으응? 그냥 가. 우리 유경이 친구 같은데."

기가 죽어 보이는 정욱의 모습에 파주댁은 상황과 어울리지 않게 웃음이 나올 것 같았다. 사내 녀석들은 왜 그리도 자기가 좋아하는 여자애들을 괴롭히는 것으로 마음을 드러내는지. 생긴 모습도 물론이거니와 하는 행동으로 보아 헛으로 유경을 좋아하는 것이 아님이 분명했다.

"저, 여기."

지갑을 꺼낸 정욱이 만 원짜리 몇 장을 내밀었다.

"아이고, 뭐가 이리 많아? 만 원만 줘."

"아니에요, 다음에 오면 차액만큼 맛있는 거 주세요."

정욱이 튀어나가다시피 입구로 향했다.

"학생!"

파주댁이 손사래를 치며 급히 정욱을 불렀다.

"네?"

"가방은 들고 가야지."

"아…… 네."

파주댁이 건네주는 가방을 받으며 정욱은 멋쩍음에 머리를 긁적였다. 파주댁은 정욱의 커다란 키에 새삼 놀라며 슬쩍 말을 건넸다.

"우리 유경이 참 예쁘지?"

"네! 최고로 예쁩니다."

거침없는 정욱의 대답에 파주댁은 저절로 등을 두드려 줄 뻔했다. 공부나 할 것이지 하고 면박을 주기엔 하는 짓이 예뻐 보이기만 했다.

"다음에 또 오겠습니다."

정욱이 인사를 꾸벅하며 쏜살같이 튀어나갔다.

"그 녀석 참…… 뉘집 자식인지 인물도 훤하고 하는 짓도 듬직하네."

파주댁이 열려진 문을 보며 흡족한 듯 중얼거렸다.

"아줌마, 우리 먹을 건 안 줍니까?"

가게 안에 다른 손님이 기다리고 있음을 잊고 있었던 파주댁이 얼른 사과를 했다. 낡은 문을 닫고 주방으로 향하며 파주댁의 마음이 한결 가벼워졌다. 유경이 씩씩하게 웃어도 마음은 한없이 외로울 터인데 방금 나간 정욱이 그런 유경에게 좋은 친구가 되어줄 것이라는 믿음이 든 탓이었다. 지금은 친구처럼 지내고 나중에…….

'아이고, 주책이야. 애들을 두고 무슨 생각이래?'

"나쁜 자식! 정말 나쁜 자식!"

뜨거운 뙤약볕을 맞으며 정신없이 걷던 유경이 걸음을 멈췄다. 뺨으로 흐르는 것이 땀인 줄만 알았다. 손등에 축축하게 와 닿는 것이 눈물인 것을 뒤늦게 안 유경은 입술을 지그시 깨물었다. 그러나 속절없이 흐르는 눈물에는 당할 수가 없었다. 가슴속에 간직한 아픔을 마음 놓고 털어놓지 못하는 열아홉 살 유경에게 오늘 하루는 너무 힘겹기만 했다. 강한 척, 도도한 척하지만 아직은 여린 사춘기 소녀였다.

새삼스럽게 서러움이 몰려오자 유경의 호흡이 더욱 가파른 상승 곡선을 그렸다. 숨이 막혀 가슴이 답답하기만 했다.

"마셔."

작은 생수 병 하나가 불쑥 내밀어졌다. 고개를 든 유경의 눈에 힘이 들어갔다. 정욱의 얼굴에서 손에 든 생수 병까지 차례로 눈길을 준 유경이 코웃음을 쳤다.

"너 오늘 날 잡았니, 그동안 못 괴롭혔던 거 한꺼번에 다 괴롭힐 거라고? 잘됐다. 나 요즘 괴롭혀 주는 사람이 없어서 많이 섭섭했거든."

유경의 빈정거림에 정욱이 살짝 눈살을 찌푸렸다.

"물부터 마셔."

정욱이 다시 한 번 물병을 내밀자 유경이 물통을 세게 쳤다. 물통이 바닥으로 뒹굴었다. 눈물과 땀으로 범벅되어 있는 유경의 모습을 흘깃 쳐다본 정욱이 말없이 물통을 집었다. 흙이 묻은 물통을 자신의 옷에 쓱쓱 닦은 정욱이 물병을 열었다.

"화낼 때 내더라도 제발 물부터 마셔라."

유경은 정욱의 느닷없는 호의가 의심스럽기만 했다. 실컷 사람을 면박 줄 땐 언제고 이제 와서 챙겨주는 건 무슨 심보인지.

"너나 마셔. 더위 제대로 먹은 거 같은데."

유경이 먼저 걸음을 옮겼다. 물병을 꽉 쥐고 있는 정욱을 스쳐 가며 유경은 눈길도 주지 않았다.

"나…… 방학하자마자 미국에 간다."

순간 유경은 멈칫거리며 뒤돌아설 뻔했다. 다행히 거기까지 행동으로 취하지 않은 것에 안도하며 유경은 대꾸조차 하지 않았다. 다만 발걸음을 옮기는 것으로 자신이 정욱에게 무관심하다는 것을 대신했다.

"할머니께서 편찮으시대. 방학 동안이라도 가 있어야 할 것 같아. 그래서 말인데……."

방학 동안이라는 말에 왜 안도의 한숨이 나오는지 몰랐다. 유경은 속마음이 들킬세라 더욱 매몰차게 굴었다.

"네가 미국에 가든 소말리아에 가든 나랑 무슨 상관이야. 언제는 네가 나한테 어디 간다고 보고하고 다녔니?"

"유경아."

정욱이 다급한 마음에 걸음을 멈추지 않는 유경의 손목을 잡았다.

"네가 건드리는 거 싫다고 했잖아. 사람들 다 불러 모아야 이 손 놓을래?"

더위 탓인지 거리에 사람들이 많지는 않아도 드문드문 다니고 있었다. 그러나 정욱은 유경의 말에 아랑곳하지 않았다. 오히려 잡은 손에 힘을 주며 그늘진 곳을 찾아 두리번거렸다. 다행히 차양막이 쳐진 문 닫힌 가게가 보이자 정욱은 그곳으로 유경의 손목을 끌었다. 싫다고 반항하는 유경의 의사는 아예 무시했다.

"이 손 놓으란 말 안 들려!"

"내 이야기 다 끝나면 놓을 거야. 그전엔 못 놔."

"너 정말 왜 이래?"

정욱이 일단 잡고 있던 유경의 팔을 놓았다. 대신 몸으로 유경을 막았다. 자신의 말이 끝나기 전에 유경을 보낼 수 없다는 나름의 의지 같은 것이었다.

"너 두고 가기 싫어. 못 간다고, 안 갈 거라고 처음으로 부모님한테 고집도 부려봤어. 그렇지만 너도 알 거야, 우리 할머니랑 어머니 관계. 내가 중재자 역할을 해야 하니까…… 유경아, 길어야 한 달이야. 나도 수능 준비 때문에 오래 있지는 않을 거니까 그때까지……."

정욱이 말을 끊고 유경을 바라보았다. 그 표정이 너무 진지해 유경은 호흡을 내뱉지 못하고 들이마셔야 했다. 장유경, 너 미쳤니? 절대 흔들리지 마. 흔들리면 안 돼. 너도 엄마처럼 바보같이 그렇게 되고 싶니?

"아프지 마라."

몸이든 마음이든 간에 무조건 아프지 마라.

유경의 이마에 맺힌 땀방울을 훔쳐 주고 싶은 유혹을 억누르며 정욱은 또다시 다짐했다. 고등학생이라는 신분만 벗어버리면 그땐 어떤 일이 있어도 유경을 지켜주겠다고 스스로에게 맹세를 다졌다. 길어야 한 달인데 마치 일 년, 십 년의 시간인 것처럼 느껴졌다. 혹여 자신이 없는 그 시간 동안 유경에게 무슨 일이 생길 것 같은 불길한 예감이 들어 내키지 않았다. 간혹 방학 때마다 본가가 있는 서울에 가기는 했지만 한 달씩이나 떨어지기는 이번이 처음이었다. 함께 지내는 것은 아니어도 유경이 밟는 땅을 자신도 밟는 것이 얼마나 위안이 되었는데…….

"약속해, 그러겠다고."

"내가 왜 그래야 하는데? 네가 내 보호자라도 되는 것 같다. 있는 대로 실컷 사람 괴롭히더니 갑자기 무슨 변덕이야."

거칠게 밀치는 유경의 힘을 감당치 못한 정욱이 비틀거렸다. 사실 유경이 젖 먹던 힘까지 발휘한다고 해도 꿈쩍 안 할 자신이 있지만 지금은 유경이 하는 대로 모두 받아주고 싶었다.

"한 달 뒤에 보자."

날짜 가는 줄 몰랐는데 언뜻 생각하니 이틀 뒤가 여름 방학이었다. 유경은 자신도 모르게 날짜를 확인하고 있었다. 기분이 이상했다. 떠나는 사람들에 대해, 특히 자신이 사랑했던 사람들이 하나둘 곁을 떠나는 것에 익숙하다고 자신했는데 자꾸만 뒤를 돌아보고 싶었다. 정욱의 변덕이 어떤 마음에서 기인했든 간에 또 한 사람이 떠난다는 게 싫었다.

바보야, 이렇게 약한 척 굴 거라면 처음부터 아예 그러지 말았어야지.

눈물이 참방거리고 차 오르는 눈가에 힘을 주며 유경은 숨소리를 일부러 죽였다. 호흡이 자꾸 가빠져 소리 내어 울 것 같아 참아야 했다. 자신을 괴롭히거나 말거나 그래도 정욱이 옆에 있다는 것이 조금이나마 위안이 되었었는데. 결코 인정하고 싶지 않았지만 사실이 그랬다. 어려서부터 늘 자신을 지켜주던 정욱이었으니까.

그런 말 하지 마. 돌아올 것이라는 말 따위, 지키지 못할 약속 따윈 하지 마. 세상에서 가장 사랑했던 어떤 사람도 그런 말을 했었다. 더 이상 인형 따위에 기뻐하지 않을 사춘기에 접어들 무렵 커다란 곰 인형을 안겨주며 곧 돌아오겠다던 사람. 어느 순간 난폭하게 변해 버린 눈으로 작은 행복을 꿈꾸던 소녀를 기함하게 만들었던…… 이번엔 눈물 대신 쓴웃음이 흘러나오려 했다.

"할머니 문제만 아니었으면 절대 안 간다고 버텼을 거야."

정욱의 목소리가 거리감을 두고 들려왔다. 더 이상 유경을 따라올 생각이 없는 듯 그 자리에 서 있는 모양이었다. 유경은 그 말에 위안을 삼고 싶었다. 가고 싶지 않지만 어쩔 수 없이 가야 한다는 정욱의 변명이 변명처럼 느껴지지 않고 사실인 양 믿고 싶어졌다.

정욱의 할머니와 어머니의 관계가 원만하지 못하다는 건 예전부터 알고 있던 사실이다. 어렸을 땐 정욱이나 유경 둘 다 서로의 집을 제집 드나들 듯했었다. 정욱의 아버지와 유경의 아버지가 친구 겸 사업 관계로 얽혀 있어서 자연스럽게 왕래가 오갔었다. 유경은 정욱의 아버지를 외모보다 성격이 좋으신 분으로 기억하고 있었다. 정욱의 어머니는 예전에 유명한 여배우라고 하셨다. 명절이면 텔레비전을 통해 가끔 방송되는 옛 영화의 주인공으로 나오는 것을 보니 유명하기는 한 모양이었다. 정욱의 외모가 아버지보다 어머니를 닮아 더 눈에 띄는 것인지도 모른다.

정욱의 할머니는 배우 출신인 며느리가 못마땅해 왕래를 하지 않는다는 것을 어른들이 나누는 이야기에서 얼핏 들었었다. 그 때문인지 몰라도 정욱의 부모님들도 다툼이 잦았다. 유경이 아빠의 배신으로 힘겨워할 때 정욱은 부모님의 다툼으로 인해 힘들어한 공통점이 있었다. 차이점이라면 유경은 직격탄을 맞은 격이었고, 정욱의 부모님은 표면상으론 금슬 좋은 부부 노릇을 하기에 겉으론 평화스러워 보인다는 점이었다.

부모님의 다툼으로 힘들어하는 정욱을 알지만 유경은 모른

척했었다. 내 아픔의 크기가 훨씬 큰데 정욱을 위로한다는 것이 우스운 짓 같았다. 유경의 눈에 정욱의 방황이나 반항은 사치로만 보였다. 정욱이 자신을 괴롭히는 만큼 자신도 정욱에게 분풀이를 해대며 그나마 마음속의 응어리를 푼다는 건 유경도 인정하는 바였다.

그래서…… 그래서 정욱의 부재가 두려웠다. 차라리 떠난다는 말을 하지 않았다면 그냥 그러려니 했을 텐데. 한때는 하루도 떨어지지 않고 붙어 다녀서 오누이냐는 소리를 듣고 자란 그들이었다. 유경이 급하게 고개를 돌렸다. 뿌연 여름 햇살의 먼지 사이로 정욱의 걸어가는 뒷모습이 보였다.

정욱처럼 잘 다녀오라고 고함이라도 지르고 싶지만 그럴 용기까지는 없었다.

"난…… 약속 따윈 안 믿어. 사람도 믿지 않아. 사랑이니 그런 말 같은 건 더 더욱……."

절대 들릴 리 없는 말을 되직하게 중얼거리며 유경이 고개를 한껏 숙였다. 자꾸 눈자위가 따끔거렸다. 여섯 시가 다 되어가는 시간치고 태양 빛이 너무 강렬했다. 핑계라는 것을 알면서도 유경은 억지를 부리고 있었다. 억지를 부리고 싶었다.

늦더위가 한참 기승을 부리기는 했지만 나뭇잎은 어느새 새로운 계절을 맞이할 차비를 하고 있었다. 창밖 너머 보이는 교정의 플라타너스 잎들이 하나둘 새 빛깔을 보였다.

"야, 오명철! 장유경 좀 불러주라."

처음 보는 사내 녀석의 교복에 달린 이름표를 보며 정욱은 마치 안면이라도 있는 양 굴었다. 명철은 학교 내에서 가장 유명한 정욱이 자신의 이름을 부르자 움찔거렸다. 하필이면 왜 자신이 걸렸냐는 듯한 얼굴이다.

"저, 장유경 없는데……."

정욱의 인상이 삽시간에 구겨졌다. 미국에서의 체류가 길어진 탓에 개학을 하고도 이틀이나 지나서야 출석을 했다. 새벽에 귀국하자마자 교복만 갈아입고 달려온 길이었다.

"그럼 대신 좀 전해주라. 점심 시간에……."

"장유경 이제 학교 안 나오는데……."

명철이 대뜸 정욱의 말을 끊었다.

"그게 무슨 소리야? 왜 학교를 안 나와?"

유경이 학교를 나오지 않는 것이 제 탓이 아니건만 잡아먹기라도 할 것처럼 고함을 지르는 정욱을 보며 명철은 주눅이 들어 중얼거렸다.

"유경이 전학 갔어. 방학하고 얼마 뒤에."

"씨팔."

나지막한 욕설과 함께 정욱은 쓰러질 듯 말 듯 겨우 복도에 등을 기댔다. 이럴 것이라는 예감 때문에 미국에 가기 싫었었나 보다, 이렇게 되려고. 고부간의 갈등이 절정에 달했던 할머니와 어머니가 그나마 화해 비슷한 협약을 맺었고 끊임없이 자존심

싸움을 하던 부모님의 관계도 조금 진전이 되었다. 모든 것이 순조롭게 풀려가고 있기에 얼마 남지 않은 수능 시험에 몰두하기로 마음먹었다. 자신이 잘나지 않으면 유경을 지켜줄 수 없다는 것을 알기에. 스스로의 약속을 지키기 위해, 유경을 보고 나서 의지를 다지려 했었다.

정욱은 넋이 나간 얼굴로 주머니를 뒤적거렸다. 습관처럼 담배를 찾던 정욱은 자신이 금연을 하고 있다는 것이 생각났다. 평소처럼 수업 종이 울리고 선생님들의 모습이 복도에 삼삼오오 나타났다. 그러나 정욱은 유경의 자리만 쳐다보고 있을 뿐 움직이지 않았다. 이미 다른 아이가 대신하고 있는 그 자리를 정욱은 하염없이 바라보기만 했다.

"너 미국으로 떠난 그날 돌아가신 걸로 아는데."

희준이 담배를 꺼내 물었다. 희준이 건네는 담배를 마다하며 정욱은 다시금 이야기를 재촉했다.

"근데 왜 전학을 간 거야?"

"그걸 낸들 아냐. 선생들 지껄이는 소리로는 뭐 빚쟁이들이 몰려와서 장유경 그 계집애한테 난리를 부렸다고 하더라구."

신나는 기삿거리라도 되는 듯 희준의 목소리가 들떠 있었다. 정욱은 이를 악물고 주먹을 세게 쥐었다.

"그래서?"

"그래서는 뭐, 걔가 일했던 식당 아줌마랑 홀연히 사라졌다고 하대. 바람과 함께 장유경 사라지다. 크크크, 제목 잘 지었지?"

"닥쳐! 어디로 전학 갔는지 모르고?"

정욱의 정색에 희준이 얼른 입을 다물었다.

"닥치라면서 대답은 어떻게 하라고…… 학교에서는 공부 잘 하는 애 전학 못 시킨다고 했다던데 어차피 대학도 안 갈 거니까 해달라는 대로 해줬겠지. 나보다 선생들한테 묻는 게 빠르지 않겠냐?"

"그렇겠지."

정욱이 희준을 홀로 두고 뛰기 시작했다. 더 이상 유경의 흔적이라곤 남아 있지 않는 체육관 주변에 서 있는 것도 곤욕이었다. 어디로 갔든 어디에 있든 꼭 찾아내고 말겠다고 생각하며 정욱이 휴대폰을 꺼내 들었다.

어머니와 함께 미국에 가 있던 자신과 달리 아버지 또한 해외 출장 중이셨다. 할머니의 상태가 생각보다 위급하지 않아 겸사 겸사 새로운 사업 구상도 하실 겸 자리를 비운 아버지라도 국내에 계셨더라면 어떻게 해서든 장례를 도와주셨을 텐데. 정욱은 심장이 터질 것 같았다. 유경이 홀로 겪었을 고통이, 자신에게만 용감하게 대드는 유경이 얼마나 겁에 질려 했을지 상상만으로도 끔찍했다.

"어머니, 정욱이에요."

[그래, 정욱아. 마침 전화 잘했어. 피곤할 텐데 하루 더 쉬고 내일 가면 될 것을 뭐 하러 그렇게 바득바득 학교를 가야 한다

고 그러니.]

무슨 일이 있어도 학교에 충실해야 한다는 정욱의 아버지 최 사장과 달리 정욱의 어머니 하 여사는 생각이 달랐다. 노는 것도 때가 있다며 공부는 크게 강요하지 않았다. 그랬기에 사사건건 남편과 부딪치며 싸웠다.

"어머니, 유경이네……."

[나도 방금 전에야 이야기 들었어. 세상에, 어쩜 그런 일이 다 있다니. 유경이 걔가 부모 복이 없는 앤지 어떻게 한꺼번에 그렇게 줄초상을…… 너희 아버지한테 연락 받고 내가 지금 내려갈까 했는데 유경이 벌써 다른 곳으로 이사 갔다고 해서 어쩔까 망설이는 중이었어.]

"어머니, 유경이 어디로 갔다는 이야기 못 들으셨어요?"

정욱이 불쑥 하 여사의 말을 잘랐다. 지금 중요한 건 유경이 어디로 갔냐는 것 외에 아무것도 없었다.

[그걸 낸들 아니. 나도 대충 상황 파악만 한 상태인데. 애, 우리 미국 가길 잘한 것 같다. 있었으면 유경이 엄마 소식에 자살한 아버지 소식에 얼마나 우울했겠니.]

귀에서 휴대폰이 툭 하고 떨어졌다.

부품 공장을 하던 유경의 아버지가 무리한 욕심을 부리며 연거푸 실패를 거듭하자 사업의 공조도 무너지기 시작했었다. 더군다나 유경의 아버지가 아내를 두고 다른 여자를 만나는 것에 격분한 정욱의 아버지 쪽에서 사십년지기의 우정을 청산해 버렸다.

 본가인 서울 집을 놔두고 정욱이 평택에서 지낸 이유는 유경 외에 다른 이유가 없었다. 할머니와 어머니의 갈등이 심해지자 정욱의 아버지는 당신이 나고 자란 곳이자 할아버지께서 사업 기반을 다진 평택에 분가를 결정했다. 네 살의 정욱이 네 살의 유경을 만난 곳이 평택이었고 정욱은 그것이 자신의 행운이라고 지금까지 믿고 있었다.

 부모님들의 관계가 소원해졌을망정 두 사람의 우정은 변함없을 것이라 확신했었다. 그러나 유경은 생각이 다른 모양이었다. 여러 가지 일이 한꺼번에 생긴 이후부터 유경은 노골적으로 정욱을 피하기 시작했다. 마치 정욱의 아버지가 유경의 아버지에게 단절을 선언한 것처럼. 처음엔 감수성이 예민한 사춘기 때문일 것이라 생각했었다. 조금만 기다리면 예전의 관계로 회복될 수 있을 것이라 생각했던 정욱은 자신이 잘못 생각하고 있음을 뒤늦게 깨달았다.

 유경이 자신을 멀리하기 시작하자 정욱은 유경이 미운 것이 아니라 자신이 미워 견딜 수가 없었다. 유경을 위해 아무것도 해줄 수 없다는 자괴감에 정욱은 부러 유경을 괴롭히기 시작했다. 은근히 고집이 센 유경으로 인해 아버지에게 없는 근로 장학금을 줄 수 있게 사정하면서 겉으론 심술을 부려댔다.

 그게 본심이 아니었음을 유경에게 제대로 알리지 못했는데, 사과도 하지 못했는데, 이렇게 헤어진다는 건 말이 되지 않았다. 정욱이 원망스러움을 담고 하늘을 올려다보았다. 지금 자신처럼 유경도 이렇게 하늘을 보고 있을까?

평소보다 하늘이 더없이 푸르고 구름 한 점 없는 것이 짜증스러웠다. 파아란 하늘을 닮은 유경이 없는 지금 저깟 하늘이 무슨 소용이 있는지.

자신처럼 유경을 못살게 구는 녀석이 있어서 울고 있지 않을까 생각하니 가슴이 터질 것만 같다. 정욱이 갑자기 주먹으로 울퉁불퉁한 건물 벽을 쳐댔다. 살이 까지고 피가 보여도 정욱은 멈출 줄을 몰랐다.

열아홉 살의 여름. 십사 년을 간직한 첫사랑을 잃어버린 그 여름. 한쪽 심장을 잃어버린 정욱은 지독하게 쓰린 가슴앓이를 해야 했다.

다섯

마치 옛날 영화에서나 나옴직한 동네였다. 순박하다는 표현이 어울릴지 모르지만 지금 이 순간 눈앞에 보이는 풍경 자체만으론 순박하다는 느낌이 물씬 들었다.

정욱이 바깥 풍경에서 눈을 떼 암 레스트(arm rest)에 편안히 팔꿈치를 기대자 누군가 차 앞창에 불쑥 얼굴을 들이미는 것이 보였다. 앞창, 뒤창 할 것 없이 온통 까만색으로 코팅이 되어 있다 보니 지나가던 행인이 호기심이 인 것 같았다. 차체의 디자인만으로도 눈에 띄는데 성태의 튜닝으로 인해 요란스럽기 그지없는 스포츠카는 확실히 시장 입구의 작은 마을 금고 앞에 주차하고 있기엔 너무 눈에 띄었다.

"가지가지 한다. 내 차가 지들 뭐 처먹고 옥수수 점검하는 거 울이냐? 하여간에 촌것들은 어쩔 수 없다니까. 지난번에 여기 왔을 땐 어떤 미친놈이 엠블럼까지 떼어갔어."

성태가 있는 힘껏 인상을 구기며 투덜거렸다. 성태의 말에 정욱이 입술을 실룩이곤 실소를 터뜨렸다.

"엠블럼 떼어갈 때까지 넌 뭐 했는데? 인마, 촌사람들이라서 엠블럼 떼어가는 게 아니라 어딜 가나 그런 놈들 있어. 비약하지 마."

성태에게 적당히 타박을 준 뒤 정욱이 양손을 깍지 끼워 머리를 받쳤다. 갑자기 피곤이 몰려왔다. 제대하자마자 쉬지도 못하고 성태의 성화에 못 이겨 내려왔더니 쉬고 싶다고 몸이 아우성을 쳐대는 중이었다. 정욱의 눈이 저절로 감겼다.

"야, 보인다, 보여. 저기, 저기 머리 올린 계집애 보이지?"

한참 전부터 건물 안을 힐끔거리던 성태가 정욱의 팔을 흔들며 호들갑을 떨었다. 반 정도 눈을 뜬 정욱은 성태가 가리키는 곳을 힐끔 보고는 다시 눈을 감았다. 갑자기 허탈감이 몰려왔다. 기껏 보여준다는 것이.

"인마, 눈은 장식품으로 달고 다니는 게 아니라 실수하지 말고 똑바로 보라고 달려 있는 거야. 애초에 네 녀석 눈을 믿은 내가 잘못이지. 노성태 취향 참 많이 독특해졌다. 얌전해졌다고 해야 하나."

"아니야, 인마. 이런 동네에서 썩기는 정말 아까운 얼굴이라니까. 너 혹시 다른 애 본 거 아니냐? 여자가 둘이야. 하나는 완전 호박이 언니 동생 삼자고 하는 얼굴이고 하나는 그야말로 죽음. 다시 한 번 자세히 봐봐."

"두 번 볼 것도 없어. 네 눈 버린 걸로 만족해라. 내 눈까지 버려야겠냐. 인마, 그렇게 난리를 떨면서 자랑하더니 고작 저런 여자애 보여주려고 한 거냐?"

"이 자식이 내 안목을 무시하네. 아니라니까. 다시 봐봐."

어린아이가 똥고집을 부려도 이것만 할까. 반강제로 정욱의 팔을 흔들며 성화를 부렸다. 아무튼 고집 하나만큼은 쇠심줄만큼 질긴 녀석이다. 성태의 등쌀에 못 이긴 정욱이 억지로 눈을 떴다. 빨리 가서 쉬고 싶다는 생각에 정욱이 차창을 내리라는 신호를 보냈다. 확실하게 확인을 하겠다는 성의를 보여야 성태의 오버를 막을 수 있을 것 같았다.

정욱이 심드렁한 표정으로 건물 안을 살폈다. 그러나 조금 전과 별반 다를 리 없는 상황이었다.

"그나저나 이렇게 밖에서 안이 보일 정도면 도둑놈들깨나 좋아하겠다."

"그런 건 우리가 알 바 아니지. 내 돈이 들어가 있는 것도 아닌데 뭘 그거까지 신경 쓰고 그러냐? 나 살기도 바쁜데. 내가 보라는 계집애 봤냐?"

"너 같은 놈을 시민으로 받아주는 이 동네 주민들이 불쌍하다. 그나저나 누굴 말하는 거야?"

다섯 103

성태를 시큰둥하게 바라본 정욱의 얼굴엔 지겹다는 표정이 그득했다. 확실히 사람 보는 안목이 예전과 달라진 성태의 오버에 속은 셈 치자고 고개를 돌리려던 순간 정욱의 얼굴이 밀랍 인형처럼 굳어졌다. 차창을 뚫고 나가기라도 할 것처럼 몸이 쏠리는가 싶더니 눈이 한곳에 머물며 날카롭게 빛났다. 충격을 받은 듯 숨소리조차 크게 내지 않았다. 어린 시절 꽃잎 위에 놓인 나비가 날아갈까 조바심을 내던 기억이 새삼 떠오를 만큼. 심장 박동수도 자신의 것이 아닌 것처럼 마구 흥분하고 있었다.

정욱의 보기 좋은 입매가 흥미로움을 담고 살짝 올라가기 시작했다. 긴장감으로 인해 떨리는 손을 정욱이 동그랗게 말아 쥐자 주먹이 진동을 했다.

"이 자식 보게. 이제 제대로 봤냐? 거봐, 끝내주지?"

벼락이라도 맞은 사람처럼 꼼짝하지 않는 정욱을 보며 성태가 이죽거렸다. 정욱이 싸한 웃음을 견주며 입을 뗐다.

"이런 미친놈. 네가 외국물까지 처먹고 들어온 놈 맞냐? 강남에 가봐. 저런 애 열 합쳐 놓은 것보다 예쁜 애들이 얼마나 많은데, 하필. 확실히 네가 너희 어머니 때문에 상태가 극히 안 좋긴 한 모양이다."

평소 여자에게 관심도 없는 정욱이 자신이 찜해둔 여자에게 악평을 하자 성태는 슬쩍 의심이 가기 시작했다. 정말 자신의 안목이 이상한 건가? 아닌데…… 그렇지만 정욱의 말을 무턱대고 무시할 수도 없었다. 정욱이야말로 성태가 유일하게 자신보다 낫다고 인정하는 녀석이었다. 그랬기에 일단 정욱에게 검증을 받고자 하는 마음에 보여준 것인데 반응이 기대한 것과 사뭇 달랐다. 성태가 다시 한 번 고집을 부렸다.

"쟨 뭔가 분위기가 다르다니까. 내가 우리 꼰대한테 받은 수표 바꾸러 들어갔다 한눈에 뻑 갔다니까. 뭐랄까, 지성미가 흐른다고 해야 하나?"

"시끄러워, 인마! 기껏 제대 기념 파티 거하게 해주겠다고 끌고 내려온 게 이거냐? 거기다 착실히 일하는 여자애 꼬셔보겠다고? 아서라, 인마. 너 때문에 이 동네 질 다 버리겠다. 쟨 무조건 너랑 안 어울려. 다른 애 알아봐."

"넌 군바리새끼가 된 말이 그렇게도 많냐? 네가 짜샤, 아무리 군대에 가서 인간이 됐다 쳐도 너나 나나 똑같은 남자새끼지. 여자 싫다는 놈도 있냐? 그나저나 정말 쟤 별로냐? 천안에 머무는 동안만 좀 데리고 놀아볼까 했는데."

아쉽다는 듯 입맛을 다시는 성태와 대조적으로 정욱의 안색은 그리 밝지 못했다. 정욱이 조금 전보다 더 진지한 목소리로 충고를 했다.

"네가 데리고 놀 애 아니야. 너한테 넘어오지도 않겠지만."

확신하는 정욱의 말에 성태가 입술을 삐죽거렸다.

"미친놈. 내가 너하고 있으면 극과 극으로 비교가 되지만 나 홀로 플레이 땐 애들이 오빠 오빠 하면서 달라붙어 떨어지질 않아. 그리고 저 계집애가 무슨 절개 지키는 춘향이라도 되냐, 몽룡인지 삼룡인지 기다리는? 저렇게 일하는 애들일수록 돈으로 미끼 던지면 순식간에 넘어와. 나 정도면 뭐 영광이지."

"영광 굴비 먹고 싶으면 식당이나 찾아보든지, 쟤는…… 포기해라."

"아, 짜식. 어디서 그런 썰렁한 군바리 유머를. 뭐, 시작을 했어야 포기를 하든지 말든지 하지. 에이, 모처럼 맘에 드는 애 하나 발견했다 했는데 어디 가서 다른 년이나 찾아봐야겠다."

"나 제대한 지 일주일째다, 군바리는 무슨. 그나저나 생각 잘했다. 빨리 잊어."

정욱이 그만 출발하자는 신호를 보냈다. 하는 수 없다는 듯 성태가 시동을 걸었다. 그래도 미련이 남는지 핸들을 쥔 손과 얼굴 방향이 자꾸 어긋났다. 연신 뒤를 돌아보는 성태와 달리 정욱은 그저 앞만 보고 있었다.

입술을 잘근 깨물며 두 눈에 있는 힘껏 힘을 주었다. 조금 전 눈에 담은 모습을 잊어버리지 않기 위해 모든 감각 기관을 눈으로 집중시켰다. 웃고 있었다. 아주 편한 모습으로, 슬퍼 보이지도 힘겨워 보이지도 않는 얼굴로.

정욱이 여운을 음미하기 위해 눈을 감았다. 어둠 속에서도 빛나는 얼굴 하나를 떠올리는 정욱의 표정에 여유로움이 한껏 서렸다.

부모님의 반대를 무릅쓰고 자원해서 군대를 갔던 정욱은 일주일 전 제대를 했다. 두 달간의 짧은 대학 생활을 한 터라 내년

복학 때까지는 시간적 여유가 있었다. 유경으로 인해 마음고생 끝에 선택했던 군대지만 제대 후엔 무조건 유경을 찾는 일에 몰두할 생각이었다.

열아홉 살 먹은 소년이 할 수 있는 건 아무것도 없었다, 떼를 쓰고 반항하는 것 외에는. 유경이 전학 간 학교는 마음먹는다면 얼마든지 알아낼 수도, 찾아갈 수도 있었다. 그러나…….

그 외에는 어떤 것도 자신이 할 수 있는 것이 없었다. 어른이 되어야 한다고 절실하게 깨달은 건 그때였다. 덩치는 이미 어른보다 컸지만 능력을 키워야 한다고. 한동안 소홀했던 공부에 매달리며 정욱은 오로지 몇 년 후를 기약했다. 그 희망으로 지금까지 견뎌왔다고 해도 과언이 아니었다.

기껏 첫사랑 계집애에게 미련 두는 구질구질한 녀석이라고 해도 좋았다. 가슴속에 품은 사람은, 사랑은 이성적으로 판단할 수 있는 것이 아니었다. 군 문제까지 해결했으니 구체적으로 실행에 옮기려던 찰나, 고향이 천안인 성태에게서 연락이 왔다. 선뜻 그러마 약속을 하면서 가졌던 일말의 기대감이 이런 식으로 이루어진 것은 그의 소망이 너무 간절했기 때문이었나 보다.

과 동기인 성태는 불과 두 달 동안의 대학 생활 중 친해진 녀석이었다. 신입생 환영회 때 선배들이 주는 술을 넙죽넙죽 받아먹던 성태가 술에 취해 시비를 건 상대가 공교롭게도 정욱이었다. 너무 잘생긴 게 불만이라는 둥, 잘난 척하느라 혼자서 술 마시는 게 재수없다는 둥 성태의 불만의 이유이자 주장이었다. 결국 주먹다짐이 오가게 되었고 선배들 앞에서 새까만 1학년 후배 둘이 다툼을 벌인 사건은 두 사람을 요주의 인물로 만들어 버렸다. 그 일이 있고 난 며칠 뒤 두 사람은 십년지기보다 더한 우정을 쌓게 되었다.

며칠 뒤 사과의 의미로 가진 술자리에서 성태는 신입생 환영회 날 보기 좋게 실연을 당했었다고 털어놓았다. 그것도 자신의 과외를 맡아주었던 연상의 누나에게. 그 불만을 하필이면 정욱에게 쏟아버리게 되었다는 것이다. 정욱 또한 그날 또래 여학생들의 상기된 표정을 보고 유경이 떠올라 우울함이 극에 달한 상황이었다. 우울함을 함께 겪고 있었기에 사소한 시비에 욱했던 것 같았다. 누가 먼저 고백했는지 모르지만 두 사람은 그 고백 이후 급속도로 가까워져 있었다.

싸움으로 시작된 첫 만남이 이렇게까지 친해진 것이 본인들도 의아스럽긴 마찬가지였다. 더군다나 이 년 동안의 공백기를 거쳤건만 만나자마자 어제 헤어진 녀석들처럼 거리감이 없었다. 하기야 애인들에게 끊임없이 편지가 오던 다른 부대원들과 달리 정욱에게 편지를 꼬박꼬박 보내준 이가 성태였으니 정욱에게는 제2의 애인이나 마찬가지였다.

성태는 소위 지방 졸부의 아들이었다. 명문대만 들어가면 원하는 것을 다 들어주겠다는 부모의 말에 악착같이 공부에 매달렸다고 했다. 방학 때마다 천안으로 내려와 성태를 맡아준 과외선생님이 다니는 학교에 들어가기 위해 코피까지 쏟아가며 공부했노라고 울분을 토하기까지 했었다. 그런 자기를 어떻게 버릴 수 있냐고, 여자는 절대 믿을 게 못 된다는 궤변을 늘어놓으며. 그러나 그것도 잠시였다. 정욱이 눈으로 보고, 귀로 들은 여자들만 해도 부지기수였다.

아무튼 재미있는 녀석이었다. 대대로 남의 농사만 짓던 소작농에서 부동산 경기를 타고 졸부가 된 할아버지의 유언이 손자가 서울로 유학 가는 것이라고 했다. 많이 배우지 못했음을 외아들인 성태를 통해 대리 만족하고자 부모님도 할아버지 유언 못지않게 극성스러웠다고 한다. 평소의 가벼움과 달리 한 번 마음먹으면 끝장을 보는 면도 있었다. 흔하지 않아서 문제지만.

명문대에 붙자마자 재산을 정리해 서울행을 결정한 부모님의 행동을 개탄스러워하는 엉뚱한 구석도 있지만 악의는 전혀없는 녀석이었다. 오히려 껄렁한 외모와 달리 마음은 진국이었다. 오버가 지나친 면이 없잖아 있지만 잇속에 밝다거나 실속만 챙기는 녀석이 아니어서 정욱이 속내를 털어놓는 유일한 친구기도 했다.

그러나 정욱이 군대부터 다녀오겠다며 현실 도피를 선택한 반면 성태는 자유로운 영혼 운운하며 유흥 문화 발전에 앞장서겠노라고 장담했었다. 실제로 성태는 정욱이 군 복무를 할 동안 어학 연수를 빙자해 마음껏 방탕한 생활을 하기도 했다. 결국 아들의 행동을 뒤늦게 눈치챈 부모님으로 인해 한국으로 소환당한 그는 집에서 쫓겨나 얼마 전부터 천안의 별장으로 내려와 있었다. 돈줄이 막힌 탓도 있지만 더 이상 흥밋거리도 없었기에 미련은 없었다.

모질게 내친 어머니와 달리 아버지는 한동안 넉넉하게 쓰고도 남을 돈을 챙겨주었다. 돈이 없어 겪었던 설움을 아들에게는 겪게 하고 싶지 않은 아버지 나름의 생각에서였다. 아버지가 준 수표를 바꾸기 위해 찾은 곳이 마을 금고였고 우연히 거기서 마음에 드는 여자애를 발견했다. 자신이 첫눈에 반한 여자가 가장 절친한 친구 정욱이 그렇게 오매불망 그리워하던 유경임을 알 리 없었던 성태는 자랑스레 보여주었던 것이다.

장유경이 얼마나 도도한지 네놈이 아냐? 유경인, 장유경 그 계집애는 너 같은 어설픈 양아치한테는 눈도 안 줄 거야. 유경인 말이야…….

유경의 얼굴이 희미하게 떠오르자 정욱은 그녀를 향한 그리움으로 감정을 주체하기 힘들었다. 멀어진다고 해서 그 사람을 잊을 수 있다는 것이 아님을 깨닫는 순간, 어쩌면 영원히 그 추억에 사로잡혀 살지도 모른다는 생각이 들었다.

유경과 소식이 단절된 후 정욱은 자신에게 무척이나 냉정하고 냉담하게 굴었다. 자괴도, 자조도 아니었다. 스스로를 춥게 만드는 것. 유경의 고통을 그렇게라도 이해하고 나눌 수만 있다면 힘들거나 외로움 따윈 아무래도 좋았다. 좋아하는 여자애 하나 제대로 지켜주지 못하고 거부당한 자신에게 주는 벌이었다.

그런데 이제 더 이상 춥지 않아도 될 모양이었다. 막연하게 유경을 찾겠노라 했었지만 이렇게 빨리 눈앞에서 확인하게 될 줄은 예상도 못했다. 더욱이 성태가 아니었다면…… 녀석이 새삼스럽게 보였다. 감히 유경을 잠시의 놀이 대상으로 생각했던 건 괘씸하지만.

"고맙다."

정욱의 느닷없는 중얼거림에 성태가 고개를 힐끔거렸다.

"아이, 이 자식은 꼭 얄팍한 우정 티를 내요. 네가 친구가 나밖에 더 있냐? 나라도 너랑 놀아줘야지. 고마우면 형아 즐겁게 해주면 돼."

정욱이 한 말의 의미를 알 리 없는 성태는 엉뚱하게 해석을 하고 있었다. 너스레를 떨며 정욱을 어이없게 만들더니 급기야 자신이 주워들은 온갖 풍문들을 늘어놓기 시작했다. 정욱은 어떤 제재도 없이 성태의 말을 모두 들어주었다. 그 정도쯤은 아무것도 아니었다. 사 년 동안의 고통에 비하면, 이건 정말 아무것도 아니었다.

조그마한 마을 금고 안이 분주하게 돌아가고 있었다. 마감 시간을 앞둔 탓도 있지만 동네 사랑방처럼 하루에 두어 번씩은 들렀다 가는 사람들이 많기에 금고 안은 정신이 사나울 만큼 소란스러웠다. 길 건너 대로변에 대형 은행들도 많지만 시장 사람들은 한쪽 어귀에 자리 잡은 작은 금고를 더 애용하고 있었다. 은행과는 차별화된 그들 나름대로의 연대감 같은 것이 있는 듯

했다.

"장 양 곧 관둔다며? 보고 싶어 어쩌나?"

꼬깃꼬깃 뭉쳐진 돈을 내밀며 정육점 송씨가 섭섭함을 토로했다.

"저도 많이 섭섭해요. 아주 멀리 가는 것도 아니니까 가끔 놀러 올게요. 오늘은 오만 원 입금하시는 거 맞으시죠?"

생긋거리며 웃는 얼굴로 돈을 받아 처리하는 유경의 손놀림이 무척 빨랐다. 단순하고 칙칙한 유니폼을 입고 있지만 피부색이 뽀얀 탓인지 잘 어울렸다. 입금 처리를 끝낸 유경이 인사를 하며 통장을 건네주었다. 흡족한 얼굴로 자신의 입금 내역이 담긴 통장을 보는 송씨를 바라보는 유경의 눈에 즐거움이 가득했다.

질그릇처럼 정감 가는 사람들. 삼 년이라는 시간을 매일같이 함께 보냈으니 알게 모르게 시장 사람들과도 꽤나 정이 들어 있었다. 생선 냄새에 절여진 돈, 밀가루를 뒤집어쓴 돈, 기름기가 흠뻑 묻은 돈까지 그네들이 파는 다양한 품목만큼이나 유경도 그 돈을 함께 접했다. 상인들의 땀 묻은 돈을 접하다보니 자신도 시장 사람이 다 된 듯한 기분이었다.

이렇게 정이 든 사람들과도 조만간 이별이었다. 아직도 이별이라는 단어가 익숙하지 않지만 분명한 건 예전과 상황이 다르다는 점이었다. 그땐 자포자기한 심정으로 떠나왔지만 지금은 희망을 품고 떠나는 것이다.

"유경아, 삼 분 전."

옆 자리에 앉은 명희의 말에 유경이 고개를 끄덕였다. 어느새 마감을 해야 할 시간이 다 되어가고 있었다. 유경은 가볍게 콧노래를 흥얼거렸다. 막 더위가 시작되고 있지만 그녀의 마음은 아직도 봄이었다, 새순이 막 피어나는.

마감을 끝내고도 정산이 맞지 않아 유경은 그날도 밤이 늦어서야 퇴근을 했다. 아직도 수기로 작업을 하는 탓에 이런 일이 왕왕 있었다. 녹초가 되다시피 한 유경은 식당 앞에 이르러 일부러 몸을 곧게 폈다. 속으로 짧게 심호흡을 한 유경은 기운차게 식당 문을 열었다.

"다녀왔습니다."

유경의 인사에 활짝 열어둔 주방에서 파주댁이 얼굴을 내밀었다.

"그놈의 금고는 사람이 너밖에 없대? 지금 시간이 몇 신데. 이제 그만 부려먹어도 되겠구먼. 월급은 얼마 주지도 않으면서 매일 늦게까지 고생을 시키는지 몰러."

지난 삼 년간 변함없이 듣는 인사말이었다. 유경이 주방으로 다가가자 일찌감치 장사를 파한 파주댁이 이삿짐을 챙기고 있었다. 그릇들을 하나하나 닦아 챙기는 것을 보니 정말 떠날 날이 얼마 남지 않았음이 실감되었다.

"이놈의 접시는 살 때는 비싸게 주고 샀는데 색이 얼마나 잘 바래는지. 아이고, 돈 값을 못해."

다섯 113

말은 그렇게 하면서도 파주댁은 소중하게 챙겨 넣고 있었다. 오래되어 낡은 그릇은 버려도 좋으련만. 새 식당으로 가면서도 낡은 식기들을 다 챙겨가는 파주댁의 속마음을 알기에 다른 사람들이 궁상떤다고 핀잔을 줘도 유경은 아무 말 하지 않았다. 사람에게는 한 가지씩 정을 주는 물건이 있기 마련인데 파주댁에게는 그릇이 그랬다. 몇십 년을 동거동락했으니 자식과 진배없으리라.

"힘들었쟈?"

"힘들긴요. 저 얼른 옷 갈아입고 나와서 도와드릴게요."

"아서. 지금까지 일하고 와서 또 일하게? 새로 가게 열면 그때 또 도와주면 돼. 저쪽 테이블에 밥 차려놨으니 얼른 밥부터 먹어. 옷은 그 다음에 갈아입고."

바쁘고 고된 식당 일에도 파주댁은 삼 년 동안 유경의 저녁을 정성스럽게 챙겼다. 요즘 이삿짐 싸는 일까지 겹쳐 몸이 두 개라도 모자랄 지경이었다. 그런 파주댁의 정성 때문에라도 유경은 지치고 힘들다는 내색을 할 수 없었다.

"아주머닌 드셨어요?"

유경이 의자를 빼내며 물었다.

"나야 벌써 먹었지. 어서 먹어."

"네."

유경이 어깨에 멘 가방을 내려놓고 수저를 들었다.

"국 뜨겁지도 않고 차지도 않지? 너 올 시간에 맞춰서 조금 전에 퍼놨어."

"네, 먹기 적당하고 맛있어요."

"며칠 뒤부터는 꽤 덥다고 하네. 올 여름은 콩국수가 좀 많이 나가겠어. 서울 가면 여기보다는 덜 더울래나. 그래도 몇 년 살았다고 떠난다 생각하니 마음이 그래."

서운함보다 만감이 교차한다고 하는 것이 어울렸다. 파주댁의 말에 유경이 고개를 끄덕였다. 이곳에 정착하고 산 지 어느덧 횟수로 사 년이었다. 평택을 떠나온 게 엊그제 같은데 이제 또다시 떠날 준비를 해야 한다.

"사람이 죽으라는 법은 없다고 이렇게도 살게 되고 저렇게도 살게 되고. 어린 너 고생시킨 거 생각하면 미안하지만 그래도 우리 참 열심히 살았다. 그치?"

"네. 아주머니께서 저 때문에 너무 많이 고생하셨어요. 저, 아주머니께 정말 잘할게요."

생각해 보니 파주댁에게만큼은 고맙다는 말을 제대로 한 적이 없었다. 다른 사람들에게는 마음속에 없는 말도 잘하게 되는데 이상하게 그러질 못했었다. 가끔 유경은 파주댁이 엄마의 분신 같다는 생각이 들었다. 일찍 자신의 곁을 떠나 버린 엄마를 대신해 파주댁이 그 자리를 대신해 주어 외롭지 않게 견뎌낼 수 있었기에 마음속으론 엄마 이상으로 생각하고 있었다.

"내가 서방 복은커녕 자식 복도 없이 살았는데 말년에 너 만나서 호강하며 산다. 우리 앞으로도 지금처럼 그렇게 살자."

다섯

"네."

유경의 목소리에 자신감이 가득했다.

사람의 인연이란 참으로 묘했다. 며칠 사이로 양친을 여읜 유경의 소식을 듣자마자 파주댁은 한달음에 달려왔었다. 빚쟁이들이 찾아와 만들어놓은 쑥대밭 속에서 유경을 발견한 순간 두 사람은 서로를 부여잡고 얼마나 울었는지 몰랐다. 기댈 곳이 없어진 유경과 겨우 자리 잡고 살 만하니 어떻게 알고 찾아와 행패를 부리는 남편을 피해 두 사람은 야반도주하듯 평택을 떠나왔었다.

다행히 파주댁의 친척 되는 이가 이리저리 다리를 놔주어 식당도 열게 되었고 그 와중에 유경은 고등학교를 마쳤다. 대학 진학 대신 기어코 취직을 고집한 유경의 의지를 꺾지 못했던 파주댁은 그제야 알았다, 유경의 자존심이 얼마나 세고 황소 고집인가를.

제 또래와 마찬가지로 입학을 했다면 내년에 졸업반이 될 텐데 빨라야 내년에 1학년이 되니…… 유경을 보면 안쓰러운 마음 반 대견한 마음 반이었다.

시장 입구의 작은 마을 금고에 취직을 한 유경은 어느 정도 자리를 잡자 작년부터 공부를 시작했다. 그동안 소식 한 자 없던 파주댁의 아들이 작년에 제 아버지가 교통사고로 죽었다는 소식과 함께 나타난 것도 그 무렵이었다. 서울에 작은 식당 하나를 봐두었다며 식당을 옮기자고 성화를 해댔다. 자신이 번 돈을 보태면 충분할 것이라는 아들의 호언장담에 파주댁은 결국 그렇게 하기로 결정을 내렸다. 아들보다 유경을 위한 선택이었다.

아무래도 서울에서 살면 야간 대학을 목표로 하는 유경이 훨씬 수월하게 공부를 할 수 있을 것 같아서였다. 이미 파주댁도 나름대로 준비하는 것이 있었다. 유경이 적은 월급의 대부분을 학비로 모으고 있음을 알고 있었다. 지난번에는 유경의 고집을 꺾지 못했지만 이번은 아니었다. 당분간은 힘들지언정 유경이 학교를 들어가면 자신이 학비를 대줄 생각이었다. 이미 유경은 그녀에게 딸 이상의 존재였다.

늘 유경을 먼저 생각하는 파주댁처럼 유경 또한 그랬다. 파주댁이 자신 때문에 쉽사리 아들을 따라가지 못함을 눈치챈 유경은 그녀 나름대로 방안을 강구했었다. 어딜 가나 능력이 있는 사람은 통한다더니. 유경은 서울에 있는 다른 금고의 지점에 어렵지 않게 일자리를 구할 수 있었고 다음 달부터 출근하기로 이야기가 끝난 상태였다.

식사를 마친 유경은 파주댁의 옆에서 그릇을 함께 싸기 시작했다. 하지 말라는 파주댁의 말을 듣지 않고 끝내 고집을 부렸다. 얼마 되지 않는 짐 같은데 막상 꺼내어 늘어놓으니 밑도 끝도 없었.

"돼지슈퍼 아주머니 많이 섭섭해하시죠?"

유경이 문득 생각난 듯 물었다. 자신의 가게는 비워두고 날마다 파주댁의 식당으로 놀러 오는 것이 낙인 사람이었다. 파주댁이 서울로 간다는 말에 이 불경기에 돈 까먹을 일 있냐며 극구 말리는 사람이기도 했다.

"홍씨, 그 여편네가 내가 보고 좋아서 섭섭해할까 봐? 보나마나 화투칠 때도 없고 놀 곳이 마땅치 않으니 그러지. 그 성격 나나 되니까 받아줬지. 아이고, 너무 별나게 굴어도 주위 사람 힘들어. 너한테 화내는 거 봐. 그게 나이 먹은 사람이 할 짓이냐?"

며칠 전 슈퍼 홍씨는 퇴근하는 유경에게 섭섭함을 토로했었다. 왜 파주댁을 데리고 가냐는 것이었다. 황당하기도 했지만 그만큼 정이 들었다는 것으로 받아들였다.

"다 서운해서 그러시는걸요."

사실 유경은 파주댁이 자신을 버리고 가지 않을까 불안했었다. 당신 아들이 나타났으니 이제 너도 네 앞가림 정도는 할 수 있지 않냐고. 그러나 파주댁은 도리어 유경의 결정을 기다리고 있었다. 두 사람 모두 이제는 떨어져 살 수 없음을 그때 깨달았다. 혼자 남겨지는 외로움은 두 번 다시 경험하고 싶지 않은 기억이었다. 그것을 그 누구보다 잘 아는 두 사람이기도 했다.

어린 나이에 죽음을 생각했던 유경은 홀로 남겨진 자신에게 파주댁이 달려오지 않았더라면 어떻게 되었을까 상상해 보곤 했다. 장담하건대 그때 파주댁이 자신을 거두어주지 않았더라면 지금의 자신은 없었을 것이라는 것이다. 대충 주방의 짐을 정리한 두 사람은 방 안으로 들어왔다.

유경이 씻고 돌아오자 파주댁은 기분 좋게 코를 골며 잠들어 있었다. 유경이 그녀를 위해 얇은 이불을 덮어주었다. 이제 또 다른 삶이 그녀를 기다리고 있었다. 이런 행복을 누릴 수 있게까지 도와준 파주댁을 봐서라도 정말 성공해야겠다고 다짐하며 유경도 편안하게 잠이 들었다.

"이야, 이번에 나온 신차, 스팩들마다 죄다 죽인다. 이거 봐봐. 이 차는 십 초 만에 지붕이 개폐된다는데."

성태는 새로 나온 수입 자동차의 카탈로그를 넘기며 감탄사를 쉬지 않고 연발했다. 요란스럽기 그지없는 성태와 달리 정욱은 계속해서 침묵만 지키고 있었다. 그저 입꼬리를 움직이는 것으로 자신의 의무를 마친 양 정욱은 손가락을 통통 튕겼다. 그런 정욱을 보며 성태가 심드렁한 표정을 지었다. 아무튼 군대만 다녀오면 죄다 군기가 바짝 들어 재미없다고 생각하며 거실 바닥에 벌렁 드러누웠다.

"짜식, 유성으로 나가자니까 피곤하다 주접을 떨더니 이게 뭐 하는 짓이냐?"

성태가 또다시 투덜거리기 시작했다. 물 좋은 나이트가 많기로 소문난 곳을 코앞에 두고 거실 바닥에 몸을 비빌 줄은 상상도 못했다.

"넌 언제까지 이곳에 있을 거냐?"

"우리 마님 화 풀릴 때까진 있어야지. 존나 구려, 으…… 쓰벌! 노성태 인생이 이렇게 될 줄 누가 알았겠냐고."
 성태가 자학이라도 하는 것처럼 마구 머리를 헝클어뜨렸다.
 "인마! 그렇게 만든 사람이 정작 네 자신인 걸 왜 몰라? 덜 떨어진 놈들이 꼭 남 탓하지."
 "아, 이 자식은 아까부터 왜 자꾸 늙은 영감탱이 같은 소리만 퍼지르는지 모르겠네. 너 군대 갔다 온 게 아니라 혹시 부처나 예수, 공자 할부지 옆집에 멍석 깔고 살다 왔냐? 그래, 그러니까 아까부터 자꾸 헛소리 지껄이지."
 "병원부터 가봐라. 상태가 보기보다 아주 심각한 것 같다."
 퉁명스레 핀잔을 준 정욱이 벌떡 몸을 일으켰다. 성태가 몸을 틀어 누우며 정욱을 올려다봤다.
 "진짜 열라 재미없네. 안 되겠다, 며칠만 쉬다 서울로 올라가자. 우리 꼰대한테 돈 더 달라고 해서 제대로 몸 좀 풀어야겠다. 아님 우리 둘이 여기서 오래도록 사랑을 나누며 살아볼까? 너 정도면 내가 데리고 살 수 있을 것 같다."
 성태의 우습지도 않은 농담에 정욱이 혀를 찼다.
 "저거 언제 인간 되려는지. 너 그렇게 유치하게 작업 거는데도 넘어오는 애들이 있냐?"
 "너만큼은 아니어도 많아! 알지도 못하면서. 조만간 이 형님의 실력을 보여주지."
 "별게 다 자랑이다."
 정욱이 긴 몸을 쭉 펴고는 어둠이 한껏 내려앉은 정원을 향해 돌아섰다. 성태의 불만처럼 정말 재미가 없었다. 아니, 시간이 길었다. 이렇게 하릴없이 영양가없는 농담이나 하고 있는 것이 아깝기만 했다. 잘도 참았다 싶었는데 갑자기 그리움이 몰려들었다. 지금…… 무얼 하고 있을까? 바로 지척에 내가 있다는 것을 알면 어떤 반응을 보일까? 창가에 비치는 자신의 얼굴을 보며 정욱이 슬쩍 미소를 흘렸다.

아무래도 저 자식, 수상하단 말이야.

성태가 고개를 갸우뚱거렸다. 그다지 말이 많지 않은 정욱이지만 오늘은 강도가 심했다. 더군다나 제대 후 첫 만남인데. 하긴 군대 물이 배었으니 당분간은 군기가 들었겠지. 성태는 나름대로 해석을 했다. 그리고는 군살이라고는 찾아볼 수 없는 정욱의 몸을 보며 부럽다는 듯 입맛을 다셨다. 저러니 계집아이들이 자지러지게 넘어가는 거겠지. 그런데 어쩌랴? 수절은 춘향이가 하는 것이 아니고 몽룡이가 하고 있으니.

입대 전날 성태는 온갖 감언이설과 유혹으로 정욱을 떠보려 했었다. 혈기 왕성한 젊은 녀석이 계집애 한 번 안아보지 않고 군대를 가는 건 있을 수 없다며 정욱을 부추겼다. 사실 그땐 성태 또한 말 그대로 숫총각이었다. 원님 덕에 나팔 분다고 정욱을 핑계 삼아 자신도 총각 딱지를 떼어볼 심산이었다. 스무 살, 그 얼마나 아름답고 젊음이 들끓는 나이란 말인가. 그러나 정욱은 요지부동이었다. 술에 거하게 취한 정욱의 입에서 나온 말은 전혀 뜻밖의 말이었다.

"내 입술, 내 손, 내 심장 이미 주인 있어. 내 마음대로 못해."

그제야 알았다, 정욱이 그동안 했던 말이 농담이 아니었음을. 오로지 한 여자애만 보고 뛴다는 녀석의 심장이 진실로 느껴진 날이었다. 그래서 녀석을 더 좋아하게 되었는지도 몰랐다. 자신이 정욱의 외모와 비슷하기만 해도 저렇게 살지는 않을 텐데. 아무튼 여러모로 부럽고 존경스럽기까지 한 녀석이었다.

"여기가 너희 할아버지께서 태어나신 집이라고 했냐?"

고만고만한 집들 사이에서 유달리 돋보이는 성태네 별장이었다. 보통 별장이라면 운치 좋은 곳에 있기 마련인데 낡은 집들 사이에 조금 뜬금없어 보였다. 성태의 성격처럼.

"그게 다 우리 할아버지의 과시욕에서 비롯된 거 아니겠냐. 작은 오두막에서 태어난 내가 이렇게 멋진 집을 지었으니 알아서 구경들 해라! 하여간 그 노인네도 자랑하고 싶었던 게지. 우리 집안 유전자가 원래 그래."

어쩐지 가시 같은 것이 느껴졌다. 성태는 사채업으로 돈을 굴리는 어머니를 못마땅해함을 노골적으로 드러냈었다. 지금은 조금 원만해지시기는 했지만 한때 정욱이 부모님들로 인해 방황했던 것처럼. 누구나 살아가면서 한 번씩 그런 시기가 있는 모양이었다. 결국 그것을 극복해 내는 것도 본인의 의지겠지만.

한동안 바깥을 주시하던 정욱이 자신이 머물기로 한 침실로 몸을 틀었다. 성태가 반쯤 몸을 일으켰다.

"벌써 자게?"

"벌써는. 한 시 다 되어가. 일찍 자고 일찍 일어나야 착한 어린이지."

정욱의 대답에 성태가 아이처럼 발을 마구 차댔다. 그것으로도 모자란지 주먹으로 바닥을 쿵쿵 찍었다. 그냥 잠만 자기는 억울하다는 항의였다.

"아, 짜식! 왜 제대한지 일주일밖에 안 된 거야. 두 달쯤 지났으면 빠져 가지고 신나게 놀 수 있을 텐데. 꼭 영감 둘이 노는 것 같잖아. 졸라 구리네."

성태의 푸념을 귓가로 흘리며 정욱은 실소를 터뜨렸다. 오로지 즐기는 것만이 인생의 목표인 저런 녀석이 대한민국 최고 대학에 합격했던 놈이라고 하면 누가 믿겠냐는 표정을 짓곤 자신의 방으로 사라졌다.

입가에 웃음을 머금고 잠들 수 있는 날이 이렇게 빨리 오리라곤 예상하지 못했다. 그런 날이 과연 오기는 할까 의문이었다. 그러나 이제 아니었다. 편안히 잠들 수 있을 것 같았다. 다시금 낮에 본 유경의 모습을 떠올리며 정욱은 잊지 않겠다는 듯 뇌리에 새기고 또 새겼다.

여섯

좁은 골목에 택시 한 대가 급정거를 했다. 차가 제대로 멈추기도 전에 문이 열리더니 사색이 된 유경의 모습이 보였다. 뛰어내리다시피 택시에서 내린 유경은 반쯤 열려져 있는 식당 문을 향해 또다시 뛰었다. 평소의 차분함은 찾아볼 수 없었.

이웃 가게 홍씨의 전화에 부랴부랴 달려오는 길이었다. 누군가 와서 파주댁 아주머니를 협박하고 가게를 부수고 있다는 말에 장난 전화가 아닐까 했다. 홍씨가 아무렴 그런 장난을 칠 리 없음을 알면서도 혹여나 했었는데.

식당 문을 열고 들어선 유경의 표정이 낭패감으로 변해갔다. 다음 주 주말, 이삿짐을 차에 싣기 전까지 파주댁은 단골손님들한테만이라도 음식 장사를 하고 싶어했다. 그랬기에 아침에도 평소와 다름없는 시간에 영업을 시작했었다.

출근 때와 달리 엉망으로 변한 식당 안을 보니 처음 와보는 것처럼 낯설었다. 폭격이라도 맞은 것처럼 엉망이 되어버린 속에서 성한 물건을 골라내고 있는 홍씨를 보니 폐허라는 느낌마저 들었다. 유경은 놀란 가슴을 억누르며 천천히 말문을 열었다.

"이게…… 도대체 어떻게 된 일이에요?"

"나도 뭐가 뭔지 몰러. 방부터 가봐라. 네 아줌마 자리보전하고 누웠으니."

홍씨의 말에 유경은 다급히 식당 안에 달려 있는 방문을 열었다. 유경을 바라보는 파주댁의 몰골이 말이 아니었다. 몇 시간 만에 사람이 저렇게 변할 수 있을까 싶을 정도로 파주댁의 얼굴은 초췌함으로 가득 차 있었다.

"아주머니…… 괜찮으세요?"

무엇부터 물어야 할지 암담하기만 한 유경은 일단 파주댁의 상태부터 살폈다. 파주댁에게로 향하는 손길이 덜덜 떨렸다. 한동안 잊고 지냈던 공포감이라는 것이 유경의 뇌리를 스치고 지나갔다. 도대체 누가 왜 저런 짓을 했으며 법없이 살 사람인 파주댁이 왜 이렇게 아파해야 하는지 이해가 되지 않았다. 한편으론 더럭 겁도 났다. 사 년 전의 상황과 지금의 상황이 흡사한 까닭이었다. 그땐 이 정도까지는 아니었지만. 유경은 자신의 얼굴을 피하는 파주댁을 일으키려 했다. 일단 병원부터 데리고 가야 한다는 것이 뒤늦게 생각났다.

유경의 생각을 읽었는지 파주댁이 손을 내저었다.

"그러지 않아도 돼. 이제 괜찮다. 일은 어떻게 하고 온 거니?"

진이 다 빠진 형상을 하고도 파주댁은 유경의 직장부터 챙겼다. 유경이 안심하라는 듯 손을 잡아주자 파주댁이 남은 한 손으로 이마를 짚었다. 두통이 심한 듯 빛바랜 압박 붕대가 파주댁의 이마에 어설프게 감겨 있었다.

"홍씨가 전화한 모양이네? 알리지 말라니까, 일도 다 안 끝났을 텐데."

다시금 자신을 걱정하는 파주댁의 말에 유경이 고개를 저었다. 유경의 눈에 어느새 눈물이 맺혔다. 지금 이 와중에도 자신을 걱정해 주는 파주댁이 너무 안쓰럽기만 했다.

"제 걱정은 마세요. 아주머니, 우리 일단 병원부터 가요. 네?"

유경이 다시금 부축을 하며 일으키려 하자 파주댁이 유경의 팔을 꽉 잡았다. 그리곤 난생처음으로 유경의 가슴에 머리를 기댔다.

"유경아. 아이구, 아이고, 유경아. 나 살기 싫다. 정말 살기 싫어!"

살기 싫다는 말의 강한 부정은 살고 싶다는 무언의 외침일 것이다. 지금 유경에게는 그 말이 진실 그대로 와 닿았다. 헛으로 내뱉는 말이라곤 전혀 않는 파주댁이었다. 유경의 뺨을 타고 내린 눈물이 입술로 힘없이 떨어졌다.

왜? 누가 이렇게 무슨 이유로 착하디착한 사람의 가슴에 상처를 주었을까 생각하니 그 사람이 원망스럽기만 했다. 유경이 파주댁의 어깨를 단단하게 잡아주었다. 여태껏 그녀가 안겨서 운 적은 있었어도 파주댁을 위로하긴 처음이었다.

"저는 어떻게 살라고 그런 말씀을 하세요. 아주머니 도대체 무슨 일이에요? 네?"

유경의 울먹이는 소리에 파주댁이 몸을 세웠다. 그리고는 허탈한 얼굴로 멍하니 천장을 주시했다.

"남편 복 없는 년은 자식 복도 없다는 말을 업으로 알고 살긴 했지만 이건 해도 해도 너무한다. 정말 너무해."

그제야 유경은 조금이나마 상황을 알 것 같았다. 비록 몇 번이나마 교도소를 들락거렸지만 이제는 정신을 차렸노라고 파주댁을 안심시킨 준석과 관련된 일인 듯했다. 사실 유경은 준석의 호언장담이 조금 못미더웠었다. 그러나 차마 그 말을 파주댁에게는 할 수 없었다. 겉으로는 준석을 안 믿는다, 안 본다 해도 파주댁이 속으로 얼마나 당신 아들을 걱정하고 대견해하는지 알기에 그럴 수가 없었다. 그런데 자신의 우려함이 현실로 나타난 모양이었다.

'걱정 마세요, 아주머니. 지금까지 그래 왔던 것처럼 우리 잘 이겨낼 수 있을 거예요.'

이상하게 그 말이 나오질 않는다. 지킬 수 없는 말은 하지 말라는 누군가의 입막음처럼 유경은 단호히 내뱉지 못했다. 그래서 더 두려웠다.

"일단…… 조금 주무세요."

벼르고 고른 끝에 겨우 나온 말이 고작……. 유경이 힘겹게 선택한 단어에 파주댁은 눈물을 참아내며 드러누웠다. 한참 동안 한숨 소리가 끊이지 않았다. 그러나 유경이 잡아준 손이 그나마 위안이 된 듯 잠시 뒤 불규칙한 숨소리를 내며 파주댁은 잠이 들었다. 파주댁이 이렇게 이른 시간에 잠이 든 것은 함께 산 이후 처음 있는 일이었다. 얼마나 놀라고 무서웠을까……. 유경은 상상만으로도 목덜미가 서늘해져 옴을 느꼈다.

하지만 지금은 그게 문제가 아니었다. 유경은 혼자 식당 안을 정리 중인 홍씨를 돕기 위해 서둘러 밖으로 나왔다. 안 그래도 작은 식당 안이 난리 통에 더욱 작아 보였다.

"준석 오빠가 이렇게 해놓고 간 거예요?"

유경은 차마 파주댁에게 묻지 못했던 말을 홍씨에게 물었다.

"아니여. 글쎄, 어디서 깡패 같은 놈들이 몰려와 가지고는 다짜고짜 돈 내놓으라고 하는데 혼이 다 나가더라니까. 난데없이 와서 돈을 달라니, 누구는 돈 쌓아놓고 산대? 느이 아주머니가 돈을 안 내놓으니까 갑자기 탁자란 탁잔 다 집어 던지고. 말 마라. 나는 아직도 심장이 벌렁거려. 자식이 아니라 웬수야, 웬수."

"오빠도 같이 온 거예요?"

"그건 나도 모르지. 하도 요란스러워서 달려와 본 거니까."

"그 사람들 혹시 잘못 알고 와서 이런 거 아닐까요? 다른 사람이랑 착각해서."

준석을 신뢰하진 않지만 혹여나 하는 일말의 기대감을 가졌다. 그렇게 해서라도 지금 눈앞의 현실이, 파주댁의 절망이 기우이기를 간절히 바라며 홍씨의 대답을 기다렸다.

"아니여. 그놈들이 뭔 종이를 가지고 왔는데 저 사람 아들이 쓴 거 맞대. 글쎄, 준석이 그 망할 놈의 종자가 이 가게 계약서를 들고 가서 사채를 끌어 썼다잖아. 이 코딱지만한 가게 보증금이라고 해봐야 얼마냐? 거기다가 이게 지 가게인 양 다른 사람한테 또 돈 받고 세놓고. 아주 돈 때문에 제대로 돌은 겨. 서울 가게 얻은 거 잔금 치를 돈도 준석이가 직접 갖다 줬다고 했지? 그거 다 거짓말이랴. 저 사람 이제 쫄딱 망했다. 당장 가게 비우라고 주인이 와서 난리가 나고. 아이고, 세상에 또 그런 난리가 있고? 그래도 몇 년씩이나 꼬박꼬박 세 내고 장사했는데 인정상 어찌 그럴까? 가뜩이나 혼 빠진 사람한테 며칠 내로 가게 비우라고 온갖 유세 다 떨고 난리 피우고 갔어. 그 깡패 놈들도 또 온다고 하고."

상상하기조차 싫어 엄두가 나지 않았는데. 눈앞에 홍씨가 말한 광경이 자연스럽게 재연되고 있었다. 얼마나 놀라셨을까? 얼마나 무서우셨을까? 자식에 대한 분노로 얼마나 절망하셨을까? 유경의 눈이 움푹 상처가 팬 방문으로 향했다.

거짓말이었으면 좋겠다.

유경은 깨진 유리컵에 손이 찔려 피가 나는지도 모르고 자리에서 일어나 식당 밖으로 나갔다. 평소 이 시간이면 손님으로 발 디딜 틈도 없는 식당이건만 하루아침에 돌변해 버렸다. 너무 고요하고 적막했다. 유경은 그것이 무서웠다. 자신을 둘러싸고 있는 주변의 분위기가 너무 암담하기만 했고 그때처럼 자포자기할까 봐 더럭 겁이 났다. 이제 겨우 절망에서 벗어났는데, 억지 웃음 안 짓고 희망을 품었는데…….

유경이 답답한 듯 가슴을 콩콩 두들기고는 하늘을 올려다보았다. 눈물이 떨어질 것 같아 눈이 아프도록 하늘만 노려보고 말았다. 그러고 보니 석양이 넘어갈 무렵의 하늘을 본 게 얼마만인지 몰랐다.

언제부터인지 유경의 머리는 늘 단정하게 묶여 있었다. 하나로 묶여 있든 땋여져 있든 한 올의 흐트러짐도 없었다. 생각해 보면 유경의 아버지가 유경네 모녀를 버렸을 때부터인 것 같았다. 잔머리가 많아 놀다 보면 늘 삐죽삐죽 튀어나왔었는데 어느 날부터 그런 모습을 볼 수 없었다. 마치 반듯함이 무기라도 되는 것처럼 일체의 헝클어짐을 허용하지 않았다. 그런 유경의 긴 머리가 주인의 몸짓에 따라 흐트러지고 있었다.

정욱은 실로 오랜만에 보는 그 모습에 잠시 넋을 잃고 바라보았다.

그러나 여유로움도 잠시 확인해야 할 것이 있었다. 성태를 가볍게 따돌리고 유경이 일하고 있는 금고를 찾았던 정욱은 한참 동안 빈자리만을 보아야 했다. 유경이 잠시 자리를 비운 거라 생각한 그는 느긋하게 기다리기로 했다. 사 년을 기다려 왔는데 그까짓 정도는 문제가 아니라고. 두근거림과 설렘으로 인해 사정없이 뛰는 가슴을 진정시키느라 애를 먹었다.

어떻게 첫 인사를 건넬까? 자신을 알아보기나 할까?

홀로 상상을 하며 해후의 시간을 기다리던 정욱은 끝끝내 모습을 보이지 않는 유경으로 인해 당황하고 말았다. 당연히 있을 것이라 의심치 않았던 사람이 없다는 것. 사 년 전의 충격을 가장한 분노는 아무것도 아니었다.

해일처럼 몰려든 암담함에 정욱은 한동안 정신을 차릴 수 없었다. 자신이 어제 본 것이 환상이었던가 하는 착각마저 들었다. 욱신거리는 가슴을 진정시키며 금고 안으로 들어갔던 그는 유경이 조퇴를 했다는 말에야 겨우 안도의 한숨을 내쉬었다.

유경이라는 이름을 자연스럽게 내뱉는 직원의 목소리를 듣는 순간 온몸으로 전류가 흐르는 현상이 일었다. 그가 제대로 본 것이 틀림없었다. 신기루가 아니었다. 오로지 단 한 사람을 위해 존재하는 그의 눈이니 절대 실수라는 것을 할 리 없었다. 주소를 가리켜 줄 수 없다는 여직원에게 사정과 협박 비슷한 것을 한 다음에 알아낸 유경의 거주지. 여전히 그의 공주님은 작고 허름한 곳에서 살고 있었다. 거기다 뭔가 심상찮아 보이는 분위기. 정욱은 한 시간이 넘도록 밖에서 망설이고 있었다. 영업을 하고 있지 않으니 무턱대고 들어갈 수도 없었다.

그의 마음이 통하기라도 한 것처럼 유경이 밖으로 나왔다. 그러나 어제의 밝고 환한 모습이 아니었다. 밝음과 어둠이 교차되는 시기와 맞물려 서 있는 유경의 눈이 투명함을 머금고 있었다. 정욱은 이가 아프도록 꽉 깨물었다. 세상의 모든 행복을 다 누려도 아깝기만 한 유경이다. 누구라도 유경을 울리는 일 따윈 용납할 수 없다.

정욱은 천천히 유경의 곁으로 다가갔다.

"오랜만이다, 장유경."

고작 사 년을 별러온 인사가 이거냐. 정욱은 자신이 건넨 멋없는 인사말에 실소를 머금었다. 시비를 걸러 온 사람처럼 뻐딱한 어투도 마음에 들지 않았다. 하필 많고 많은 말 중에 저런 멋없는 인사를 꺼내야 했는지. 입가에 살짝 경련이 일었다.

하늘을 향해 눈을 깜빡이던 유경의 동작이 일순 멈췄다. 자신의 귀가 잘못된 것일까. 유경은 낯익은 목소리에 살짝 전율이 일어 몸을 떨었다. 눈을 옆으로 돌릴 생각도 하지 못한 채 유경은 귓가에 울린 목소리를 다시금 떠올렸다.

설마…… 그럴 리 없을 거야. 유경은 무슨 까닭인지 일단 부인부터 했다.

"하늘하고 눈싸움하냐?"

정말…… 정말…….

유경의 고개가 단박에 돌아갔다. 유경의 눈이 점점 더 커져 갔다. 빈정거림이 담긴 목소리, 싸늘하지만 왠지 모를 뜨거움이 느껴지는 눈동자는 분명 정욱이었다. 유경은 할 말을 잃은 채 상대방을 멍하니 바라만 보고 있었다.

가뜩이나 큰 키가 그사이 조금 더 커진 듯했다. 상대방을 제압하는 눈은 더욱 생기가 흘렀고 피부색은 볕에 그을린 듯 더욱 건강해 보였다. 유경은 한기를 느끼며 저도 모르게 입술을 떨었다.

"정…… 욱이니?"

살짝 울림이 느껴지는 자신의 목소리가 유경은 낯설었다. 정욱이 대답 대신 입매를 움직거렸다. 정욱의 거만한 시인에 유경은 허탈한 웃음을 터뜨렸다. 최정욱은 여전히 건방지고 오만했다.

이렇게 다시 만날 수도 있다는 것을 막연하게나마 기대했던 탓일까. 유경은 사 년 전, 가을 자신이 보여주었던 차가운 반응 대신 엷은 미소를 지어 보였다. 그날 이후, 밤마다 참 많이 아파했다는 것을 알까? 시간이 지날수록 그리워했다는 것도…….

"정말 정욱이 맞구나? 오랜만이네."

반가움에 선뜻 손을 내밀 뻔한 유경이 태연하게 인사를 건넸다. 이번에는 담담한 목소리가 마음에 들었다. 호들갑스럽지도 않고 차분한 자신의 반응에 만족해하는 유경과 달리 정욱은 입술을 실룩거렸다. 마치 어제 헤어졌다 만난 사람처럼 구는 유경의 태도가 못내 서운한 탓이었다. 자신을 보고 아무렇지 않게 구는 유경을 보자 은근히 오기가 생겼다. 기다려 달라는 말에 대답조차 주지 않았던 매정한 뒷모습이 마지막이었던 것을 기억이나 하는지.

"여긴 어쩐 일이야?"

연이어 유경의 물음이 이어졌다. 정욱은 괜히 주변을 둘러보며 여유를 부렸다.

"너, 여기 사냐?"

정욱은 대답 대신 질문을 했다. 주변의 상가들과 달리 간판에 불이 켜지지 않은 파주댁의 식당으로 향한 정욱의 눈길을 좇으며 유경이 고개를 끄덕였다.

"으응."

대답을 마친 유경은 기분이 묘했다. 곧 떠날 곳이라는 이야기가 목구멍을 치고 올라왔지만 이내 관두고 말았다. 우연히 지나가다 마주쳤을 뿐인데 시시콜콜 그런 이야기를 털어놓을 것까진 없다는 판단이 들었다. 정욱이 부러 그녀가 사는 곳을 찾아와 준 것이라는 기대감 같은 건 갖지도 말아야겠지. 자조의 미소가 흘러나왔다. 그럴 확률이 전혀 없기에 엉뚱한 상상을 하는 자신이 왠지 초라해 보였다.

"여기 산단 말이지……."

정욱이 말끝을 흐리고는 불 꺼진 식당으로 다가갔다. 저곳이 유경이 살았던 곳, 아니, 살고 있는 곳이란다. 정욱의 발걸음이 무의식적으로 식당으로 향하자 유경이 재빨리 앞을 가로막았다.

"왜?"

"어디 가려고?"

두 사람의 입에서 동시에 질문이 튀어나왔다.

유경의 긴장된 표정에서 정욱은 '끙' 하는 한숨을 삼켜야 했다. 그의 눈이 앞을 막고 있는 유경에게로 향했다. 여전히 자신을 거부하는 유경에게 서운한 마음이 들었지만 그것보다 무슨 일이 있었는가를 알아내는 것이 급선무였다. 사 년 남짓 떨어져 있었지만 유경이 업무 중간에 퇴근을 할 만큼 무책임한 사람이 아니라는 것은 확신했다.

"이름이 개미식당이냐? 밥집이면 저녁 좀 먹으려고. 나 아직 저녁 전이거든."

정욱이 어슴푸레한 어둠 속에서 식당을 가리켰다. 순간 유경은 자존심이 상했다. 무엇보다 난장판이 된 식당의 모습을 정욱에게 보여주기 싫었다. 그러고 보면 왜 정욱에게는 초라하고 안 된 것만 보여주게 되는 것인지.

"오늘, 식당 안 해."

"너 여기서 일하냐?"

정욱이 진지하게 물었다. 유경이 어디에서 일하는지 알면서도 모르는 척 시침을 뗐다.

"예전에 평택에서 내가 일했던 식당 아줌마 기억나? 그 아주머니랑 나 같이 살아."

유경의 목소리에 담긴 애정을 느끼며 정욱은 속으로 안도했다. 유경의 옆에 다른 사람이 있을 것이라는 건 상상도 하지 않았지만 직접 확인하자 안심이 되었다. 선명하지는 않았지만 어렴풋이나마 파주댁의 모습이 떠오른다. 자신을 대신해 유경을 보살펴 준 사람이니 그에게도 은인이었다.

"그래?"

정욱이 심드렁하게 대꾸하곤 배를 살짝 쓰다듬었다. 배가 고프니 기필코 식당엘 가야겠다는 동작이었다. 정욱의 신호에 유경은 재빨리 말을 바꾸었다.

"넌 여기 어쩐 일이야?"

"친구가 이곳에 집이 있어. 잠시 다니러 왔는데 우연히 널 본 거야. 넌 여전하다."

유경은 피식 웃음이 나왔다. 정욱이 말한 여전하다는 표현의 의미가 무엇인지 궁금했다. 그때나 지금이나 외모에 변화가 없다는 뜻일까? 아니면 여전히 퉁명스럽고 날이 섰다는 의미? 먼 길 마다하고 찾아와 주었는데 악담을 퍼붓던 그때 같다는 뜻? 여러 생각이 들었다. 그러나 유경은 속마음을 절대 내보이지 않았다.

"천안에도 친구가 있었나 보구나. 그러고 보니 지금쯤 대학생들은 방학이겠다?"

유경이 혼잣말처럼 중얼거렸다.

"방학? 나 제대한 지 며칠 안 됐다."
"제대?"
유경의 눈이 정욱에게 고정되었다. 학생 때도 하지 않았던 짧은 머리며 그을린 피부가 그제야 이해가 되었다.
"학교보다 더 급한 일이 있었거든. 내가 꼭 해야 할 일인데 그걸 이제야 알았다."
해야 할 일? 여운을 남기는 대답에 유경은 저도 모르게 정욱을 빤히 올려다보았다. 예전이나 지금이나 여전히 올려다보아야 할 사람. 갑자기 씁쓸함이 몰려왔다.
"군대를 참 빨리 갔다 왔네. 지금쯤 한참 입대할 때인 것 같은데. 계획한 일이 뭔지 모르지만 잘되길 바라."
"당연히 그래야지."
자신감이 흐르다 못해 넘치는 정욱을 보자 유경은 자신이 너무 초라하다는 생각이 들었다. 처음부터 잘난 사람은 여전히 잘났고, 자신처럼 기를 쓰며 애를 써도 안 되는 사람은 아직도 발버둥만 쳐대고. 유경이 잘게 고개를 끄덕였다.
"그럼 편히 쉬었다 올라가. 나 그만 들어가 봐야 해."
유경의 말에 정욱은 조바심이 났다. 아직 알아야 할 것도, 확인해야 할 사항도 많은데 벌써 자신을 밀쳐 내려는 유경의 저의에 정욱은 슬쩍 기분이 상했다.
'장유경, 그땐 내가 어려서 네 홀대에 불쾌해서 돌아섰지만 이젠 아니다.'

"오늘은 영업을 안 하면 내일은 하냐? 친구랑 밥이나 먹으러 와야겠다. 매상 올려주면 좋잖아."

"그게…… 저……."

유경이 말을 더듬었다. 정욱의 눈이 날카롭게 빛났다. 확실히 무슨 일이 있는 것이 틀림없었다.

"당분간 사정이 있어서 식낭 영입 못할 기야."

"사정?"

정욱이 집요하게 물었다. 유경은 애써 어색한 미소를 지었다. 담담함을 잃지 말자, 스스로를 다짐시키며 일부러 흥을 실었다.

"우리 곧 서울로 가."

왜 굳이 서울로 간다는 말을 했을까? 유경은 자신의 성급함을 뒤늦게 후회했지만 이미 주워 담기엔 늦었다.

"서울?"

"응, 아주머니께서 식당을 옮기시거든. 그리고 내…… 나 직장 다녀. 직장 문제도 있고 겸사겸사 이사해."

서울로 간다는 유경의 말에 정욱의 어둠 속에서 반짝 빛을 냈다. 하늘이 그를 돕는 것 같았다. 다시 만나게 될 운명임을 암시해 주는 것 같아 환호성이라도 지르고 싶었다. 독한 마음을 먹고 공부에 매달려서 대학을 가기는 했지만 마음 한구석은 여전히 겨울이었다.

군대에 가서야 그는 자신이 버텨낼 수 있는 원동력이 유경임을 다시 한 번 절실히 느꼈다. 그때 미국에 가지 말았어야 했다고 뒤늦은 후회를 얼마나 했는지 모른다. 두 번 다시 그렇게 후회할 일을 만들지 않겠다며 다짐했던 것 또한 숱했다. 이제는 절대 유경의 곁에서 떠나는 일 따윈 없을 것이라 거듭 확신했다.

정욱에게 힘을 실어주듯 두 사람의 등 뒤에 서 있는 전신주의 가로등 불이 환히 켜졌다. 유경이 불빛에 살짝 고개를 틀었다. 유경은 그의 기억 속에 남아 있는 마지막 모습과 거의 흡사했다. 깨끗함에 성숙함이 더해졌을 뿐. 유경의 모습에 정욱은 조바심이 났다. 그녀의 눈가에 어린 근심을 놓칠 리 없었다.

"그런데 무슨 일 있어? 당장 이사 가는 것도 아니면서 간판에 불도 없고."

"으응, 아주머니가 편찮으셔서."

유경이 떨리는 음색을 전하며 식당으로 몸을 틀었다.

"그…… 래?"

"나 정말 들어가 봐야겠다. 잘 가."

그때처럼 내치지 않아서 다행이라고 해야 하는 거냐? 한결 누그러진 유경이 정욱은 어쩐지 낯설다는 느낌이다. 시간이 흐른 탓이겠지만 유경은 어딘가 달라 보였다. 확실히, 분명하게.

인사를 해도 묵묵부답인 정욱에게 악수를 청하기는 어색해 유경은 살짝 손을 들어 보였다. 무뚝뚝한 표정으로 무언가를 생각하던 정욱의 인상이 갑자기 험해졌다. 정욱이 유경의 손을 확 잡아당겼다. 유경이 반사적으로 정욱의 손을 뿌리치려 했다.

"왜 이래?"
"바보야! 피나잖아."
정욱이 불빛에 유경의 손을 들어 보였다.
피? 조금 전 깨어진 그릇들을 만지다 베인 모양이었다.
"유리컵에 베었나 보다."
유경이 아무렇지 않다는 듯 말하며 급히 손을 빼내려 했다. 그러나 그녀보다 정욱의 행동이 더 빨랐다. 정욱이 그녀의 손가락을 빨기 시작했다. 당황한 유경이 힘 주어 손을 잡아당겼지만 그러면 그럴수록 정욱은 더욱 세게 손가락을 빨았다. 마치 자신의 혀가 소독약이고 연고인 것처럼.
"왜 이래? 괜찮으니까 그만 해!"
유경의 외침에 정욱이 고개를 들었다. 당황스럽다 못해 황당해하는 유경의 얼굴을 확인하고 나서야 정욱은 잡고 있는 손을 놓았다.
"나쁜 균이라도 들어가면 어쩌려고 그래? 조심했어야지."
세월이 흘렀는데도 정욱은 변한 게 없었다. 여전히 제멋대로 과장되게 행동하는 그를 보며 유경은 싸늘하게 낯을 붉혔다.
"꼭 그렇게 쳐다봐야겠냐, 고맙다는 말도 안 하고?"
"미안하지만 나, 하나도 고맙지 않아. 너 상습범 같아서 솔직히 불쾌해. 다신 이러지 마."
유경의 날카로운 반응에 정욱은 시큰둥한 표정이었다.
곧 죽어도 도도한 척하시겠다? 그래야 장유경이지. 불쾌하다는 유경의 반응을 질투로 받아들이고 싶은 정욱은 입매를 슬쩍 미끄러뜨렸다.

"두 번 다시 만날 일도 없을 텐데 다음에 이럴 일 있겠냐?"

정욱의 이죽거림에 유경은 거칠게 호흡을 들이쉬었다. 그래, 정욱의 말처럼 다시 만날 일은 없었다. 서울이라고 해도 그 넓은 곳에서 정욱과 마주칠 확률은 거의 제로에 가까웠다. 거기다 지금 상황으론 이사는커녕.

유경은 입술을 깨물며 냉정히 돌아섰다. 다시 만날 일이 없다는 정욱의 말이 서운하게 들리는 건 자신의 감정선이 어긋나게 선을 긋기 때문이리라.

"장유경! 앞으로 유리컵 따윈 만지지 마."

퉁명스러운 정욱의 외침에 유경의 걸음이 멈칫했다. 그러나 뒤를 돌아보지는 않았다. 대꾸도 하지 않은 채 유경은 발걸음을 옮겼다. 지가 뭔데 이래라저래라 하는 거야. 왕처럼 군림하려는 독선적인 성격도 여전했다.

훗, 그 와중에도 쓴웃음이 나왔다. 왜 하필 이런 날 정욱을 만나게 된 걸까. 적어도 어제 정도였다면 만면에 여유로운 웃음을 띠며 다른 이들의 안부도 묻고 자신이 얼마나 열심히 살아왔는지 이야기해 주었을 텐데. 미국에 간다고 했을 때 그것이 마지막인 줄 알았다면 잘 다녀오라고 한마디라도 해줄 걸 그러지 못해서 늘 미안했었다는 말도.

유경이 뺨 위로 손을 갖다 대었다. 축축함이 느껴지는 것을 보니 뺨 위로 눈물이 흐르는 모양이었다. 유경은 지금 감각기관에 이상이 생겼다고 인정했다. 눈물을 느끼고 뺨을 닦아내는 것이 아니라 뺨을 닦아내고 나서야 눈물이 흐르고 있음을 느꼈기에.

유경이 식당 안으로 완전히 모습을 감추자 정욱이 주머니에서 휴대폰을 꺼냈다. 담에 비스듬히 몸을 기댄 정욱은 통화가 연결되기 무섭게 인상을 썼다. 악을 써대는 성태로 인해 휴대폰을 귀에서 멀리 떨어뜨린 정욱은 성태의 목소리가 잠잠해질 때까지 기다렸다.

[야, 최정욱! 내 말 듣고 있는 거냐?]

흥분함이 조금 가라앉은 성태의 고함에 정욱이 휴대폰을 들었다.

"그게 말이었냐? 거의 악다구니 수준이더만."

[이런 미친놈! 내가 지금 악을 안 쓰게 생겼냐? 어디냐? 차를 끌고 나갔으면 총알같이 볼일 보고 와야 할 것 아니야! 아, 새끼. 내가 너 때문에 발이 묶여서 아무것도 못하잖아. 나하고 놀아주러 온 놈이 혼자 다니는 게 말이나 되냐? 우정을 개똥보다 더 가볍게 여기는 놈아!]

"그래, 미안하다. 그런데 성태야, 그 이야기는 나중에 하고 일단 뭐 한 가지만 묻자."

[나보다 똑똑한 새끼가 묻긴 뭘 물어?]

"훗, 이번엔 덜 똑똑한 너한테 좀 묻자. 이건 나보다 네가 더 잘 아는 문제야."

목 주위를 단단히 조이고 있는 남방의 단추를 풀며 정욱은 긴 통화를 했다. 투덜거리던 성태는 정욱의 이야기를 진지하게 들어주었다. 통화를 마친 정욱이 차로 향하다 말고 개미식당이라고 쓰여 있는 간판을 확인하듯 다시 한 번 쳐다봤다. 저곳에 유경이 있다, 유경이.

"유경이 자니?"

부스럭거리는 소리가 유경의 상념을 깨뜨렸다. 낮게 숨을 죽인 채 뒤척이던 유경은 파주댁이 몸을 일으키자 함께 일어났다. 파주댁이 한쪽 무릎에 손을 괴더니 이마를 짚고 한숨을 토해냈다.

"안 주무셨어요?"

"애고, 차라리 잠이라도 들면 좋겠구먼. 가슴이 뛰고 살이 떨려서 잠도 안 와."

"그래도 주무셔야죠."

"초저녁에 조금 잤으니 됐다만 너는 나 때문에 잠도 못 자고……."

"에이, 저야 밤샘하는 거 이력났잖아요."

파주댁은 또다시 가슴이 메어왔다.

직장에서 돌아오면 가게 일 도우랴, 공부하랴, 그렇게 고생한 보람도 없이. 그동안 유경이 겪어온 고생을 알기에 그래서 더 미안했다. 불과 어제까지만 해도 억만장자가 부럽지 않다고 생각했었다. 더도 말고 덜도 말고 고생한 만큼만 돌려받기를 바랐는데 그것도 과욕인가 보았다.

"물 좀 드려요?"

"됐다. 그것보다 유경아……."

파주댁이 말을 흐리자 유경은 긴장이 되어 숨을 죽였다.

"널랑은 내일부터 당장 서울에 방부터 알아봐. 나야 그렇다 치더라도 너는 얼른 대책을 세워야지. 어차피 그 가게는 물 건너갔고 이 식당도 당장 비우라고 난리니 하루라도 빨리 비워줘야지. 나 때문에 다른 사람한테까지 폐 끼칠 순 없으니. 까짓것 나야 몸뚱이 하나 비키면 되지만 넌 당장 짐 옮길 방 한 칸 없으니 이 일을 어쩌냐? 에구, 자식이 아니라 웬수야, 웬수. 내년쯤이면 너 대학 들어가고 조금은 편하게 뒷바라지해 줄 수 있겠다 싶었는데…… 미안하다, 유경아. 아줌마가 정말 미안해."

"아주머니가 저한테 미안하실 게 뭐 있으세요. 지금까지 저 아주머니 덕분에 산 거잖아요. 아줌마, 저랑 함께 가세요. 조그만 방 하나 얻어서 지금처럼 둘이 살아요. 어차피 올해는 시험 쳐도 힘들 거고 대학 다닌다고 해도 직장은 계속 다닐 거니까. 제가 아주머니 호강은 못 시켜 드려도 잘 모실게요."

결코 입바른 소리가 아닌 유경의 진심이었다. 지금까지 파주댁이 자신을 거두어줬으니 이제는 자신의 차례였다. 서로의 아픔 부위를 어루만져 주며 지금껏 살아왔듯이 앞으로도 지금처럼 살아가면 된다고 믿었다.

"그 고생을 또 하겠다고? 유경아, 아줌마 걱정은 말고 무조건 너만 생각해. 지금까지 네 덕에 내가 산 거야. 아무런 희망이 없었는데 네 덕분에. 유경아, 넌 절대 행복해야 해. 힘들게 사는 사람만 보고 살면 왜 이렇게 사는 게 힘들까 싶지만 행복하게 사는 사람들도 많아. 그 사람들 보면서 살면 돼. 나처럼 말고."

간절함이 가득 담긴 파주댁의 당부에 유경은 고개를 끄덕였다. 희망을 놓는 일 따윈 이젠 없다. 더한 상황에서도 살아남았듯이 어떻게든 살아갈 것이라고. 그러나 두 사람 모두 그것이 쉽지 않음을 잘 알았다. 지금까지 겪어오고 있으니까.

다시 잠자리에 든 두 사람은 새벽이 밝아올 때까지 잠을 이루지 못했다.

일곱

정욱의 부탁으로 부랴부랴 아는 이들을 통해 '개미식당'에 대해 정보를 조사하느라 성태는 밤늦도록 전화기와 씨름 중이었다. 심심하기도 하고 모처럼 정욱에게 자신의 능력을 과시하고픈 탓에 은근히 즐기는 분위기다. 한 시간이면 족하다는 말은 지키지 못했지만 두어 시간 만에 성태는 으스대며 들은 이야기를 늘어놓기 시작했다.

"그러니까 지금까지의 이야기를 간추리자면 에, 결론은 자식 하나 잘못 둔 탓에 그 아줌마는 완전 알거지가 된 거라는 거지. 하여간 사기 치는 놈들도 문제지만 당하는 사람이 더 문제야. 당할 틈을 주니 당하는 거지. 안 그러냐?"

정욱은 성태의 떠벌림을 한참 동안 듣기만 할 뿐, 입을 꾹 다문 채 말이 없었다. 신나게 떠들던 성태가 인상을 있는 대로 쓰며 투덜거렸다.

"애써 애들 풀어 조사해 주니까 꿀 먹은 벙어리 노릇이네. 인마, 내 말 듣기는 한 거냐?"

"아, 미안. 잠시 생각할 게 있어서."

정욱이 손을 살짝 들어 보이는 제스처를 취하고 이마를 만지작거렸다. 결국 돈이 문제라는 거였다. 예상은 했지만 막상 사실로 접하고 보니 기분이 개운치 않았다. 언제까지 유경이 돈 문제로 힘들어해야 하는지…… 그러나 한편으론 다행이기도 했다. 금전적인 문제이기에 자신이 나서서 도와줄 수 있지만 사람 문제라면 이야기가 복잡해진다.

상황 파악을 확실히 끝낸 정욱이 거실 한 귀퉁이에 구비된 오디오 앞에 섰다.

"인마, 우리 집에선 그거 장식용이야."

정욱이 오디오를 살피자 성태가 자연스러운 반응을 보였다.

"자랑이다."

기가 막힌 탓에 웃음밖에 나오지 않는다. 성태의 말처럼 오디오는 장식품 외엔 제구실을 한 번도 못한 모양이었다. 그 흔한 CD 한 장 들어 있지 않았다. 졌다는 얼굴로 정욱은 가끔 듣곤 하던 FM에 주파수를 맞추었다. 마침 정욱이 좋아하는 음악이 흘러나왔다.

일렉트릭 피아노와 초퍼베이스의 연주가 일품인 재즈의 선율이 너른 거실을 에워쌌다. 강력하고 심플함이 조화를 이루는 shakatak의 음악이 복잡한 정욱의 마음을 더욱 사로잡았다.

"너, 정말 이렇게 재미없게 굴 거냐? 이러면 내가 널 불러 내린 의의가 없잖아."

난데없이 음악에 심취해 있는 정욱이 영 못마땅한 성태는 한 손으로 귀를 후비며 투덜거렸다. 음악은 그저 강렬한 비트가 최고였다. 정욱이 흡족하게 듣고 있는 재즈하고는 궁합이 맞지 않아 성태는 하품을 해대며 몸서리를 쳐댔다.

"들을 만하니 들어봐. 너, 그새 지겨워진 거냐?"

"넌 고작 사흘째에 접어들지만 난 벌써 이주일째 이러고 있잖냐. 촌구석에 틀어박혀서 얌전히 수도승 생활하는 게 어디 쉬운 일인 줄 아냐? 날 기다리는 수많은 걸(girl)들을 두고 이러고 있으려니 온몸이 간질거려 미치겠다."

"그럼 샤워라도 하든지."

"아, 쓰벌놈! 그걸 조크라고 하냐?"

성태가 인상을 쓰며 고개를 가로로 크게 저었다.

"욕 빠지면 대화가 안 되냐? 농담 아니고 진담이야. 그나저나 나 아침에 서울 좀 다녀올게."

"서울? 벌써 가게?"

성태가 누운 자세에서 벌떡 몸을 일으켰다.

"뭘 그렇게 놀라? 서울 다녀온다고 했지 간다는 말은 안 했는데."

"아, 난 또 나만 두고 가는 줄 알고 깜짝 놀랐잖아. 짜식이, 엉아 심장 약한 거 알면서."

그제야 안심했다는 듯 성태가 가슴을 쓸어 내렸다. 정욱은 어이가 없어 성태를 가엾게 쳐다보았다. 한심함과 염려가 반반 섞인 눈빛이었다. 성태가 다시 거실 바닥에 벌러덩 누웠다.

"그런 눈으로 보지 마라. 너도 나 같은 상황이면 이렇게 되니까. 내가 어쩌다 이렇게 불쌍한 처지가 되었는지 모르지만 어쩌겠냐. 그런데 서울은 왜?"

"볼일이 있어. 나 차 좀 쓴다."

"그러셔. 지 아버지가 자동차 회사 가지고 있는 놈인데 사고 나면 새 차로 어련히 알아서 뽑아주실까."

성태는 의외로 순순히 허락을 했다. 자신의 차를 가지고 가야 정욱이 다시 돌아올 테니 누이 좋고 매부 좋은 일이라고 여겼다.

"그나저나 아까 그 식당은 왜 알아보라고 한 거냐? 너 여기에서 식당 차리게?"

"그래, 식당 하나 차려서 너 주방장으로 쓰고 난 카운터나 보련다. 됐냐?"

"듣던 중 반가운 소리. 그럼 식당 말고 우리 나이트로 차리자. 말 나온 김에 해결 보자. 네 집 돈 있겠다, 우리 집 돈 있겠다, 금상첨화로 두 인물 훤하겠다, 이거야말로 황금 어장에 낚싯대

드리우는 거지. 우리 왕 여사, 너하고 동업한다고 하면 당장 오케이할걸."

불난 데 기름을 부어준 꼴이었다. 성태의 얼굴에 전에 없는 열의가 번지자 정욱이 친구의 머리를 세게 쳤다.

"정신 차려, 인마! 나이트 같은 소리 하고 앉았네."

"말로 해도 될 걸 왜 폭력은 쓰고 지랄이냐. 가뜩이나 뇌세포가 줄어드는지 갈수록 기억력도 감퇴하는구만."

"넌 좀 맞아야 돼! 뇌세포 주는 건 네가 술이랑 담배를 너무 퍼마시고, 피워대서 그러는 거고."

성태가 인정한다는 의미로 고개를 끄덕였다.

"어쨌거나. 근데 그 식당에 아는 사람이라도 있는 거야?"

"그렇다고 볼 수 있지."

"하여간에 이놈도 실속없는 짓 잘한다니까. 남의 고향 와서 뜬금없이 식당 조사나 하라고 하고. 무슨 꿍꿍인지 모르겠네."

"알면 다친다. 됐지?"

웃음으로 때워 넘기는 정욱을 보며 성태는 더 캐묻지 않았다. 정욱이 털어놓지 않는 이야기를 억지로 듣고 싶은 마음은 없었다. 그 정도는 친구에 대한 예의였다. 대신 죄없는 게임기를 혹사시키느라 정신이 없었다. 지겨움을 게임기에 풀어놓으며 성태는 온몸으로 에너지를 발산했다.

요란스러운 소리를 내며 게임에 몰두하는 성태를 두고 정욱은 홀로 생각에 잠겼다. 날이 밝으면 해야 할 일을 순서대로 정리하고 있었다.

"그런데 그 마을 금고 여자애 말이야."

"응?"

다른 말과 달리 정욱은 즉각적인 반응을 보였다.

"짜식, 사람 놀라게. 올라가기 전에 작업이나 한번 해보고 올라갈까? 자꾸 아쉽네."

성태의 혼잣말이건만 도둑이 제 발 저린다고 정욱은 가슴이 뜨끔했다. 유경에게 미련을 버리지 못하는 성태로 인해 정욱은 다시금 유경을 그려보았다. 성태가 본 유경의 모습은 근무 중인 모습이 전부일 터였다. 화장도 거의 안 한 맨얼굴, 나이에 어울리지 않게 단정하게 틀어 올린 머리, 거기다 단순한 유니폼이 전부인 유경에게 성태가 저렇게 집착하는 이유가 궁금하면서도 부아가 치밀었다. 천하의 최정욱도 정신 못 차리니 성태야 어련하겠냐만, 몇 년을, 아니, 십 년을 넘게 기다린 사람도 있는데 괘씸하게시리.

"시작도 못해본 놈이 아쉬울 건 뭐가 있다고. 잠이나 자."

정욱이 퉁명스럽게 면박을 주었다.

"난 괜찮은데 내 요 녀석이 안달을 하니 그렇지."

성태가 자신의 아랫부분을 손가락으로 가리키며 음흉한 표정을 지었다.

"너 재기불능 되기 전에 병원 꼭 가봐라. 친구라서 해주는 충고야."

어딘지 모르게 날이 서 있었다. 리모컨을 잡은 정욱이 오디오의 볼륨을 한껏 올리자 거실 바닥이 갈라질 것처럼 진동을 해댔다.

성태는 난데없는 정욱의 행동에 눈을 휘둥그레 떴다. 경악하는 성태는 본체만체하며 정욱은 탁자 위로 발을 쭉 뻗고는 손가락으로 박자까지 맞춰가며 음악을 즐겼다. 부드럽게, 느리게, 강렬하게, 그리고 정열적이게.

애써 자존심을 지키려던 유경을 떠올리며 정욱은 살짝 눈을 감았다. 밤마다 유경이 어떻게 변했을까 상상했었다. 결론은 늘 헤어지던 그날의 그 모습이었지만. 실제로 만난 유경은 그의 기대를 저버리지 않았다. 성숙미는 느껴지지만 예전 그가 기억하는 그대로, 예쁜 목소리도, 전부 다…….

눈이 감긴 정욱의 얼굴에 피식 웃음이 머물렀다.

"졸라 짱나는 놈. 미친 건 내가 아니고 너다. 그런 귀신 장송곡 같은 노래 들으면서 웃음이 나오냐?"

성태가 냉장고로 향하며 괜한 시비를 걸었다. 그러거나 말거나 정욱의 얼굴에 편안한 웃음이 끊이질 않았다.

마감 시간이 다 되어갈수록 유경의 마음은 무겁기만 했다. 하던 일을 빨리 마무리하고 퇴근을 서두르던 때와 달리 시간이 가지 않기를 바라고 있었다. 시시각각 마음 자세가 달라졌다. 어떻게 해서라도 이 위기를 잘 극복할 수 있다는 마음이 생기는 반면 더럭 겁이 나기도 했다.

"휴우."

"땅 꺼질라. 무슨 한숨을 그렇게 쉬어?"

지폐 계수기에 돈을 넣던 명희가 걱정스럽게 물었다. 유경이 얼른 부인했다. 남에게 걱정을 듣는 일은 유경이 먼저 사절이었다.

"어머, 이 촌동네에 웬 꽃미남?"

명희가 눈을 크게 뜨며 입구에서 눈을 떼지 못했다. 유경은 명희의 반응에 저절로 고개를 돌리다 인상을 썼다. 작은 금고 안을 슬쩍 훑어보던 정욱이 유경과 눈이 마주치자 거만한 걸음으로 다가왔다.

"어? 장유경, 너 여기에서 일했냐?"

순간 유경은 자리에서 벌떡 일어날 뻔했다. 심장이 멎어버릴 것만큼 놀라기도 했거니와 당혹스럽기 그지없었다. 정욱의 무모함을 한두 번 겪었던 것도 아니고 괴롭힘도 적잖이 당했으니 경계하는 건 당연했다.

"무슨 일이야?"

유경이 주변의 눈치를 살피며 작게 물었다. 난감한 표정의 유경과 달리 정욱에게선 여유로움이 넘쳐흘렀다.

"은행에 돈 때문에 오지 다른 볼일 있겠냐? 통장 하나 만들어 주라."

정욱이 유경이 일하는 창구 앞으로 지폐 뭉치를 내밀었다.

"너…… 기막혀, 정말."

"넌 어째 고객이 돈을 갖다 맡겨도 불만이냐? 마침 보이는 은행이 여기라서 들어온 건데 너 고객한테 태도가 불손하다."

정욱의 빈정거림에 유경이 입술을 잘근 깨물었다. 가뜩이나 심란한 마음이 정욱을 보자 더해만 갔다. 그러나 정욱의 말처럼 그는 고객이고 자신은 은행 직원이었다.

유경은 정욱이 내민 지폐를 지폐 계수기에 넣고 통장 발급을 위해 거래 용지를 내밀었다.

"필요한 사항 적어주세요."

유경이 딱딱한 어조로 기입해야 할 부분을 표시하곤 시선을 외면했다. 정욱은 재빨리 공란을 채운 뒤 유경에게 돌려주었다.

"다 썼는데요."

조금 전 유경이 존댓말을 한 것에 대한 반감인 듯 정욱도 존대를 했다. 유경은 새침한 얼굴로 정욱이 내민 용지를 받곤 새 통장을 발급했다.

"백만 원 입금 맞으시죠? 잠시만 기다려 주세요."

유경이 상급자에게 결재를 받기 위해 잠시 자리에서 일어났다. 유경이 입고 있는 유니폼의 치마를 보는 정욱의 눈살이 찌푸려졌다.

'짧아. 예쁜 다리 모양이 다 드러나잖아. 저놈은 왜 저리 느끼하게 생긴 거야?'

정욱은 유경에게 결재를 해주며 웃고 있는 서른 중반의 남자를 노려보며 입술을 실룩거렸다. 더욱이 유경이 웃으며 무엇이라 대꾸하는 모습을 보자 눈에 노기가 번져 갔다.

"아직 멀었습니까? 통장 하나 발급 받는데 뭐가 이리 오래 걸립니까?"

작은 금고 안이 정욱의 불만 섞인 목소리로 인해 쩌렁쩌렁 울렸다. 유경이 붉게 상기된 얼굴로 얼른 자신의 자리로 돌아왔다.

"너 왜 이래?"

유경이 거의 들릴 듯 말 듯한 목소리로 핀잔을 주었다. 그러거나 말거나 정욱은 여전히 퉁명스러움을 거두지 않았다.

"손님이 많은 것도 아닌데 무슨 일 처리가 그리 늦냐? 은행 업무는 시간이 생명 아니냐?"

따지듯 묻는 정욱의 말에 유경은 별다른 대꾸를 하지 못했다. 정욱이 틀린 말을 한 것도 아니고 한가하게 입씨름을 할 여건도 아니었다.

"늦어서 죄송합니다. 여기 있습니다, 손님."

유경이 공손하게 통장을 내밀었다. 정욱은 통장을 확인하지도 않고 주머니에 불쑥 집어넣었다. 유경이 다음 손님을 향해 인사를 하자 정욱이 뒤를 돌아보며 손을 들어 보였다. 아직 볼 일이 남았다는 의도였다.

"장유경."

유경이 주변의 눈치를 보며 그만 하라는 의미로 고개를 흔들었다. 남의 직장에 와서 이렇게 귀찮게 구는 정욱의 심술이 이해가 되지 않았다.
"힘든 일 따윈 없을 거다. 절대."
"무슨……?"
뜬금없는 정욱의 말에 유경이 의아한 듯 눈을 크게 떴다. 그러나 정욱은 물끄러미 유경을 쳐다보기만 할 뿐 별다른 설명을 하지 않았다. 정욱의 눈빛이 그윽하다고 느낀 유경은 재빨리 다음 손님을 맞이하기 위해 부러 자리에서 일어났다. 마지못해 발걸음을 돌린 정욱은 뒤도 돌아보지 않고 그대로 나가 버렸다.
유경은 귀신에 홀린 것처럼 멍한 표정으로 정욱이 나간 입구를 쳐다보았다.
'힘든 일 따윈 없을 거라구? 절대? 바보. 네가 지금 내 상황 알면 절대 그런 말 못할걸.'
유경은 괜히 눈시울이 붉어지려 하자 얼른 고개를 떨구었다. 정욱의 의미없이 던진 한마디에 감동해 버린 자신이 한심스러웠다.
하필 많고 많은 은행 중에 여기에 올 건 뭐람. 유경은 투정을 하면서도 정욱의 말을 계속 되뇌었다. 정말 그렇게 된다면 얼마나 좋을까.
"유경아, 삼 분 전."
마감 시간을 일러주는 것이 가장 행복하다는 명희의 말에 유경은 고개를 끄덕였다. 잠시 뒤, 셔터가 내려지고 금고 안은 정산을 하느라 정신이 없었다. 새로운 후임자가 오기 전, 하던 일을 깔끔하게 마무리해 놓고 싶은 유경은 어느새 퇴근 시간을 넘긴 채 업무에 몰두하고 있었다. 옆 자리의 명희가 눈치를 보며 퇴근을 한 지도 오래였다.

유경이 막 퇴근을 위해 자리에서 일어날 무렵이었다. 조용하던 금고 안에 전화벨이 울렸다.

"한마음 금고입니다."

[유경이냐?]

파주댁의 목소리였다.

"네, 아주머니. 저 막 퇴근하려던 참이었어요."

유경은 벽시계를 쳐다보며 얼른 대답을 했다.

[그래? 그럼 얼른 밥부터 해야겠네. 유경아, 걱정하지 말라고 전화한 겨. 기쁜 소식 얼른 알려주려고.]

"네? 무슨……."

[우리 예정대로 이사 갈 수 있어. 먼저 동네보다 더 좋은 가게로.]

"그게 무슨 말씀이세요?"

유경은 파주댁의 말에 가슴이 두근거렸다.

[아줌마 친구 중 하나가 자기네 건물에 식당 자리 있다고 거기로 오래. 세입자가 안 나서서 빈 가게로 있단다. 네가 구한 직장하고는 조금 거리가 있어서 버스는 타야겠지만 그게 어디냐.]

"정말이에요? 정말이에요, 아주머니?"

유경이 믿기지 않는 듯 거듭 물었다.
[그럼, 그렇고말고. 내가 지금 상황에 거짓말할 것 같아?]
가벼워진 파주댁의 목소리에 유경은 입술을 바르르 떨었다. 전화를 끊고 난 유경은 꿈인 것 같은 착각에 빠졌다. 급작스럽게 돌아갔던 상황이 그 못지않게 마무리되자 실감이 나질 않았다.

"힘든 일 따윈 없을 거다. 절대."

불쑥 정욱이 했던 말이 떠올랐다. 훗, 그런 말이 맞을 때도 다 있네.
유경은 한결 가벼운 마음으로 얼른 가방을 집어 들었다. 빨리 집으로 가고 싶었다. 이틀 전과 달리 유경의 얼굴엔 새로운 흥분이 일었다.

"에효, 이래도 되는지 모르겠네."
밝은 음색으로 전화를 할 때와 달리 수화기를 내려놓는 파주댁의 얼굴에 수심이 차 올랐다. 정말 자신의 말처럼 이래도 되는 것인지 걱정스러웠다. 파주댁의 마음을 눈치챈 정욱이 자신감 가득 찬 어투로 용기를 건넸다.
"충분히 그러셔도 됩니다."
"그래도……."

파주댁이 다시 한 번 망설이자 정욱이 그녀의 손을 잡아주었다.

"유경이만 생각해 주십시오. 오로지 유경이를 위하시는 길이라고요."

파주댁이 물끄러미 정욱을 바라보았다. 훤칠한 외모보다 마음 씀씀이가 보면 볼수록 대견하고 기특했다. 남의 도움 따위 받지 않고 살아온 오십 평생에 아들보다 어린 사람이 내민 손을 잡을 줄은 상상도 못한 일이었다. 세 시간이 넘게 자신을 설득시킨 정욱이 잡아주는 손을 파주댁이 남은 한 손으로 다독여 주었다.

"그래, 유경이만 생각해야지. 그나저나 내 당장 원금은 힘들고 이자는 꼬박꼬박 낼 테니 그건 꼭 받아요."

"몇 번이나 말씀드렸잖아요, 어차피 빈 가게라고. 그런 걱정 안 하셔도 됩니다."

그때 유경이를 바라보는 눈빛이 심상치 않더라니. 파주댁은 사 년 전의 기억을 떠올리며 미소를 지었다. 처음 정욱이 식당에 들어섰을 때부터 제법 낯이 익다 싶었던 것이 그때의 이미지가 워낙 강했었던 모양이다.

아들 준석이 사채업자에게 써주었다던 차용증이며 서류를 돌려준 정욱이 혹시나 그치들과 한 패가 아닐까 의심했었다. 돈이 한두 푼 걸린 일도 아닌데 난데없이 처음 보는 사람이 해결했다고 하니 색안경을 낄 수밖에 없었다. 더군다나 친아들에게까지 사기를 당한 마당이니 생면부지의 정욱을 믿을 수 없는 건 당연했다.

그러나 유경의 이름이 나오자 파주댁의 의심은 의아함으로 바뀌었다. 유경에게 이런 친구가 있었던가 골똘히 생각하던 파주댁은 그제야 정욱을 기억해 냈다. 그녀에게는 거액이기만한 돈을 갚아준 것도 모자라 새로운 식당 차리까지 마련했다는 말엔 아연실색할 수밖에 없었다. 아무리 돈이 많기로서니 그런 일을 척척 해결해 내기엔 어려도 너무 어렸다.

아무리 낯짝이 두꺼워도 그렇지, 쉽게 수락할 파주댁이 아니었다. 끝까지 도움을 거절하는 파주댁을 설득시킨 건 유경을 향한 정욱의 마음 덕이었다.

"유경이, 유경이 때문에라도 받아주십시오. 그동안 유경이 보살펴 주시고 사랑해 주신 것에 비하면 아무것도 아닌 돈입니다. 유경이 아파하는 거, 힘들어하는 거 보기 싫습니다. 고생하는 것도요. 제가 직접 번 돈은 아니지만 아버지께서 허락하시고 주신 돈입니다. 제가 돈이 많다거나 우습게 여겨서 드리는 말씀이 아니라 이 정도는 충분히 도와드릴 수 있어서 드리는 겁니다. 아주머니께 드리는 것이 아니라 유경이한테 주는 것이라고 생각해 주세요. 다만 유경이는 절대 모르게요."

무릎을 꿇고 애원하는 정욱의 간청에 파주댁은 끝내 그렇게 하마 허락하고 말았다. 다른 것도 아니고 유경이를 위해서라는 진지함에 파주댁은 눈물이 날 뻔했다. 볼수록, 들을수록 기특하기만 한 청년이었다.

"유경이한테는 말해야 하지 않을까?"

파주댁이 꽉 잠긴 목소리로 말을 건넸다. 정욱이 고개를 저었다.

"유경의 자존심이 절대 허락 안 할 겁니다. 어떤 일이 있어도 비밀로 해주십시오."

"내가 총각한테 미안해서 그러지."

"절대 미안해하실 일 없으세요. 그리고 제 이름 정욱입니다, 어머님."

"어머니?"

"유경일 저렇게 예쁘게 키워주셨는데 제겐 어머니나 진배없습니다. 조금만 더 보살펴 주세요. 그 다음은 제가 소중히 데리고 가겠습니다."

그동안의 서러움과 힘겨움이 봄눈 녹듯 사라지는 기분이었다. 파주댁은 감격에 겨워 더는 말을 잇지 못하고 고개만 연신 끄덕였다.

"유경이 오기 전에 전 이만 가봐야 할 것 같아요. 조만간 서울에서 뵙겠습니다."

정욱이 시간을 확인하며 자리에서 일어났다. 파주댁의 배웅을 받으며 차에 오른 정욱은 유경이 막 골목길로 접어드는 것을 보며 안도의 한숨을 내쉬었다. 아슬아슬한 순간이었다. 유경이 불 켜진 식당 안으로 들어가는 것을 본 뒤 정욱이 차를 출발시

컸다.

서울에서 천안으로, 사채업자를 찾아가서 일을 해결하고 유경이 일하는 금고까지. 새벽부터 지금까지 강행군의 연속이었다. 돈이 많다는 것이 새삼 고마운 날이었다. 돈이 필요하다는 말에 별다른 말씀 없이 선뜻 마련해 준 아버지의 신뢰감에 감동받은 날이기도 하고, 유경의 자존심을 건들지 않으며 도와줄 수 있어서 행복한 날이기도 했다.

학교를 졸업하면 당분간 무보수로 일을 해야 한다는 조건이기는 했지만 상관없었다. 아버지가 도와주지 않았다면 할아버지께서 남겨주신 유산이라도 건드릴 생각이었다. 그것도 당장 여의치 않으면 차라도 팔 생각이었고 가끔 머무르는 오피스텔도 처분할 각오까지 되어 있었다.

'미안하다, 장유경. 이런 식으로밖에 도와주지 못해서. 대신 네 눈에 눈물 흐르게 하는 일 두 번 다시 없을 거다. 앞으론 내가 널 지켜줄 거야.'

정욱이 두 눈에 힘을 주곤 핸들을 세게 쥐었다. 반드시 지키고 말겠다는 의지의 표출이었다.

여덟

"**역**시 촌구석일수록 애들은 더 순진한 것 같다. 아주 몸이 달아 죽으려고 하네. 야, 저기 쟤 어떠냐? 가죽 치마."

새로 개장한 나이트클럽을 둘러보는 성태는 연신 싱글벙글이었다. 나이트클럽 노래를 불러대더니 소원 성취를 한 모양이었다. 정욱은 성태가 가리키는 곳을 예의상 힐끔이고는 다시금 술잔을 집었다.

현란한 조명을 받은 사람들의 모습이 마치 신흥 종교 단체의 광신도들 같다고 여기며 정욱은 말없이 술을 들이켰다. 내일이면 서울로 올라갈 예정인지라 성태의 바람대로 나이트클럽을 오긴 했지만 그다지 내키지 않았다.

정욱의 마음은 다른 곳에 가 있었다. 하나밖에 없는 손자의 제대를 위해 미국에 계신 할머니께서 귀국을 하신다는 소식에 부랴부랴 귀경을 결정했다. 할머니의 귀국이 그의 독립 선언에 플러스 요인이 될지 마이너스 요인이 될지 판단이 서지 않았다.

당분간 오피스텔에 머물기로 마음을 굳힌 상태였고 부모님을 설득할 일만 남았다고 여겼다. 문제는 할머니께서 귀국을 하시니 쉽게 허락을 해주실지 의문이었다. 물론 그의 고집대로 될 건 확신했지만.

정욱이 오피스텔에 머물기로 마음을 정한 건 당연히 유경 때문이었다. 파주댁이 새롭게 연 식당과 정욱의 오피스텔은 그리 멀지 않은 거리에 있었다. 어머니, 하 여사가 시집오기 전 홀로 남으신 외할아버지를 위해 마련해 주신 작은 건물이 이렇게 유용하게 쓰일 줄이야. 이미 외할아버지께서는 돌아가시고 안 계셨지만 하 여사는 그 건물을 팔지 않았다. 재산 증식과는 거리가 먼 작은 건물이기도 했지만 마지막으로 당신의 아버지께서 생을 마감하신 곳이라 선뜻 정리하기 힘든 모양이었다.

건물 가까이 있는 오피스텔 역시 하 여사가 남편인 최 사장과 부부 싸움을 하고 난 후 머무르기 위해 마련해 둔 곳이었다. 정욱이 대학생이 되자 정욱의 몫으로 바꾸어 버린 건 아버지 최 사장이었다. 심심하면 집을 나가 버리는 아내의 버릇을 고치기 위한 일이었다. 시도 때도 없이 싸움을 해 정욱을 힘들게 했던 부모님은 여전히 티격태격이지만 예전만큼 심각하진 않았다.

유경의 마음을 얻기 위해선 당분간 부모님과 척을 져야 할지도 모르지만 할 수 없는 노릇이었다. 자신이 없어도 부모님께는 크게 무리가 없지만 유경은 아니었다. 유경이 이 사실을 알면 펄쩍 뛰겠지만 그가 편치 않기에 밀어붙일 생각이었다. 절대 유경으로 인해 후회하는 일은 하지 않겠노라 맹세했으니 꼭 지킬 참이다.

"최정욱! 똥 폼 그만 잡고 너도 빨리 나와."

시끄러운 음악을 뚫고 성태의 흥분된 목소리가 날아들었다. 작업에 들어간 성태의 구원 요청을 적당히 무시하며 정욱은 혼자만의 분위기에 취했다. 나이트클럽까지 와서 분위기를 잡는다는 것이 우습기는 했지만 성태의 주장처럼 사회물에 적응이 안 된 탓인지 그다지 흥이 나지 않았다. 정욱은 편안하게 의자에 몸을 기댔다.

사람들의 즐기는 모습을 지켜보는 것으로 만족하며 정욱이 무심코 주위를 살폈다. 정욱의 양미간이 갑자기 찌푸려졌다. 눈을 한 번 깜빡여 본 정욱은 반사적으로 몸을 일으켰다. 사람들로 가득 찬 플로어의 구석에서 가볍게 리듬을 타고 있는 여자에게 시선이 집중되었다.

"우씨!"

정욱은 신경질적으로 의자를 걷어차며 머리를 쓸어 올렸다. 화려한 조명 아래 남자와 밀착되어 있는 여자는 유경이 틀림없었다. 정욱이 이를 갈며 사람들 사이를 헤쳐 나갔다.

"자자, 미스 장, 과감하게 몸을 좀 흔들라니까. 젊은 사람이 어떻게 우리 같은 늙은이보다도 더 몸을 사려? 미스 리 봐봐, 신 났잖아. 미스 장을 위한 파틴데 주인공이 몸을 빼면 쓰나."

술기운 탓인지 홍 부장은 전에 없이 질척거렸다. 오늘부로 금고를 관두는 유경을 위해 모처럼 마련된 회식이었다. 간단하게 저녁 식사를 하고 나이트클럽을 온 것까지는 유경도 좋았다. 파주댁의 문제도 해결되고 뜻한 바대로 일을 진행시켜 나갈 일만 있기에 마음껏 스트레스를 풀 생각이었다.

사람들의 현란한 춤사위를 보며 유경은 엉거주춤한 춤 솜씨지만 나름대로 분위기를 즐겼다. 홍 부장의 행동이 도를 지나쳐도 적당히 참아내기로 했다. 어차피 오늘 하루만 참으면…… 홍 부장이 다짜고짜 유경을 끌어안았다. 어느새 시끄러운 댄스곡이 잔잔한 발라드로 바뀌어 있었다.

유경은 가슴께로 세게 와 닿은 홍 부장과의 간격을 벌리며 어색하게 미소 지었다.

"부장님, 저 블루스 못 춰요."

"에이, 잘 추고 못 추고가 어딨어? 이렇게 안고 돌면 되는 거지."

"……"

유경은 하는 수없이 홍 부장의 옷을 손가락 끝으로 붙잡았다. 술에 취한 사람에게 어떤 말을 해도 통할 것 같지도 않았고 분위기를 깨기도 싫었다. 그저 음악이 끝나기만을 기다릴 수밖에. 그러나 음악은 생각보다 길었다. 홍 부장의 손이 자꾸 유경의 엉덩이 쪽을 더듬었다. 한술 더 떠 얼굴은 그녀의 가슴께로 자꾸 들이밀고 있었다.

유경이 적당히 눈치를 주며 홍 부장의 품에서 벗어나려 애를 썼지만 요지부동이었다. 유경이 벗어나려 하면 할수록 허리를 잡아채고 있는 홍 부장의 손에도 더욱 힘이 들어갔다.

"부장님, 저 그만 출래요. 이제 놓으세요."

"그것참, 이 음악까지만 추자니까."

홍 부장은 이제는 노골적으로 유경의 뺨 가까이에 입술을 미끄러뜨리고 있었다. 막무가내인 홍 부장의 억지에 유경이 주위를 두리번거렸다. 그러나 안타깝게도 도와줄 사람은 보이지 않았다. 모두들 분위기에 취해 두 사람에게 관심을 가지는 사람은 없었다.

"좋은 말 할 때 그 손 놓으시지 그래?"

어딘지 낯익은 목소리라고 생각할 무렵 홍 부장의 손이 유경의 허리에서 떨어져 나갔다. 그리고 떨어져 나간 것은 그녀의 몸을 더듬던 손뿐만이 아니었다. 홍 부장 역시 무대 위로 날아가 사납게 뻗어버렸다. 난데없는 폭격에 주변 사람들이 우왕좌왕했지만 그뿐이었다. 술 마시고 시비 붙는 사람들이 비일비재한 까닭에 놀랍지도 않은 모양이었다.

유경은 씩씩거리며 주먹을 쥐고 있는 정욱을 보며 비명 소리

여덟 167

를 삼켰다. 두 사람의 눈동자가 마주쳤다. 정욱의 눈에 어린 분노의 빛을 보며 유경은 왜 그가 자신을 그렇게 바라보는지 이해가 되질 않았다. 그것보다 정욱이 이곳에 있다는 것이 더욱 믿기지 않았다. 우연치고는 너무 잦은 우연이었다.

입술을 사납게 비튼 정욱이 성큼성큼 그녀에게로 다가왔다.

"가자!"

정욱이 유경의 팔을 사납게 잡아당겼다.

"이거 놔, 너 왜 이래?"

바닥에 널부러져 있는 홍 부장도, 갑작스레 나타나 팔을 잡아당기는 정욱이도 놀랍기만 했던 유경은 일단 정신을 가다듬어야 했다. 유경이 정욱의 팔을 뿌리쳤다. 그리고는 바닥에 쓰러져 있는 홍 부장을 부축하며 일으키려 했다.

"부장님, 괜찮으세요?"

"보면 몰라?"

홍 부장이 한껏 인상을 쓰며 유경의 도움을 거절했다.

"너! 너, 이 자식. 젊은 새끼가 감히 나를 쳐? 눈에 뵈는 게 없다 이거지?"

술기운에 오기까지 더해진 홍 부장의 눈빛은 평소와 달랐다. 유경은 위험한 빛을 발하는 홍 부장이 더럭 겁이 나 그의 팔을 잡았다. 유경의 도움을 거절한 그가 팔꿈치를 크게 휘두르자 유경은 엉덩방아를 찧으며 넘어졌다.

정욱이 홍 부장의 멱살을 잡으며 일으켜 세웠다.

"당신을 친 사람은 난데 왜 그 여자한테 그래? 억울하면 덤벼! 나이 먹었으면 나잇값을 하란 말이야. 이런 곳에 와서 여자한테 추태나 부리라고 나이 먹는 거 아니거든."

남자에게 화를 내고 있지만 정욱은 유경에게 더 화가 치밀었다. 인간 같지도 않은 놈을 도와주려고 애쓴 유경이 이해되지 않을뿐더러 이런 놈을 알고 지내는 자체가 열받는 일이었다.

정욱이 한 대 치려고 빼 든 주먹을 내리곤 홍 부장을 다시 한 번 밀쳐 냈다.

'바보 같은 게.'

정욱이 엉거주춤 일어서려는 유경을 인정사정없이 끌어당겼다. 본의 아니게 정욱의 가슴팍으로 당겨진 유경은 정욱의 가슴이 사납게 들썩이자 두려워졌다. 그 두려움은 홍 부장의 시비에 역겨움으로 바뀌기 시작했다.

"어쭈! 이 새끼 봐라. 네놈은 그렇게 멋대로 여자애 만져도 되고, 난 안 된다 이거냐? 네놈 혼자 다 갖겠다는 심보 아니야? 내 말 틀려?"

씩씩거리며 일어선 홍 부장이 두 사람에게 바싹 다가섰다. 유경은 자신으로 인해 빚어진 소란에 일단 홍 부장을 막아섰다. 무엇보다 정욱의 모습이 심상치 않은 탓이었다.

"부장님, 술 많이 취하신 것 같아요. 우리 그만 자리로 돌아가요."

"뭐? 내가 술에 취해? 웃기고 있네. 미스 장! 저 기생오라비같이 생긴 놈이 혹시 미스 장 거시기야? 얌전한 척하더니, 양아치 놈이랑 놀아나고 있었구만. 어쩐지, 그 인물에 얌전히 몸을 사리고 있진 않았겠지. 애인이 그 짓은 잘해줘?"

천박스럽게 이죽거리는 홍 부장을 보며 유경이 입술을 꽉 깨물었다. 오늘이 그나마 마지막으로 보는 날이기에 다행이었다. 이런 인간들…… 여자를 한낱 지들 놀이 대상으로 여기는 이런 인간이랑 삼 년 넘게 일을 했다는 것이 소름 끼쳤지만 일단은 감정을 억눌렀다. 그러나 문제는 그녀가 아닌 정욱이었다.

홍 부장의 말에 흥분한 정욱이 유경을 살며시 옆으로 밀치고는 두 손으로 멱살을 쥐었다. 작은 키인 홍 부장의 몸이 공중으로 살짝 들렸다.

"너 지금 뭐라고 했어?"

"너? 너, 지금 나한테 너라고 했냐? 이 새끼가 눈에 뵈는 게 없냐? 이런 싸가지없는 놈. 너 죽고 싶어 환장했냐!"

"그래? 나와! 여기서 이러지 말고 일단 나가자구!"

"나가자면 겁낼 줄 알고. 너 내가 누군지 알고 지금 이렇게 엉겨 붙냐? 네놈 오늘 제삿날인 줄 알고나 덤벼."

금방이라도 주먹이 날아갈 듯한 정욱과 홍 부장을 보며 유경이 급하게 일행들을 찾았다. 사람들이 꽉 들어찬 클럽 안을 급하게 둘러보던 유경이 지나가던 웨이터를 붙잡았다.

"저 사람들 좀 말려주세요. 싸움나겠어요."

"아씨! 모처럼 손님도 많은 날 누가 또? 호동아! 애들 좀 데리고 와야겠다."

작달막한 키를 가진 웨이터가 누군가를 향해 고함을 질렀다.

"이 새끼…… 에, 캑캑."

숨넘어가는 소리가 들려 돌아보자 정욱이 홍 부장의 목을 비틀어 잡고 무대 밖으로 끌어내는 것이 보였다. 유경이 얼른 정욱에게 달려갔다.

"정욱아, 이거 놓고 얘기해. 이러지 마."

"넌 비켜!"

서슬 퍼런 불꽃이 일고 있었다. 정욱의 눈에 더 이상 다른 건 들어오지 않는 모양이었다. 유경의 만류를 뿌리친 그는 홍 부장을 질질 끌다시피 했다.

"이 새끼가 젊은 거 믿고 까부나 본데, 너 여기는 내가 잡고 있는 곳이야. 날 모르는 거 보니 이 동네 놈이 아닌가 보구나? 어린 놈이 간이 배 밖으로 나왔어. 엉?"

"그러셔? 너 같은 놈 알아서 내가 뭐 하겠냐? 잔말 말고 나오기나 해."

"손님들, 무슨 일이십니까? 여러 사람들 즐겁게 노는 곳에서 이러시면 곤란하지요."

목 티에 까만 양복. 생긴 것만으로도 범상치 않은 남자들이 정욱과 홍 부장을 둘러쌌다. 유경은 자신으로 인해 일이 심각하게 돌아가자 머리뿐 아니라 얼굴까지 하얗게 질려 버렸다.

"유경아, 무슨 일이야?"

함께 근무하는 명희와 김 대리가 모습을 보이자 유경은 가슴을 쓸어 내리며 급하게 도움을 요청했다.

"명희야, 김 대리님, 홍 부장님 좀 말려주세요."

느낌이 좋지 않은 남자들을 쳐다보며 유경이 막 상황을 설명하려고 할 때였다.

"아이쿠, 이게 누구십니까? 한마음 금고 홍 부장님 아니십니까?"

험상궂은 인상을 가진 남자들 중 하나가 홍 부장을 보며 알은 체를 했다. 작은 동네다 보니 웬만해선 서로 면식들이 있는 경우가 허다했다. 남자의 인사에 홍 부장이 힘을 얻은 듯 목소리를 높였다.

"어, 용팔이! 자네 마침 잘 왔어. 이 건방진 새끼한테 내가 누군지 설명하고 손 좀 봐줘. 젊은 놈이 싸가지는 어디다 팔아 처먹었는지. 아주 질이 나쁜 새끼야."

"그래요? 젊은 친구가 그러면 안 되지, 감히 홍 부장님께. 얘들아, 일단 특별히 좀 모셔야겠다."

용팔이라 불린 남자가 살짝 턱짓을 하자 나머지 남자들이 정욱을 에워쌌다.

"비켜! 난 이 새끼랑 볼일있으니까."

"젊은 사람이 나이 든 어른께 이러면 되시나? 일단 우리랑 나가지."

"당신들이랑 나갈 일 없어. 난 이 새끼랑 해결해야 할 일이 있거든."

사내들의 협박에도 정욱의 눈은 오로지 홍 부장만 향해 있었다. 그런 정욱을 남자들이 양쪽에서 팔짱을 꼈다.

유경의 얼굴이 사색이 되었다. 아무래도 정욱이 큰일날 것 같아 홍 부장에게 급히 사정을 했다.

"부장님, 저 사람들 좀 말려주세요. 제 친구가 뭔가 오해를 해서 그런 것 같아요."

"친구? 미스 장 사람 보는 눈이 영 아니야. 뭐, 저런 놈을 사귀고 그래? 저런 새끼는 버릇을 단단히 고쳐 놔야 해. 내버려 둬, 혼 좀 나게."

든든한 지원군들이 있다고 생각된 탓인지 홍 부장이 슬며시 유경의 팔을 쓰다듬는 객쩍은 짓을 했다. 그 모습을 보던 정욱이 이성을 잃어버렸다. 눈을 부릅뜨고 붙잡힌 팔 대신 긴 다리를 홍 부장을 향해 날렸다. 느닷없이 정욱에게 일격을 당한 홍 부장이 인상을 쓰며 고꾸라졌다.

"이 새끼가 눈에 뵈는 게 없는 거 맞구먼. 당장 데리고 나가! 부장님, 괜찮으십니까? 저 새끼 오늘 뼈도 못 추리게 손봐주겠습니다."

사내들이 정욱을 더욱 힘 주어 잡았다.

"놔! 이거 못 놔! 저 새끼 오늘 죽여 버린다니까!"

사내들에게 끌려 나가며 정욱이 버럭버럭 소리를 질러댔다.

"이 새끼야! 네가 오늘 죽는 날이야."

사내 중 하나가 웃음을 달고 정욱에게 협박을 했다. 정욱은 그런 것에 아랑곳하지 않고 계속 소리를 질러댔다.

"정욱아, 제발……."

유경의 몸이 휘청거렸다. 실제로 싸우는 모습을 본 적은 없지만 지금 정욱을 끌고 나가는 남자들이 얼마나 잔인한가는 소문으로 알고 있었다. 정욱의 막무가내 행동이 무섭고 걱정되어 미칠 것 같았다. 유경의 눈에 눈물이 글썽거렸다.

"내 친구 죽이면 형씨들도 무사하지는 못할 것 같은데."

어디선가 날아든 목소리에 유경은 물론이고 사내들의 시선이 일제히 한곳으로 모아졌다.

"용팔이 삼촌! 간만에 고향 왔는데 손님 대접이 너무하시네."

홍 부장에게 깍듯이 굴던 사내가 갑자기 인상을 폈다. 마치 칙사라도 대하는 것처럼 한껏 유들해졌다.

"아이고, 이게 누구야? 성태 아니냐? 서울물이 좋기는 좋은가 보다. 완전 스타일이 짱이고만."

"짱이고 땅이고 간에 내 친구 팔부터 풀어주지. 이런 나이트에 와주는 것만 해도 황송할 분인데. 아, 씨발. 졸라 짜증나네. 모처럼 고향 와서 스타일 다 구기네."

"이 새끼, 네 친구냐?"

"어헛, 새끼라니? 귀한 손님이라니까. 나도 이 녀석, 저 녀석 하고 맘 편히 부르지 못하는 친군데."

성태의 말에 용팔이 얼른 눈짓을 했다. 정욱의 팔을 붙잡고 있던 사내들이 순식간에 팔을 풀었다.

"아, 씨발! 오늘 돈 좀 풀려고 왔더니, 이거 분위기 왜 이래?"

성태의 말에 용팔이 멋쩍은 웃음을 지으며 어깨를 툭툭 쳐댔다.

"몰라서 그런 걸 가지고. 왔으면 미리 이야기를 하지, 용서해라. 그나저나 사모님께서는 잘 계시지?"

"조만간 이 건물 세 받으러 한번 오시겠지. 여기 계약이 일 년 단위인가? 근데 삼촌 말이야, 용서는 나한테 빌 게 아니라 내 친구한테 해야지."

용팔이 두 손을 배 위에 가지런히 얹고 허리를 잔뜩 굽혔다.

"아이고, 손님! 귀한 분인 걸 몰라 뵈었습니다. 애들아, 뭐 하냐? 손님들 어서 룸으로 모시지 않고."

금세 태도를 바꾸어 비굴한 모습을 보이는 사내들을 보며 유경이 몸을 비틀거렸다. 긴장이 풀어진 탓에 얼굴에선 식은땀까지 흘렀다.

"나가자!"

다른 사람들은 눈에 들어오지 않는지 정욱은 유경의 손목을 세게 잡아당기곤 출입구로 향했다. 유경은 정욱의 인상이 너무 무서워 한마디 말도 하지 못했다.

"야, 최정욱! 너 어디 가는 거야? 아, 저 자식 보게."

성태의 눈이 정욱과 그의 손에 끌려 나가는 유경을 보느라 정신없었다. 정욱이 데리고 나가는 여자는 자신이 찍어둔 여자애가 틀림없었다. 보는 눈이 없다는 둥 온갖 핀잔을 주더니. 정작 정욱이 그 여자애를 끌고 나가자 어이가 없었다. 귀신에 홀린 듯 성태는 입을 벌리고 멍하니 서 있었다.
"자자, 성태야, 이러지 말고 룸으로 가자니까."
"응? 네……."
용팔의 안내를 받으면서도 성태의 벌어진 입은 다물어지지 않았다. 머리를 이리저리 굴려보지만 도무지 이해가 되질 않았다. 확실한 건 조금 전 정욱이 취한 행동은 그가 아는 최정욱이 아니라는 것뿐. 성태가 갑자기 투덜거렸다.
"에이, 최정욱 저 자식도 은근히 따라쟁이라니까. 하여튼 저 질투쟁이 때문에 여자도 마음대로 못 사겨요. 내가 여자 사귀는 게 싫다 이거지? 짜식!"
거만하게 콧방귀를 낀 뒤 성태는 거들먹거리며 룸 안으로 사라졌다. 여전히 두 눈에는 의심이 가득한 채.

제법 늦은 시간이건만 작은 도시의 유흥가는 사람들로 넘쳐나고 있었다. 정욱에게 속수무책 끌려가던 유경은 사람들의 시선에 살짝 얼굴을 붉혔다. 남들이 보면 자신은 바람난 여자 친구고 정욱은 그런 여자 친구를 끌고 가는 남자처럼 보일 듯했다.
"이제 그만 이 손 놔."
더는 정욱의 잰걸음을 따라가기 버거운 유경이 걸음을 멈쳤다.

"시끄러워!"

정욱이 버럭 소리를 질렀다.

"아프단 말이야."

"어? 아……."

정욱이 그제야 자신이 잡고 있는 유경의 팔목을 내려다보곤 부러질 것 같은 유경의 팔목을 슬며시 놓았다. 자신의 손자국이 벌겋게 난 것을 보며 정욱은 미안한 마음이 들기도 했지만 저 자국이 영원히 지워지지 않았으면 하는 바람도 있었다. 변태라고 욕을 해도 상관없다. 다른 어떤 것도 필요없다. 유경만 소유하고 독점한다면.

"많이 아프냐?"

"그럼 안 아플 것 같아?"

유경이 원망스럽게 정욱을 노려보았다.

"미안하다."

좀처럼 미안하다는 말을 하고 산 기억이 없는지라 정욱의 얼굴이 화끈 달아올랐다. 어둠 속이라 그나마 다행이었다.

"바보야! 왜 그랬어? 네가 그러면 내가 고마워할 줄 알았니? 너 대책없이 사는 거 여전하구나. 그렇게 생각없이 살면 편하니?"

난데없이 유경의 공격이 시작되었다. 정욱이 실눈을 하고 눈을 깜빡였다.

"나…… 정말 무서웠단 말이야."

유경이 고개를 숙였다. 정욱이 홍 부장과 주먹다짐을 하는 동안 얼마나 놀랐었는지 모른다. 난데없는 정욱의 등장에 안도하면서도 들었던 서러움이 떠오르자 뺨이 아릴 만큼 뜨거운 눈물이 흘러내렸다.

정욱이 유경의 뺨에 살며시 손을 갖다 대었다. 유경이 고개를 흔들며 정욱의 손길을 피했다. 정욱이 강제로 유경의 얼굴을 받쳐 들었다. 손등을 타고 흐르는 뜨거움에 정욱은 심장이 욱신거리는 아픔을 느꼈다.

"무섭긴 뭐가 무섭다고 그래? 다 자업자득이지. 처음부터 그런 곳에 안 가면 됐잖아. 그런 곳에 그러게 뭐 하려고 싸돌아다니느냐 말이야. 남자들 어떻다는 거 몰라서 그러냐? 똑똑한 척은 혼자 다 하더니, 잘하고 돌아다닌다."

'젠장, 젠장.'

마음과 달리 엉뚱한 말이 튀어나오고 말았다.

정욱의 다그침에 유경은 더욱더 서러웠다. 유경이 억지로 등을 보이고 돌아섰다. 정욱에게 위로라는 것을 기대하진 않았지만 이렇게까지 타박받을 줄은 몰랐다. 더군다나 눈물까지 보인 것이 너무 못마땅했다. 그럼에도 그치지 않는 눈물이 원망스러울 뿐. 정욱을 모르는 것도 아니면서 곱씹을수록 서운하고 섭섭했다.

"그만 울어. 운다고 해결되냐?"

'네가 울면 내 가슴은 찢어진단 말이야. 그만 울어, 제발.'

"이제 괜찮으니까…… 넌, 그만 가봐."

울음 섞인 유경의 목소리가 바람을 타고 정욱의 심장을 파고들었다. 정욱은 눈을 부릅뜨며 힘을 모았다. 유경의 눈물 앞에 자신까지 울 수는 없는 노릇이었다. 정욱이 유경의 팔꿈치를 잡고 자신에게 돌려 세웠다. 반항하는 유경을 정욱이 와락 품에 안았다.

"놔…… 이거 놓으란 말이야."

"가만히 있어, 이 바보야. 나 미치는 거 보고 싶지 않으면."

"네가 왜…… 네가…… 왜?"

유경이 정욱의 등을 쉼없이 쳐댔다. 점점 힘을 잃어가는 유경의 주먹질에 정욱은 두 눈을 감았다.

"쳐, 그렇게 해서라도 네 마음이 홀가분해진다면 며칠이라도 맞아줄 수 있으니까."

정욱의 낮은 중얼거림에 유경의 주먹질이 완전히 멈춰졌다. 곧이어 소리 죽인 울음이 들려왔다.

"유경아……."

정욱이 부르는 자신의 이름이 너무 정겨워 유경은 도리질을 해댔다. 왜 그런 행동이 나오는 지 그녀도 몰랐다. 다만 정욱의 품이 따스하다는 것만 알 수 있었다.

조금 전 억지로 홍 부장의 품에 안겼을 때의 불쾌감과는 달리 정욱의 품은 든든하고 아늑했다. 정욱의 품을 벗어나야 한다고 생각하면서도 그러기 싫다는 반항심에 유경은 당황했다. 부끄럽지만 정욱의 품에서 마음껏 울 수 있어 놓고 싶지가 않았다.

늘 명치끝이 막힌 것처럼 잔 고통에 시달렸었다. 그러나 한참을 마음 놓고 울고 나니 묵은 체기가 가라앉은 것처럼 편안함이 느껴졌다. 다른 사람도 아닌 정욱의 품에서 느끼는 편안함이 낯설면서도 싫지 않았다.

'있잖아, 유경아. 난 네가 이렇게 울고 지낼까 봐 눈을 감는 게 늘 부담스러웠어.'

정욱은 점점 잦아지는 유경의 울음소리에 긴 호흡을 내뿜었다. 눈을 감으면 유경의 웃는 모습보다 우는 모습이 그려질 때가 더 많았다. 그렇게라도 그의 뇌리에서 잊혀지지 않는 것이 고마우면서도 혼자 울고 있지 않을까 안절부절못했었다.

울고 있는 유경의 곁에 다른 누군가가 위로를 하고 있지나 않을까 조바심을 내는 것이 일상사였다. 그렇기에 유경의 온기와 체취를 느끼는 이 순간이 꿈인 양 아득하기만 했다.

유경이 신기루처럼 또다시 사라질까 봐 정욱은 더욱더 힘 주어 안았다. 차라리 다시 만나지 않았으면 모를까, 만난 이상 절대 품 안에서 놓지 않으리라 다짐했다.

"나 답답해. 그만……."

목이 잔뜩 잠긴 유경은 길게 목이 잠긴 탓에 길게 말을 잇지 못했다. 유경이 몸을 뒤척였지만 정욱은 안고 있는 팔을 풀지 않았다. 놓아줄 생각이 없는 듯했다. 유경이 어색한 목소리로 속삭였다.

"이제 정말 괜찮아."

유경이 빠져나가려 하고 있다. 정욱은 작은 새처럼 파득거리는 유경의 몸을 놓아주기 싫어 마음속으로 갈등했다. 조금만 더 이대로 있고 싶은 건 무리한 욕심일까.

"나…… 이제 가야 해."

"알아."

대답과 달리 정욱은 쉽사리 유경을 품에서 놓지 않았다.

"최정욱!"

평정을 되찾은 듯 새침한 유경의 외침에 정욱은 마지못해 팔을 풀었다. 그러자 유경은 기다렸다는 듯 즉시 몸을 빼냈다. 유경의 행동을 지켜보던 정욱이 그녀의 어깨를 양손으로 꽉 잡았다.

"……왜?"

유경이 놀란 눈으로 그를 올려다보았다.

'왜? 너 때문에 미치기 일보 직전인 내가 넌 안 보이지? 너만 바라보는 날 너만 모르는 거 정말 재미없다, 장유경.'

"이제 다 울었냐? 너도 어쩔 수 없는 여자인 모양인데 앞으로 함부로 울지 마. 남자들, 그런 여자 쉽게 보니까."

'네 우는 모습 보고 가슴 아픈 사람은 나 하나로 충분해. 다른 놈들의 그런 감정은 필요없어.'

정욱의 무심한 말에 유경은 잠시나마 느꼈던 따뜻함을 단박에 지워 버렸다. 세상에 울고 싶어 우는 사람이 몇이나 될까. 이기적이고 못된 인간. 인간성은 눈곱만큼도 없고 그저 제 잘난 맛에 사는 나쁜 녀석. 유경이 입술을 잘근 깨물며 정욱을 노려보았다. 마음껏 욕설을 퍼부어주려던 유경은 할 말을 잊어버린 채 호흡을 멈췄다.

자신을 태워 버릴 것처럼 뜨거운 정욱의 눈빛에 유경은 가슴이 철렁 내려앉아 버렸다. 위험스러워. 유경은 경고등을 켜며 억지로 목소리를 끌어내었다.

"너도 내가 쉽게 보여서 이랬던 거니? 그래, 네 말대로 바보처럼 아무 남자들 앞에서 안 울게. 하지만 세상 남자들이 다 너처럼 그렇게 여자를 생각한다고 믿지 않아. 넌 그런 생각밖에 못하나 보지? 이 손 치워."

분노에 찬 유경이 어깨에 놓인 정욱의 손을 떼어냈다. 흥분한 유경과 달리 정욱은 나름대로 흡족함을 느끼고 있었다. 유경의 즉각적인 반응에 그나마 마음이 놓였다. 날카롭게 가시를 세워야 장유경다웠다.

정욱이 의미심장한 웃음을 머금고 유경의 얼굴 가까이 자신의 얼굴을 들이밀었다.

"왜, 왜 이래? 저리 가!"

"너 내 마음속에 들어와 봤냐? 네가 내 마음을 어떻게 안다고 그래?"

"더 다가오면 나 화낼 거야!"

유경의 앙증맞은 협박에 정욱은 억지로 웃음을 참았다. 대신 얼굴을 더욱 가까이 밀착시켰다. 누구의 숨소리인지 구분이 안 갈 만큼 근접해 오는 정욱을 피하며 유경이 낮은 비명을 질렀다. 정욱이 인상을 잔뜩 썼다. 자신의 진심도 몰라주는 유경이 못내 서운해 정욱은 억지를 부렸다.

정욱이 다그치듯 유경을 벽으로 몰아넣었다.

"이제 더 갈 데도 없는 것 같은데, 어떻게 화낼 건데?"

정욱의 장난 어린 물음에 유경은 거친 호흡을 내뱉었다.

"유치해, 그만 비켜. 너 저질이야!"

겨울바람처럼 차가운 유경의 반응에 정욱은 은근히 부아가 치밀어 올랐다.

'네가 지금 내 마음 알기나 해?'

"저질? 그러니까 네 말은 내가 그렇고 그런 생각만 한다 이거지? 잘 봤네. 나, 너한테 이걸 원해."

정욱이 유경의 턱을 움켜쥐었다. 더는 피하지 못하게 양손으로 유경의 뺨을 감싼 정욱이 그대로 유경의 얼굴을 덮쳐 버렸다. 상상했던 그 이상으로 그녀의 입술은 달콤하고, 부드러웠다. 상큼하게 맡아지는 과일 향에 정욱은 중단해야 한다는 머릿속의 경고를 무시하고 본능대로 움직였다.

작은 입술을 열고 숨어 있는 붉은 혀를 훔치려는 순간 유경의 거친 반항이 시작되었다. 느닷없는 정욱의 행동에 넋을 잃고 있던 유경이 작은 주먹으로 널따란 등을 정신없이 패댔다.

정욱에 대한 실망감과 분노로 유경은 입술을 꾹 다물고는 거칠게 반항했다. 그러나 유경의 반응과 달리 정욱은 진지하기만 했다. 싫다는 그녀의 주먹질은 아랑곳하지 않고 유경에게 자신의 마음을 전하고 싶었다.

정욱의 마음을 알 리 없는 유경은 모멸감에 눈물을 흘렸다. 힘이 모자라다는 것이 억울하고 아팠다. 만약 정욱이 이대로 계속 못된 짓을 한다면…… 상상만으로도 끔찍해 유경은 발길질까지 서슴지 않았다.

유경의 저항에 정욱이 마지못해 입술을 떼내자 기다렸다는 듯 그녀가 소리를 질렀다. 씩씩거리는 유경을 보며 정욱이 입매를 실룩거렸다.

"이…… 나쁜 자식!"

"그래! 똑바로 봐, 장유경. 나 같은 놈이 나쁜 자식이야. 그런데 세상엔 착한 놈보다 나 같은 놈이 더 많거든. 그러니까 자극하지 말란 말이야!"

정욱의 뻔뻔함에 유경은 어이가 없었다. 할 말을 잃어버린 유경은 입술에 남아 있는 정욱의 흔적을 지우기 위해 손등으로 박박 문질렀다.

변태, 저질, 나쁜 놈!

사 년 전과 달라진 것이 하나도 없었다. 오히려 더 유치해진 것 같았다. 어차피 기대한 것도 없지만……. 유경은 입술이 따가울 정도로 힘을 주어 문질러 댔다.

정욱이 피식 웃음을 터뜨렸다.

"그만 문질러. 입술 닳겠다. 누가 보면 너 뽀뽀 처음 해본 줄 알겠다."

"참견하지 마. 네 흔적 지울 수만 있다면 수세미로라도 문지를 거니까."

보란 듯이 거칠게 입술을 문지르는 유경의 손을 정욱이 낚아챘다.

"놔! 무식한 인간들이 꼭 힘 자랑 한다더니. 네 힘 실컷 맛봤으니 그만 해."

"내 키스가 그렇게 마음에 안 들었냐? 남들은 다 좋다고 하던데, 너 불감증 아니냐?"

"뭐? 너…… 너, 정말 구제불능이야. 제정신 아닌 것도 여전하고. 너나 홍 부장이나 똑같아. 이 저질들!"

"마음대로 욕해. 대신……."

정욱이 유경의 턱을 아프게 쥐었다. 꼼짝 못하게 유경의 얼굴을 고정시킨 정욱이 주머니를 뒤적거리기 시작했다. 유경은 자신의 나약함이 원통해 이를 갈았다. 정욱이 이번에도 아까와 같은 짓을 하면 그의 입술을 물어버릴 것이라고 잔뜩 별렀다.

그러나 정작 입술에 와 닿은 것은 정욱의 입술이 아니었다. 달콤한 체리 향이 따끔한 그녀의 입술 위를 가볍게 문질러 주고 있었다. 유경이 깜짝 놀라 몸을 빼내려 하자 정욱이 다급하게 외쳤다.

"나쁜 짓 안 해. 움직이지 마."

정욱은 립스틱을 바르듯 꼼꼼하게 입술 연고를 발라주고 있었다.

생각지도 않은 정욱의 행동에 유경은 그저 눈만 크게 뜨고 있었다. 병 주고 약 주는 정욱의 행동이 어디까지가 진실이고 어디까지가 장난인지 구분이 가질 않았다. 그러나 한 가지. 최정욱이라는 인간에 대한 실망감이 바뀔 리 없다는 것이다.

"다 됐다."

유경이 저도 모르게 혀끝으로 입술을 건드리자 정욱이 그녀를 제지하며 머리를 저었다.

"애써 발라놓은 거 효능 떨어져."

정욱은 사시사철 입술 연고를 주머니에 넣고 다녔다. 한여름에도 유경의 입술이 잘 트기 때문이었다. 며칠 전의 마음고생으로 인해 유경의 입술이 까칠한 것이 못내 걸렸었다.

"집에 안 갈 거야?"

멍하니 서 있던 유경은 정욱의 재촉에 정신을 차렸다. 무안함에 얼굴을 붉힌 유경이 새침하게 고개를 돌렸다.

"나 혼자 갈 거야."

"그럼 나까지 데려갈 생각이었냐? 미안하지만 난 너같이 재미없는 애들보다는 저기 있는 애들이 더 좋거든. 그러니 혼자 가야겠다."

정욱의 말에 유경의 얼굴이 더욱 빨개졌다. 유경의 손을 잡고 대로변으로 나온 정욱이 택시를 잡기 위해 남은 한 손을 흔들었다.

"너 정말 구제불능이야. 그거 알기나 해?"

"구제불능이든 구제용품이든 간에 어서 타."

택시 한 대가 급정거를 했다. 유경은 정욱이 불러 세운 택시로 인해 더 말을 잇지 못했다. 유경을 위해 택시 문을 열어준 정욱이 고개를 쑥 밀어 넣었다.

"아저씨! 이 아가씨 목적지까지 무사히 데려다 주세요. 이건 요금이고. 5389! 차 번호 좋은데요!"

택시의 번호를 확인하며 정욱이 넉살 좋게 웃음을 지었다. 택시 운전사에게 거수 인사를 한 정욱이 유경의 얼굴을 눈빛으로 쓸고는 문을 닫아주었다. 출발하라는 정욱의 신호에 택시 운전사가 껄껄거리며 웃었다.

더위를 느낀 유경은 손으로 부채질을 하며 열기로 달아오른 뺨을 매만졌다. 이제 두 번 다시 볼 일 따윈 없을 테니 흥분하지 말자 다짐하면서도 유경은 자꾸만 혀끝으로 입술을 축였다. 달콤한 체리 향이 혀끝을 타고 흘렀다.

대리 운전사를 배웅한 정욱이 현관문을 확인하고는 집 안으로 들어섰다. 유경을 먼저 배웅하고 나서 성태와 함께 일부러 거하게 취해 놀다 오는 길이었다. 집 안으로 들어서자 먼저 들어온 성태가 소파에 널브러져 누워 있었다.

정욱이 남방의 단추를 풀자 성태가 벌떡 몸을 일으켰다. 성태의 닦달이 시작될 것임을 감지한 정욱은 모르는 척 옷을 벗었다.
"자, 이제 솔직하게 불어."
"뭘 불어? 풍선 놀이 하고 싶냐? 그럼 진작 말을 하지."
"어쭈! 그냥 넘어가 볼 생각인가 본데 어림없어."
나이트에서부터 성태는 잔뜩 벼르고 있었다. 온갖 질문을 해대도 나중에 이야기하자는 정욱의 대답에 인내심을 발휘하느라 애가 탈 지경이었다. 정욱이 답변을 피하고 얼버무리기 전에 성태는 반드시 설명을 듣고 말겠다는 생각이었다.
"너, 날 친구로 생각하기는 하냐?"
"그럼 내가 널 강아지로 생각하는 것처럼 보이냐?"
"농담 아니야!"
"나도 농담 아니야. 벌써 네 시 넘었어. 얼른 씻고 자자."
"나 궁금해서 못 자. 그러니까 불어."
이번에는 결코 호락호락 넘어가지 않겠다는 성태의 눈에 결의가 보였다. 정욱은 머리를 긁적이며 마지못해 대답했다.
"훗, 자식…… 걔야."
"뭐? 개? 멍멍이?"
"가는귀 먹었냐? 내 심장병 말이야, 심장병."
정욱이 진지하면서도 경건한 동작으로 자신의 가슴을 툭툭 쳤다.
"심장병? 심장병…… 그럼?"

"그래, 이제 됐냐?"

그 말만을 남기고 정욱이 욕실로 향했다.

"심장병?"

정욱이 남긴 말을 혼자 중얼거린 성태는 양손을 교차시켜 가슴 위로 모았다. 정욱이 말하는 심장병은……

"이야! 이거 완전히 소설이네. 암, 사랑은 그런 거지. 아, 저 새낀 생긴 것만 멋진 게 아니라니까. 최정욱, 즐이다!"

욕실을 향해 소리 지른 성태는 이내 노래를 흥얼거렸다. 정욱의 심장병이 하필 자신이 찍은 여자여서 속상하긴 하지만.

"어떻게 이런 일이?"

정욱과 같은 눈높이를 가졌다 생각하니 역시 그도 마이너 취향은 아님이 분명해졌다. 유유상종이 별것이냐며 성태는 방으로 들어갔다. 이 기분 좋음을 씻는다는 건 죄라는 말도 안 된다는 핑계를 대며 대자로 침대에 뻗어버렸다.

샤워를 마치고 수건으로 허리를 감싼 정욱은 자신이 머무르는 방으로 들어오다 다시 거실로 나갔다. 벗어둔 청바지에서 입술 연고를 꺼낸 정욱이 뚜껑을 열고 조심스레 자신의 입술에 바르기 시작했다.

유경의 입술에 닿았던 연고가 그의 입술 위로 더해졌다. 달콤한 체리 향이 유경의 입술처럼 상큼했다. 흐뭇한 미소가 정욱의 입가에서 떠나지 않았다.

아홉

본격적으로 무더위가 시작되었다.

유경은 새로운 곳, 새로운 사람들에게 적응하느라 시간이 어떻게 흘러가는지 모를 만큼 정신없는 나날을 보내고 있었다. 금고를 찾는 사람들이 전해오는 열기에서 바깥 기운을 체감하며 낮 업무에 몰두할 때였다.

"한동안 안 보이더니 집에 내려갔었니?"

금고의 여직원 중 가장 오래 근무했다는 오 대리가 누군가에게 친근하게 말을 건넸다. 아직 서로를 속속들이 알 만큼의 시간은 아니지만 오 대리는 업무상 외엔 말을 아끼는 사람이었다. 금고의 우수고객이 와도 딱딱한 인사만 건네던 오 대리의 상냥

한 목소리에 유경은 저도 모르게 창구 앞의 사람에게 눈길을 주었다.

까맣게 그을린 피부에 체격 좋은 남자가 너덜너덜한 통장을 내밀며 오 대리와 웃고 있었다. 너무 노골적으로 쳐다본 탓인지 남자가 유경을 흘끔 쳐다보았다.

"못 뵙던 분이네요. 반갑습니다."

남자가 넙죽 인사를 건넸다. 유경은 얼떨결에 고개를 끄덕였다.

"정미 대신 새로 온 여직원."

오 대리가 간략하게 유경에 대해 언급했다.

"오늘부터 다시 시작인 거니? 선호네 통장이 우리 금고 통장 중 제일 걸레 같은 거 알지?"

전에 없는 농담까지 하며 오 대리는 직접 입금 처리를 했다.

'선호?'

남자의 이름이 선호인가 보다. 유경은 서글서글한 눈매를 가진 선호라는 남자가 오 대리와 나누는 이야기를 귓등으로 흘려들었다. 아무래도 오 대리와 친분 관계가 있는 사람인 모양이었다.

"아가씨, 바쁜가?"

언제 왔는지 유경이 맡고 있는 창구 앞에 화사한 원피스 차림의 할머니 한 분이 서 계셨다. 차림새로만 봐서는 중년 여성으로 오해하기 쉬울 만큼 젊어 보이는 노부인이었다.

"아닙니다. 무얼 도와드릴까요?"

"내가 여기 첫 거래인데 통장 하나만 만들어줘요."

노부인은 유경에게 신분증과 함께 약간의 돈을 내밀었다. 유경은 친절하게 웃으며 노부인에게 금고에서 유치하고 있는 예금에 대해 설명을 해주었다. 노부인은 예금에 대한 설명은 귓전으로 넘기며 유경에게서 눈을 떼지 않은 채 찬찬히 살펴보고 있었다.

"한남동이면 여기서 꽤 먼데, 어떻게 여기까지 오셨어요?"

유경은 노부인이 작성해 준 신청서의 주소를 보며 깜짝 놀랐다. 유경의 물음에 노부인은 잠시 당황하는 빛을 보이며 쓰고 있던 돋보기를 만지작거렸다.

"음…… 주민등록상만 그렇고 실제 거주지는 이 근처라우. 이제 가면 되는 건가?"

"네, 그전에 도장이랑 통장은 가지고 가셔야죠?"

유경이 생긋 웃으며 새 통장과 도장을 공손히 내밀었다. 유경의 인사에 노부인은 우아한 손동작으로 인사를 하곤 유유히 금고를 나갔다.

"어머, 이 동네에 저런 멋쟁이 아줌마가 다 있었네."

옆 직원 경숙의 말에 유경은 믿기지 않는 얼굴로 신청서를 살펴보았다. 주민등록의 앞 번호를 다시 한 번 확인하며 유경은 혼잣말처럼 중얼거렸다.

"1932년 출생이면 일흔이 넘으셨다는 건데, 정말 아줌마 같아 보여요."

 희미하게 복사된 신분증의 얼굴을 보며 유경은 어딘가 낯이 익다 생각했지만 이내 고개를 저었다. 많은 사람들을 접하다 보니 모든 사람들이 친근해 보이나 보다. 눈에 익기는 하지만 노부인은 자신이 한 번도 본 적 없는 사람이 분명했다.

 주택가의 빈 공터에 세워둔 차에 몸을 기대고 있던 정욱은 할머니의 모습이 보이자 서둘러 뛰기 시작했다. 정욱이 숨을 헐떡이며 다가오자 할머니는 살짝 눈을 흘겼다.

 "더운데 뛰기는 왜 뛰누? 요 녀석, 이렇게 더운 날 할미를 고생시켜야겠니?"

 말과 달리 정욱이 내미는 손을 잡는 할머니의 얼굴엔 자애로움이 가득했다. 정욱은 기사가 대기하고 있는 까만 세단 승용차로 할머니를 모셨다.

 "할머니, 어떠셨어요?"

 "인석아, 숨 좀 쉬고."

 미리 에어컨을 틀어놓은 덕에 차 안은 바깥 공기와 달리 시원했다. 할머니는 목에 두른 스카프를 풀며 편안히 가죽 시트에 몸을 기댔다.

 "할머니, 유경이 보셨어요? 예쁘죠?"

 정욱은 안달난 아이처럼 또다시 할머니를 보채자 그녀는 가볍게 인상을 찌푸렸다.

 "예쁘긴? 그 정도 인물이야 어디서든지 볼 수 있지."

아홉 193

할머니의 핀잔에 정욱은 정색을 했다.

"우리 할머니 안목이 대단히 높으신 줄 알았는데 실망인걸요. 전 유경이만큼 예쁜 애 못 봤거든요."

"이러니 자식 키워봐야 소용없지. 네 아비도 네 어미 만나고 온 날 너하고 똑같은 말을 하더라. 그렇게 반대를 해도 결혼하더니, 싸우기는 어찌 그리 싸우는지. 쯧쯧."

"할머니, 그건 나중에 이야기하시고 유경이 본 소감부터 말씀해 주세요."

정욱의 닦달에 할머니는 돋보기를 살짝 내리며 정욱을 물끄러미 쳐다보았다.

"그 아이가 그렇게 좋아, 오랜만에 미국에서 온 할미 놔두고 나와 살고 싶을 만큼?"

"홋, 죄송하지만 제 대답 알고 계시잖아요. 유경이 없이 이젠 정말 못살 것 같아요. 할머닌 언제라도 제가 뵙고 싶을 때 찾아뵐 수 있지만 유경인…… 보고 싶다고 볼 수 있는 아이 아니거든요. 곧 그렇게 만들겠지만."

할머니는 보석 반지를 낀 가느다란 손을 들어 정욱의 뺨을 어루만졌다. 아직 아이인 줄로만 알았는데 어느새 한 여자를 좋아하고 가슴에 품었다니 기특하고 대견했다.

"그래, 당분간 나와서 지내. 대신 딱 다섯 달이야. 이 할미가 너 때문에 미국에서 돌아왔는데 손자도 없는 집에서 지내면 미국에서 있는 거랑 뭐가 달라? 다섯 달 뒤에도 유경인지 무경인지가 네 마음 몰라주면 그땐 이유 불문하고 집으로 들어오는 거다. 자, 약속해."

할머니가 아이마냥 새끼손가락을 내밀었다. 정욱은 할머니가 내민 새끼손가락에 자신의 손가락을 힘 주어 엮었다.

"반드시 성공하겠습니다."

자신만만한 정욱의 대답을 들으며 할머니는 고개를 끄덕였다.

"암, 그래야지. 누구 손자인데. 그래도 너무 강압적으로 나가는 건 안 좋아. 적당히 쥐었다 놓았다 해야지."

할머니는 정욱의 머리를 넘겨주며 조언을 아끼지 않았다. 정욱이 아주 어릴 때부터 함께 놀던 꼬마 아이가 손주 며느릿감이라니. 할머니는 조금 전 본 유경의 모습을 떠올렸다. 그때는 무심코 봐넘겼었는데 이십여 년의 세월이 흐른 지금도 낯설지 않았으니 자기 식구가 될 인연이긴 한 모양이었다.

"매일마다 오려면 너나 나나 힘들겠구나. 어서 가봐."

"예썰!"

두 사람만의 모종의 거래에 정욱이 브이 자를 그려 보이곤 재빨리 차 문을 열었다. 할머니의 말씀을 듣고 나니 유경이 더욱 보고 싶어진 탓이었다.

"김 기사, 그만 출발하지."

정욱이 멀어지는 모습을 지켜보며 할머니는 흡족한 미소를 지었다. 졸지에 날마다 어린아이처럼 예금을 하러 다니게 생겼지만 손자가 목숨보다 더 귀하게 여기는 아이라니 도리가 없었다. 돌려진 차가 금고 앞을 지나가자 정욱이 막 금고의 건물로 뛰어가는 것이 보였다. 할머니는 나지막한 소리를 내며 웃었다. 사랑 앞에서는 물불 가리지 않는 것이 최씨네 남자들의 공통점이었다. 손자의 애정 공세가 어찌 될지 지켜보는 것도 재미있을 것 같았다.

"김 기사, 클랙슨 좀 눌러줘."

클랙슨 소리에 정욱이 슬쩍 뒤를 돌아보았다. 할머니를 태운 승용차가 빠르게 골목길을 빠져나가는 것이 보였다. 할머니의 응원 구호에 정욱은 힘차게 문을 열었다.

"어서 오세……."

막 일을 처리하고 자리에 앉던 유경은 정욱의 등장에 흠칫 놀랐다. 당황했다는 표현이 더 어울렸다. 정욱이 유경의 놀란 얼굴에서 눈을 떼지 않은 채 어슬렁거리며 다가왔다.

"장유경, 너 이제 여기서 일하냐? 동에 번쩍 서에 번쩍이네?"

정욱의 커다란 목소리에 금고 안의 사람들이 일제히 두 사람을 쳐다보았다. 유경은 벌겋게 상기된 얼굴로 정욱에게 눈치를 주었다.

"무슨 일이야?"

유경은 정욱에게만 들리게 작게 소리를 죽였다.

"은행에 올 일이 뭐가 있겠냐? 돈 때문에 오는 거지. 요즘 일억 정도 맡기면 이자가 얼마나 되냐? 하긴 요즘 일억이 어디 돈

축에 들기나 하는지 모르지만. 우리 상가세하고 이것저것 모아서 좀 넣어두려고 하는데, 이자 센 걸로 추천해 봐."

정욱이 옆 자리에 놓인 빈 의자를 유경이 근무하는 창구 앞으로 끌어당기곤 거만하게 앉았다. 유경은 기가 막혀 자신도 모르게 팔짱을 끼고 주위 사람들의 눈치를 살피며 정욱을 노려보았다.

"나 지금 바빠. 너랑 농담할 시간 없어."

"그럼 나는 한가해서 너랑 농담하러 온 거 같냐? 착각하지 마, 여기 이자 높다고 해서 푼돈 좀 굴려볼까 온 거니까."

정욱의 반박에 유경은 할 말을 잃어버렸다. 은행에 돈을 맡기러 왔다니 쫓아낼 수도 없는 노릇이다. 유경은 퉁한 표정으로 정욱의 능글거리는 모습을 노려보며 씩씩거리는 게 고작이었다. 우연치고는 너무 작위적이지만 그렇다고 의도적이라고 할 수도 없고……

"이봐, 장유경 씨, 손님께서 예금 가입하신다는데 왜 그러고 있어? 일하기 싫어?"

뒷자리에 앉아 있는 서 차장의 날카로운 다그침이 날아들었다.

"네? 저……."

"고객을 앞에 두고 여직원이 팔짱을 끼는 게 말이나 돼? 손님과 싸우겠다는 건가?"

상사의 불호령이 이어지자 유경은 민망함에 어쩔 줄 몰라 했다. 더욱이 정욱의 앞에서 꾸지람을 듣자 창피함에 얼굴이 화끈거렸다.

"고객님, 죄송합니다. 저희 여직원이 새로 온 지 며칠 안 되어서. 저랑 사무실로 들어가시죠."

유경의 뒷자리에서 업무를 보던 서 차장은 정욱이 고액의 금액을 유치하겠다는 말을 들은 모양이었다. 유경에게와 달리 자신에게 깍듯이 예를 갖추는 서 차장을 정욱은 못마땅하게 쳐다보았다.

"됐습니다, 장유경 씨한테 설명 듣고 들도록 하죠. 제 친구거든요."

정욱이 유경의 이름과 친구라는 말을 힘 주어 강조하자 서 차장의 입에서 '아' 하는 소리가 흘러나왔다.

"진작 말을 하지. 유경 씨, 뭐 해? 친구 분께 얼른 상품 설명 드리지 않고."

조금 전의 험한 인상과 달리 서 차장은 태도를 싹 바꾸었다. 그러나 유경은 태도가 돌변한 서 차장보다 정욱이 더 괘씸하고 이해되지 않았다. 사 년 동안 괴롭히지 못한 것을 보상이라도 하려는 것처럼 구는 것이 얄미워 죽을 지경이었다.

"육 개월씩 맡길 만한 상품으로 설명해 주라."

정욱의 요구에 유경은 이를 악물었다. 유경이 팸플릿을 꺼내 설명하기 시작했다.

"이건 아까 설명한 상품이랑 비슷하기는 한데 이자가……."

"잠시만, 아까 거 대충 들어서 까먹었거든. 다시 설명해 주라. 내 돈도 아니고 부모님 돈인데 이왕이면 좋은 걸로 들어야지."

정욱은 유경이 애써 설명한 팸플릿을 위에서부터 다시 가리켰다. 유경은 질끈 눈을 감았다. 고의가 분명했다. 정욱의 머리가 나쁘지 않음을 알고 있기에 더욱 확신할 수 있었다. 유경은 최대한 분기를 누르며 처음부터 다시 설명해 내려갔다. 심각한 유경과 달리 정욱은 건성건성 듣고 있었다.

몇 번이나 재설명을 요구했던 정욱은 결국 업무 마감 시간이 다 되어서야 유경에게 알아서 들어달라는 말을 남기곤 사라졌다.

'최정욱! 너 정말······.'

한 시간 넘게 진을 뺀 유경은 허탈감에 젖어 한동안 멍하니 앉아 있어야 했다.

버스에서 내려 골목길을 조금 들어서자 푸른빛을 띤 건물이 보였다. 작년에 리모델링을 했다는 삼층짜리 현대식 건물의 일층이 파주댁이 하는 식당이자 새로운 보금자리였다.

유경은 깨끗한 식당의 전경을 볼 때마다 마음이 흡족해졌다. 그동안 파주댁이 했던 식당들은 낡고 좁아서 불편한 점이 한두 가지가 아니었는데 지금은 너무 편해 이상할 정도였다. 적당한 크기의 식당도, 또 안에 달린 주거 공간도 그녀의 마음에 쏙 들었다. 주변에 상가와 오피스텔이 있어서인지 파주댁이 함께 일하는 사람까지 둘 정도면 손님이 제법 오는 모양이었다.

새로운 직장에 완전히 적응을 못한 탓에 피로감이 느껴졌지만 유경은 발걸음에 힘을 주었다. 파주댁에게 피곤한 모습을 보일 순 없기에 유경은 습관처럼 미소를 지었다.

"다녀왔습니다."

벨소리와 함께 문이 열리자 파주댁이 주방에서 모습을 보였다.

"유경이 왔구나, 배고프겠다. 어서 옷 갈아입고 나와."

"네."

유경은 손님이 그리 많지 않은 홀을 흘끔 돌아보고는 식당 안쪽에 있는 방으로 걸음을 옮겼다. 그때였다.

"아주머니, 여기 밥 한 그릇 더 주세요."

이제는 환청까지 들리는 것일까. 너무 낯익은 목소리에 유경은 반사적으로 고개를 돌렸다. 유경의 입에서 저절로 신음 소리가 나왔다. 구석 자리에 앉아 신문을 읽고 있던 정욱 역시 유경을 보며 흠칫 놀란 얼굴을 했다. 읽고 있던 신문을 반으로 접으며 정욱이 뜻밖이라는 표정을 지었다.

"장유경, 너도 밥 먹으러 왔냐? 이 집이 유명한가 보네. 개업한 지 얼마 안 된 걸로 아는데."

인심이라도 쓰듯 정욱이 비어 있는 자신의 앞 자리를 가리켰다.

"앉아. 같이 먹으면 되겠네."

유경은 하도 어이가 없어 말문이 막혔다. 당장 나가라는 소리가 목 끝까지 차 오르는 것을 억지로 누르며 유경은 정욱에게로 다가갔다.

"최정욱, 너…… 나 스토킹하니?"

유경의 목소리가 갈라졌다.

"나 잠시만 좀 웃자. 큭큭, 그거 새로 나온 유행어냐? 재미없으니까 하지 마라. 착각의 공주도 아니고 넌 내가 그렇게 할 일 없는 인간으로 보이냐? 나 바쁜 사람이야. 그리고 스토커는 내가 아니라 너 같은데. 내가 가는 곳마다 네가 자꾸 따라오잖아. 좋으면 말로 하든지."

정욱의 이죽거림에 유경의 손이 부들부들 떨렸다. 천연덕스럽게 구는 정욱이 얄미워 마음 같아선 한 대 때려주고 싶었다.

"정욱이, 우리 유경이랑 아는 사이인가 봐?"

파주댁을 도와 식당 일을 거드는 수원댁이 자연스럽게 정욱의 이름을 부르자 유경의 눈이 더욱 커졌다.

"네, 좀 알죠."

정욱이 의미심장한 눈빛을 보내곤 수원댁이 건네주는 밥공기를 넙죽 받았다. 유경은 이마에 손을 얹고 말없이 돌아섰다.

"아줌마, 저 사람 여기 자주 와요?"

유경이 수원댁의 뒤를 바짝 쫓으며 물었다.

"정욱이? 이 식당 문 열고부터 매일 와서 밥 먹고 가. 슈퍼 뒤에 있는 오피스텔인지 뭔지에 사는데 혼자 살아서 밥해줄 사람이 없다대. 여기서 아예 밥을 대놓고 먹어."

수원댁의 설명에 유경은 기절 일보 직전이었다. 우연도, 인연도 아니었다. 이건 분명히 악연이었다. 신음 소리를 억지로 삼키며 유경은 재빨리 방 안으로 사라졌다. 금고에서부터 받은 스트레스가 가시지 않은 상황에 정욱까지. 유경은 정욱이 갈 때까지 절대 식당 밖으로 나오지 않을 작정이었다.

"우리 유경이랑 어떻게 아는 사이야?"

손님들에게 유난히 싹싹하게 구는 수원댁의 목소리가 방 안까지 들렸다.

"유경이요? 제 첫 키스 상대예요."

방 안에서 옷을 벗던 유경의 얼굴이 하얗게 질렸다. 스커트를 벗는 손이 부들부들 떨리며 기함할 지경이었다. 방 안까지 들릴 정도면 주방에 있는 파주댁에게까지 들렸을 게 분명했다. 유경은 재빨리 옷을 갈아입었다. 저대로 놔두다간 어떤 말을 해댈지 몰랐다.

"그럼 우리 유경이랑 사귀는 사이야? 이 식당도 그럼 유경이가 소개시켜 준 건가 보네. 근데 키스는 언제 했대? 우리 형님 말로는 유경이 애인 없다던데."

흥분한 수원댁의 반응이 들려왔다.

"최근에 한 게 아니고 어렸을 때 한 거예요. 어릴 때부터 친구거든요. 유경이 쟤, 신경이 예민해서 남자 사귀기 힘들 겁니다.

인내심 발휘하면 그럭저럭 견딜 만하겠지만 뭐 사리 나올 일이 있는 것도 아니고."

"하긴 유경이가 좀 까탈스럽게 보이긴 해. 남자한테 싹싹하게 굴지도 않고."

유경을 화제로 두 사람은 동네 우물가에서 만난 아낙네들처럼 수다를 멈추지 않았다. 유경은 정욱이 저렇게까지 말이 많은 줄 처음 알았다. 시비를 걸고 괴롭히는 것만 잘하는 줄 알았는데 수다도 일가견이 있었다. 그것도 쓸데없는 말만 골라서 하는.

"그래도 예쁘긴 하잖아요. 눈도 크고, 코도 귀엽게 생겼고, 입술도…… 입술도 예쁘죠."

일부러 입술을 강조하는 정욱으로 인해 유경은 저도 모르게 입술로 손을 가져갔다. 유경은 화장대 거울에 비친 자신의 얼굴을 찬찬히 살펴보았다.

"예쁘긴 하잖아요. 눈도 크고, 코도 귀엽게 생겼고."

정욱이 했던 말을 답습하듯 유경의 손이 눈에서 코, 그리고 입술까지 차례로 훑어 내려갔다.

장유경, 뭐 하는 거야?

유경은 자신의 바보 같은 행동에 화가 나 그대로 바닥에 주저앉았다. 입술을 아프도록 깨물며 유경은 정욱이 가는 소리가 들릴까 동태를 살폈다. 자신이 어쩌다 이렇게 된 것인지, 유경은 유치한 행동에 실소를 머금었다.

"아주머니, 저 잘 먹고 갑니다. 내일 뵙겠습니다."

정욱의 외침에 이어 문을 여닫을 때마다 나는 멜로디 소리가 들리고 나서야 유경은 재빨리 자리에서 일어났다. 잔뜩 긴장한 탓인지 두 다리가 후들거렸다.

오전부터 햇살이 따가웠다. 이른 새벽 느꼈던 선선함과 달리 따가운 햇살이 얼굴 위로 쏟아졌다. 파주댁 모르게 일찍 집을 나서 평택에 다녀오는 길이었다. 바람을 타고 한 줌 재로 사라진 엄마를 평소에는 찾지 못하다가 기일이 되어서야 아픈 가슴을 누르며 만나러 가고는 했다. 유경은 우울한 마음을 날려 버리기 위해 일부러 사람 많은 곳을 찾았다.

대학가가 밀집해 있는 신촌을 거니는 유경의 얼굴에는 여유로움이 가득했다. 주말이긴 했지만 시간이 이른 까닭인지 거리가 한산했다. 유경은 도로 곳곳에 작게 설치된 표지판을 따라 발걸음을 옮겼다. 서울로 이사를 오며 가장 벼르던 것 중 하나가 대학 캠퍼스에 와보는 것이었다. 올해는 경험 삼아 시험을 쳐보고 내년에는 기필코 대학 생활을 해보겠다는 의지를 다지기 위해 꼭 한 번 방문하리라 생각했었다.

좁은 도로를 따라 걷던 유경은 학교를 상징하는 대형 조각상 앞에서 걸음을 멈췄다. 방학임에도 불구하고 정문을 통해 학생들이 꾸준히 들어가고 있었다. 유경도 그들과 함께 보조를 맞추어 캠퍼스 안으로 들어갔다.

너른 캠퍼스의 곳곳에 붙은 공고문과 벽보들을 읽어 내리는 유경의 눈빛이 설렘으로 반짝였다. 처음으로 글자를 알아가는 사람처럼 모든 게 새롭기만 했다. 지금은 비록 구경꾼에 불과하지만 언젠가 자신도 이곳의 일원이 되고야 말겠다는 다짐을 하며 유경은 다른 곳으로 발걸음을 옮겼다.

호기심 많은 아이처럼 정신없이 캠퍼스를 구경하던 유경이 새삼 하늘을 쳐다보았다. 뜨겁게 내리쬐는 햇살로 인해 눈이 부시긴 했지만 그것마저도 경이로웠다.

'엄마, 나 잘해낼게. 오늘 따라 엄마 너무 보고 싶다……'

유경의 눈가에 눈물이 반짝 맺혔다. 나뭇잎을 뚫고 내리는 빛 사이로 엄마의 얼굴이 보이는 것 같은 착각이 들었다. 유경이 눈물을 훔치며 미소를 지으려 할 때였다.

"어어…… 어어!"

어디선가 다급한 소리가 들렸다. 유경이 고개를 돌리자 언덕길을 내려오는 스쿠터 한 대가 위험하게 질주하고 있었다. 운전자가 제어를 하려고 애쓰는 것이 보였지만 스쿠터의 목표는 유경인 모양이었다. 유경은 너무 놀라 비명도 지르지 못한 채 재빨리 피했다.

"아야!"

스쿠터를 피하긴 했지만 대신 시멘트 바닥이 유경을 기다리고 있었다. 바닥에 갈아붙인 손바닥에서는 약하게 피가 맺혔고 얇은 면바지는 무릎 부분이 해져 있었다.

"괜찮으세요? 죄송합니다. 이 녀석이 갑자기 말을 듣지 않아서……."

스쿠터 운전자가 헬멧을 벗으며 미안한 얼굴로 변명을 했다. 유경은 사람들의 시선이 느껴져 아프다는 말도 못하고 몸을 일으켰다.

"혼자 일어설 수 있어요?"

"네, 괜찮아요."

불만 섞인 목소리로 대답을 한 유경이 손에서 놓쳐 버린 가방을 줍기 위해 몸을 움직였다.

"아!"

발목에서 느껴지는 아픔에 저절로 비명 소리가 나왔다. 유경이 한쪽 발을 절뚝거렸다.

"안 되겠어요. 병원부터 갑시다."

"굳이 병원까지는 안 가도 될 것 같아요."

유경이 발목을 움직여 보며 중얼거렸다. 보나마나 가벼운 타박상일 텐데 병원까지 가는 유난스러움을 떨기 싫었다.

"그쪽이 의사는 아닌 걸로 아는데요. 은행 직원 분이 겸업을 하실 리는 없을 테니."

"네?"

유경이 상대방을 쳐다보았다. 남자와 눈이 마주친 유경의 얼굴에 반가운 표정이 일었다.

"이제야 알아보겠어요? 난 진작 알아봤는데."

"정…… 선호 씨?"

"맞아요. 살다 보니 이런 인연도 다 있네요. 아, 이런 건 인연이라고 하면 안 되는 건가."

선호가 머리를 긁적이며 멋쩍은 듯 웃었다. 선호의 천진난만한 모습에 유경은 저도 모르게 미소를 짓고 말았다.

유경이 일하는 금고에 유명한 세 사람이 있었다.

하루도 빠지지 않고 십만 원씩 꼬박꼬박 입금을 하러 오는 멋쟁이 노부인과 이천 원, 삼천 원씩 입금을 하러 오는 선호, 그리고…… 유경이 갑자기 호흡을 가다듬었다. 매일마다 구천 원씩 출금을 하는 정욱.

멋쟁이 노부인이야 당신께서 은행 오는 재미로 사신다고 하니 말릴 수 없었고, 선호는 날마다 폐지나 빈병을 모아 그 돈으로 무의탁 노인을 돕는다는 것이니 그 말을 듣는 순간 존경스럽기까지 했다. 그러나 정욱은…… 현금 지급기에서 돈을 찾으라고 해도 창구에 와서 부득불 구천 원씩 인출해 갔다. 정욱의 하는 양이 얄미워 미리 구천 원을 준비해 두었던 유경은 구천칠백 원을 출금하겠다는 정욱의 요구에 기함하고 말았다.

아무튼 요즘 그 세 사람 때문에 금고 안의 직원들은 내기까지 벌이고 있었다. 선호가 오늘은 얼마를 입금할까, 정욱이 오늘은 얼마를 출금할 것이며, 멋쟁이 할머니는 언제까지 올 것인가 등

등. 남의 속도 모르고 직원들은 정욱이 유경에게 관심이 있는 것이라는 둥 의견이 분분했다. 하지만 다른 이들이 생각하는 것과 별개로 유경은 확신했다, 정욱이 그녀를 괴롭히기 위해 온다는 것을.

"일단 병원부터 가죠."

선호가 자신의 팔을 잡으려 하자 유경이 재빨리 도움을 뿌리쳤다.

"괜찮아요. 그런데 저건……."

유경이 바닥에 처참히 넘어져 있는 스쿠터를 가리켰다. 이미 여러 번의 사고 경력이 있는지 흉물스럽게 보였다.

"저건 일단 놔두죠."

"누가 가져가면요?"

"저런 거 가지고 가봐야 돈만 들어요. 요즘은 쓰레기 버릴 때도 돈 내야 하는 거 알죠? 그리고 무엇보다 일단 사람이 먼저 아니겠습니까."

스쿠터를 길가로 옮긴 선호가 손바닥을 탈탈 털고는 유경을 쳐다보았다. 유경은 그의 눈빛에 괜히 무안해져 고개를 돌렸다.

주말은 근처 사무실들이 업무를 쉬는 탓에 파주댁의 식당은 점심 시간임에도 모처럼 한산했다. 야채를 손질하며 수원댁과 이런저런 이야기를 나누던 파주댁은 유경이 다리를 절뚝거리며 들어오자 깜짝 놀랐다.

"유경아, 이게 무슨 일이냐? 세상에……."

눈앞에 보이는 의자를 끌어당겨 유경을 앉힌 파주댁은 이내 혀를 찼다.

"그러게 모처럼 쉬는 날 집에나 있지. 날도 더운데 괜히 나가서는."

"괜찮아요. 그냥 조금 긁혔어요."

파주댁의 걱정이 커질까 유경이 얼른 안심시켰다.

"긁힌 사람이 다리를 절어? 멀쩡하게 나가서 이렇게 돌아오면 어떻게 해? 병원은?"

"죄송합니다. 제 오토바이가 고장을 일으켜서."

파주댁의 책망에 선호가 얼른 변명을 했다.

"댁이 그랬수? 오토바이로?"

파주댁의 다그침에 선호는 더욱 미안한 표정을 지으며 고개를 끄덕였다.

"그럼 교통사고네. 요즘 교통사고는 후유증이 커서 나중에 골병드는 경우가 얼마나 많은데 이를 어째."

수원댁의 호들갑 덕분에 선호를 향한 파주댁의 시선이 더욱 날카로워졌다. 선호를 향한 원망의 눈길을 거두며 파주댁이 유경의 손을 쓰다듬었다.

"얼마나 놀랐을까? 병원은?"

"오토바이랑 직접 부딪친 것도 아니고 피하려다 넘어진 거예요. 인대가 약간 늘어났다는데 며칠 찜질하면 괜찮을 거래요."

유경의 차분한 설명에도 불구하고 파주댁은 바닥에 앉아 유경의 다리를 살피기 시작했다.

"병원에서 알아서 했겠지, 형님이 그 다리 본다고 뭐 아나요?"

수원댁의 말에 유경이 피식 웃음을 터뜨렸다. 사고가 났을 때 선호가 했던 말이 생각나서였다.

"왜 웃어? 아줌마가 돌팔이 의사 흉내 낼까 봐?"

파주댁의 경직된 얼굴이 약간 풀어지기 시작했다. 유경과 파주댁의 모습을 가만히 지켜보던 선호가 짐짓 헛기침을 했다. 바닥에서 몸을 일으킨 파주댁은 누그러진 표정으로 선호를 쳐다보았다.

"총각은 그만 가봐요. 유경이 말처럼 크게 다친 것 같지도 않고 총각도 많이 놀랐겠네."

"전 괜찮습니다. 만약 무슨 일 생기면 꼭 연락 주십시오."

"연락처는 주고 가야죠?"

수원댁이 돌아서는 선호의 뒤통수에 대고 날카롭게 외쳤다. 선호가 머리를 긁적이며 돌아섰다. 유경은 그 모습에 또다시 '풋' 하고 웃음을 터뜨렸다. 가만 보니 머리를 긁적이는 게 습관인 것 같았다. 벌써 여러 번 보는 모습이었다.

"제가 아는 분이세요. 그건 걱정하지 마세요."

"유경이가 아는 사람이야? 유경이 아는 사람 많네."
유경의 설명에 수원댁이 대뜸 참견을 했다.
"저희 금고에 자주 오시는 분이세요."
"아……."

흥미가 반감된 듯 수원댁이 자신의 자리에 앉아 다듬다 만 파를 들었다. 파주댁은 뜻 모를 한숨을 내뱉고는 선호에게 가라는 신호를 보냈다.

"그럼 전 이만…… 정말 죄송합니다."

선호가 다시 한 번 정중히 인사를 했다. 선호가 가고 난 뒤 파주댁은 또다시 혀를 찼다.

"올해 삼재도 아닌데 왜 자꾸 이런 일이 생기나 모르겠네. 유경아, 여기서 이러지 말고 방에 들어가자. 내가 전에 허리 찜질하던 게 있을 텐데."

유경을 부축한 파주댁은 기억을 더듬기 위함인지 머리를 갸웃거렸다.

"저, 정말 괜찮아요."
"수원댁 말처럼 그런 게 다 고질병 되는 겨. 어서 눕기나 해."

파주댁의 재촉에 유경은 하는 수 없이 방으로 가서 누웠다. 유경을 향해 선풍기를 틀어준 파주댁이 찜질 팩을 찾아야겠다며 부지런히 방 안 곳곳을 뒤적거렸다. 멀뚱멀뚱 천장을 보고 있던 유경의 눈꺼풀이 점점 내려앉기 시작했다.

발목 부근에 무언가 따뜻하게 닿는 느낌에 눈을 뜨려 했지만 쉬이 떠지질 않았다. 유경의 안면에 편안함이 깃들었다. 이어 고른 숨소리가 들려왔다. 새벽까지 공부를 하는 탓에 잠이 부족했던 유경은 오랜만에 낮잠에 빠져들었다.

열

잠이 든 유경의 다리에 찜질을 해주고 난 파주댁이 막 식당으로 나올 때였다. 손님이 왔음을 알리는 벨소리와 함께 정욱이 들어섰다.

"오늘은 안 오는가 싶었는데 늦었네?"

파주댁이 반갑게 알은체를 하며 시간을 확인했다. 오후 세 시가 막 지나가고 있었다.

"집에 좀 다녀오느라고요. 유경이 오늘 쉬는 날이죠?"

파주댁은 정욱이 언제쯤 유경의 안부를 물을까 기다리고 있었다. 인사 다음에 나오는 첫마디가 항상 유경에 대한 안부였기 때문이다. '유경이 아침 먹고 갔어요?', '유경이 너무 늦게까지 공부 못하도록 하세요', 유경이, 유경이…… 파주댁의 눈에는 그런 정욱이 너무 믿음직스러워 보였다.

"유경이……."

목구멍까지 올라온 말을 삼키며 파주댁은 대답을 망설였다. 유경이 다쳤다고 하면 정욱이 어떤 반응을 보일지 뻔했기 때문이다. 어떻게 말을 할까 고민하던 파주댁의 등 뒤로 수원댁이 나타났다.

"유경이 다쳐서 자고 있어."

막 설거지를 마치고 나오던 수원댁이 냉큼 참견을 했다. 혀를 차며 눈치를 줬지만 이미 엎질러진 물이었다.

싱글거리며 웃던 정욱의 안색이 순식간에 굳어버렸다.

"유경이가 다쳐요?"

다급하게 물은 정욱이 파주댁을 쳐다보았다. 심각한 정욱의 얼굴을 보며 파주댁이 안심하라는 듯 고개를 끄덕였다.

"크게 다친 건 아니고 오토바이 피하다 넘어졌대."

"오토바이요?"

기함하는 정욱을 보며 파주댁은 억지로 웃음을 참았다. 저렇게 놀랄 수도 있을까 싶을 만큼 정욱의 시시각각 변하는 표정을 보는 재미가 쏠쏠했다.

"대학교 구경 간다고 나가더니 저렇게 왔더라고. 인대가 조금 늘어났다고 하는데 많이 다치진 않았어."

"얼마나 심하게 넘어졌기에 인대가 다 늘어나요? 유경이 어느 방에 있어요?"

굳이 가르쳐 주지 않아도 정욱은 제가 알아서 유경의 방으로 가고 있었다. 정욱이 유경의 방으로 들어가고 나서야 파주댁은 참았던 웃음을 터뜨렸다. 정욱의 사랑 표현이 귀여워 보는 것만으로도 감질 맛이 났다.

"아무래도 정욱이가 유경이 좋아하는 것 같죠?"

눈치없는 수원댁의 질문에 파주댁이 손가락을 입술 위에 올려놓았다. 저렇게 좋아하는 걸 다른 사람은 다 아는데 당사자만 모르니 그것이 안타까운 노릇이었다.

편하게 잠이 든 유경의 얼굴을 들여다보는 정욱의 표정이 복잡했다. 식어버린 찜질 팩을 치우자 유경의 하얀 종아리가 드러났다. 무릎에 생긴 생채기를 보는 정욱의 눈에 불꽃이 일었다.

"바보같이……."

유경에게 하는 말이 아닌 자신에게 하는 말이었다. 미국에서 은진이 갑자기 오지만 않았어도 유경이 다치는 일 따윈 없었을 게 분명했다. 아니, 자신이 점심 약속만 지키지 않았어도 이런 일은 없었다.

정욱의 얼굴이 자괴감으로 점점 일그러져 갔다. 유경이 원하지 않는 오버라는 건 알고 있었다. 이렇게 걱정해도 반가워하지 않음 역시.

'장유경, 너 나 얼마나 더 아프게 만들어야 시원하겠냐? 훗, 넌 또 내 관심 필요없고 귀찮다고 싫은 티 낼까? 그래도 난 상관

안 해. 차라리 내가 다쳤으면 좋을 뻔했잖아.'

그나마 유경이 평온한 얼굴로 잠들었기에 망정이었다. 조금이라도 고통스러운 모습을 보였다면 정욱은 절대 견뎌내지 못했을 것이다. 정욱의 손이 유경의 작은 손을 조심스럽게 어루만졌다. 유경의 고른 숨소리에 정욱의 긴장감도 점점 풀어지고 있었다.

모처럼 깊은 단잠에 빠졌던 유경이 잠을 깬 시간은 저녁 무렵이었다. 눈을 뜬 유경은 저도 모르게 손을 들어보았다. 누군가 따뜻하게 손을 잡아준 것 같은데 꿈인지, 현실인지 분간이 되지 않았다. 꿈과 현실의 중간쯤에서 정신을 차린 유경은 온기가 남아 있는 것 같은 느낌을 억지로 떨치며 몸을 일으켜 세웠다. 아까보다 한결 가벼워진 다리를 움직여 보던 유경은 밖에서 나는 소리에 방문을 열었다.

"유경이 깼구나. 다리는 좀 어때?"

한가하게 잡담을 나누던 파주댁이 유경을 보며 자리에서 벌떡 일어났다. 괜찮다는 의미로 미소를 짓던 유경의 얼굴이 정욱을 보자 새침하게 변해갔다. 오늘은 금고를 쉬니 안 볼 것이라 생각했었는데 예상이 보기 좋게 빗나가고 말았다.

"왔구나?"

유경이 마지못해 인사를 건넸다. 그러나 정욱은 팔짱을 끼고 입을 다문 채 어떤 반응도 없었다.

저렇게 인상을 쓸 거면서 왜 자꾸 온담.

유경은 다시 방으로 가야 할지 망설였다. 정욱과 딱히 할 말도 없고 그렇다고 모르는 체할 수도 없었다. 다른 때와 다르게 침묵을 고수하는 있는 그로 인해 이래저래 부담스러웠다.

"다린 좀 낫고?"

파주댁의 눈길이 유경의 다리로 향했다.

"네."

걱정을 끼친 것이 미안해 유경이 파주댁의 앞에서 걸음을 걸어 보였다. 조심스럽게 발을 떼어내는 유경의 동작에 파주댁도 적이 안도하는 눈빛이었다.

"모처럼 우리 유경이 쉬는 날인데 아줌마가 맛난 거 해줘야겠다. 정욱이도 저녁 먹고 갈 거지?"

파주댁의 물음에 정욱은 대답을 하지 않았다. 대신 의자를 크게 빼내 유경에게 성큼성큼 다가왔다. 유경이 깜짝 놀라며 뒤로 걸음을 물리려 하자 갑자기 정욱의 팔이 다리 밑으로 불쑥 들어왔다.

"꺄악! 너 이게 무슨 짓이야? 얼른 내려놓지 못해!"

"아주머니, 유경이 데리고 병원 좀 다녀올게요. 오래 걸리진 않을 겁니다."

처음부터 허락 같은 건 구할 생각이 없었다. 정욱은 유경의 항의에도 불구하고 주차시켜 둔 차로 향했다.

"최정욱! 나 빨리 내려놔. 정말 너란 애는……."

"입 다물어. 너하고 말장난하고 싶은 심정 아니니까."

정욱의 눈이 위험스럽게 빛났다. 유경은 협박이라는 단어를 내뱉으려다 말고 억지로 삼켰다. 정욱이 조수석에 유경을 앉힌 다음 안전벨트를 매어준 후 운전석으로 향했다.

정욱이 운전석에 앉자 유경은 안전벨트를 풀고 손잡이를 힘껏 잡아당겼다. 먼저 큰소리를 치는 사람은 자신이지만 결과적으론 늘 정욱의 뜻대로 되고 만다. 바락바락 싫다고 해도 늘 지고 마는 것이 억울했다.

"천하장사가 달려들어도 안 열리니까 괜히 헛수고하지 마."

"열어."

"싫다면?"

"너 도대체 왜 이래? 날 얼마나 더 괴롭히고 싶어서 이러느냔 말이야!"

날카로운 비명이 유경의 입에서 새어나왔다.

"훗, 그렇게 종알거리는 거 보니 많이 아프진 않는 모양이네?"

"뭐?"

"휴, 일단 병원부터 가자."

유경은 순간 자신의 귀가 잘못된 줄 알았다. 정욱의 입에서 한숨이 나오다니. 그녀가 아는 한 정욱이 한숨을 쉴 이유 따윈 없었다. 누가 부탁을 한 것도 아니고 강제로 병원으로 데려가는 게 누군데. 유경은 정욱이 마지못해 병원으로 가는 것이라고 생각했다. 정욱에게 좋은 점수를 주고 있는 파주댁이 부탁을 한 것 같았다.

"병원 다녀왔어. 그러니까 안 가도 돼. 오늘 토요일이라 지금 시간에 진료하는 병원도 없어. 넌 왜 그렇게 애가 앞뒤 생각없이 행동하니? 본인 의사도 확인하지 않고."

정욱은 기어에 손을 얹고 유경의 질책을 가만히 듣고 있었다.

말을 마친 유경은 창밖으로 고개를 돌렸다. 누군가에게 신세 지는 일 따윈 정말 질색이었다. 더군다나 억지나 책임감 때문은 더욱 싫었다. 유경의 차분한 반응에 정욱은 조금 전보다 더 깊은 한숨을 내쉬었다.

"그래도 가자. 무조건 가야 해. 여의도에 주말에도 문 여는 병원 있어."

"최정욱!"

"훗, 네가 잘하는 말 나도 한 번만 쓰자."

정욱이 차를 출발시키기 전 유경의 얼굴을 쳐다봤다.

"네가 그렇게 부르지 않아도 내 이름 최정욱인 거 내가 더 잘 알아."

"풋!"

생각지도 않은 웃음이 유경의 입에서 터졌다. 무안해하는 유경을 못 본 체하며 정욱이 씨익 웃고는 핸들을 힘차게 돌렸.

'그래, 유경아. 넌 그렇게 늘 웃었으면 좋겠다. 그런데 너 웃는 모습 너무 예뻐서 큰일이다.'

"장유경 씨, 들어오세요."

간호사의 호출에 유경이 읽고 있던 잡지를 덮었다. 유경이 일어날 자세를 취하기도 전에 정욱이 다시금 벌떡 안아 올렸다. 이미 들어올 때부터 사람들의 시선을 한몸에 받았던 유경은 소리도 지르지 못하고 정욱의 팔만 무작정 꼬집었다.

"그만 꼬집어라, 닭띠도 아니고 왜 그렇게 쪼아대냐? 나 간지럼 잘 타는데 너 떨어뜨리면 이번엔 엉덩이 뼈에 금 갈지 몰라. 엉덩이에까지 깁스하고 싶지 않으면 얌전히 있어."

농담이라고 치부하기엔 너무 심각한 어투에 유경이 한숨을 내쉬었다.

"자꾸 한숨 쉬면 주름살만 늘어. 가뜩이나 못난이가 주름살까지 생기면 보기 좋겠다."

"뭐?"

유경이 눈을 흘기며 째려보자 정욱은 웃음을 참으며 턱짓을 했다. 의사가 있다는 신호였다. 유경은 창피함에 이를 악물었다.

"다리를 아예 못 움직이나 보지? 그럼 차라리 종합병원 응급실로 가는 게 빠를 텐데."

중년의 마음씨 좋게 생긴 의사가 유경을 보며 짓궂게 말했다. 유경은 귓불까지 화끈거려 아무 말도 하지 못했다. 그저 이 모든 일의 원흉인 정욱만 노려볼 뿐이었다.

"어디 한번 봅시다. 오른쪽 다리? 보기엔 멀쩡한데."

"저 그게…… 아프진 않고 괜찮아요. 그냥……."

"보기에 안 멀쩡한 사람도 있습니까? 정밀 검사 좀 해주세요. 사진도 찍고, 진통제 있으면 좋은 걸로 놔주시고."

요구가 아니라 아예 명령이었다. 정욱을 바라보는 의사의 표정이 자못 심각했다.

"이 남학생 애인이슈?"

"아니에요."

"맞습니다."

두 사람이 동시에 다른 답변을 했다. 의사는 예상했다는 듯 시큰둥한 반응을 보였다.

"날도 더운데 애인 꼭 안아 들고 늙은 의사 염장 지르려고 찾아온 거면 성공했구먼. 아가씨가 엄살이 심한가 보네. 애인이 저렇게 호들갑이면."

"애인 아니에요."

유경은 거의 울상을 하고 중얼거렸다. 그러나 그녀의 발목을 살펴보는 의사도, 심지어 간호사조차도 그녀의 말에 귀 기울이지 않았다. 유경은 뭐가 그리 좋은지 싱글벙글한 정욱이 얄미워 속으로 애를 태워야 했다.

두 번 다시 오지 말라는 의사의 당부에 유경은 쥐구멍이라도 있으면 숨고 싶었다. 능청스럽게 의사에게 인사를 건네는 정욱을 유경은 눈이 아프도록 노려보았다. 먼저 진료실을 나가려는 유경을 정욱이 가볍게 안아 들었다.

"너 정말……."

"의사 선생님이랑 간호사들의 기대하는 눈빛 못 봤어? 주말인데 늦게까지 일하는 분들을 위해서 이 정도 서비스는 해줘야지."

"최정욱!"

"납량특집물이 여름에 어울리기는 한데 넌 좀 아니다. 눈은 자고로 탤런트 한소영 같은 애들이 노려봐야 예쁘지. 나 군대 있을 때 걔 눈빛에 여러 사람 몰살됐거든."

정욱의 느물거리는 말발에 유경은 아예 말문을 닫아버렸다. 그러거나 말거나 정욱은 콧노래까지 부르며 주차장으로 향했다.

"장유경, 너 살 좀 더 쪄야겠다. 꼭 뻣뻣한 나무 막대기 같네. 유니폼 입은 걸로 봐서는 좀 글래머인 것 같았는데."

유경은 입술을 꼭 깨물었다. 참을 인 자 세 개면 살인도 면한다는 말이 진리이길 바라면서. 그나저나 자꾸 살이 쪄서 고민인데 살 좀 더 쪄야겠다니? 파주댁과 같은 말을 하는 정욱이 유경은 신기하기만 했다. 둘이 짠 것도 아닐 테고.

"빨리 가. 식당 바쁘면 도와 드려야 해."

차에 타자마자 유경이 먼저 안전벨트를 매었다. 정욱은 어깨를 들썩여 보이곤 차를 출발시켰다. 정욱의 말도 안 되는 억지 덕분에 하루에 병원을 두 군데나 가는 호사를 누린 유경은 발목을 살짝 움직여 보았다. 이젠 뛰어도 상관없을 것 같았다.

정욱에게 고맙다는 말을 할까 말까 망설이던 유경은 그냥 눈을 감아버렸다. 지금은 우선…… 고마운 건 고마운 것이니 도착하면 이야기하기로 했다. 유경의 마음을 알기라도 하는 것처럼 정욱은 숨소리마저 크게 내지 않으며 조용히 차를 몰았다.

한참 동안 눈을 감고 있던 유경은 차가 멈추는 느낌에 눈을 떴다. 차 문을 열려던 유경이 낯선 주변을 두리번거리다가 정욱을 쳐다봤다. 차는 한강의 야경이 잘 보이는 둔치에 서 있었다.

"여기 가게 아니잖아."

"일단 내리자."

정욱이 안전벨트를 풀며 유경을 향해 시선을 주었다.

"싫어."

"싫어? 너 은근히 음침한 곳 좋아하는가 보다. 차 안에 나랑 단둘이 있는 게 좋으면 그렇게 하든지. 나야 좋지."

"최정욱, 너 정말 왜 이래? 어두워진 거 안 보여?"

"나 두 번 말하는 거 싫어해. 내리기 싫음 그대로 있든지."

정욱이 먼저 차 문을 열고 내렸다. 차 안에 혼자 남은 유경은 '끄응' 하는 신음 소리를 남발하다 결국 차 문을 열고 밖으로 나왔다. 운전석 쪽에 등을 기댄 채 한강을 바라보는 정욱을 무시하며 유경은 반대편에 등을 기대고 섰다. 내리기 싫다고 화를 낼 때와 달리 한강의 야경을 보는 유경의 눈이 만족감으로 반짝거렸다.

"너 참 유치하다, 장유경."

뜬금없는 말에 유경이 슬쩍 고개를 돌렸다. 정욱은 조금 전과 마찬가지로 한강을 마주 보고 있었다. 괜히 무안해진 유경은 다시 고개를 원상태로 돌렸다.

"대학교가 무슨 놀이 공원인 줄 아냐? 그런 델 구경 가게. 촌스럽기는."

정욱의 말에 코웃음을 친 유경은 별다른 반응 없이 강 건너 불야성을 바라보기만 했다. 그저 쉽게 모든 것을 얻는 사람들은 힘겹게 얻어야 하는 사람들을 절대 이해하지 못하는 모양이었다. 당해보지 않은 사람은, 경험해 보지 않은 사람은 모르는 게 당연한 것이겠지만. 이럴 때면 두 사람의 차이가 새삼 실감났다. 동갑이고 같은 공기를 마셔도 생각과 수준 차이는 확연히 차이가 난다는 것이.

"대학 가고 싶냐?"

"네가 상관할 바 아니야."

"난 대학 가도 좋은 거 잘 모르겠던데. 그냥 시집이나 가지 그러냐? 요즘 너도나도 다 대학생이어서 희귀성도 없고 흔하잖아. 대학생 그거 시시해."

"내가 경험해 보고 이야기 해줄게, 네 말처럼 정말 시시한지 안 한지."

유경은 은근히 오기가 발동했다. 정욱의 말이 자극제가 되어 그녀의 각오를 더 부추겼다. 유경의 즉각적인 반응에 정욱이 슬쩍 미소를 지었다. 그래, 장유경. 독하게 오기 품어라. 이왕이면 나랑 같은 학교로 갈 수 있게.

 내년엔 정욱도 복학을 해야 했다. 정욱의 계획은 유경과 함께 학교를 다니는 것이었다. 유경의 배움에 대한 집념을 알기에 이런 식으로라도 독려해야 했다.

 어느 순간부터 갑자기 침묵이 흘렀다. 서로 반대 방향을 향해 선 두 사람 모두 말이 없었다. 정욱이 걸치고 있던 남방을 벗어 차의 지붕을 쓱쓱 쓸었다. 정욱의 행동을 알 리 없는 유경은 말없이 하늘을 올려다보고 있었다. 밤하늘…… 보고 싶은 사람이 있는 곳.

 "꺄악!"

 예고없이 유경의 몸이 공중으로 붕 떠올랐다. 정욱이 조금 전 닦아놓은 차 지붕 위에 유경을 앉혔다.

 "이건 또 무슨 장난이야? 얼른 내려줘."

 "위쪽 공기 좋지 않냐? 가끔 그렇게 위쪽 공기도 마시면 좋잖아."

 정욱이 팔짱을 끼고 차에 기댄 채 말없이 흐르는 강물을 지켜봤다. 겁에 질린 채 발을 동동거리던 유경은 무심코 바라본 야경에 긴 심호흡을 내뱉었다. 조금 전 바라보던 야경과 또 다른 느낌이 와 닿았다.

 천천히 고개를 돌리던 유경의 눈에 정욱의 까만 머리카락이 와 닿았다.

 '정욱아, 내가 널 많이 모르는 걸까. 난 아무리 생각해도 네

본심이 뭔지 잘 모르겠어.'

노골적으로 자신을 괴롭히는 건 분명한데 그게 뭔지 딱히 꼬집을 수 없었다. 그래서 무턱대고 화를 냈다간 늘 자신만 우스운 사람이 되고 말았다.

한동안 정욱의 뒷모습을 바라보던 유경이 정욱의 등을 쿡 찔렀다.

"나 이제 그만 내려줘."

"윗동네 공기 더 마시라니까."

"실컷 마셨어."

"이왕이면 한꺼번에 두둑하게 마셔둬. 이런 기회 다시없을 텐데."

두 번은 없다는 것을 확실히 못 박아두는 걸까? 정욱의 말이 틀리지 않음에도 유경은 씁쓰레한 기분이 들었다.

"너 우리 식당 옥상이 여기보다 훨씬 높다는 거 모르니? 네가 안 내려주면 나 뛰어내린다."

"너 내가 되게 좋은가 보다. 나랑 병원 다니는 게 좋다면 그렇게 해. 근데 이번엔 아예 입원을 해야 할 것 같은데. 내가 뭐 너 때문에 24시간 대기하는 사람도 아니고."

정욱의 건방진 말투에 유경은 호흡을 골랐다. 잠시나마 정욱에 대해 좋은 감정을 느꼈던 유경은 단호하게 잘못된 생각을 몰아냈다. 고맙다는 생각을 가지는 건 순간이고 미운 감정은 오래도록 가게 만드는 것도 재주인 것 같았다.

유경이 이번엔 아픔이 느껴질 만큼 세게 정욱의 등을 눌렀다.
"나 정말 뛰어내린다."
"……."
즉각적인 반응이 올 것이라는 예상과 달리 정욱은 아주 천천히 유경을 향해 돌아섰다. 그리고는 유경의 허리 쪽으로 손을 가져다 대었다. 곧 바닥으로 몸이 놓여질 것이라고 생각한 유경은 난데없이 정욱이 자신의 무릎에 얼굴을 묻자 깜짝 놀랐다.
"너, 너 정말 왜 이래? 미쳤니? 사람들이 본단 말이야."
"잠시만…… 잠시만 이렇게 있어주라."
냉정하게 뿌리쳐야 한다는 생각이 지배적이었지만 유경은 차마 그러지 못했다. 다른 사람이라면 당장 뺨을 올려붙였겠지만 정욱에게는 차마 그럴 수 없었다. 나도 점점 무뎌져 가는 걸까. 편한 게 편한 거라고. 유경은 갑자기 마음이 혼란스러웠다. 어색하게 들려져 있는 자신의 손을 물끄러미 쳐다본 유경은 정욱의 까만 머리를 향해 손이 뻗을 것 같아 조바심이 났다.
"유경아……."
"응."
"엄마한테 인사 잘 드렸어?"
"뭐?"
유경의 목소리가 덜덜 떨렸다. 순식간에 유경의 뺨 위로 뜨거운 눈물이 흘러내렸다. 참고 참았던 눈물이 정욱의 한마디에 마구 분출되어 버렸다.

"알…… 았니?"
"으응."

유경이 입술을 아프게 깨물며 억지로 흐느낌을 삼켰다. 유경의 무릎에서 절대 고개를 들지 않은 채 정욱이 나지막이 속삭였다.

"울어. 이런 날은 소리 내어 울어도 돼. 집에 가면 소리 내어 울 수도 없잖아. 난 절대 네 눈물, 네 울음소리 못 보고 못 들은 척할 거니까 마음껏 울어도 돼."

갈 곳을 몰라 하던 유경의 양손이 결국 그녀의 입으로 향했다. 흐느낌 소리가 새어나올까 봐 유경은 양손으로 입을 세게 틀어막았다. 오늘이 돌아가신 엄마의 기일이라는 것은 혼자만 알고 있다고 생각했었다. 보내는 날도 혼자였기에 기억하는 날도 늘 혼자일 것이라 여겼는데 정욱이 알고 있을 줄은 꿈에도 생각지 못한 일이었다.

참고 참았던 유경의 울음소리가 미약하게 들리는가 싶더니 점점 더 커져 나갔다. 정욱은 유경의 무릎에서 두 눈을 꼭 감고 기도했다. 지금 이 눈물은 그리움의 눈물이니 참아주는 것이라고. 유경이 홀로 감당했을 슬픔을 이제라도 함께 나눌 수 있어서 다행이라는 감사의 기도였다.

'어머니, 유경이 제가 지켜줄게요. 그러니 걱정하지 말고 편안하세요. 언제 한번 뵈러 갈게요. 유경이 예쁘죠? 그래서 어머니께 더 감사드려요.'

물 위로 달이 흐르는 밤, 정욱과 유경은 그렇게 슬픔을 공유했다.

아무리 여름은 더워야 한다지만 이건 정말 심하다 싶었다. 성태는 선글라스를 머리 위로 올렸다 내리기를 반복하다 종래에는 지겨운 듯 기지개를 쭉 켰다.

"하여간에 친구라고 도움이 안 된다니까. 천하의 노성태가 남의 식당 앞에서 새벽부터 왜 이래야 하냔 말이지."

성태의 입에서 참았던 투덜거림이 새어나왔다. 아무리 생각해도 이건 아니라는 생각이 들었다. 어머니 왕금심 여사에게 손이 발이 되도록 빌고 빌어 겨우 서울로 재입성한 지 일주일이었다. 성태가 정욱의 전화를 받은 건 한참 단잠에 빠진 새벽이었다. 받지 않으면 끊겠지 하는 생각으로 울리는 전화 벨소리를 무시했던 성태는 결국 먼저 지고 말았다.

"뭐? 너 지금 뭐라고 그랬냐?"

[유경이 좀 출근시켜 주라고 했다. 이젠 한국어도 못 알아먹겠냐? 영어로 해주랴?]

침대를 애인 삼아 딱 들러붙어 있던 성태는 가관인 정욱의 말에 잠이 싹 달아나 버렸다.

"이런 미친놈을 보았나? 내가 네 비서, 아니, 걔 비서냐? 이 자식이 정말 보자 보자 하니까 보자기로 보이고 가만히 있으니까 가마니때기로 보이나. 끊어, 새꺄!"

[내가 데려다 주려 했는데 지금 미국에서 손님이 와 있어. 너도 알다시피 부모님한테 유경이 이야기 꺼내려면 신뢰는 좀 쌓아야 하잖냐. 우리 할머니 조언이라서 무시도 못해.]

"야! 인마, 아무리 그래도 그렇지. 이 노성태를 뭘로 봤기에 네 깔 운전기사나 시키는 거냐? 아 쓰벌, 이래서 살인이 나는구나. 그래, 날도 더운데 자꾸 건드려 봐라. 조만간 불광동에 대형 사건 날 거다."

[성태야, 내가 너 많이 좋아하는 거 알지? 널 믿으니까. 최정욱의 친구, 사나이 중의 사나이가 노성태 아니냐?]

진지함으로 전략을 바꾼 정욱의 언변에 버럭버럭 악을 써대던 성태가 잠잠해졌다.

"아이, 짜식! 넌 인마, 인물도 좋은 놈이 사람 보는 눈까지 그렇게 정확해서 어쩌라는 거냐? 네가 친히 나를 제수씨의 기사로 선택했으니 가주마. 이왕 서비스하는 거 금고 안까지 에스코트해 주마, 됐냐?"

정욱의 추켜세움 한마디에 오케이를 남발한 성태는 뒤늦게 후회를 했지만 소용없었다. 평상시라면 자고 있었을 시간인 꼭두새벽 일곱 시부터 이모네라고 쓰인 식당 간판을 닳도록 쳐다보고 있었다. 유경의 출근 시간이 유동적이니 무조건 일찍 가서 기다리라는 정욱의 엄명 때문이었다. 오는 내내 확인 전화를 해대는 정욱이 때문에 성태는 벨소리만 들려도 노이로제에 걸릴 지경이었다.

식당 문을 열고 유경이 나오기만 기다리던 성태는 슬슬 오금이 저리기 시작했다. 차에 폼을 잡고 기대보기도 하다가 사이드 미러에 옷 상태를 점검해 보다가 그도 안 되면 휘파람까지 불어보았다. 지나가는 사람들이 성태를 흘끔거리며 지나갔다. 성태는 무더위에도 멋을 위해 걸치고 있는 얇은 재킷을 탁탁 폈다.

"이놈의 식을 줄 모르는 인기란. 그나저나 이 언니는 출근을 하려는 거야, 말려는 거야. 하여간에 최정욱, 그 도움 안 될 인간 때문에 럭셔리 노성태 이미지 다 구긴다, 다 구겨."

비 맞은 중처럼 성태는 혼잣말을 쉼없이 중얼거렸다. 유경을 위해 집 사줘, 빚 갚아줘, 집 나와 근처에 살아. 좋아하면 납치라도 해서 살든지, 그도 안 되면 확 임신이라도 시켜서 데려오든지. 아무튼 이해가 되지 않았다. 정욱 정도라면 애달아하는 여자애들이 줄을 설 텐데 뭐가 그리 답답해서 한 여자에게 목숨을 거는지 연구 대상감이었다. 어쩌랴, 다 그놈의 사랑 탓인 것을. 정욱에게 큰소리를 치려면 일단 유경을 보는 즉시 에스코트하는 게 첫 번째 임무였다. 성태는 기린처럼 목을 쑥 빼고 유경이 나오기만을 기다렸다.

"아, 아침부터 스팀 엄청 받네. 저건 또 뭐 하는 인간이래?"

성태가 계속 주시하는 식당 문 바로 앞에 스쿠터 한 대가 섰다. 박물관에나 있음직한 낡아 빠진 스쿠터를 보며 성태는 가소롭다는 표정을 지었다. 오랜만에 일찍 일어나다 보니 신기한 구경거리가 많았다.

드디어 식당 문이 열리고 유경이 모습을 보였다. 인상을 쓰며 폼나게 담배를 물던 성태가 재빨리 담배 곽을 바지 주머니에 집어넣었다. 유경이 담배 연기를 싫어하니 특히 조심하라는 정욱의 당부가 생각나 울며 겨자 먹기로 참았다. 성태가 어슬렁거리며 식당 쪽으로 다가가는데 스쿠터에 타고 있던 녀석이 유경을 보며 먼저 알은체를 했다.

"어라?"

성태의 작은 눈이 순식간에 커졌다. 두 사람이 무언가 옥신각신하기 시작했다. 유경의 얼굴이 곤란한 표정으로 망설이는 빛을 내보였다. 제법 심각하게 이야기를 나누는 것 같더니 유경이 스쿠터의 뒤에 얌전히 올라탔다. 미처 상황 파악을 하기도 전에 스쿠터가 시커먼 연기를 뿜으며 성태의 앞을 내달렸다. 성태는 닭 쫓던 개 지붕 쳐다보는 심정이 되어 멀뚱멀뚱 눈만 깜빡였다.

"어쭈! 저 자식. 나의 아우토반하고 쨉도 안 되는 똥쿠터를 가지고 유경 씨를 인터셉터 해가네. 우와, 오늘 정말 노성태 이미지 완전히 구기네, 구겨. 그나저나 제수씨, 우리 욱이 놔두고 저러면 안 되지. 저건 배반에 배신에, 사나이 순정을 짓밟는 건데 양심이 있다면 저럴 수 없는 거 아닌가?"

성태는 차 주위를 빙글거리며 끊임없이 중얼거렸다. 혼자서 인상을 썼다 찌푸렸다 온갖 짓을 하더니 죄없는 자동차 바퀴만

퍽퍽 찼다. 누구 때문에 황금 같은 시간을 길바닥에 쏟아 부었는데 기껏 당한 꼴이 이거라니. 생각할수록 울화가 치밀었다.

"아주 골고루 한다."

성태는 요란스럽게 울리는 휴대폰을 한심한 눈으로 쳐다보았다. 정욱의 이름이 찍힌 발신 번호를 보며 성태가 이마를 쳐댔다.

"하여튼 짜식이, 내가 시키는 대로 일을 저질렀으면 저런 짓 못하지. 쓰벌, 골치 아프게 됐네."

성태가 바둑알을 튕기듯 손가락으로 휴대폰의 폴더를 열었다.

"여기는 청와대."

[너무 일찍 일어나더니 어디 아프냐?]

성태의 농담에 정욱이 시답잖은 반응을 보였다.

"너 땜에 맛이 살짝 갔다. 어쩔래?"

[아침부터 쉰 소리 그만 하고 유경이 무사히 픽업했냐?]

"픽업? 픽업 같은 소리 하네. 말 나온 김에 네놈 픽업해서 병원 좀 가자. 정신병원."

[무슨 소리야?]

"제수씨 말이야. 얌전하게 생겨 가지고는 완전 내숭과다. 어떤 새끼가 뽕카 태워 꼽사리해 갔어."

[뭐? 너 지금 한국어 했냐?]

성태가 답답하다는 듯 가슴을 쳐댔다.

"이건 무슨 노땅도 아니고, 네 심장 유경 씨를 어느 똘마니같이 생긴 놈이 스쿠터에 태워서 데려갔다고."

성태가 살짝 입을 떼고는 버럭버럭 고함을 질렀다.

[스쿠터? 유경일 스쿠터에 태워서 데려가다니? 누가?]

더 이상 쳐댈 가슴이 없어 성태는 한숨을 푹푹 내쉬었다.

"그걸 알면 내가 이러고 있냐? 이러니 내 입에서 미친놈이라는 소리가 나오지. 내가 유경 씨하고 불러보기도 전에 겁나게 재수없게 생긴 놈이 낚아채 갔다. 유경 씨 뽕카 좋아하나 보네. 너 멋진 놈으로 한 대 장만해야겠다."

[너 지금 농담하는 거지?]

"내가 지금 비싼 밥 처먹고 농담할 기분인 줄 알아? 내가 지금 아침부터 투자한 시간이 얼만데."

[……]

"야, 최정욱! 듣고 있냐?"

[응, 수고했다. 일단 끊자.]

"야! 최정욱, 최정우욱! 끊어졌네."

전화기를 귀에 댄 채 성태는 컥컥거렸다. 소리를 질러댄 통에 목에 무리가 온 모양이었다.

'이런 망할.'

정욱이 일방적으로 전화를 끊자 성태는 황당함이 극에 달했다. 난데없이 양아치같이 생긴 놈과 사라진 유경도 그랬고, 종놈 부리듯 온갖 것을 시키는 정욱도, 시킨다고 한 자신도 황당함의 극치였다. 그런데 팔자에 없는 꼬봉 노릇도 모자라 이런 푸대접이라니. 생각하면 할수록 어이가 없었다.

"그래, 내가 참는다, 참아. 도 닦는 거 어디 하루 이틀이냐. 아, 쓰벌! 더럽게 덥네."

입고 있던 상의를 벗어 뒷좌석에 집어 던진 성태가 씩씩거리며 시동을 걸었다. 후진을 하던 성태가 입맛을 다셨다. 자신이 괜한 말을 했는가 하는 후회가 뒤늦게 들기 시작했다. 아무래도 정욱이 걱정이었다. 보나마나 지금쯤 혼자 소설을 쓰고 있을 게 뻔했다. 아무튼 남자는 여러 여자를 골고루 사랑하는 게 최고의 미덕이었다. 여성 단체에서 들었다면 돌 맞아 죽을 소리지만 그건 세상이 두 쪽 나도 변하지 않는 진리였다.

'스쿠터를 탄 남자?'

부서질 것처럼 휴대폰을 쥔 정욱의 입술이 저절로 앙다물어졌다.

"무슨 일 있어?"

막 샤워를 했는지 은진이 물기 젖은 머리를 수건으로 감싸며 거실로 나왔다. 정욱은 괜히 탁자 위에 놓인 신문을 뒤척이기 시작했다.

"아무것도 아니야. 누나, 오늘은 어디 가고 싶다고 했지?"

"최정욱."

"응?"

"사람 얼굴 좀 보고 이야기하면 안 될까?"

멍하니 딴생각에 몰두하던 정욱이 얼굴을 들었다. 은진이 무언가를 살피는 눈길로 쳐다보고 있었다.

"아, 미안. 잠시 좀 딴생각을 하느라고."

"또!"

정욱이 말이 끝나기 무섭게 멍한 표정을 짓자 은진이 다시 한 번 주의를 주었다.

"미안, 미안. 누나 오늘 일정은 어떻게 된다고?"

"내 일정이라기보다 우리 엄마 일정이라고 해야 맞겠지?"

은진이 지쳤다는 제스처를 해 보이곤 정욱의 맞은편 자리에 앉았다. 은진의 어머니 희숙과 정욱의 어머니인 금희는 한때 은막의 여배우로 명성을 날렸던 사이이다. 지금은 두 사람 모두 은퇴해 한 사람은 사업가의 아내로, 한 사람은 미국에서 평범한 주부로 생활하고 있었다.

딸과 함께 고국을 방문한 희숙은 금희의 초대로 호텔 대신 정욱의 집에 묵고 있었다. 정욱보다 세 살 연상인 은진은 어렸을 때 한두 번 본 기억밖에 없지만 살가운 성격 때문인지 금방 마음이 통했다.

아버지인 최 사장은 정욱이 어떤 결정을 하든 밀어주실 분이지만 어머니 금희가 변수로 작용할 수 있기에 정욱은 요령껏 눈밖에 나지 않으려 조심했다. 이런 노고도 몰라주고 다른 남자와 스쿠터를 타고 사라졌다니. 정욱은 당장이라도 유경에게 달려가 사실 확인을 하고 싶었다. 그러나 경솔함으로 일을 그르칠 수 없어 일단은 참아야 했다.

하지만 남자라니! 그것만큼은 절대 용납할 수 없는 일이었다.

열하나

"요 며칠 구천 원 씨가 안 보인다."

마감 시간치고 한산한 금고 안을 둘러보며 누군가 객쩍은 소리를 했다. 구천 원은 정욱의 별명이었고 유경과의 사이를 빗대어 한 물음이 틀림없었다. 유경의 뺨이 발그레 달아올랐다.

"대신 선호가 부지런히 오잖아요."

먼저 농담을 하는 일이 없는 오 대리의 말에 모두들 의외라는 표정을 지어 보였다. 오 대리는 사람들의 반응을 무시하며 슬쩍 유경을 곁눈질하였다.

유경은 최근 들어 노골적으로 자신을 쳐다보는 오 대리로 인해 가끔 민망함을 느꼈다. 아무래도 선호 때문인 것 같았다. 유경이 아무리 괜찮다고 해도 당분간 자신이 출근을 시켜주겠다고 우기는 선호의 고집 때문에 보통 난감한 게 아니었다.

사람들이 오가는 길거리에서 마냥 실랑이를 할 수도 없고, 선호의 부탁을 차갑게 뿌리칠 수도 없어 하는 수 없이 며칠째 신세를 지고 있긴 했지만 이래저래 신경이 쓰였다. 잘하는 짓인지 제대로 판단이 서질 않았다.

"호랑이도 제 말 하면 온다더니 선호 온다."

옆 자리에 앉은 직원의 말에 유경이 고개를 들었다. 목이 늘어난 하얀 면 티에 땀이 흠뻑 배인 채 선호가 들어서고 있었다.

"이야, 여긴 정말 천국 같네. 유경 씨, 잘 지냈어요?"

오늘 아침에도 출근을 시켜준 선호였다. 유경은 다른 창구를 놔두고 자신에게 통장을 내미는 선호를 보며 그저 고개만 끄덕였다. 언제부턴가 선호의 통장은 오 대리가 아닌 유경이 맡고 있었다. 그것도 선호 본인의 선택에 의해서. 유경은 입금 처리한 통장을 조심스럽게 건네주었다.

"오늘도 그 시간에 찾아갈게요."

선호가 통장을 이마에 대고 가볍게 거수경례를 했다. 평소 와자지껄한 목소리와는 달리 유경에게만 들릴 정도로 작았다. 유경이 살짝 미소를 짓자 그가 큰 소리로 인사를 하고 금고를 나갔다.

무심코 고개를 돌리던 유경은 오 대리와 눈이 마주쳤다. 유경은 나쁜 짓을 하다 들킨 사람처럼 가슴이 덜컥 내려앉는 기분이

들었다.

"이제 마감인 건가! 구천 원씨 오늘도 안 오는가 봐."

유경의 눈이 저절로 시계로 향했다. 그러고 보니 정욱이 사흘째 보이지 않았다. 묻지는 않았지만 식당에도 모습을 보이지 않는 것 같았다. 무슨 일이라도 생긴 걸까? 신경 쓰지 말자고 다짐을 하면서도 자꾸 신경이 쓰였다.

알 게 뭐람. 원래 인기가 많으니 어디 가서 휴가라도 즐기고 있겠지. 유경은 속으로 툴툴거리며 하던 일에 몰두했다. 그런데 왜 자꾸 한숨이 나오는지 몰랐다.

핸들 위에 놓인 정욱의 기다란 손가락이 까딱까딱 리듬을 탔다. 조바심을 가장한 행동이었다. 유경을 못 본 지 나흘째였다. 그동안 은진네 모녀의 기사 및 가이드 노릇을 하느라 본의 아니게 제주도에 머물다 이제 막 돌아오는 길이었다.

내일이면 은진이 미국으로 돌아가니 다시 오피스텔로 돌아갈 수 있다. 정욱은 목운동을 하며 나른함을 달랬다. 뉴스에서는 휴가를 떠나는 사람들이 많다고 하는데 서울의 교통 사정은 늘 그렇듯 만원 상태였다. 자신의 부재를 유경이 어떻게 받아들이고 있을지 조금 뒤면 직접 확인할 수 있을 것이다.

사 년간 못 보고 지낼 때보다 지금이 더 아련하고 보고 싶었다. 유경도 조금이나마 그런 마음을 느꼈으면 하는 바람으로 정욱은 정체된 도로가 원활히 소통되길 기다렸다. 그의 간절함이 통하기라도 한 듯 몇 번의 신호 대기 이후 도로는 시원하게 뚫렸다.

정욱은 노래를 흥얼거리며 파주댁의 식당이 있는 골목으로 접어들었다. 간판에 불이 들어와 있는 것을 확인한 정욱은 빈자리를 찾아 재빨리 주차했다. 안전벨트를 푼 정욱이 콘솔박스(console box)를 열었다. 작은 상자를 꺼낸 그는 흡족한 얼굴로 차에서 내렸다. 며칠간 듣지 못해서인지 문을 열 때마다 들리는 벨소리도 정겨웠다. 마음과 달리 무게를 잡고 문을 열던 정욱의 얼굴이 순식간에 굳어졌다.

유경이 낯선 남자와 마주 앉아 밥을 먹고 있었다. 아니, 밥을 먹는 것이 아니라 남자가 밥 먹고 있는 것을 지켜보고 있었다. 단순한 손님이라면 저럴 리가 없었다. 유경의 성격을 모르는 그가 아니기에 그건 확신했다. 정욱은 입술과 주먹에 똑같이 힘을 실었다.

"왔니?"

유경이 고개를 살짝 끄덕이며 알은체를 했다. 하지만 그게 전부였다. 유경의 눈길은 이미 앞에 앉은 남자에게로 다시 향해버렸다.

"왔니?"

정욱은 유경이 한 말을 속으로 되뇌었다. 나흘 만에 보는데 기껏 한다는 말이 '왔니'란 한마디였다. 그것도 다른 남자를 앞에 두고, 그는 본체만체하며.

정욱은 요란스러운 소리를 내며 빈자리를 찾아 앉았다. 유경은 그저 힐끗 쳐다볼 뿐이었다.

"밥 더 드려요?"

유경이 거의 비워져 가는 선호의 그릇을 보며 물었다.

"그래도 됩니까?"

"그럼요, 더 갖다 드릴게요."

유경이 자리에서 일어나 공기 밥 하나를 더 갖다 주었다.

"며칠째 먹어도 물리지 않으니 아주머니 솜씨가 대단하긴 한가 봐요. 저, 의외로 식당 밥 못 먹거든요."

"네, 저희 아주머닌 화학 조미료 거의 안 쓰시거든요. 아마 그래서 많이들 오시는 것 같아요."

놀고들 있다.

두 사람의 대화를 듣고 있자니 정욱은 속에서 불이 올라오는 심정이었다. 매고 있는 넥타이를 느슨하게 풀며 정욱이 두 주먹을 테이블 위에 놓았다.

"장유경, 물 좀 주라."

"거기 위에 유리병 안 보이니?"

유경이 무뚝뚝하게 테이블마다 놓여 있는 물병을 가리켰다.

"컵이 없잖아."

골난 아이처럼 심술을 부리는 정욱을 보며 유경은 고개를 젓고는 자리에서 일어났다. 수원댁이 잠시 집에 다니러 가는 바람에 파주댁은 주방 안에서 정신이 없었다. 소독기 안에 있는 유리컵을 꺼내어 정욱의 테이블에 올려준 유경이 다시 선호의 앞자리에 앉았다.

"저희 아주머니께서도 허락하셨으니까 이제 밥은 여기 와서 드세요."

"그렇게까지 신세를 져도 되겠습니까?"

"그럼요, 해주시는 것에 비하면……."

"에이, 물이 왜 이리 미지근해!"

정욱의 투덜거림에 두 사람이 대화를 멈췄다. 두 사람의 시선이 동시에 정욱을 향했다. 정욱은 벌컥벌컥 물을 들이마시고는 빈 잔을 신경질적으로 내려놓았다. 순간 세 사람의 눈길이 서로 마주쳤다.

"저한테 볼일있으십니까?"

정욱이 선호에게 시비를 걸 것처럼 물었다.

"아니요, 어디 불편하신 것 같아서."

씩씩거리는 숨소리를 빗댄 선호의 말에 정욱의 인상이 더욱 굳어졌다.

"쟤 원래 그래요. 신경 쓰지 않으셔도 돼요."

'뭐? 신경 쓰지 않아도 돼?'

정욱은 입술이 뒤틀리도록 깨물었다. 바보라고 부르긴 했지만 정말 바보인 모양이었다. 바보가 아닌 다음에야 자신이 찾아오는 이유를 지금쯤 눈치챌 때도 되지 않았느냔 말이다. 그런데 눈치는커녕 점점 하는 꼴이…….

"여기 주문 안 받아?"

"뭐 먹을 건데?"

"메뉴판을 줘야 알 것 아냐?"

짜증스러운 눈길로 유경을 바라보며 정욱은 퉁명스럽게 내뱉었다.

"우리 메뉴판 벽에 붙은 것밖에 없는 거 알잖아."

"……."

"골랐어?"

"김치찌개."

"알았어."

얌전히 의자를 밀치고 일어난 유경이 주방으로 가서 주문 사항을 알렸다. 그런 그녀의 뒷모습을 선호와 정욱이 동시에 쳐다봤다. 눈길을 옮기는 두 사람의 시선이 또다시 허공에서 마주쳤다. 여유가 느껴지는 선호의 표정과 불만이 가득 찬 정욱의 표정이 대조적으로 보였다. 그러나 지금 그런 것에 신경 쓸 겨를이 없는 정욱은 유경의 관심을 잔뜩 받고 있는 남자에 대해 온갖 추측을 하고 있었다.

유경에게 한 번도 제대로 된 관심을 받지 못했던 그를 제치고 갑자기 나타난 남자가 자꾸만 거슬렸다. 더군다나 매일 와서 밥을 먹으라는 소리까지 할 정도면. 정욱은 갑자기 긴장되기 시작했다.

"아는 분입니까?"

다시 자리에 와서 앉는 유경에게 선호가 조심스럽게 물었다.

"어렸을 적부터 친구예요."

"멋있게 생겼네요."

"그래요?"

유경이 새삼스럽게 정욱을 쳐다보았다. 그러고 보니 정욱을 처음 보는 사람들은 일단 외모에 후한 점수를 주었다. 그리고 그 점은 유경도 인정했다. 다만 도무지 종잡을 수 없는 정욱의 성격이 문제였다. 의젓함을 보이다가도 어느 순간 갈피를 잡을 수 없게 만드는.

무슨 비밀 이야기를 나누는지 목소리를 죽인 두 사람으로 인해 정욱의 신경은 머리끝까지 곤두서 있었다.

"아이고, 정욱이 왔구나? 언제 왔어?"

음식을 들고 나오던 파주댁이 정욱을 보고 반색했다.

"조금 전에요. 바쁘신 것 같아서 그냥 있었어요."

"수원댁이 오늘 집에 일이 생겨서 다니러 갔거든. 그동안 왜 그렇게 안 보였어?"

"저도 집에 일이 있어서요."

유경의 얼굴이 살짝 굳었다. 집에 일이 있다니 무슨 일일까. 유경은 저도 모르게 파주댁과 정욱의 대화에 귀를 기울였다.

"이제부터 매일 올 겁니다."

일부러 강조하듯 정욱이 큰 소리로 말했다.

"당연히 그래야지. 두 사람 참, 인사는 했어?"

음식을 차려준 파주댁이 주방으로 가려다 말고 유경에게 물었다. 유경이 고개를 젓자 파주댁이 두 사람을 소개시켰다.

"정욱아, 이쪽은 며칠 전부터 우리 유경이 공부 봐주는 과외 선생님이셔. 선생 양반, 이쪽은 우리 유경이 친구이자 내 특별 단골손님."

파주댁의 소개에 두 사람이 동시에 손을 내밀었다. 악수를 하는 정욱의 손에 힘이 잔뜩 들어갔다. 기선 제압이라도 하려는 듯.

"최정욱입니다."

"정선호입니다."

한 치의 양보는 없는 두 남자의 신경전이 눈빛을 빛내며 타올랐다.

정욱이 객관적으로 선호의 모습을 뜯어보기 시작했다. 얼굴은 그럭저럭 봐줄 만했고, 키도 그만하면 적당했다. 매너는······ 남자가 무슨 기생 노릇 할 것도 아닌데 왜 자꾸 웃는지. 정욱은 없는 흠집을 찾아 억지로라도 트집을 잡고 싶었다.

"그런데 무슨 과외입니까?"

선호에게 질문을 한 정욱은 유경에게 눈길을 주고 있었다.

"제가 유경 씨를 좀 다치게 했거든요. 그런데 어쩌다 보니 제가 거래하는 은행에 계시고 이러저러하다 유경 씨가 공부를 한다고 해서 봐주기로 했습니다. 그다지 큰 도움이 될지는 모르겠지만."

"많이 도움돼요. 어제만 해도 얼마나 도움이 되었는데요."

생전 가도 남의 말에 참견이라고는 하지 않던 유경이 선호를 두둔하자 정욱은 감정이 있는 대로 상했다.

"찌개 식겠다. 얼른 먹어."

유경이 차려진 음식을 가리켰다. 털썩 자리에 주저앉은 정욱은 거칠게 밥을 뜨기 시작했다.

정욱은 할 말이 없었다. 유경에게 조금이나마 도움이 되어주려고 오피스텔로 옮긴 이유에는 과외도 포함되어 있었다. 유경이 새 직장에 조금 더 적응할 때까지 기다리자고 했던 것이 엉뚱한 녀석에게 기회를 준 꼴이 되어버렸다.

더군다나 유경을 다치게 한 놈이 아니던가 말이다. 그런데도 좋다고 웃는 모습이라니. 정욱은 신경질적으로 밥을 마구 떠 넣었다.

"너 그렇게 먹다가 체하겠다. 배 많이 고팠니?"

유경이 물을 따라주며 정욱에게 내밀었다. 물 컵을 사납게 낚아챈 정욱은 단숨에 비워냈다. 그것으로도 성이 차지 않는 듯 빈 잔을 유경에게 불쑥 내밀었다. 아무튼 심술대왕이 틀림없다고 생각하며 유경이 빈 잔을 다시 채워주었다. 이번에도 물을 벌컥벌컥 들이킨 정욱이 그녀의 얼굴을 뚫어지게 쳐다보았다.

"장유경! 너 말이야."

"저, 유경 씨. 이거 요약 노트로 쓰시면 어떨까 싶어 샀는데."
정욱의 말을 자르며 선호가 무언가를 내밀었다.
"어머, 너무 예뻐요."
"향기도 난다던대요, 아르바이트생 말로는."
"그래요? 진짜네."
유경은 선호가 내민 노트를 코에 대고 킁킁거리더니 활짝 미소를 지었다. 정욱은 더 이상 황당함도 기가 막힘도 느끼지 않았다. 유경의 안목에 실망만 들 뿐이었다. 요란스러운 꽃무늬 노트가 뭐가 그리 좋다고 저렇게 웃는지.
"아로마 향이라 피로 회복에도 도움이 된다는데, 그건 상술인 것 같지만 그래도 일단 기분 문제니까 조금이라도 도움은 될 겁니다."
"그러게요."
선호의 한 마디 한 마디가 유경에게는 인품으로, 정욱에게는 가식으로 느껴졌다.
"아주머니께서 밥값도 받지 않으시겠다니 전 노트로 대신합니다. 오늘은 이만 가고 주말에 보충 설명 해드리겠습니다."
"네, 그러세요. 정말 고맙습니다."
유경이 직접 문까지 선호를 배웅했다. 그 모습이 정욱을 더욱 자극했다. 소리나게 수저를 놓은 정욱이 막 선호가 먹은 그릇을 치우는 유경의 앞으로 무언가를 던졌다.
"이게 뭐야?"

조그마한 선물 상자를 보며 유경이 눈을 크게 떴다.

"오다가 주웠다. 됐냐?"

정욱이 퉁명스럽게 한마디 하고는 거만한 자세를 했다.

"그런 걸 왜 날 줘."

"보기나 해."

그깟 꽃무늬 노트하고 비할 바가 아닌 선물일 테니. 정욱은 회심의 미소를 지으며 유경의 반응을 살폈다. 공항 면세점에 들러 쇼핑을 하겠다는 은진을 따라갔다가 첫눈에 반해서 산 물건이었다. 촌스럽기 그지없는 노트와는 차원이 달랐다.

"귀고리네."

상자를 열어본 유경이 시큰둥하게 말했다. 감탄사도 아니고 탄식도 아닌 반응에 정욱의 양미간이 일그러졌다.

"나 귀 안 뚫었는데. 어머니 갖다 드려."

유경이 귀고리를 꺼내보지도 않고 다시 정욱에게 내밀자 정욱이 사납게 상자를 내쳤다.

"우리 어머니가 애냐, 그런 귀고리를 하게? 넌 여직 귀도 안 뚫고 뭐 했냐? 하여간 촌스럽기는."

정욱의 타박에 유경의 얼굴이 하얗게 질렸다. 신경질적으로 그릇을 쟁반에 옮기던 유경이 홱하고 정욱을 향해 돌아섰다.

"최정욱! 너 웬만하면 다른 식당 가서 밥 먹을래? 내가 너 때문에 참을 인 자까지 써가면서 참아보려고 하는데 정말 더는 못 참겠다. 나 촌스러운 거 이제 알았니? 네가 뭔데 그런 것까지 간

섭이야?"

"장유경, 너 너무 심하게 오버한다. 뭘 그렇게 흥분하냐? 누가 보면 네가 나 아주 좋아하는 줄 알겠다."

"……이 저질!"

정욱을 한껏 노려본 유경이 쟁반을 주방 입구에 놓고는 방으로 들어가 버렸다. 홀로 남은 정욱 역시 입을 꾹 다문 채 요지부동이었다. 두 사람의 실랑이를 지켜보는 파주댁은 웃음을 참느라 곤욕이었다. 결국 수돗물을 세게 틀고 나서야 웃음을 터뜨렸다. 보면 볼수록 두 사람의 하는 양이 아이들 소꿉놀이처럼 재미있었다.

"오늘은 입금액이 팔백팔십 원밖에 안 되니 흉보면 안 됩니다."

선호가 잔돈을 불쑥 내밀었다. 유경은 너덜너덜한 통장과 잔돈을 보며 '풋' 하고 웃음을 터뜨렸다.

"당연히 흉보면 안 되죠. 저희 금고 최고의 단골 고객이신데요."

"단골도 단골 나름이겠죠. 고작 천 원, 이천 원 입금하러 오는데. 아, 난 언제 단골 고객 말고 우수 고객 소리 한번 들어보려나."

일부러 어깨까지 늘어뜨리며 한탄하듯 말하는 선호를 보며 유경은 살며시 미소를 지었다.

"오늘은 이른 시간에 오셨네요?"
"오후에 동아리 모임이 있어서 가야 하거든요."
유경은 고개를 끄덕이며 통장을 건네주었다.
"총각, 볼일 다 봤으면 좀 비켜주지?"
"아, 네. 죄송합니다."
하루도 빠짐없이 돈을 입금하러 오는 멋쟁이 노부인이 어느새 창구 앞으로 다가왔다. 조금은 날이 섰다 싶은 멋쟁이 노부인의 목소리를 유경은 자신이 잘못 들은 것이라고 생각했다. 노부인이 선호에게 화가 날 리가 만무할 터, 유경은 웃는 얼굴로 돈과 통장을 받았다.
"오늘도 십만 원 입금이세요?"
"응. 그런데 아가씨, 방금 전에 총각 애인이유?"
"네? 아니에요. 자주 오시는 저희 고객이세요."
유경이 얼굴을 붉히며 부인했다.
"그럼 저기 인상 쓰고 있는 젊은 총각이 애인인가?"
노부인의 손끝을 따라 유경의 시선이 옮겨졌다. 고객용 대기 의자에 앉아 인상을 쓰고 있는 정욱의 모습이 보였다. 이미 이틀째로 접어든 행동이었다. 유경이 '흠' 하고 신음 소리를 삼켰다. 아무래도 오늘은 필히 해결을 보아야 할 것 같았다.
"아우, 아니에요. 저분도 저희 고객이세요."
"그래? 저 총각이 어제도 그렇고 오늘도 그렇고 아가씨만 보던 것 같은데. 아가씨한테 관심이 있나 봐."

진지한 노부인의 말에 유경은 세차게 고개를 저었다.

"실은, 원래 아는 친구인데 장난이 좀 심해요."

유경은 정욱을 위해 가볍게 변명을 하곤 통장을 공손히 내밀었다.

"저만하면 생긴 것도 반듯하고 차림새를 보아하니 없는 집 자손 같지도 않은데 한번 사귀어보지 그러우?"

지나가는 말처럼 농이 섞인 말이지만 유경의 얼굴이 금세 발그레졌다. 노부인은 대답을 듣고 가려는 듯 자리를 뜨지 않고 있었다. 유경은 흐트러짐없는 머리를 괜히 매만지고는 헛기침을 했다.

"음…… 전 아직 애인은……."

"아직이면 언젠간 사귀겠다는 소린데 미리 사귀면 좋지. 저렇게 인물 좋고, 풍족한 집안 자손이면 부모님께서도 좋아하실 건데."

노부인이 노골적으로 정욱을 지칭하자 유경은 가볍게 고개를 저었다.

"저 친군…… 늘 풍족하고 하고 싶은 대로 하면서 사는 친구거든요. 저하고는 많이 달라요. 사고방식도, 살아가는 방법도. 힘들고 더디지만 스스로 정상을 향해 올라가는 게 얼마나 귀한 경험인지 저 친군 이해하지 못할 거예요. 굳이 그럴 필요가 없으니까, 노력하지 않아도 저절로 완성되어 있으니까요. 저하고 저 친구는 안 돼요. 그럴 마음도 없지만."

조곤조곤한 유경의 설명에 노부인이 고개를 끄덕였다.
"그렇군……. 아무튼 오늘도 수고해요."
그 어느 때보다 심각한 표정으로 노부인이 자리를 떴다. 그러자 기다렸다는 듯 정욱이 유경의 창구 앞으로 어슬렁거리며 다가왔다.
"오늘도 구천 원이니?"
모니터에만 눈길을 줄 뿐 유경은 정욱을 외면했다.
"구천칠백오십 원."
곱지 않은 시선을 던지며 정욱이 통장과 도장을 내밀었다. 절대 고개를 들지 않겠노라 다짐했던 유경이 스스로 약속을 깼다.
"여기가 무슨 경매장이야?"
"남이야 얼마를 찾든 고객 마음 아니냐?"
"정욱아, 나 괴롭히는 재미로 이러는 거면 이제 그만 해. 너 때문에 나 충분히 괴로워. 제발 그만 와."
사정하는 유경의 목소리에 지친 기색이 역력했다.
"일개 직원이 고객을 오라 마라 하네. 왜? 정선호인지 정선아리랑인지가 나 때문에 신경 쓰인대?"
"최정욱!"
"그 인간 어제도 그렇고 오늘도 그렇고 왜 뻔질나게 드나드는 거야? 학생이면 공부나 열심히 하든지."
정욱의 툴툴거림이 점점 도를 넘어서고 있었다. 너무 기가 막힌 탓에 유경은 이제 웃을 힘조차 없었다.

"넌 여기 왜 매일 드나드는데?"
"나야 당연히 돈 찾으러 오는 거지."
더 이상 입씨름을 하기 싫은 유경이 입술을 지그시 깨물었다.
"십 분 뒤면 나 점심 시간이거든. 우리 얘기 좀 하자."
"얼마든지."
유경이 내어준 돈을 받으며 정욱이 인심을 쓰듯 허락했다. 유경은 정욱의 뻔뻔함에 질려 죄없는 손가락만 비틀어댔다.

"난 냉면으로 할래. 넌?"
유경의 말에 정욱이 메뉴판을 훑었다.
"명색이 갈비집에 왔으면 갈비를 먹어야지, 냉면이 뭐냐?"
"지금 점심 시간이야. 대낮부터 고기 먹을 만큼 한가하지도 않고 그런 사람도 거의 없어."
"그걸 누가 법으로 정해놨냐? 까다롭기는."
정욱이 퉁명스럽게 핀잔을 줬다. 철이 덜 든 것인지 생각 자체가 없는 것인지. 유경은 물수건으로 손을 박박 닦았다. 정욱이 갑자기 유경의 손에서 물수건을 빼앗았다.
"왜?"
"그렇게 닦다가 지문 없어지겠다. 별로 더럽지도 않은 손인데 물수건 한 개라도 아끼면 좋잖아."
정욱은 유경이 일차로 닦은 물수건으로 손가락을 감싸고는 주문을 했다. 종업원이 계산서를 엎어놓고 사라지자 정욱이 어깨를 쭉 펴고 자세를 잡았다.
 "나한테 할 이야기 있다고 했지? 해봐."
 유경은 일단 한숨부터 내쉬었다. 최근 들어 너무 잦아진 한숨에 유경은 기절하기 일보 직전이었다.
 "정욱아, 나 너 싫지 않아. 내가 예전에 너한테 좀 날카롭게 굴기는 했지만 그땐 너도 나한테 실수한 거 있었고. 옛날이야기는 접어두는 게 낫겠지? 나, 친구로서 너한테 잘해준 것이 없어서 늘 미안하고 그렇거든."
 "지금 무슨 고해성사 하냐?"
 툭툭 내뱉는 말과 달리 정욱의 얼굴에 희색이 만연했다.
 "다른 사람 사람한테는 몰라도 너한테만은 내 본모습 숨기고 싶지 않아. 잘 알 거야, 예전 내 성격이 어땠는지. 경계심 가득하고 악착같이 자존심만 세우던 거."
 유경의 고백에 정욱이 잠시 생각에 잠겼다. 지난 이야기를 꺼내는 유경이 새삼스럽기도 하고 예전의 팩팩거리던 유경이 떠올라 지금과 비교가 되기도 했다.
 "그땐 어려서 더 그랬던 것 같아. 남들은 한참 대학 생활 할 나이지만 나, 직장 생활 벌써 삼 년차야. 그런데 이제야 하는 일이 조금 익숙해. 사람 상대하는 일이 이렇게 힘든 건 줄 알았으면 처음부터 시작도 안 했을 거야."
 "힘들면 안 하면 되잖아. 하지 마."
 정욱의 말에 유경은 피식 웃고 말았다. 어린아이를 앞에 두고 괜한 투정을 하는 것이 아닌가 할 만큼 정욱의 말과 행동은 유경에게 어려 보이기만 했다.

"내가 하고 싶지 않다고 안 해도 되고, 하고 싶은 일만 할 수도 없는 게 직장 생활이야. 돈 버는 거 쉽지 않아. 사람 상대하는 거…… 속으론 정말 웃기 싫고 보기 싫어도 늘 웃어야 해. 난 직장인이니까. 나 그렇게 단련되어 왔어. 하고 싶은 말 있어도 다 하고 살면 안 된다는 게 이젠 아예 몸에 배었어. 예전 같으면 나 벌써 네 뺨 여러 대 치고도 남았을 거야. 그렇지만 이젠 그런 악도 없어. 정욱아, 나 힘들어. 너 때문에 특히 더."

"왜? 왜 나 때문에만 유독 힘들다는 거야? 그 자식은 만날 찾아가도 되고 나는 안 된다는 거냐?"

정욱이 선호를 언급하자 유경은 변명을 해주었다.

"그 사람은 매일 올 수밖에 없는 사정이 있어. 폐지랑 빈병 모은 거 꼬박꼬박 저축해서 무의탁 노인들 돕는대. 그 사람은 너처럼 할 일 없어서 오는 거 아니잖아."

"내가 할 일 없어서 거기 가는 것 같아?"

정욱의 눈빛이 평소 때와 다르게 진지해졌다. 목소리도 어느새 가라앉아 있었다.

"너 할 일 없는 거 맞잖아. 있는 돈 가지고 유세 부리는 건 일이 아니야, 건방이고 거만이야. 그래서 네가 난 실망스러워."

"실…… 망?"

정욱이 탁자 위에 놓인 물 잔을 들어 단숨에 들이켰다. 물 잔을 얌전히, 그러나 단호하게 내려놓은 정욱이 탁자의 양끝을 짚었다.

"난 자기 생활에 충실한 사람이 삶을 가장 제대로 사는 사람이고 생각해. 넌 뭐니? 군대 제대하고 나서 네가 한 일이 뭐가 있어? 내년에 복학이라면 공부를 하든지 아니면 하다못해 아르바이트라도 하든지. 부모님 돈 축내는 일밖에 하지 않잖아."

유경은 하지 말아야 할 말인 것을 알면서도 끝내 하고 말았다. 누구나 건들지 말았으면 하는 부분이 있을 것이고 지금 자신의 말이 치명타가 될지도 몰랐다. 그러나 해야 했다. 정욱 본인을 위해서라도. 정욱은 입을 꾹 다문 채 침묵만 지키고 있었다.

그사이 종업원이 주문한 음식을 차려주었다. 유경은 수저를 챙겨 정욱에게 건넸다. 하지만 정욱은 그 자세 그대로 미동도 하지 않았다. 결국 유경이 포기하고 수저를 탁자 위에 놓았다.

정욱은 유경의 말을 곱씹고 있었다. 다른 건 몰라도 자신이 쓸데없는 일에 시간을 허비하고 있다고는 생각하지 않았다. 남들의 생각 따윈 관심도 없다. 내가 사랑하는 여자, 평생을 함께하고픈 여자를 지켜보고 지켜주려는 것이 시간 낭비라고는 절대 생각하지 않았다. 가진 것이 많다면 써야 하는 것이 경제 원리에도 맞았다. 소매가 있으면 당연히 구매가 있어야 했다.

"장유경, 너 나랑 결혼하자."

냉면을 젓던 유경이 깜짝 놀라 젓가락을 떨어뜨렸다. 떨어진 젓가락을 줍지도 못한 채 유경이 눈을 휘둥그레 떴다.
"······뭐?"
"결혼하자고 했다. 다시 말해 주랴? 더 큰소리로?"
생각지도 못했던 말에 어안이 벙벙해진 유경은 긴 한숨을 내뱉었다. 지금까지 자신이 한 말을 한 귀로 듣고 흘려버린 정욱으로 인해 기운이 모두 소진되는 느낌이었다.
"지금까지 내가 한 말 뭘로 들은 거야? 나 혼자 헛소리한 거니?"
"네 말 제대로 들었어. 제대로 들었으니까 이러는 거야."
"훗, 나더러 농담하는 거 재미없다더니 네가 더 재미없어. 그만 해."
"농담 아니다, 장유경."
정욱이 진지한 눈빛으로 유경을 응시했다. 장난스럽던 평소의 모습은 오간데 없고 눈을 반짝이는 정욱의 모습에 유경은 잔뜩 긴장이 되었다.
"농담이야, 나한테는 무조건 농담이야."
유경의 말에 정욱이 입술을 꽉 깨물었다. 마음 같아서는 버럭 소리라도 지르고 싶지만 일단 마음을 가라앉혔다. 할머니의 충고처럼 너무 몰아대면 오히려 역효과가 날 수도 있었다. 스스로 마음을 진정시킨 정욱은 억지로 성질을 죽였다.
"그럼 지금부터 진담이라고 생각해."
유경을 향해 성질을 부리거나 고약하게 인상을 쓰기는 싫었다. 그러나 아무런 동요가 없는 유경의 모습이 그를 흥분하게 만들었다.

"너 참 많이 심심한가 보다, 사는 게 그렇게 심심하니?"

"그래, 심심하니까 하자. 됐냐?"

"휴우. 네가 조금이라도 달라졌다고 생각했던 거, 달라질 수 있을 거라고 믿었던 건 나 혼자만의 착각인 거니? 진중한 것도 없고 그냥 입에서 나오는 대로, 네가 하고픈 대로 하는 게 익숙해서 뭐든 즉흥적인 거 그게 네 특기야. 넌 결혼이 장난 같아 보이니?"

"내가…… 너에 대해서 즉흥적이었다고 생각해? 내 행동들이 단순하게 그렇게만 보였어?"

정욱의 질문에 유경은 즉답을 피했다. 우린 정말 아직 많이 어린가 보다. 결혼이라는 말도 이렇게 쉽게, 모든 걸 그저 쉽게만 이야기하니까.

"너 왜 나랑 결혼하고 싶어?"

"결혼하고 싶으니까."

"넌 결혼하고 싶은 사람 생길 때마다 그럴 거니?"

"장유경!"

유경의 이름을 힘 주어 부르며 정욱이 험악하게 인상을 썼다.

"내가 널 알고 지낸 이후로 오늘이 가장 실망스러워. 네가 할 줄 아는 건 억지 쓰고 제멋대로 구는 것밖에 없어. 결혼은 인내하고 희생하는 거라는 말 모르지? 네 눈엔 애들 장난처럼 재미있어 보여 한번 해보고 싶은지 몰라도 난 네 장난에 놀아줄 시간 없어."

유경이 손도 안 댄 음식을 남겨두고 자리에서 일어났다. 아무리 이해하고 좋게 받아들이고 싶어도 정욱의 행동은 유치하기만 했다. 더 이상 길게 이야기할 필요성을 느끼지 못했다.

"난 장난 아니야, 진지해."

정욱이 매섭게 눈을 뜨며 유경을 직시했다. 유경 또한 지지 않고 정욱을 바라보았다. 사 년 전 그때처럼 냉하고 습한 눈길이었다.

"넌 그냥 아이 같아, 가지고 싶으면 가져야 하고 안 되면 떼쓰고. 결혼하자고? 반지는 어머니께 부탁하고 집은 아버지께서 준비해 주시겠지? 그럼 네 스스로 할 수 있는 건 도대체 뭐니? 그런 건 누구나 다 해, 시간 되고 여건 되는 사람들은."

"그것도 내 탓이냐? 내가 남들보다 여유롭게 태어난 것도 내 탓이냐고?"

아픔을 억누르며 정욱이 악을 써댔다. 상처 될 말만 골라하는 유경에 대한 원망보다 자신에게 향하는 분노의 표출이었다. 결국 유경에게 그 정도 인간밖에 되지 못한다는 상실감이 그를 힘들게 했다.

"네 탓은 아니지만…… 그렇지 않게 사는 사람들도 많아. 넌 돈을 펑펑 쓸 줄만 알지 네 손으로 벌어본 적 있니? 네 앞길은 지금도, 앞으로도 탄탄대로겠지. 네가 굳이 노력하지 않아도 보장되는 미래. 난 네가 날 좋아하는 것보다 동정한다는 생각이 들어. 어려서부터 넌 내가 울면 네가 가지고 있던 과자나 사탕을 줬었어. 그럼 신기하게도 난 울음을 그쳤고. 지금도 꼭 그런 것 같아……."

"장유경, 너 말이면 단 줄 알아?!"

정욱은 이제 자신의 감정을 걷잡을 수 없었다. 흥분 일변도로 변한 주먹 쥔 손마디가 당장이라도 식탁을 내려칠 것만 같았다.

"화내지 마. 내가 말한 것 중 심한 말이 있었다 해도 아주 틀린 말은 아닐 거야."

"아니야!"

"과연 그럴까? 내일부터 금고에 오는 일 같은 건 없었으면 좋겠다."

유경이 재빨리 식당 문을 열고 사라졌다. 유경이 자리를 비운 뒤에도 정욱은 한참 동안 이를 악물고 고개를 들지 않았다. 도대체 어디서부터 어떻게 시작해야 할지 처음으로 막막함이란 것을 느꼈다. 뭐가 그리 복잡하고 변명거리가 많아야 하는지. 사는 거 그냥 편하게 살면 안 되느냔 말이다. 좋아하는 사람하고 살고 싶다는데 왜 그리 구질하게 이유를 달아야 하는지!

'젠장!'

"유경이는 벌써 자나 봐요."

수원댁의 목소리에 유경은 이불을 머리끝까지 덮었다. 어느새 식당이 파했나 보다.

"그러게. 어제도 늦게까지 공부하는 것 같더니 자나 보네."

불빛이 새어나오지 않는 유경의 방을 흘끔 쳐다보며 파주댁이 대수롭지 않게 말했다.

"직장 다니랴, 공부하랴 피곤할 만도 하지."

"거기다 연애까지 하면 더 힘들죠."

"연애는 누가 연애를 한다고 그래?"

파주댁이 수원댁의 경솔한 말을 나무랐다.

"내 보기엔 그 공부 가르쳐 주러 오는 남학생이랑 유경이 보통 사이가 아닌 것 같던데요 뭘. 유경이가 어디 아무하고나 친해질 성격이에요? 그 정도면 안 봐도 뻔하지. 정욱이도 한동안 뜸하고."

"신소리 그만 하고 우리도 어서 가서 자자고. 아무리 봐도 이 동네는 저녁 장사보다 새벽 장사가 낫겠어."

"난 아침에 죽어도 못 일어나겠던데. 그래서 우리 그이한테도 아침밥은 못해준 날이 더 많아요."

"하이고, 바람나서 이혼한 전남편한테 아직도 우리 그이 소리가 나와? 성격이 무딘 건가, 사람이 너무 좋아서 그런 건가. 자네 보면 이해가 안 가."

파주댁은 끝내 허허 웃고 말았다. 하기야 그 성격이나 되니 고된 식당 일도 힘들다 않고 하는 것이겠지만. 파주댁은 씻어야겠다며 욕실로 가는 수원댁을 안쓰럽게 바라보았다. 속옛말을 생각없이 내뱉는 것이 흠이지만 사람 자체는 괜찮았다.

그나저나 유경의 안색이 좋지 않던 것이 마음에 걸렸다. 서울로 온 뒤로 모든 게 만족스러웠지만 유경과 다른 방을 쓰게 된 것이 조금 서운했다. 천안에 있을 땐 이야기도 자주 나누고 좋았는데. 유경이를 언제까지 끼고 살 수 없다는 것을 알면서도…… 사람 욕심이란 정말 끝이 없는 것 같았다.

잠을 자기 위해 누웠던 유경이 어둠 속에서 몸을 일으켰다. 방 안을 둘러보던 유경은 물끄러미 어둠을 주시했다. 정욱의 모습이 자꾸 떠올라 아예 불을 꺼버렸는데 컴컴함 속에서도 누군가의 얼굴이 그려진다는 것이 신기했다.

"결혼하자, 장유경."

정욱의 철없던 말이 떠오르자 유경의 호흡이 불규칙해졌다. 만사를 단순하게 생각하는 정욱이니 그 말조차 쉽게 내뱉은 것일 텐데. 심각하게 받아들이는 자신이 우스우면서도 유경은 종일 마음이 무거웠다.

솔직해지자면 정욱의 말에 가슴이 철렁 내려앉았었다. 쿵쾅거리는 심장 소리가 밖으로 들릴까 봐 조바심까지 났었다. 하지만 그런 기분은 잠시였고 정욱에 대한 실망감이 더 컸다.

정욱이 보여주는 관심이 단순한 장난이라고는 생각지 않는다. 핀잔을 주고 면박을 주어도 줄기차게 찾아오는 것을 보면 정욱의 주장처럼 심심해서 그런 것이 아님을 충분히 느낀다. 그러나…….

속물근성처럼 느껴질지 모르나 유경은 나이가 들어감에 따라 삶도 그만큼 무겁고 힘겹다 느끼고 있었다. 경제적인 문제, 인간 관계, 하다못해 물건 하나 고르고 선택함에 있어서도 섣불리 손이 가지 않는 상황이었다.

별다른 고민 없이 하고픈 대로, 기분이 내키는 대로 제멋대로 구는 정욱과는 사고방식, 삶의 가치조차 다르다. 늦은 퇴근의 불만을 야근 수당으로 계산하고 위로하는 자신과 달리 그녀의 월급보다 더 많은 돈을 용돈으로 쓰는 정욱을 머리로는 이해할 수 있기도 하다.

모르긴 해도 가진 게 많으니 그만큼 써야 하는 것이 경제적인 논리로는 맞을 것이다. 그러나 유경에게 정욱은 그저 삶을 재미로 살아가는 부잣집 도련님으로밖에 와 닿질 않는다. 자격지심 같기도 하지만 정욱에게 기대치가 더 컷던 탓일 수도 있다.

남자가 여자보다 사고 수준이 어리다는 것이 사실인가 보다. 아무리 어린 나이라 해도 군대까지 다녀왔으면 무언가 달라야 하지 않을까? 어떻게 결혼이라는 말을 아무렇지 않게 툭툭 던질 수 있는지. 정말 그저 해본 소릴까? 자꾸 미련을 갖는 건 또 뭐람. 조금은 허탈하고 맥 빠지는 자조의 웃음이 나왔다. 사랑 고백도 없이 심심하니까 결혼하자는 청혼을 받는 사람도 드물 테니 영광이라고 여겨야 할지도 몰랐다.

최정욱, 너 참 나쁜 녀석인 거 아니? 너 때문에 잠 못 드는 거 이제 그만 하고 싶은데 또 그렇게 되고 말았어. 악취미야, 사람 괴롭히는 거. 그러면서도 널 강하게 뿌리치지 못하는 난…… 미련인 거지. 그래, 네 장난스러움에 적당히 응수하고 싶어서 보이는 미련 같은 거야.

유경은 아까부터 그 사실을 몇 번이고 주지시켰다. 그럼에도 삐딱한 정욱의 모습이 쉽사리 지워지지 않았다.

천안에서부터 지금까지 정욱이 보여준 행동 하나하나를 떠올리며 유경은 자꾸만 무엇인가를 부인했다. 이상한 건…… 두 사람이 한 번도 떨어져 지낸 적이 없었던 것처럼 너무 자연스럽게 화내고 심술을 부려왔다는 것이다. 워낙 어려서부터 알고 지낸 사이니까. 유경은 무릎에 얼굴을 맞댄 채 쓸쓸히 웃었다. 그녀의 웃음 띤 뺨을 타고 눈물이 또르르 흘러내렸다.

결국…… 그러다 포기하겠지……. 내 아빠라는 남자가 그랬던 것처럼 너도 그렇게…… 난 사랑 따윈 믿지 않아, 더군다나 그렇게 무모하게 우기는 사랑 같은 건…… 절대.

이부자리를 빠져나온 유경이 불을 켜고는 옷장 깊숙이 숨겨놓은 작은 상자를 힘겹게 꺼냈다. 아주 힘이 들 때면, 견딜 수 없을 만큼 외로울 때면 꺼내보는 것이었다. 유경이 떨리는 손으로 상자를 열었다.

제법 분량이 되는 사진들과 편지들 사이를 유경의 손이 헤집고 다녔다. 유경이 조심스럽게 종이 한 장을 꺼냈다. 크레파스로 그려진 손이 접혀진 도화지를 펴자 나타났다.

'정욱이 손'이라고 쓰여진 제목을 하염없이 보던 유경이 자신의 손을 그림과 맞추어보았다. 어느새 유경의 손이 그림의 손과 크기가 같았다. 한때는 그림의 손이 훨씬 컸는데.

유경이 또다시 눈물을 글썽이며 낮게 중얼거렸다.

"또 많이 후회하겠지? 그래도 지금 아프고 말래……. 그러게 그냥 나타나지 않았다면 좋았잖아. 너도, 나도 힘들지 않아도 되고……."

열둘

무거운 침묵이 흘렀다.

에어컨 바람을 유달리 싫어하는 최 사장으로 인해 거실의 열기가 숨통을 죄이는 것 같았다. 정욱은 벌써 한 시간이 넘게 부모님과 대치 중이었다. 일방적인 수세긴 하지만 절대 물러설 기미가 보이지 않았다. 물러섬 따위는 정욱과 거리가 멀었다.

시간이 꽤 흘렀는데도 고집을 꺾지 않는 정욱을 향해 최 사장이 단호하게 말했다.

"안 된다."

"아버지!"

최 사장의 입에서 다시 한 번 반대의 말이 나오자 정욱은 자신도 모르게 목소리를 높였다. 처음부터 무조건 절대 불가라는 어머니 하 여사와 달리 아버지 최 사장은 뭔가 다를 줄 알았다. 다른 사람은 절대 이해하지 못한다 해도 아버지만큼은 자신의 편이 되어주리라 확신했었다.

지금까지 그가 하는 일에 전폭적인 지지를 아끼지 않던 최 사장이기에 연이은 거부는 정욱에게도 충격이었다. 이미 유경에게 한 방에 한심스러운 놈 취급을 당한 터라 사춘기 이후 잊고 지냈던 유치한 반발심이 고개를 들었다.

"왜요? 왜 안 된다는 겁니까?"

"그걸 몰라서 물어?"

"몰라서 묻는 겁니다."

최 사장의 안색이 붉게 상기되었다. 그는 한 번도 아들인 정욱을 소유물로 여기지 않았다. 자식이기 이전에 하나의 인격체로 여겼기에 정욱의 생각을 존중하고 판단을 믿어주었다. 자식에 대한 본능적인 사랑이 밑바닥에 깔린 탓도 있겠지만 그는 정욱을 진정한 사나이로 키우고 그렇게 대해왔다. 그러나 아무리 그렇다 해도 결혼이라니. 최 사장의 입에서 불편한 숨소리가 흘러나왔다.

"네 나이가 지금 몇인지 알고 하는 소리냐?"

"스물셋입니다."

"그 나이에 결혼이 가당키나 하다고 생각하는 거냐? 철딱서니없는 애도 아니고 군대까지 다녀왔으면 철이 들어야지."

"결혼에 나이가 무슨 상관 있습니까?"

정욱은 물러서지 않을 기세로 강력하게 항의했다.

"이 녀석이? 너 지금 그걸 말이라고 하는 거냐?"

"아버지가 뭘 염려하시고 그러시는지는 압니다. 그렇지만……."

"알면 됐다. 결혼 이야기는 네가 때가 되었다고 판단될 때 다시 하도록 하자. 할머니 깨시기 전에 조용히 올라가거라."

최 사장은 더 이상의 사족은 허락하지 않겠다는 듯 정욱의 말을 단호하게 잘랐다. 그리고는 읽고 있던 신문으로 눈을 돌렸다.

정욱의 눈이 처음부터 반대를 외쳤던 하 여사에게로 향했다. 하 여사 역시 정욱의 눈길을 피한 채 잡지만 읽고 있었다.

"한때 아버지, 어머니를 원망했던 적이 있습니다."

정욱의 담담한 고백에 최 사장의 눈썹이 치켜 올라갔다. 하 여사도 읽고 있던 잡지에서 눈을 들었다.

"제 기억 속의 두 분은 늘 싸우셨습니다. 어렸을 땐 그것 때문에 늘 두려웠고 커가면서는 두 분께 많이 실망했었어요."

"어머, 얘. 엄마는 나름대로 평화를 사랑하는 사람이었어. 아름답게 인생을 살고 싶었는데 너희 아버지가 워낙 고지식해서 그런 거지. 정욱아, 엄마는……."

"평화를 사랑하는 사람이 툭하면 가방을 싸들고 나서나? 그게 아름다운 인생이냔 말이야? 사람이 그렇게 단시각적으로 사니까 매사가 꼬이는 거야."

최 사장이 반박하고 나서자 하 여사의 눈이 점점 매서워지기 시작했다.

"두 분…… 늘 이런 식으로 제 앞에서 싸우셨어요. 남들 앞에서는 행복한 부부인 척하실 때마다 전 속으로 비웃을 수밖에 없었구요. 그래서 결심했었어요. 절대 결혼 같은 건 하지 않겠다고."

정욱의 말에 두 사람은 동시에 눈을 마주쳤다. 의젓하고 말수 적은 정욱이 아들이기 이전에 멋진 남자로 성장해 준 것이 뿌듯하고 자랑스럽기만 했는데 그런 생각을 가지고 있을 줄은 꿈에도 몰랐다. 서로를 향해 원망의 눈싸움을 벌이던 두 사람은 누가 먼저랄 것도 없이 변명을 늘어놓았다.

"흠흠. 그건 아비로서 부끄럽다만 그렇다고 그렇게까지 비약적으로 생각할 것까지는 없었는데. 사람이 살아가면서 의견 대립이 없을 순 없지."

"정욱아, 엄마는 너희 아빠에게 첫눈에 반해서 모든 걸 버리고 희생한 사람이야. 엄마는 지금도 영화계를 떠난 거 후회 안 해. 그게 너 때문인데 그런 말 하면 엄마가 너무 속상하지 않겠니?"

말을 마친 최 사장은 연신 헛기침을 해댔고 아직 소녀적 감수성이 그대로 남아 있는 하 여사는 초등학생을 대하듯 정욱을 달랬다. 정욱은 부모님의 변명을 들으며 쓴웃음을 지었다. 어린 시절 그에게는 부모님의 다툼이 꽤 큰 상처였다. 세상의 모든 부부가 크고 작은 다툼을 하며 살아간다지만 정욱에게는 커다란 아픔이었다. 그 상처를 잊을 수 있게 해준 것이 유경이었다. 그가 지켜줘야 할 소녀, 그 소녀보다 더 강해야 했기에 아픔도 지워 나갈 수 있었다. 자신보다 더 큰 상처를 받아버린 유경을 보며 강해져야 한다고 스스로를 다독였었다.

정욱이 입술을 꽉 깨물고는 갑자기 바닥에 무릎을 꿇었다. 지금까지 한 번도 없던 일이었다.

"그런 제가 결혼을 하고 싶은 사람이 생겼습니다. 저, 그 아이 아니면 다른 사람과는 절대 결혼 안 할 겁니다."

"아무리 그래도 사내 녀석이 그깟 여자 때문에 무릎을 꿇어!"

최 사장이 주먹을 쥐고 버럭 고함을 질렀다. 노기 역력한 최 사장을 향해 정욱이 당당하게 눈길을 주었다.

"아버지도 어머니랑 결혼하실 때 할아버지께 이렇게 무릎을 꿇은 걸로 압니다. 그때 아버지의 마음이 지금 제 마음입니다."

두 번째 침묵이 흘렀다. 결연함이 묻어나는 정욱을 바라보며 최 사장은 오랜만에 옛 기억을 떠올렸다. 그러고 보니 그 역시 지금의 정욱처럼 부모님께 무릎을 꿇었던 적이 있었다. 보수적인 집안에 영화배우 출신의 며느리라니, 부모님은 얼굴도 보지 않으려 하셨다.

결혼 허락을 받기까지 마음고생이 심했던 두 사람은 아마 그 상처 때문에 더 끊임없이 싸워댄 것이 아닐까 싶었다. 어쩌면 그래서 정욱의 결혼 선언을 받아들이지 못하는 것인지도 몰랐다. 그가 겪었던 시행착오를 정욱이 반복할까 봐 조금 더 신중하고, 제대로 된 판단을 내렸을 때 결혼이라는 것을 했으면 했다. 지금은 나이가 들어가면서 지친 탓인지 예전만큼의 강도는 아니더라도 크고 작은 다툼은 여전했다. 두 사람의 문제라고만 여겼던 것이 정욱에게 그리 깊은 상처를 줬을 것이라고는 생각도 못했던 일이다. 정욱이 사춘기를 힘겹게 겪어내는 것을 알면서도 누구나 치르는 통과의례라고만 여겼기에 새삼 미안한 마음이 들었다.

"정욱아, 아무리 그래도 넌 아직 결혼하기 너무 일러. 엄마랑 아빠는 그래도 너처럼 어리지도 않았고 경제적인 능력도 있을 때였어. 그런데 넌 지금 경제적인 능력도 없잖니."

"그건 네 어머니 말씀이 옳아. 결혼은 장난이 아니야. 처자식 먹여 살릴 능력은 키워놓고 해도 하는 것이 결혼이야. 아비 믿고 그러는 거라면 포기하는 게 좋을 거다. 난 내 자식이 부모 믿고 사는 무능력한 사람이 되는 건 절대 용납 못해."

굳이 강조하지 않아도 될 이야기지만 결혼은 현실이기에 최 사장은 모질게 다그쳤다. 정욱은 조금의 당혹스러움도 없이 고개를 끄덕였다.

"그것 때문에 반대하시는 거라면 걱정 마십시오. 복학 미루겠습니다. 결혼만 허락해 주십시오. 반대하셔도 결혼은 하겠지만, 그 애한테 그런 아픔까지 주고 싶지 않아서 이렇게 허락을 구하는 겁니다. 어디라도 취직해서 가장 노릇 하겠습니다."

"허허, 그것참."

자리에서 일어난 최 사장은 뒷짐을 지고 돌아섰다. 지금까지 허튼소리 한번 하지 않은 정욱이니 예사로 들어 넘길 말이 아니었다. 그렇다고 결혼을 쉽게 허락할 수도 없고. 난감하기 그지없었다.

"정욱아, 엄마도 결혼만 하면 매일 핑크빛인 줄 알았어. 그런데 살아보니까 그게 아니야. 엄마는 네가 조금 더 많이, 누릴 거 다 누리고 결혼은 나중에 했으면 좋겠어. 네 나이 이제 스물셋인데 결혼하면 넌 그때부터 구속인 거야. 지금은 우리 아들이 군대에서 제대한 지 얼마 안 돼 적응이 안 되고 힘들어서 그 아이한테 더 빠진 건지도 모르잖아. 친구들이랑 나이트클럽도 다니고 여자도 많이 사귀고 실컷 놀아. 왜 벌써부터 결혼이라는 걸 해서 네 삶을 포기하려는 거니? 엄마는 네가 그랬으면 좋겠어. 공부 같은 건 중요하지 않아. 그저 적당히만 하면 되지. 우리 아들 최고 대학 들어간 것만으로도 이미 충분해. 그러니 이제부터 마음껏 하고픈 대로 놀아. 엄마가 용돈은 얼마든지 줄게. 단 결혼은 예외야."

"저⋯⋯ 저런."

최 사장이 이마를 잔뜩 찌푸리며 돌아섰다. 하 여사의 말에 말문이 막혀 버렸다. 근본적으로 저런 점이 문제였다. 세상 어느 부모가 자식한테 무조건 놀라고 부추기는가 말이다. 아직도 인생을 즐거움으로만 여기려는 하 여사와 일을 우선시하는 최 사장은 정욱의 문제에서도 그 차이가 확연했다. 최 사장은 더 이상 반대할 여지가 없다는 판단을 내렸다.

"네 뜻이 그렇다면 결혼해."

"아버지."

지금까지 굳어 있던 정욱의 안색에 화색이 돌았다. 최 사장은 그런 정욱의 모습에 웃음이 나왔다. 딴에는 얼마나 고민이 되었으면 저리도 좋을까.

"여보! 당신 지금 제정신으로 하는 말이에요?"

정색을 하며 얼굴을 붉힌 하 여사가 당장 반기를 들었다. 미색의 매니큐어가 발린 모양 좋은 손가락이 당장이라도 최 사장을 찌를 듯했다.

"그럼, 당신 눈에는 내가 미친 걸로 보이나? 내 아들이 좋아하는 여자가 생겼다잖아. 그걸 왜 반대해?"

"경제적인 능력은 어쩌고요?"

"말 한번 잘했어. 노는 데 드는 돈은 펑펑 도와주겠다고 한 사람이 누군데? 내 능력이면 아들에 손자, 그 손자에 손자까지 충분히 먹여 살리니 걱정 마. 아직 독립하기가 이르면 독립할 때까지 도와주는 게 부모 역할인데 그게 뭐 어때서. 난 내 아들 믿어!"

"그렇게 화통하면서 왜 나한테는 그렇게 인색하실까? 난 절대 반대야!"

하 여사의 흥분이 점점 심해졌다.

"이 문제에서 당신은 빠져!"

"어머머, 정욱이 내가 낳았어요. 내 아들 문제야. 내가 왜 빠져요?"

"지금 애 가지고 네 것 내 것 따질 때야?"

"당신이 먼저 시작했잖아요."

이야기의 진행이 엉뚱하게도 부모님의 싸움으로 번져 갔다. 정욱은 너무도 익숙한 광경인지라 조금의 동요도 없이 방관한 채 사태를 주시했다.

"두 분 이제 그만 하세요. 제 의사는 밝혔으니 두 분께서 설령 반대하신다 해도 전 물러서지 않겠습니다. 그만 가보겠습니다."

"어머, 얘. 이렇게 가면 안 되지. 앉아, 앉아서 우리 이야기 좀 더하자."

무릎을 꿇고 있던 정욱이 벌떡 일어서자 하 여사가 급히 팔을 붙잡았다. 정욱을 바라보는 하 여사의 눈에 아쉬움이 가득했다.

"꼭 결혼해야겠니?"

"네."

한 치의 망설임도 없이 정욱은 힘을 주어 대답했다.

"그 아이 몇 살인데?"

"동갑이에요."

"동갑? 그럼 학생이겠네?"

"학생은 아닙니다. 그렇지만 내년에는 학교에 갈 겁니다."

"흐음……."

하 여사의 입에서 신음 소리가 흘러나왔다. 그런 하 여사를 향해 최 사장이 나무라는 눈길을 보냈다. 그러나 그녀는 눈을 흘기며 본체만체했다.

"그 아이 예쁘니?"

"네."

하 여사의 붉은 입술이 삐죽거렸다. 미모라면 지금도 안 빠지는 그녀인지라 아들의 말에 은근히 질투가 났다.

"정욱이 안목이 어련할까? 언제 데리고 올 거냐?"

최 사장은 말이 나온 김에 결론을 낼 작정이었다. 하 여사의 태도로 보아 시간을 지체했다가는 정욱을 소위 양아치로 만들게 분명했다.

"그런데 그 아이 학생도 아니면 뭐 하는 아이냐?"

"두 분 다 아는 아이입니다."

"우리가 아는 사람? 누구?"

두 사람의 눈길이 다시 한 번 마주쳤다. 두 사람 모두 기억이 나지 않아 눈만 깜빡였다. 정욱이 여자 친구가 있다는 것도 금시초문이었으니 당연했다. 최 사장은 새삼 정욱에게 너무 무관심했다는 생각이 들었다.

"유경입니다, 장유경."

"유경이?"

가뜩이나 불편한 기색의 하 여사는 거의 기함하는 표정이었다. 놀라서 입을 다물지 못하는 하 여사의 손을 정욱이 꼭 잡았다.

"네, 어머님이 아는 그 유경입니다. 유경이 아니었다면……지금의 저도 없었을 거예요."

"어머, 정욱아. 왜 하필……."

"그것참……."

겨우 허락을 했던 최 사장 역시 난색을 표명했다. 경제적인 수준 차이야 얼마든지 무시할 수 있지만 유경이라는 말에는 난감하기 그지없었다. 한때 유경을 친딸처럼 예뻐했었다. 누가 봐도 탐을 낼 만큼 유경은 어려서부터 귀엽고 깜찍했다. 딸이 없던 최 사장이 유경을 예뻐한 건 당연했다.

죽마고우라는 말이 무색할 만큼 친근했던 벗이 점점 이상하게 변해가면서 서로의 인연이 거기까지밖에 안 된다고 생각해 미련을 두지 않았었다. 더욱이 유경네 모녀를 버려두고 다른 여자와 사는 벗의 모습에 최 사장은 단박에 모든 인연을 끊어버렸다.

유경을 생각하면 가슴 아팠지만 다른 경로로 도와주리라 했었는데 그것도 여의치 않았다. 사업 때문에 바쁘다는 핑계를 내세우기는 했지만…… 하필 유경이라니.

"이미 말씀 드렸다시피 두 분이 반대하셔도, 전 유경이랑 결혼합니다. 그것밖에는 더 드릴 말씀도, 할 말도 없습니다."

"유경이가 그렇게 시켰니? 우겨서라도 결혼 허락 받아오라고? 어쩜 소식 한 자 없더니 너랑은…… 어유, 기막혀. 난 절대 허락 못해. 네 마음대로 하는 건 좋은데 난 자식 없다고 칠 거야."

하 여사가 자리에서 벌떡 일어났다. 더 들을 필요없다고 손을 저으며 찬바람을 일으키고는 방으로 향했다. 하 여사가 막 방문을 열려고 할 때 등 뒤에서 자조적인 목소리가 날아들었다.

"어머니! 아들이 아니라 남자로서 여쭐게요. 유경이는 도통 제 마음을 몰라줍니다. 이십 년 가까이 저 하나만 바라보는데 그 흔한 웃음 한번 제게는 잘 보여주지도 않아요. 그런 애가 다른 남자를 보고 웃어요. 전 지금 제 마음을 주체하지 못하겠어요. 지금 제게 결혼은 아무것도 아니에요. 유경이의 마음을 갖고 싶은데 도대체 어떻게 어디서부터 시작해야 할지 모르겠어요."

정욱의 아픔이 묻어나는 고백에 하 여사는 벌어진 입을 다물지 못했다. 그녀가 두 손을 허공에 저으며 연신 두 눈을 깜빡였다. 도저히 믿을 수 없는 사실이었다.

"어머, 얘, 유경이 보는 눈이 좀 이상한 거 아니니? 네가 어때서? 정말 어이없네. 이십 년이라니? 이 엄마도 못 차지한 걸 가졌으면 됐지. 걔, 지금 뭔가 착각하고 있는 거 아니니? 안 되겠다, 엄마가 유경이 좀 만나자."

파르르 떠는 걸로 모자라 하 여사는 당장이라도 달려갈 기세였다. 유경에게 자신의 존재가 어머니인 하 여사만큼만 된다면…… 정욱의 입가에 씁쓸함이 묻어났다.

어깨가 처진 채 바닥만 보고 있는 정욱을 향해 최 사장이 성큼성큼 다가왔다. 정욱의 어깨를 꽉 짚은 최 사장이 꽉 다문 입술을 뗐다.

"유경이 데리고 오너라. 그 아이 못 본 지 난 꽤 오래된 것 같은데. 사내 녀석이 그깟 일로 어깨 처지는 거 아버진 못 본다. 지금이라도 당장 데리고 와. 안 오겠다면 끌고라도 오든지. 결혼이 아니라 신방부터 꾸며줄 테니."

"정말 속상해 죽겠네. 우리 아들이 어디가 어때서. 아유, 자존심 상해. 정욱아, 힘내! 엄마가 도와줄게. 유경이가 너한테 홀딱 반하도록 엄마가 그렇게 만들 거야. 지는 뭐가 그리 잘나서 우리 아들을……"

흥분한 하 여사의 목소리에도 어느덧 부드러움이 되살아나고 있었다. 무뚝뚝한 최 사장도 하 여사의 말에 맞장구를 치며 동조해 주자 분위기는 어느새 화기애애해졌다. 그러나 정작 당사자인 정욱은 심각하게 경직된 채 이층으로 향했다. 그의 청혼을 장난으로만 여기려는 유경을 떠올리니 마음이 무거웠다.

"이모님, 여기 동그랑땡 좀 더 주세요."

성태의 외침에 수원댁은 잔뜩 인상을 썼다. 파주댁은 그런 수원댁을 향해 나무라는 표정을 짓고는 얼른 접시에 반찬을 담았다.

"어, 그래. 여기. 먹고 모자라면 더 말해."

"어우, 감사합니다. 저는요, 어렸을 때부터 동그랑땡이 제일 맛있더라고요. 특히 이모님이 직접 만든 동그랑땡 정말 짱 드세요!"

"응? 뭘 드셔?"

"일등 먹으라는 소리예요, 형님. 학생은 어디 사는데 매일 이렇게 여기로 출근을 해?"

수원댁이 입술을 삐죽이며 성태의 곁으로 다가왔다. 사실 수원댁은 성태처럼 별난 손님이 싫었다. 물 달라, 수저 달라, 반찬은 입에 맞는 것만 찾고 김치 같은 건 아예 손도 안 대는 것이 영 마땅치 않았다. 부모가 얼마나 별나게 키웠는지 모르지만 까다롭기가 이루 말할 수 없었다.

"젊은 이모라 역시 다르시네요. 제 친구가 이 동네 살거든요, 그래서 자주 와요."

"친구? 그런데 친구는 어디 가고 만날 혼자 와?"

"음…… 그게……."

성태가 밥을 한껏 떠서 입 안에 넣고는 우물거렸다. 얼마 전 정욱은 지방이라고 하더니 파주댁의 식당에 가서 매상을 올려주라는 헛소리를 지껄이고는 소식 한 자 없었다. 별 미친놈을 다 봤다고 펄쩍 뛰던 성태는 결국 정욱의 명령을 충실히 이행하고 있었다. 친구가 아니라 원수도 이런 원수가 없었다. 하긴 그놈이 그리하라고 그대로 하는 놈이 바보지. 성태가 코를 홀쩍이며 말을 꺼냈다.

"실은 제 친구가 정욱이거든요. 정욱이라고 혹시 아세요? 키는 저보다 조금 더 크고 인물은 뭐 대략 저하고 비슷하고요."

"이 학생은 거짓말도 잘하네. 정욱이가 학생보다 키도 월등히 크고 인물은 몇 곱절, 아니, 몇백 배는 더 낫지. 뭐가 자기하고 인물이 똑같아. 정욱이 들으면 기분 나쁘겠다. 안 그래요, 형님?"

음식을 씹다 만 성태의 표정이 가관이었다. 세상 사람들의 눈이 이상한 건지 아니면 미남의 기준이 특이한 것인지. 자신 같은 출중한 미남들이 범인(凡人)들과 살아가기엔 너무 힘겨운 세상이었다. 특히 정욱 같은 외모에 열광하는 저런 아줌마들이 문제였다. 성격이 중요하지 인물이 뭐가 그리 중요한 것이라고. 성태는 속으로 구시렁거리며 먹음직스러운 동그랑땡을 입 안으로 밀어 넣었다.

"내 보기엔 둘 다 인물 좋아. 정욱이 친구였구나. 요즘 정욱인 왜 그렇게 볼 수가 없어?"

벌써 이 주 가까이 모습을 보이지 않는 정욱이 파주댁 역시 궁금했다. 하루라도 유경일 보지 않으면 안 되는 줄 알던 정욱이 발길을 뚝 끊으니 두 사람 사이가 어떻게 된 건지 알 수 없어 조바심이 날 지경이었다.

파주댁의 궁금증을 증폭시키는 장본인, 유경의 방문 열리는 소리가 난 것도 그때였다. 방에 들어가면 좀처럼 나오지 않더니 웬일로 모습을 보였다.
"어, 유경이 나왔네? 공부 벌써 다 했어?"
유경이 모습을 보이자 수원댁이 몸을 틀었다.
"아니요. 그냥……."
"너무 공부 많이 하지 마, 머리 이상해져. 그나저나 유경아, 이 학생이 정욱이 친구래."
수원댁이 소개를 하기도 전에 성태가 숟가락을 이마에 붙이고 앙증맞게 인사를 했다.
"하이! 나 기억하죠?"
"네? 잘……."
유경의 난감해하는 얼굴을 보며 성태가 입술을 삐쭉였다. 자신처럼 출중한 외모를 가진 사람을 기억 못하다니 유경의 머리도 그다지 좋은 편은 아닌 것 같았다. 하긴 뭐, 너무 많이 기억해 줘도 인기 관리하기 힘든 일이지만…….
"천안, 나이트클럽 사건 기억하시죠? 그 전설의 십칠 대 일. 제가 그때 한활약 했었는데."
천안의 나이트클럽? 유경의 눈동자가 반짝거렸다.
"아! 그럼 그때 정욱이랑……."
"넵, 접니다. 제가 그때 사건 현장을 깨끗하게 정리했었죠. 이제 손 좀 씻고 새 삶을 살아볼까 하는데 주변에서 도움을 안 줘서."
성태의 너스레에 유경은 모처럼 웃음을 보였다. 방 안에서 공부를 하던 유경은 사실 정욱의 이름이 거론되자 자신도 모르게 나오는 중이었다. 갈수록 태산이라더니. 왜 자꾸 이런 증세를 보이는지 도무지 갈피를 잡지 못했다. 성태에게 정욱에 대해 묻고 싶은 걸 꾹 참으며 식당을 둘러보았다.

'저 자리에 늘 정욱이 앉았었는데……'

요즘 그녀는 우울증에 걸린 것이 아닐까 하는 생각이 들었다. 평소에도 수다를 많이 떠는 편은 아니었지만 최근 들어 묻는 말 외에 대화를 잘 나누지 않았다. 무엇보다 모든 것이 무기력하고 흥미가 없었다. 불과 얼마 전까진 말도 많았던 것 같은데.

그날 이후, 정욱은 거짓말처럼 모습을 보이지 않았다. 하루, 이틀, 사흘, 벌써 열흘째로 접어들었다. 정욱이 보이지 않으면 마음이 편할 것이라는 예상과 달리 유경은 날마다 가슴앓이를 앓고 있었다. 자신이 왜 그런 증세를 보이는지 이해하지 못한 채 금고에서는 남자 고객이 들어올 때마다 살피게 되었다. 식당에서도 마찬가지였다.

유경이 단호히 고개를 저었다. 일시적인 현상일 뿐이었다, 누구나 친구를 잃으면 겪게 되는. 유경의 쓸쓸함이 조금 더 깊어지려고 할 무렵 식당 문이 열리며 벨소리가 들렸다.

"어서 오세…… 어머, 성옥아!"

"꺄아악! 유경아, 유경이 맞구나."

난데없는 비명 소리로 식당 안이 들썩였다. 서로의 손을 붙잡고 어쩔 줄 몰라 하는 유경과 성옥은 서로의 얼굴을 보고 또 보고 야단을 떨었다. 성태는 성옥의 등장에 괜히 옷을 매만지며 자세를 바로 했다. 유경의 친구라면 적어도 유경만큼의 미모는 되지 않을까 추측이 되었다. 슬쩍 곁눈질을 해보니 원피스 아래로 보이는 다리가 예술이었다.

성태는 새삼 정욱에게 고마움을 느꼈다. 이런 좋은 기회를 주려고 그동안 녀석이 자신을 시험에 들게 했나 싶어 성태는 흐뭇하기 그지없었다. 두 사람이 조금 떨어진 테이블에 앉는 것이 흠이긴 했지만 뭐 그럭저럭.

"어제 통화하긴 했지만 이렇게 올 줄은 정말 몰랐어."

"기집애, 너보단 내가 조금 더 부지런하잖니. 하여튼 인터넷이 좋다. 이렇게 너도 만나게 되고."

"그러게 말이야. 진작 알았으면 좋았을 텐데. 집에 컴퓨터가 없어서 생각만 했지 실행에 못 옮겼었어. 그나저나 우리 햇수로 사 년 만인 거 아니?"

"알다마다. 장유경 너한테 나 단단히 삐친 것만 기억해라."

"미안, 직장 다니느라 정신없었어. 그런데 넌 어떻게 하다 간호사가 된 거야?"

"아직 정식 간호사는 아니야. 비전없는 학과 가느니 전문대 간호학과가 낫겠다 싶어서 간 건데 의외로 적성이 잘 맞아."

호오, 간호사? 성태의 눈에 생기가 돌았다. 전문직 여성이라니, 모양 좋은 다리에 더해 점수가 더욱 후하게 올라갔다. 성태는 두 사람의 대화에 귀를 쫑긋 세웠다.

"난 왠지 무서울 것 같은데. 적성에 맞다니 다행이다."

"무섭긴? 재미있는 일도 얼마나 많은데. 나 지금 병원에 실습 나가고 있거든. 엄마 아는 분께서 조만간 종합병원 수준으로 개원하신다고 해서 기다렸다가 거기에 취업할 것 같아."

"간호사도 사람 상대하는 일이라 너도 힘들지? 난 업무보다 사람 상대가 더 어려웠거든. 별난 사람도 많고."

"말 마, 나 처음 실습 나가서 한 며칠은 계속 울었었잖아. 선배한테 갈굼당하지, 별난 환자투성이지. 그런데 이제는 익숙해져서 괜찮아. 얘, 웃긴 일도 많아. 얼마 전에 치질 걸린 젊은 남자가 왔었는데 우리 병원 완전 난리가 났잖아. 세상에, 무슨 남자가 그리 엄살이 심한지 생긴 건 꼭 양아치처럼 생겨서는 수술받고 울고불고, 거기다 주사기만 보면 아주 경기를 하는데 다들 구경하고 정말 가관도 아니었어. 나 같으면 수술한 부위에 왕주사 놔줬을 텐데. 근데 치질이나 걸렸으면 얌전히 치료받지 왜 그렇게 엄살을 부려서 망신살을 자초하나 몰라."

"쿡쿡, 정말? 치질 수술하면 아프다고 하던데 많이 아파서 그랬겠지."

"자기만 아프니? 병에 걸리면 누구나 다 아프지. 하여튼 그 남자 때문에 재미있었어."

성옥은 다시 생각해도 우스운 듯 킥킥거렸다.

건너편에 앉아 있던 성태의 테이블이 갑자기 부들부들 떨렸다. 성태는 떨리는 손으로 지폐를 놓고는 도망치듯 자리에서 일어났다.

"이모님, 저 갑니다. 잔돈은 내일 밥값으로 미리 받아두세요."

엉거주춤 일어서던 유경은 성태가 뒤도 돌아보지 않고 후다닥 식당을 나가자 황당해하며 도로 자리에 앉았다.

"왜 저러지?"

"누구야?"

성옥이 식당문을 보며 고개를 흘끔거렸다.

"으응, 조금 아는 사람. 그런데 왜 저러지? 어디 아픈 사람처럼."

"그러게. 뭐 남모르는 지병이라도 있나?"

성옥이 어깨를 들썩였다. 그런데 얼핏 거울에 비쳤던 모습이 조금 낯이 익었었다. 어디서 봤더라? 고개를 갸웃거리던 성옥은 알아서 뭐 하겠냐며 유경에게로 시선을 돌렸다. 워낙 많은 사람들을 스치다 보니 그중 한 사람인지도 모를 일이니까.

"너희들이 치질의 고통을 알아?"

성태는 도망치듯 나온 식당을 돌아보며 이를 갈았다. 얼마 전 그는 종합 병원에서 치질 수술을 받았었다. 치질은 인간이 직립 보행을 하면서부터 시작된 병명이라 할 만큼 아주 유서 깊은 병이기에 부끄러움 따위는 전혀 없었다. 다만 자신의 뽀얗고 탱탱한 엉덩이를 만천하에 공개하는 것이 싫어서 울었을 뿐, 겁이 나서 운 게 절대 아니었다. 그것도 모르고 뭐가 어쩌고 어째?

성태의 눈이 가자미처럼 가늘게 변했다. 원수는 외나무다리에서 만난다고 하더니. 하필 그 병원의 간호사가 유경의 친구인 것은 또 무슨 조화인지. 조금 전 정욱에게 고맙다고 했던 건 무조건 취소였다.

열셋

저녁 무렵까지 수다를 떤 성옥은 아쉬움을 토로하며 일어섰다. 성옥 때문에 많이 웃고 대화를 나눈 유경에게서 모처럼 활기가 느껴졌다. 버스 정류장까지 성옥을 배웅하고 돌아오던 유경은 어느 집 담장 아래 무릎을 쪼그리고 앉았다. 울긋불긋한 코스모스가 제법 흐드러지게 피어 있었다. 하루하루 보내는 시간은 염두에 두는데 계절의 오고 감은 무뎠다. 유경은 어느새 가을의 초입에 들어선 계절의 변화에 놀라며 마지못해 자리를 털고 일어섰다.

다람쥐 쳇바퀴 돌듯 바쁘게 지낼 땐 몰랐는데 혼자라는 쓸쓸함을 새삼 느꼈다. 만나야 할 사람이 있고 돌아가야 할 집이 있고. 자신의 곁을 스치는 사람들을 보며 유경은 자조의 빛을 띠었다. 저 사람들의 눈에는 자신이 어떻게 보일까 궁금해졌다. 초라해 보이거나 슬퍼 보이지만 않았으면 하고 바라며 유경은 힘없이 식당 문을 열었다.

"친구는 잘 배웅했고?"

싱글벙글 웃는 파주댁의 목소리에 힘이 실려 있었다.

"네."

"장유경! 넌 날도 어두운데 어딜 그렇게 돌아다니냐?"

등 뒤에서 퉁명스러운 목소리가 날아들었다.

유경은 자신의 귀가 잘못된 것이 아닐까 생각했다. 그러나 그녀가 아는 한 저렇게 시비조로 말을 던지는 사람은 단 한 사람뿐이었다. 유경은 저도 모르게 활짝 미소를 짓다 깜짝 놀라 입을 꾹 다물었다.

"오랜만이네."

다시는 오지 말라고 제 입으로 말한 지 한 달도 되지 않았는데 그 사실은 잊은 채 유경은 정욱의 곁으로 다가갔다. 신문으로 얼굴을 가리고 있던 정욱이 모습을 보이자 유경은 더럭 겁이 났다. 바보처럼 울지나 않을까, 오지 말랬다고 정말 안 오는 것이 어디 있냐고 원망의 말이 나오지 않을까 두려웠다. 그러나 모두 쓸데없는 기우였다.

새카맣게 그을린 정욱의 모습을 보는 순간 울음도, 원망도 나오지 않았다. 그냥 화가 나고 분노가 일었다. 여유롭게 웃으며 하얀 이를 드러내는 정욱에게 유경은 쌀쌀맞게 눈길을 준 후 고개를 돌렸다.

'하여튼 도도하다니까.'

정욱은 유경의 손을 낚아채서 당장이라도 껴안고 싶은 것을 억지로 참으며 부러 거들먹거렸다.

"미리 말하는데 너 보러 온 거 아니야. 이모님께 인사드릴 겸 온 건데 밥 먹고 가라고 하셔서."

누가 뭐래. 누가 뭐라고 했냐고……. 정욱의 변명에 유경은 입술을 아프게 물었다.

"그런데, 장유경. 넌 못 보는 동안 좀 늙은 것 같다. 눈가에 주름도 많이 는 것 같고. 마사지도 좀 받고 그러지 연애하는 애가 얼굴이 그게 뭐냐?"

여전한 정욱의 빈정거림에 유경은 쓴웃음을 삼키며 슬쩍 자신의 얼굴을 거울에 비추어보았다. 정말 주름이 는 것 같기도 하고 늙어 보이는 것 같기도 했다.

"정욱이 그동안 여행 다녀왔대."

정욱을 위한 음식을 차리며 수원댁이 묻지도 않은 말을 했다. 유경은 또 한 번 쓴웃음을 삼켰다. 상처를 준 것이 미안해 혼자서 고민하고 걱정할 동안 신나게 여행을 다닌 정욱을 생각하니 괜히 억울하기까지 했다. 정욱이 걱정해 달라고 한 것도 아닌데 은근히 부아가 치밀었다.

'나 정말 정신이 어떻게 된 건가 봐. 다시는 오지 말라고 해놓고 천연덕스럽게 다시 본다는 건 말이 맞지 않잖아. 바보야, 장유경. 자꾸 구질하게 이럴 거니?

"그런데 아까부터 왜 이렇게 파스 냄새가 나?"

수원댁이 코를 정욱의 주변에 갖다 대며 킁킁거렸다. 유경도 코끝을 자극하는 파스 냄새에 살짝 눈살을 찌푸렸다.

"제가 어깨가 조금 아파서 파스 붙였는데 냄새 많이 나요?"

"응, 조금 많이 나네. 심하진 않고."

"여행 가서 과하게 놀다 왔나 보지? 정글 크루즈라도 다녀왔니?"

수원댁이 빈 쟁반을 들고 주방으로 들어가자 유경은 저도 모르게 핀잔을 주었다. 스스로의 말에 유경이 당황하며 재빨리 고개를 돌렸다. 어깨를 들썩인 정욱은 부인도, 긍정도 하지 않은 채 부지런히 밥을 챙겨 먹었다.

"우와, 정말 이 맛이 얼마나 그립던지. 거기 아주머니는 내 입맛에 안 맞아서 고생했다니까."

"거기 아주머니? 누구?"

주방에 있던 파주댁이 정욱의 이야기를 들었는지 크게 반문했다.

"그런 분 있으세요."

정욱이 싱긋 웃고는 유경에게 턱짓을 했다.

"그렇게 서 있지 말고 앉아."

"됐어!"

"그래? 마음대로 하든지. 언제는 네가 내 말 들었었냐."

유경은 이제 완전히 마음을 정리한 것처럼 구는 정욱으로 인해 드는 비참한 기분을 억지로 눌렀다. 결국 이것밖에 되지 않을 거면서 온갖 참견에 잘난 체는 혼자 다 하고. 유경은 신랄한 비판을 퍼부을까 봐 정욱에게서 등을 돌렸다.

'웃겨, 장유경. 먼저 거절한 사람은 너야. 태도 분명히 해. 네가 이러면 정욱이도 혼란스러워질 거야.'

유경은 괜히 눈시울이 따끔거려 죄없는 조명등만 노려보았다. 유경이 걸음을 한 발자국 떼내려 하자 팔목에 강한 힘이 느껴졌다. 하얀 살결 위로 진갈색으로 그을린 손이 덮쳤다.

"야, 장유경. 이거 내가 삽질하다가 주운 거거든. 너나 가져라."

유경의 팔목을 잡은 채 정욱이 뜬금없는 말을 했다. 무엇을 가지라는 건지. 돌아보고 싶은 마음은 굴뚝같지만 유경은 새침하게 등을 돌린 자세를 유지했다. 정욱은 피식 웃음을 터뜨리고는 다시 한 번 유경의 가는 팔목을 쿡쿡 찔렀다.

"도대체 왜 자꾸 이래?"

유경이 마지못해, 귀찮아서 겨우 돌아보는 것처럼 정욱을 향해 돌아섰다. 그녀의 팔목을 놓아준 정욱이 자신의 한쪽 손에 무언가를 올려놓더니 남은 한 손으로 밥을 먹었다. 머쓱해서 눈길을 피하는 사람처럼.

정욱의 펴진 손으로 눈길을 주던 유경이 거친 호흡을 들이마셨다. 믿기지 않는 듯 눈을 깜빡이고는 다시 한 번 확인했다. 정욱의 손바닥에 투박한 물집 자국이 잔뜩 잡힌 것을 보던 유경은 저도 모르게 손을 높이 들어 관찰하듯 살폈다. 길고 섬세한, 여자보다 더 예쁜 손을 가진 정욱이었다. 그런데 이건……

"너…… 손이 왜 이래?"

"너, 내가 손바닥에 올려놓은 금땡이 가지라고 했지 내 손 가지라고 했냐?"

정욱이 퉁명스럽게 내뱉고는 잡힌 손을 쭉 뻗어 유경의 입술에 닿게 했다.

"이거 한번 깨물어봐라. 진짜 금인지 구린지. 나는 이가 부실해서 확인 못해."

유경의 눈에 어느새 물기가 촉촉이 배어나왔다. 정욱의 손바닥에 놓인 노란빛의 반지보다 자꾸 물집 자국이 선명한 손만 보였다.

"장유경, 은근히 속물이네. 지난번 네가 거들떠도 안 본 것보다 몇 배는 중량도 작은 거야. 안에 박힌 거 다이아몬드 아니니 기대하지 말고."

유경의 어깨가 살짝 떨리더니 기어코 눈물이 뺨을 타고 흘렀다. 어떤 일이라도 유경이 우는 건 절대, 무조건 싫었다. 정욱은 그 모습을 다른 사람들이 볼까 봐 자리에서 벌떡 일어났다.

"이모님, 저 유경이랑 잠시 밖에서 이야기 좀 할게요. 잘 먹고 갑니다."

"어, 그래. 내일부터 매일 올 거지?"

주방에서 들려오는 파주댁의 다급한 물음에 정욱은 곧바로 대답을 하지 않았다. 대신 크게 인사를 하고는 유경의 손을 무작정 잡아끌었다.

"나가자."

"놔아……"

약하게 거부하는 유경의 청을 그 역시 가볍게 무시했다. 유경의 허리에 살짝 손을 얹고 자신의 곁에 바짝 붙인 정욱은 한적한 골목길에서 걸음을 멈췄다.

"장유경, 내가 너 때리기라도 했냐? 이모님들이 보셨으면 내가 너 울렸다고 원망하실 거 아니야. 넌 왜 그렇게 애가 생각이 없냐? 이깟 금반지가 뭐가 그렇게 좋다고 울고불고. 네가 그렇게 감동해 봐야 가짜 유리 알갱이가 다이아몬드 되겠냐? 그만 울어. 나중에 진짜 사줄 테니까. 지금은……"

"바보야, 내가 너한테 언제 다이아몬드 사달랬어? 너 손 왜 그랬어? 도대체 무슨 짓 하다 온 거야?"

유경이 두 눈 가득 눈물을 머금고 원망 섞인 물음을 던졌다. 유경의 시선이 다시 정욱의 손으로 향했다.

"네 말대로 정글 크루즈 다녀왔어. 거기 갔는데 예쁜 백인 아가씨가 악어 떼한테 공격당하길래 온몸으로 막아주다 이렇게 됐다. 내가 또 예쁜 여자 보면 못 참잖아."

"거짓말……"

"훗, 얘가 나의 무용담을 안 믿으려고 하네. 믿든 말든 그건 네 마음대로 해라. 대신 이 반지는…… 꼭 받아줘. 내가 처음으로 땅 파서 캐낸 거니까."

정욱이 손에 꼭 쥐고 있던 반지를 유경의 손에 살며시 옮겨주었다. 유경의 약지 손가락에 직접 끼워주고 싶은 마음이 굴뚝같지만 유경이 싫다고 거부할까 봐 일단은 여기까지만 욕심내기로 했다.

유경은 따뜻한 온기가 느껴지는 금반지를 하염없이 쳐다보았다. 눈에 보이는 건 자신의 손에 놓은 금반지건만 자꾸 상처 자국이 선명한 정욱의 손이 아른거렸다. 유경은 정욱이 준 반지를 꼭 쥔 채 아무 말도 하지 않았다. 서로의 호흡 소리만 듣다 헤어졌지만 사랑 고백을 한 사람들처럼 가슴이 벅찼다.

"그만 울고 들어가 봐. 나는 그만 가야겠다. 내가 오기만을 학수고대하던 예쁜 여자애들이 한 다스 넘게 대기 중이거든."

"누가 너한테 그런 거 궁금하다고 했어? 지금 네 모습 보면 그 여자애들이 퍽이나 좋아하겠다."

원망 섞인 시선을 감추지 않은 채 유경은 팩하고 돌아서 발길을 옮겼다. 유경을 잡을 생각도 하지 않은 채 정욱은 하얀 이를 드러내며 웃었다.

그날 밤, 이 주간 공사 현장에서 막노동을 하고 돌아온 정욱은 모처럼 편안히 잠이 들었다.

늦은 저녁 식사를 마친 후, 유경은 스웨터를 챙겨 입고 식당을 나섰다. 노출된 피부로 와 닿는 밤공기가 제법 매서웠다.

『메일 보냈는데 못 봤어?』

성옥의 문자를 확인하며 유경은 걸음을 서둘렀다.
"장유경, 너 여긴 웬일이냐?"
PC방 건물로 들어서던 유경이 멈칫하며 뒤를 돌아보았다. 비닐 봉투에 물건을 한가득 사서 나오는 정욱의 등 뒤로 보이는 편의점 간판에 유경의 눈이 한참 동안 머물렀다.
"귀 먹었냐?"
멍하니 서 있는 유경에게 정욱이 다시금 핀잔을 주었다. 뜻하지 않게 유경을 본 것이 좋으면서도 티를 내면 안 된다는 생각에 정욱은 퉁명스럽게 굴었다.
"미안하다, 귀 안 먹어서."
유경의 새침한 대꾸에 피식 웃은 정욱이 조금 더 가까이 다가왔다.
"확실히 귀는 안 먹은 거 같네. 너도 뭐 사러 나왔냐? 그런데 방향이 아니다."
정욱이 편의점을 가리키자 유경이 고개를 저었다.
"난 PC방 가는 길이야. 메일 확인도 하고 검색할 것도 좀 있고 해서."

구구절절하게 설명까지 할 필요는 없는데. 유경은 살짝 후회가 되었다.

"이 늦은 밤에 PC방에 간다고? 너 맛 갔냐? PC방이 얼마나…… 넌 컴퓨터도 없냐? 돈 버는 애가 그렇게 구두쇠처럼 굴어서 얼마나 부자 되려고 그러냐? 하여간에."

"아직 열 시도 되지 않았어. 그리고 구두쇠라서 그런 게 아니라 필요없어서 안 사는 것뿐이야. 꼭 필요한 거라면 아끼지 않고 사."

흥분하는 정욱의 말을 유경이 단호하게 잘랐다. 하루 종일 모니터를 보는 직업이기도 하거니와 딱히 메일 확인밖에 소용이 없어 컴퓨터를 따로 장만하지 않았을 뿐이다. 가까이에 PC방도 많아 볼일이 있을 때면 종종 이용하기에 불편함은 그다지 느끼지 못하고 있었다.

구두쇠라는 말에 얼굴을 붉힌 유경이 앵돌아져 돌아서자 정욱이 급하게 움직였다. 그 바람에 봉투 안을 가득 채웠던 물건 하나가 툭 하고 떨어졌다. 유경은 반사적으로 떨어지는 물건을 향해 손을 뻗었다. 그녀의 손등으로 정욱의 손이 뒤늦게 와 닿았다. 먼저 물건을 집은 유경은 전자레인지에 데워 먹게 나온 인스턴트 식품을 선뜻 돌려주지 못했다. 정욱이 산 것들이 죄다 인스턴트 식품인 것을 보며 고개를 저었다.

"너…… 매일 이런 거 먹니?"

"이런 거? 아, 내가 사랑하는 햇밥? 이거 맛 괜찮아. 먹기도 편하고. 너도 하나 줄까? 많이 샀는데."

유경은 한숨을 억누르며 정욱에게 물건을 건넸다. 스웨터를 꼭 여미며 유경은 겨우 입을 뗐다.

"됐…… 어. 내가 그런 게 뭐가 필요해."

쌀쌀맞게 응수한 유경이 돌아서자 정욱이 급하게 뒤를 따랐다. PC방의 계단을 밟는 유경의 앞을 정욱이 먼저 성큼 올라가기 시작했다. 유경이 걸음을 멈추고 멍하니 정욱의 뒷모습을 바라보았다.

"안 올라오고 뭐 해?"

정욱 또한 걸음을 멈추고 힐끔 유경을 돌아보았다.

"너 지금 어디 가는 거야?"

"보면 모르냐? PC방 가잖아. 간만에 나도 게임 좀 해야겠다. 집보다 여기가 속도가 빠르잖아."

PC방이 어쩌고 한 게 누군데. 유경이 살짝 눈을 흘기며 정욱의 앞을 지나갔다. 먼저 계단을 밟던 유경이 딱딱하게 목소리를 냈다.

"그런 거 사먹을 거면 차라리 식당 와서 밥 먹어. 우리 아주머니, 조미료 거의 안 쓰시니까……. 대신 나하고만 마주치지 않으면 되잖아."

살짝 얼굴을 붉힌 유경이 서둘러 PC방 안으로 사라졌다. 정욱은 만면에 웃음을 머금고는 고개를 끄덕였다.

'너 보러 가는데 마주치지 말자고? 그건 말이 안 되지.'

입꼬리를 올리며 정욱은 한꺼번에 계단 세 개를 밟았다. 유경의 옆 자리에 어떤 녀석이 앉을지 모르니까. 마음 같아서는 집에 있는 노트북, 컴퓨터 모두 갖다 안겨주고 싶지만 그랬다가는 그나마 우호적인 관계마저 다 끊어질지 모를 일이었다.

천하의 최정욱이 유일하게 눈치를 보는 사람이지만 그래도 좋았다. 무조건!

"돈 좀 찾읍시다."

유경은 너무나 낯익은 목소리, 통장을 보며 차마 고개를 들지 못했다. 오히려 더 시선을 돌린 채 입을 뗐다.

"오랜만에 오셨는데 그동안 못 찾으셨던 것까지 한꺼번에 드려요?"

"됐습니다. 오늘은 구천삼백 원만 찾아주세요."

결국 또 지고 말았다. 고개를 든 유경이 정욱에게 살짝 눈을 흘기고는 구천삼백 원을 통장 사이에 넣고 얌전히 내밀었다.

통장은 받을 생각도 하지 않고 혹시나 하는 마음으로 유경의 손을 쳐다보던 정욱은 이내 역시나 하는 얼굴이 되었다. 고집불통 장유경이 쉽게 넘어올 리 만무하다는 것을 알면서도 기대를 하다니. 정욱은 헛웃음을 삼켰다.

"있지, 웬만하면 내가 너희 식당에 안 가려고 했거든. 그런데 저번에 산 밥을 뜯어보니 곰팡이가 폈더라. 다른 식당은 입에 안 맞고 해서 말이야. 나 정말 그 너희 식당 가도 되냐?"

"그러게 뭐 하러 인스턴트…… 그걸 왜 나한테 물어. 네 마음대로 해. 내 식당도 아닌데."

유경은 곰팡이가 폈다는 말에 와락 화가 치밀었다.

"그래도 네가 나보단 주인에 가깝잖아. 나 그럼 오늘부터 식당 간다."

어린아이마냥 들뜬 정욱을 향해 유경은 안쓰러움과 따뜻함을 담고 바라보았다. 통장을 흔들며 인사를 하고 황급히 사라지는 정욱의 경쾌한 발걸음에 저절로 미소가 어렸다.

유경은 몇 번이고 끼어봤다 빼놓은 반지를 떠올렸다. 여행을 다녀왔다는 건 거짓말이고 공사 현장에 가서 일하다 온 것이 분명한 정욱의 손이 자꾸만 잊혀지지 않았다. 노력하고 있다는 것을 몸소 실천해 보이는 정욱을 이제는 자신이 이해해 줄 차례 같았다.

"내가 남들보다 여유롭게 태어난 것도 내 탓이냐?"

정욱이 했던 말을 떠올릴 때마다 얼굴이 화끈거렸다. 누구라도 그러하듯이 각자 태어난 환경은 본인이 원한다고 해서 마음대로 되는 것이 아닌데, 왜 그런 말로 상처를 주었는지. 유경은 자신의 너그럽지 못함을 꾸짖으며 주머니 속에 넣어둔 반지를 만지작거렸다.

비록 사랑은 아닐지라도 누군가를 좋아한다는 것은 즐거운 기다림 같았다. 정욱도 이런 기분으로 자신에게 다가왔다고 생각하니 새삼 그동안 했던 행동과 말들이 미안했다. 유경은 마감을 하고 정산이 끝나는 순간 환호성을 지를 뻔했다. 한동안 잔뜩 굳은 채 행동했던 것을 사죄라도 하듯 유경은 모처럼 큰소리로 인사를 하고 퇴근을 했다. 모처럼 유경의 몸짓에는 행복함이 젖어 있었다. 적어도 식당 문을 들어서기 전까지는.
 "어머, 정말 장유경 맞네?"
 누군가 알은체를 했다. 식당 안으로 들어서자 누군가 유경의 이름을 언급했다. 미니스커트에 커다란 링 귀고리, 깔끔한 원색의 미니 재킷을 걸친 여자를 유경은 낯설게 바라보았다. 어딘가 낯이 익은 듯하면서도 낯설었다.
 "나, 하영이야. 얼마나 됐다고 벌써 사람 얼굴도 잊고 그러니? 난 네 얼굴 단박에 알아보겠는데."
 하영이 인조 손톱을 붙인 하얀 손을 내밀며 악수를 청했다. 이런 인사 방식에 익숙하지 않은 유경은 그저 미소로 인사를 대신했다.
 "얼굴이 달라져서 못 알아봤어."
 "아, 쌍꺼풀하고 코만 약간 손본 건데 그걸 가지고 못 알아볼 정도라면 네 눈썰미가 없는 거지."
 "그러니? 그런데 여긴 어떻게?"
 솔직히 하영의 등장이 반갑지 않았다. 친했던 기억보다 서로

적대시했던 기억이 더 컸고 무엇보다 불편한 사람과의 대화는 아직도 유경이 극복하지 못한 것 중의 하나였다. 유경의 물음에 하영은 눈썹을 움직여 보였다.

"성옥이 개인 홈페이지에 가보니까 네 이야기 써놨더라고. 성옥이한테 메일 보내서 위치 안 거야. 나, 가끔 네 생각 했었거든. 넌 내 생각 전혀 안 했나 보다?"

하영의 가시 돋친 물음에 유경은 긍정도, 부정도 아닌 미소를 지었다.

"나 이번 방학 동안에 유럽 다녀왔거든. 곧 개강이라서 평택 집에 갔더니 우리 엄마가 네 이야길 하기에 겸사겸사 왔어."

"너희 어머니께서 내 이야길?"

"너 재주 좋더라, 장유경."

"무슨 소리야?"

유경의 안색이 파리하게 굳어졌다. 갑자기 왜 자신이 다른 사람들의 입소문을 타고 있다는 것인지 이해가 되지 않아 하영의 대답이 기다려졌.

"지난주에 우리 학교, 넌 졸업을 안 했으니 우리 학교라고 부르긴 뭣하지만 일단 다니긴 했으니 호칭은 우리 학교라고 할게. 정욱이네 아빠 회사에서 학교 강당 개축 공사 때 지원금을 많이 내주셨거든. 애들 개학 때맞추어 착공식 했는데 정욱이 어머님이 오셨대."

유경의 애를 태우려는 듯 하영이 잠시 뜸을 들였다. 다음 말을 기대하라는 의민지 입꼬리를 가볍게 올렸다.

"그래서?"

"정욱이 어머님이 그러시더래, 정욱이가 너랑 결혼하고 싶다고 해서 집안이 발칵 뒤집어졌다고. 알고 보니까 정욱이가 이 식당이며 빚까지 다 갚아주고 한 거라며? 정욱이 어머님 입장에서는 속상하시겠지. 하나밖에 없는 아들이 아직 나이도 어린데 여자한테 빠져서 물불 못 가리니까. 너 보통 재주 아니다. 어떻게 정욱이랑 연락이 닿아서 영악하게 한몫 뜯어낼 생각을 했니?"

유경의 두 손이 저도 모르게 둥글게 주먹을 쥐었다.

"아무것도 모르면서 마음대로 이야기 지어내지 마. 네가 뭘 잘못 안 걸 거야. 아니면 정욱이 어머님께서 잘못 알고 계시거나."

"정욱의 어머님이 연세가 많아 치매라도 된다니? 부끄럽기는 한가 보다, 아니라고 부인하는 거 보니까. 아무튼 여기 오면 정욱이 볼 수 있을까 해서 와본 거야. 너도 볼 겸. 정욱이 수능 본 이후로 소식 아는 애들 별로 없는데 너랑 이렇게 잘 지내는 줄 알면 다들 놀랄 거야."

목에 가시라도 걸린 것처럼 따끔거렸다. 하영의 말을 무조건 부인하며 유경은 주방으로 향했다. 수원댁 혼자 김치거리를 다듬고 있었고 파주댁의 모습은 보이지 않았다.

"아주머니는……."

"형님, 저 아래 상가에 그릇 찾으러 갔는데."

눈을 마주치지 못하는 수원댁을 보며 유경은 불길한 예감이 들었다. 유경이 주방 안으로 단숨에 들어갔다.

"우리 아줌마한테 뭐 들은 이야기 없으세요?"

"아이고, 놀라라. 심장 떨어질 뻔했네. 난 몰라, 아무것도."

"알고 계시죠? 뭐예요, 뭔데 저한테 숨기시는 거예요?"

수원댁은 수다스럽긴 하지만 의외로 순진했다. 유경은 어른을 다그치는 것이 도리가 아님을 알면서도 연거푸 물었다.

"아유, 왜 나한테 그래. 나도 자세히는 몰라. 이 집 주인이 정욱이라는 거랑 형님 빚 갚아줬다는 것밖에는."

하늘이 노랬다. 난데없이 뒤통수를 가격당한 것처럼 유경의 몸이 비틀거렸다. 말도 안 돼. 아무리 그래도 이건 말이 안 되는 거잖아. 유경은 눈을 부릅뜨며 수원댁을 다시 한 번 다그쳤다.

"아줌마, 정욱이 사는 오피스텔 어딘지 아시죠?"

"으응……. 저 위에 파래요인지 파라요인지 907호."

분노에 찬 숨소리를 내쉰 유경은 입을 악다물고 그대로 식당을 뛰쳐나갔다. 누가 따라오기라도 하는 것처럼 어두워진 골목을 마구 뛰는 유경의 뇌리에는 오로지 한 가지 생각밖에 없었다. 은인도 몰라보고 건방지게 굴었다는 것, 아니, 동정을 받았다는 것이 우선순위인가. 머리 속이 갑자기 전선으로 얽힌 것처럼 복잡했다. 버스를 타고 지나가며 바라봤던 고층의 오피스텔 앞에 멈춘 유경은 잠시의 멈춤도 없이 바로 엘리베이터에 올랐다. 정욱이 부재중일지도 모르지만 도저히 지금의 기분으로 식당에 있다간 미칠 것만 같았다.

엘리베이터가 멈추자 유경은 원망스럽게 9라는 숫자를 노려보았다. 차라리…… 그냥…… 유경은 분노로 뛰고 있는 심장을 달래며 복도를 저벅저벅 걸어갔다.

막 샤워를 마치고 티셔츠를 입던 정욱은 거울에 비춰진 자신의 모습을 보며 재미있다는 듯 웃었다. 하얗고 까맣게 경계선이 나버린 등은 영광의 표시였다. 그 누구의 선탠 자국보다 멋진. 태어나서 난생처음 제 손으로 돈이라는 것을 벌어본 여름이었다. 흡족하게 미소를 짓던 정욱은 벨소리에 의아한 눈빛을 했다.

이 시간에 그를 찾아올 사람은 없었다. 더군다나 유경이 오기 전에 식당에 가야 할 마당이라 방문객은 전혀 달갑지 않았다.

"누구세요?"

"나…… 야."

티셔츠를 막 목에 걸던 정욱의 동작이 멈췄다. 자신이 순간 착각을 한 것이 아닐까 하는 의심이 들었다. 정욱이 티셔츠를 내리며 성큼성큼 현관으로 다가갔다.

"누구?"

"나……."

망설임없이 정욱이 보조키를 풀었다. 정욱이 손잡이를 돌리기도 전에 밖에서 먼저 손잡이가 돌아갔다. 정욱은 유경의 등장이 믿기지 않음에도 불구하고 긴장감 대신 기대감에 부풀었다. 환하게 웃으며 유경을 맞이하려던 정욱은 문이 열리자마자 뺨으로 날아든 작은 손에 일격을 당했다. 정욱은 작지만 매서운 유경의 손맛에 얼얼해진 뺨을 살짝 쓰다듬었다.

"예고도 없이 방문하더니 다짜고짜 치는 건 어느 집 예법이냐?"

정욱의 빈정거림에 유경은 다시 한 번 손을 치켜들었지만 정욱이 그 손을 가볍게 저지했다.

"폭력도 습관이야. 한 번은 허용하지만 두 번은 안 돼."

단호하게 유경의 손을 잡아 내린 정욱이 싸늘하게 내뱉고는 현관문을 닫았다. '쿵' 하고 닫히는 문소리도 지금 유경의 귀에는 들리지 않았다.

"너…… 너 도대체 나한테 무슨 짓을 한 거야?"

"무슨 짓은 내가 아니라 네가 한 것 같은데."

"최정욱!"

유경이 두 주먹을 꽉 쥔 채 소리를 질렀다. 그제야 유경의 분노가 전달된 듯 정욱이 눈썹을 사납게 움직였다.

"너 내가 참 많이 우스웠겠다. 아니, 내가 온갖 잘난 체하는 게 역겨웠을 거야."

원망이 가득 담긴 눈길이 날아들자 정욱은 의외로 차분하게 유경을 주시했다.

"알았냐?"

대수롭지 않은 정욱의 반응이 유경의 신경을 더욱 자극하고 말았다.

"알았냐고? 그걸 지금 말이라고 해? 너, 나한테 무슨 짓을 했는지 아직도 모르겠니? 넌 날 가지고 놀았어!"

"비약이 너무 지나쳐. 누가 널 가지고 놀았다고 그래?"

정욱이 고함을 맞받아쳤다. 다른 건 몰라도 유경에 관한 일에 대해선 어느 누구보다 진지하다고 자부했다. 정욱의 입장에서는 유경의 이런 과잉 반응이 이해할 수 없을 만큼 섭섭했다.

"우리 아주머니 빚 갚아주고, 집 내어주고. 우리 금고에 와서 거액 예치해 주고. 난 은인도 몰라본 배은망덕한 계집애처럼 너한테 인생 그렇게 살지 말라고 잘난 척 충고나 해댔으니 너 속으로 많이 웃었겠다. 그래, 많이 재미있었을 거야. 내가 너한테 그런 말 할 자격이 어디 있어서……"

"유경아, 그만 해. 내가 너한테 말 안 했던 건."

핏기를 잃어가는 유경의 입술을 보자 정욱은 더럭 겁이 났다. 자신의 팔을 부축하려는 정욱을 유경은 거칠게 떠밀었다.

"손 대지 마. 네가 아무리 우리 아줌마 빚을 갚아주고 내가 살 집을 마련해 줬다 해도 내 몸까지 손 댈 권리는 없어."

"장유경! 너 지금 말 너무 함부로 하고 있어. 흥분 가라앉혀."

"그래…… 넌 착한 일을 했으니 당당하겠지. 난…… 난……"

양손으로 얼굴을 가린 유경의 작은 어깨가 들썩이기 시작했다. 정욱은 이마를 쓸어 내리며 연거푸 한숨을 몰아쉬었다. 불과 한 시간, 아니, 몇 분 전만 해도 기분이 날아갈 것 같았는데. 정욱이 유경의 어깨를 살짝 감싸 안았다.
"그 손 치워."
"유경아."
"식당에 와도 되냐고? 네 집이라며? 주인이 그런 것도 묻니?"
"너 정말 답답하게 왜 이래. 그 건물이 우리 집 건물이긴 하지만 지금 네가 살고 있으면 그건 네 집인 거야."
자학하는 유경이 안쓰러운 나머지 정욱도 목소리를 높였다. 유경의 입에서 허탈한 웃음이 새어나왔다.
"재미있는 논리네. 난 네가 날 그렇게 동정하는 줄도 모르고 잠시 마음이 흔들렸었어. 그런데 이제는 아니야. 너 때문에 분해서 나 속병 걸려 죽을지도 몰라. 나, 가진 돈 얼마 안 되지만 너한테 다 줄 거야. 네가 해준 것에 비하면 새 발의 피겠지만."
"그만 해라, 장유경."
"너나 그만 해, 이 위선자. 실컷 바보처럼 굴면서 뒤론 이런 짓이나 꾸미고."
"내가 뭘 어쨌다는 거야? 내가 좋아하는 너, 힘든 거 싫어서 그랬어. 그게 내 죄라면 죄야."
"차라리 날 돈으로 사지 그랬니? 그랬으면 너도 고생 안 하고 나도 이렇게 뒤늦게 수치심 안 느꼈을 텐데."
정욱의 인상이 조금 전과 달리 걷잡을 수 없을 만큼 험악해졌다.

"말 다 했어? 넌 네가 돈으로 얼마의 값어치가 있다고 생각하는데? 은행 직원이니 감정가는 잘 매기겠네."

결국 유경의 흥분에 정욱도 동조하고 말았다. 진심이 통하지 않는 상황에서 혼자 아무리 아니라고 부인해 봐야 결국 공허한 메아리였다.

"요즘 애들 돈 때문에 몸도 잘 판다던데 네가 더 잘 알지 않을까?"

정욱의 주먹이 유경이 서 있는 벽 뒤로 날아갔다.

"남자였으면 너 한 대 맞았어. 그만 가라, 장유경."

난생처음 들어보는 무서운 목소리였다. 처음으로 보는 정욱의 어두운 모습이었다. 유경은 커다란 눈에 눈물을 담은 채 냉정하게 돌아섰다.

"장유경, 한 가지만 묻자."

유경은 대답을 하지 않은 채 그 자리에 멈춰 섰다.

"너, 정말 나는 안 되는 거냐? 네가 싫다고 하면 나도 오늘부로 내 마음 정리할게. 하지만 두 번 다시 기회 없을 거야. 그러니 신중하게 대답해."

사형선고를 받은 사형수처럼 유경은 앞이 캄캄해졌다. 자존심과 오기가 맞물려 유경에게 힘을 실어주고 있었다. 지금까지 넌 우롱당한 것이라는 악마의 외침이 정욱의 마음일 것이라는 천사의 속삭임을 이겼다. 유경은 입술이 아리도록 힘을 주곤 고개를 끄덕였다.

"이러지 마. 네가 이러면 나 불편하고, 불안해."
"왜?"
"몰라서 묻니? 나 힘들게 사는 애고, 또 앞으로도 힘들게 살아야 할 거야. 나한테 잘해주지 마."

차갑게 말을 마친 유경은 더 이상 그와 대면하기 싫다는 듯 냉정하게 돌아섰다. 언제나 그녀가 생각하듯이 그와 자신은 가는 길이 분명히 달랐다. 그녀가 가는 길에 또 다른 누군가가 끼어들어 상처받거나 힘들어하는 것은······.

"지금까지는 힘들었지만, 앞으로 너 힘들게 살도록 내버려 두지 않을 거야. 내가 허락 안 해!"

다짜고짜 뒤에서 정욱이 그녀를 끌어안았다. 다짐하듯 소리치는 그의 목소리에는 그 어느 때보다 결연한 의지가 담겨 있었다. 절대 놓치지 않겠다고 그렇게 다짐하고 또 했다.

귓가에 와 닿는 정욱의 상큼한 호흡이 유경의 뺨을 어지럽혔다. 그 숨소리에 살며시 고개를 젓는 유경의 눈에 여린 이슬이 맺혀졌다.

'정욱아······ 미안······. 나도 네 마음 모르는 거 아니야. 그렇지만 난······ 네가 무서워. 날 너무 좋아하는 것도, 날 속인 것도······ 아니야, 실은 내 자신이 더 무서워서 널 못 받아들이는 걸 거야. 그래서 미안해.'

"이 시간 이후부터 너와 관련된 일 모두 지울 거야. 하나도 남김없이 모두. 네가 준 치욕스러움 잊지 않을게."

유경이 어깨에 메고 있던 가방에서 무엇인가를 찾아 뒤적거렸다. 작은 주머니에 소중하게 넣어두었던, 오늘 하루 몇 번을 만지작거렸던 반지를 찾아낸 유경은 테이블 위에 얹고는 그대로 오피스텔을 빠져나왔다.

"훗."

정욱은 벽을 등지고 기댄 채 눈을 감았다.

"후훗."

정신 나간 사람처럼 정욱은 연신 실소를 터뜨렸다.

"너 때문에 분해서 나 속병 걸려 죽을지도 몰라."

그 정도냐, 장유경. 그렇게밖에 내 진심 못 받아주겠냐. 내가 그렇게 싫어?

"휴……."

나락으로 떨어지듯 바닥으로 주저앉은 정욱은 한참 동안 고개를 들지 않았다. 밤이 깊어가도록, 아침이 다시 밝아올 때까지. 정말 사랑이라는 게 이렇게 힘든 것인지, 남들도 이렇게 하는지 묻고 싶었다.

열넷

벌써 자정이 되어가고 있었다.

정욱은 시계가 닳도록 몇 번이고 시간을 확인하며 파주댁의 식당을 뚫어지게 주시했다. 유경이 그렇게 돌아가고 난 뒤 하루를 꼬박 뜬눈으로 보낸 탓에 몰골이 초췌하기 그지없었다. 이미 금고에서는 퇴근한 지 오래고 전화는 꺼진 채 받지 않는 유경이 걱정되어 초조함이 극에 달했다. 자신의 본심을 몰라주는 유경이 원망스럽기도 하지만 우선은…… 휴대폰의 단축키를 누르던 정욱의 손이 멈칫했다.

어둠 속에서 들려오는 목소리는 분명 유경이었다. 살짝 혀가 꼬부라지기는 했지만 틀림없었다. 슬쩍 미소를 흘리며 걸음을 옮기려던 순간, 정욱은 일격을 당한 사람처럼 그 자리에 그대로 멈춰 서고 말았다. 유경은 혼자가 아니었다. 유경과 눈이 마주쳤다고 생각했던 건 그의 착각이었을까? 순식간에 벌어진 일이었다, 유경이 자신을 부축해 주던 선호를 끌어안은 건.

온몸으로 치달아 오르는 분노와 모멸감에 정욱은 그대로 얼어붙고 말았다. 그가 아는 유경은, 그가 사랑하는 유경은 지금 눈앞에 보이는 저 여자가 아니다. 그러나 부인하면 부인할수록 선호의 품을 파고드는 유경의 행동은 더욱더 깊게 각인될 뿐이었다. 분노보다는 비참함이 더 컸던 정욱은 입술이 터지도록 이를 악물며 돌아서야 했다. 비틀거리며 돌아서지 않은 것이 그나마 자존심을 지켜주었다.

'그게 네 본심인 거냐, 장유경? 그 남자가······.'

아무리 멈추려 해도 어이없는 웃음이 멎지 않았다. 한동안 내내.

화려한 불빛이 불야성을 이루는 새벽의 유흥가는 뒤틀린 사람들의 돌파구인 것 같다. 이른 밤부터 시작된 술파티건만 파장할 기미 따윈 전혀 보이지 않았다. 성태가 비틀거리며 몸을 일으키고는 정욱을 잡아끌었다.

"정욱아, 이제 그만 가자."

"이제부터 시작인데 가긴 어딜 가? 앉아! 이 형이 다 쏜다잖아."

"인마, 쏘는 것도 한두 번이어야 얻어먹을 맛이 나지. 벌써 며칠짼 줄 아냐? 여기 언니들도 너무 봤더니 이젠 지겨워. 나 싫증 잘 내는 거 너도 알잖아!"
"어머, 동생! 그런 말 하면 섭섭하지. 우리가 마음에 안 들어?"
"아니에요, 마음에 들어. 저 자식이 괜히 심술나서 저러는 거야. 그러게 조금 더 즐겁게 해주면 좋잖아?"
반쯤 풀어진 것은 비단 입고 있는 셔츠만이 아니었다. 늘 번득이던 눈동자는 빛을 잃고 퇴색되어 그를 지켜보는 성태의 마음을 아프게 했다. 요지부동인 정욱을 보며 성태는 다시금 자리에 털썩 앉았다.
사랑이 뭐길래, 그 잘난 사랑이 도대체 어떤 것이길래 천하의 최정욱이 저렇게 망가지느냔 말이다. 요는 사랑이 문제가 아니었다. 장유경이라는 여자가 문제다. 정욱의 꼴을 우습게 만들어 버린, 그래서 몇 주간 폐인이 되다시피 하여 유흥가를 휩쓸고 다니게 만든 주범. 성태는 유경을 떠올리며 새삼 여자들이 얼마나 독한 존재인가 상기했다.
저러다 무슨 사고라도 치는 게 아닐까 싶을 만큼 아슬아슬한 정욱의 행보에 성태는 열일 마다하고 유경을 찾아갔었다. 항의도 하고 사정도 해보았지만 돌아오는 것은 얼음보다 차가운 냉랭함이었다. 저러니 정욱을 마다했겠지. 네가 뭔데 정욱의 마음을 아프게 하냐는 말을 하기 위해 벼르고 찾아갔지만 차마 꺼내지 못하고 돌아섰다. 유경의 안색을 보니 그런 말을 꺼낼 수가 없었다.

정욱은 술과 한판 전쟁을 벌이려는 것처럼 작정해서 덤비고 있었고, 유경은 차가움으로 일관하고 있었다. 실연의 상처를 받은 놈이나 준 여자나 둘 다 오십보백보였다. 성태는 억장이 무너져 내리는 심정으로 양쪽을 오가고 있었다.

"야, 노성태! 그렇게 꿔다 놓은 보릿자루처럼 있지 말고 마셔. 너, 술 좋아하잖아. 네가 좋아하는 언니 한 명 더 불러줄까?"

"이런 미친놈, 우리 부모님 들으면 기절할 소리만 하고 자빠졌네. 나도 나름대로 깨끗한 순정파야, 됐어! 그래, 마시자. 마셔! 술이 죽든 내가 죽든 마시자고!"

탁자 위에 놓인 양주 잔을 든 성태는 냉수를 들이키는 것처럼 술잔을 입 안으로 털어 넣었다. 독한 맛도 느껴지지 않았다. 단지 지금 마시는 술이 정욱의 아픔이라고 생각했다. 연거푸 거듭해서 들이부어도 느낌이 없었다. 이럴 때 속이라도 쓰리면 그걸 정욱의 상처라고 우길 텐데 마셔도 멀쩡하기만 했다.

"진작 그렇게 마실 것이지."

정욱이 아예 술을 병째 집어 들었다. 독주가 목을 타고 심장을 관통했지만 멈출 수 없었다. 차라리 이대로 숨이 멎었으면 좋으련만, 그런 일은 절대 일어나지 않았다. 술잔 속에 유경의 모습이 어려 잊기 위해 마셨고, 맨정신일 땐 견딜 수 없어 들이부었다.

확실하게 잊어주마 다짐했지만 그때뿐이었다. 하루의 시작과 끝을 유경에서 비롯해서 유경으로 끝내던 그이기에 일상의 소소한 것들에서 자꾸만 그녀의 흔적을 찾았다.

다른 이유도 없이 무조건 싫다는 유경에게서 더 바랄 것이 무엇이냐며 자신을 다그치지만 소용없었다. 치유되지 않는 열병처럼, 잡히지 않는 환상처럼 유경에게서 벗어나지 못하는 자신이 한심해 그는 벌주를 들이키고 있었다. 지금 그의 괴로움을 달래주는 것은 술과 친구인 성태밖에 없었다.

못난 자신을 친구라고 믿고 따라와 주는 성태에게 누구보다 고맙고 미안했다. 이런 모습을 보일 수 있는 것도 성태이기 때문이었다. 성태의 말처럼 그냥 여러 여자들한테 눈길도 주고 마음도 줬더라면 이런 일 따윈 없었을 텐데 오로지 한 여자만 바라본 것이 죄였다.

그것도 앞뒤 꽉꽉 막힌 벽창호 같은 장유경이라는 여자를. 그런데 그 여자가 좋으니, 그 여자가 좋아서 이러니 미칠 노릇이었다. 차라리 다른 여자라도 가슴에 담아지면 좋을 텐데 눈에도 차지 않으니 고통밖에 남은 게 없었다. 모든 기억을 잊으라는 못된 계집애의 말 따위 들어주고 싶은데…… 그렇게 되질 않았다.

새벽을 가르는 대문 소리의 요란함에 하 여사가 서둘러 거실로 나왔다.

잠이 많기로 유명한 그녀는 요즘 잠을 잊고 있었다. 곧 정욱의 발자국 소리가 들릴 것이라 생각하며 의자에 몸을 바로 하고 앉았다. 예상대로 현관문 여는 소리와 함께 코를 찌르는 알코올 냄새가 새벽 공기에 쓸려 들어왔다.

"정욱이, 너 또 술 마신 거니? 엄마랑 약속했잖아, 다시는 안 마신다고. 정말 왜 이러니?"

차분함을 가장하려던 하 여사는 정욱의 비틀거리는 모습에 속상함을 토로하고 말았다.

"아! 우리 어머니, 아직 안 주무셨어요?"

"도대체 얼마나 마셨기에 몸도 제대로 못 가누는 거야?"

"이제 더 이상 안 마시려고 했는데 기분이 좋아서 마셨어요. 진짜 기분이 너무 좋아서……."

"정욱아! 너 정말 왜 이러니? 엄마 마음 아파 죽겠어. 내 아들이, 우리 멋진 아들이 왜 자꾸 이러니? 네 말대로 유경이 잊는다며? 잊기 힘들면 억지로 잊으려고 하지 마. 그냥 시간이 흐르고 세월이 흐르면 잊혀지겠지 하고 생각해. 이렇게 매일 술로 살면 어쩌자는 거야?"

"저 걔 때문에 이러는 거 아니에요. 그냥…… 술이 마시고 싶어서 마시는 거예요."

정욱이 몸을 제대로 가누지도 못하고 히죽 웃었다. 웃어도 웃는 것이 아님을 증명하듯 정욱은 하 여사의 눈길을 피했다. 아무리 철없는 어미라 해도 자식의 얼굴에 묻어나는 것이 아픔이

열넷 317

라는 걸 모를 리 없다. 차마 인정하기 싫을 뿐.

언제 유경을 데리고 올 거냐는 최 사장의 닦달에 정욱은 침묵으로 일관했었다. 며칠 동안 폭음을 하며 오피스텔이 아닌 한남동 본가로 오는 정욱이 수상했지만 본인이 어떤 말을 하기 전에는 묻지 말자 모두들 함구하고 있었다.

"아버지, 어머니, 저 평생 혼자 살아야 해요. 손 잡아보고 싶고, 뽀뽀해 보고 싶고, 안아보고 싶은 사람 유경이 하나뿐인데. 정말 좋아했는데, 걔 외에는 어떤 여자를 봐도 가슴 한 번 뛴 적 없고 눈길 한 번 간 적 없는데 걔는 저 싫대요, 무조건 싫대요. 내가 돈 많아서 돈으로만 해결하는 것도 싫고, 잘난 척해서 싫고…… 뭐 하나 마음에 드는 게 없대요."

결국 최 사장의 분노가 폭발한 다음 술기운을 빌어 정욱이 털어놓은 말이었다. 그전까지 유경에 대해 색안경을 끼고 있었던 하 여사는 정욱의 말에 가슴이 뜨끔거렸다. 철없는 당신 아들이야 내 탓으로 돌리겠지만 은근히 유경이 괘씸했었다. 정욱을 부추기는 것이 유경이 아닐까 의심하는 마음도 있었다. 아직 어린 나이이니만큼 둘 다 철없이 부모 덕을 보려는 것이 아닐까 했었는데 정욱의 푸념 섞인 한탄을 듣고 나니 자신의 편견이 부끄러웠다.

하기야 어린 시절 보아온 유경이라면 그럴 아이가 아닐 것임을 알면서도 그 아이의 배경이 자꾸 신경 쓰였다. 자신 역시 힘겹게 자랐고 그 이유만으로 결혼까지 반대당했던 입장이다. 당해본 사람만이 이해할 상황을 어느덧 세월이 흘렀다고 까마득하게 잊고 자신이 가해자가 되어 있었다. 자신이 시어머니의 입장이 되니 당시 시어머니의 마음을 공감할 수 있었다. 자식 앞에서는 누구라도 다 욕심쟁이가 되는 것이 인지상정인 것을.

실연의 상처가 아무리 크기로써니 부모 앞에서 자식이 아파하는 건 도저히 용납할 수 없었다. 자식의 상처를 지켜만 봐야 하는 것이 싫어 스스로에게 화가 났다.

"못난 녀석, 천하에 못난 녀석! 사내 녀석이 계집애 하나 어쩌질 못해서 하루가 멀다 하고 술에 절어 살아? 그러고도 네가 사내 녀석이냐?"

소란스러움에 잠이 깬 최 사장이 가운을 여미며 거실로 나왔다. 겨우 몸을 가누며 서 있는 정욱에게 고함을 지르긴 했지만 아프기는 그 역시 매한가지였다. 자존심 세고 거만한 줄로만 알았던 녀석이 여자 때문에 무릎을 꿇을 정도였으면 그 마음이 어떠한지 짐작하고 남았다. 더욱이 이십여 년 가까이 간직해 온 순정이라니 그 심정이 오죽하랴 싶어 결혼도 허락했었다. 다른 것 둘째 치고 무조건 아들의 편이 되어주리라 했었는데.

그러나 제 입으로 꺼낸 말을 없었던 일로 해달라고 한 정욱은 그날 이후, 술로 살아가고 있었다. 밤낮으로 방황을 하는 통에 그도 이젠 지쳐 가는 중이었다. 사랑이라는 것도 별것 아니었다. 영원불멸한 것은 세상에 존재하지 않았다. 그런 것이 있다고 믿고 싶은 인간들의 바람일 뿐.

"네 뜻대로 결혼하겠다고 해서 허락했고, 네가 하지 않겠다고 해서 그러라고 했다. 세상 어느 부모가 혼사 문제에 전적으로 자식에게 일임을 하느냔 말이야! 부모 생각은 손톱만큼도 안 하는 녀석이 누굴 사랑하고 지켜줘. 유경이가 원하는 게 네가 망가지는 것이라고 해? 지금 누구 보라고 이렇게 날마다 술로 유세인 거야? 이 녀석, 유경이 좋다고 오피스텔 나갈 때는 언제고 네놈 힘들다고 집으로 기어들어 와? 웃는 얼굴은 유경이고, 우는 얼굴은 부모에게 보이고 싶은 게 네놈 마음이면 그 심보부터 고쳐! 유경이가 왜 널 싫다는 건지 알겠구나. 네 철없음이 내 눈에도 훤한데 그 눈엔 오죽할까!"

처음으로 아들에게 던지는 모진 말들이었다. 정욱의 앙다문 입매가 파르르 떨리는 것을 보며 최 사장의 가슴도 미어지는 것 같았다. 자식 이기는 부모 없다고 아들의 열병을 왜 지켜만 보고 싶으랴. 그러나 사람이 싫다는 데에 방도가 없었다. 두 사람의 문제는 당사자들이 해결할 문제였다.

"정욱이 너무 몰아붙이지 마라."

주무신 흔적이라고는 찾아볼 수 없는 단아한 모습으로 할머니가 계단을 내려오셨다. 할머니의 목소리에 정욱은 더욱 고개를 떨어뜨렸다.

"정욱아, 유경이가 싫다는 건 너도 하기 싫지? 그만 보내줘라. 사내라면 그래야지. 네가 이러는 거 알면 유경인들 마음이 편하겠니? 사람 싫은 건 어쩔 수가 없어. 할미가 나선다고 해도 그건 될 수가 없어. 지금이야 네 어미랑 잘 지내고 있지만 처음 우리 집안에 들어왔을 땐 거리를 두고 살았잖니. 머리로는 잘해 줘야겠다고 다짐하면서도 가슴이 먼저 닿지 않으니 공염불이더라. 할미 말 무슨 뜻인지 알겠니?"

정욱의 고개가 천천히 끄덕여졌다. 손자의 뺨에 흐르는 눈물을 못 본 척하며 할머니는 아들 내외에게 들어가라는 신호를 보냈다. 어느덧 가을바람이 선선하게 불고 있었다. 겨울이 오고 봄이 오면 그때는 또 어떤 사랑이 손자에게 다가올지 모를 일.

할머니는 정욱의 손을 다독거리며 함께 이층으로 올라갔다.

말일이 지난 금고 안은 그 어느 때보다 한산했다. 고요하다 못해 적막한 금고 안에 활기를 불어넣어 주는 건 금고 안쪽에 마련된 고객 휴게실이었다. 동네 어르신들이 모여서 공짜 차도 마시고 사담을 나누고 있어 그나마 사람 사는 곳 같았다. 사람 사는 곳. 유경이 하던 일을 멈추고 멍하니 모니터를 바라보았다. 지금 자신은 무얼 하고 있는 것일까. 유경은 단조롭기 그지없는 프로그램을 보며 한숨을 내쉬었다.

"유경아, 오 분만 시간 내줄래?"

오 대리가 한산한 금고 안을 둘러보며 비상구를 가리켰다. 옆자리 직원에게 양해를 구한 두 사람은 어색하게 서로를 마주 대했다.

"선호한테 이야기 들었어. 그동안 너한테 쌀쌀맞게 군 거 미안해."

 안경 너머로 보이는 오 대리의 눈에 진심이 담겨 있었다. 그녀의 간곡한 사과를 들은 유경은 고개를 저었다.

 "저한테 쌀쌀맞게 구신 적 없으세요, 제가 일처리 잘못한 거 지적해 주신 것 외에는."

 "훗, 너도 직장 생활 삼 년차라고 적당히 사람 비유 맞출 줄도 아니?"

 오 대리가 멋쩍은 미소를 머금고는 헛기침을 했다.

 "선호랑 나…… 용기 내서 한번 잘해보기로 했어. 주위 시선은 따갑겠지만 차라리 따갑고 말래. 더 이상 속으로 전전긍긍하는 거 못하겠더라. 너랑 선호, 내 앞에서 유난히 친한 척할 때마다 나 정말 미칠 것 같았어. 일곱 살이라는 나이 차가 뭐라고 난 그렇게 선호 마음 피하기만 했는지. 네 덕분이야."

 나이에 맞지 않게 수줍게 얼굴을 붉히는 오 대리를 보며 유경은 다시 고개를 저었다.

 처음 선호에게서 오 대리를 좋아하고 있다는 말을 들었을 땐 유경도 당황스러웠다. 선호의 고백에 두 사람의 나이 차이를 가장 먼저 떠올릴 만큼 유경도 일반인의 시선과 같았다. 그러나 중학교 때부터 오 대리를 짝사랑했다는 선호의 도움 요청에 반신반의하며 승낙하고 말았다. 그러나 선호를 겪으며 유경은 사랑에 있어 나이는 숫자에 불과하다는 것을 깨달았다.

 오 대리가 선호의 마음을 알면서도 거절하는 이유도 십분 이해가 되었다. 나이 많은 여자를 택했다는 이유로 그가 받을지 모르는 비난을 걱정했을 것이다. 세상이 변했다고 하지만 아직은 편견의 잣대로 사랑을 퇴색시키는 사람들이 존재했다. 상대방이 아파하지 않기를 바라는 게 사랑이라는 걸 깨달았다. 정작 본인은 그걸 알면서도 둘 다 실천하지 못했지만. 유경은 소금기를 머금은 것처럼 마음이 아려왔다.

"너희 둘이 짜고 그런 거라는 말에 괘씸하기도 했지만 솔직히 고마운 마음이 더 컸어. 주위 사람들이 호기심으로 대할까 봐 겁부터 냈었는데 마음을 정하고 나니까 새삼 선호가 달리 보여. 우습지?"

"선호 씨 겪어보니까 신념도 있고 생활력도 강하신 것 같아요."

"내 눈에만 그게 안 보였나 보다. 그런데 유경이 너 무슨 문제 있니? 요즘 왜 그렇게 도통 말이 없어? 아까만 해도 서 차장님 얘기에 멀뚱히 듣고만 있고. 그건 분명히 네 잘못 아니었어."

"제가 실수한 건 맞잖아요."

"그러지 마, 큰소리 낼 땐 내야 하는 게 젊은 사람 특권이야. 나이 든 사람들만 늘 큰소리치란 법 있니? 직장에서 좋은 일도 있지만 참 더러운 일 많잖아. 독하지 않으면 못 견뎌. 특히 이런 일은. 넌 꼭 예전의 날 보는 것 같아서 마음에 들었는데 요즘은 왜 그렇게 기운을 못 차리니? 기운 내. 시간이 없어서 긴 이야긴 더 못하겠다."

"네."

 마지못해 대답을 했지만 행동은 그에 따르지 못했다. 평소의 차분하고 열정적인 장유경은 오간데 없고 억지로 주섬주섬 일을 하고 있었다. 심신이 지쳐 버린 유경은 몇 번의 실수 끝에 끝내 화장실로 달려가 울고 말았다. 지금까지 이런 일은 처음이었다.

 금고에서의 분위기는 식당에 와서도 크게 달라지지 않았다. 유경이 모든 일을 알게 되었다는 사실에 파주댁은 당신을 탓하라고 했었다. 유경이라고 모를 리 없었다. 파주댁이 선뜻 남의 도움을 받을 사람이 아님은 유경이 더 잘 알았다. 자신 때문에 파주댁이 정욱의 제안을 받아들인 건 너무도 자명한 일이었다. 그걸 원망한다면 자신은 정말 나쁜 사람이었다. 다만…… 유경의 자존심이 허락하질 않았다. 다른 이들에게는 별것 아니게 보이지만 유경에게선 유일한 내세울 거리가 자존심이었다. 그것마저 무너져 버리자 정말 자신에게는 아무것도 가진 게 없다는 공황상태가 되고 말았다.

 지금 유경은 사람이 그리웠다. 누구라도 좋으니 귀찮다는 소리가 나올 만큼 말을 건네주었으면 했다. 혼자서 밝은 척, 명랑한 척 아무리 해대도 결국은 공허했다. 이런 기분은 정말 처음이었다. 그렇게 소망하던 공부도 머리 속에 더 이상 주입되지 않았다. 대신 엉뚱한 일만 잔뜩 뇌리에 맴돌며 유경을 괴롭혔다.

희망 하나에 모든 것을 걸었던 유경이 요즘은 그 희망이라는 것에 회의적이 되었다. 무엇을 위해 그렇게 악착같이 살아야 하는 것인지 스스로에게 반문했다. 사람의 마음이 간사하다지만 이렇게까지 이기적일 줄은 몰랐다.

모든 것이 재미가 없었다. 웃고 싶지도 않았다. 기계처럼 반복되어 움직이는 하루하루도 무의미하기만 했다. 선호를 의도적으로 껴안았던 그날 밤, 어둠 속에서 활활 타오르던 정욱의 분노 어린 눈길이 지금도 눈을 감으면 선했다. 유경은 자신의 끝없는 이기심에 혀를 내두르면서도 정욱에 대한 미련으로 괴로웠다.

몇 번이고 통화를 시도하던 정욱은 유경의 방에 불이 꺼지자 귀에서 휴대폰을 떼어냈다. 도저히 이대로는 마음을 접을 수 없었다. 마지막으로 한 번만 더 묻고 싶었던 그는 유경의 휴대폰이 가방 안에서 방전 상태인 것을 알 리 없기에 통화를 거부하는 것으로 오인하고 말았다.

쓸쓸한 눈빛이 어둠 속에서 아픔으로 일렁거렸다. 받아주지 않는 사람의 심정도 헤아리라는 할머니의 조언을 정말 들어야 할 모양이었다. 사랑은 마지막까지 배려하는 것이라고 했던가. 정욱은 입술을 아프게 깨물며 단호히 등을 돌렸다.

유경이 원하는 일이라면 뭐든 들어주겠다고 했으니 그렇게 해주기로 했다. 정욱이 다시 휴대폰을 꺼내 들었다. 신호음이 울린 후 음성 사서함으로 넘어감을 알리는 기계음이 들려왔다. 망설이던 정욱이 입을 떼어냈다.

"그동안 미안했다. 더 이상 괴롭히는 일 따위 없을 거야. 행복해라."

버튼 하나만 누르면 전송이 되고 끝이겠지만, 자신의 마음은 언제까지 방황할지. 허탈함이 비집고 나왔다. 망설이던 정욱이 녹음 버튼을 누르곤 휴대폰을 접었다. 이젠 정말 마지막이다.

유경의 방이 보이는 모퉁이를 돌아 차로 돌아온 정욱이 다시 휴대폰의 폴더를 열었다. 누군가의 번호를 찾은 정욱이 통화를 시도했다.

"누나, 아직 안 자고 있지? 나랑 데이트할래? 누나 원룸으로 내가 갈게."

더 이상 뒤를 돌아보는 일 따윈 하지 않을 작정이었다. 차에 오른 정욱이 시동을 걸고 차를 출발시켰다. 어느새 간간이 이슬비가 뿌리고 있었다.

자리에 누워 뒤척이던 유경은 골목길을 벗어나는 차 소리에 벌떡 몸을 일으켰다. 정욱의 차 소리가 분명했다. 그러나 이내 유경은 고개를 저었다.

'미쳤어, 나 미쳐 가나 봐. 정욱일 리가 없잖아. 정욱이라면 절대 그냥 지나가지 않을 거야. 정욱인 나랑 달라.'

유경이 다시 천천히 몸을 뉘었다. 자신이 보내놓고, 매정하게 내쳐 놓고 후회하는 모습이 한심해 억지로 눈을 감고는 숫자를 셌다.

 하나, 둘, 셋…… 감은 두 눈으로 눈물이 쉼없이 흐르기 시작했고, 그녀의 흐느낌이 빗소리와 함께 묻혀졌다. 억지로 입술을 깨물고 흐느끼는 그녀의 울음소리가 점점 잦아들 즈음 새벽이 오고 있었다.

 병원의 소독약 냄새가 간질간질 코끝을 자극했다. 감기로 인해 후각이 조금 상실된 탓에 독한 냄새에 취하지 않은 것이 그나마 다행이었다. 어려서부터 병원이라면 거부감부터 들었다. 오죽하면 병원 그림만 봐도 울었을까. 성태는 미리 겁에 질린 채 자신의 이름이 불리길 기다렸다.

 정욱과 날마다 새벽 거리를 배회한 끝에 얻은 영광스러운 감기였다. 죽어도 병원은 오기 싫었지만 사나이 노성태, 콧물을 훌쩍이며 여자들 앞에 나설 수는 없었다. 더욱이 하루 이틀이면 나을 줄 알았는데 일주일째 지속되자 겁이고 뭐고 없었다. 이젠 누런 콧물까지 나오는 통에 더욱 견디기 힘들었다.

 마침 근처에 작은 종합병원이 개원을 해 겸사겸사 방문을 했다. 새로운 병원일수록 풋풋한 인물들이 많을 테고 지난번 병원에서의 일을 알 사람도 없고 일석이조였다.

 "에취! 졸라 더럽게시리. 이미지 다 구기네."

 콧물을 훌쩍이던 성태는 휴지를 꺼내 들고는 쿵쿵거리며 코를 풀었다.

"노성태 씨! 들어오세요."

간호사의 부름에 성태가 번쩍 손을 들었다. 습관처럼 치켜든 손을 까딱거리던 그는 '안녕' 하며 간호사에게 인사를 건넸다. 그러나 되돌아오는 것은 간호사의 살벌한 눈초리였다. 가렵지도 않은 얼굴을 긁으며 의사의 진료실로 들어간 성태는 간호사의 다리를 보며 슬쩍 점수를 매기고 있었다.

'음! 명품까지는 아니더라도 짝퉁 정도는 되겠군.'

"앉으세요."

점수를 매기던 그는 간호사의 명령에 재빨리 의사 앞에 앉았다.

'정말 웃긴다. 이 양아치는 또 웬일이야?'

성옥은 의사에게 진료를 받는 성태의 뒤에 서서 황당한 표정을 짓고 있었다. 지난번 병원이 떠들썩하도록 요란을 떨던 남자가 분명했다. 어울리지 않는 꽃남방에 귀고리, 거기다 까치집이 무색할 만큼 삐죽거리는 머리 하며…….

"어떻게 오셨습니까?"

"코에서 자꾸 누런 게 흐르는데 말이죠. 제 콧구멍이 무슨 금광도 아니고, 차라리 금덩이라면 또 환영하지만 이놈은 영…… 어떻게 좀 해주십시오."

성태의 말에 의사가 '하하' 소리를 내며 웃었다. 성태의 상태를 살펴본 의사는 감기라는 처방을 내렸다. 너무나 당연한 말에 성태는 콧방귀를 뀌었다. 분명 본인이 감기라고 했는데, 의사도 별게 아니었다.

"이쪽으로 따라오세요."

진료실을 나선 성옥은 주사실로 성태를 안내했다. 성태가 마치 친분이라도 있는 것처럼 성옥의 곁에 바짝 다가섰다.

"저기, 언니! 이 병원은 간호사 언니들이 몇 명이나 돼요?"
"언니? 지금 저보고 언니라고 하셨어요?"
"그럼 언니보고 언니라고 했지, 누구보고 그랬겠습니까?"
"어머나, 노성태 씨 여자셨어요?"

성옥이 최대한 예를 갖추며 빈정거렸다.

"어헛! 무슨 소리를? 사내대장부한테 여자라니?"
"쯧쯧, 사내대장부고 여자대장부고 간에 바지나 벗으세요."
"이 언니 보시게. 바질 왜 벗어? 이렇게 딱 벌어진 어깨 보면 남잔지 몰라서 그렇게 확인을 해야 해요? 간호사 맞아요?"

성태가 의심스러운 눈초리로 성옥을 힐끔거렸다.

"그다지 넓지도 않은 어깨 저리 치우고 돌아서기나 해요. 어깨에다 주사 맞고 싶어요? 그것도 괜찮겠네요."
"요즘 간호사들은 다 친절한 걸로 아는데 이 언니는 예외네."

성태가 구시렁거리며 돌아섰다. 주사약을 준비한 성옥이 주사기 바늘을 눈앞에 대고는 주문을 외웠다. 들어가서 심하게 아프게 하렴!

"지, 지금 뭐 하는 거예요?"

주사를 놓기 위해 돌아섰던 성옥이 꽥 하고 소리를 질렀다.

성태가 슬쩍 뒤를 돌아보았다.
"바지 벗으라면서요?"
"엉덩이 전체에 주사 맞고 싶어요? 좀 더 올려요! 노출증 환자도 아니고, 별꼴이야!"
하얗고 오동통한 엉덩이를 한껏 드러냈던 성태는 쓰윽 하고 바지를 좀 더 올렸다. 벗으라고 할 때는 언제고. 하여간에 기준을 정해놓지 않는 것이 문제였다. 엉덩이의 반을 까라든지 뭐 그런 것을 정해줘야 환자도 혼란스럽지 않겠느냐 말이다.
성태가 약간만 엉덩이를 내밀자 성옥은 회심의 미소를 지었다.
"감기 주사라 조금 아프실 거예요."
성옥은 최대한 힘껏 주삿바늘을 밀어 넣었다.
"으아악, 이 언니가 나 죽인다. 엄마!"
성태가 주사실이 떠나가라 소리를 지르고 엄살을 부렸다. 성옥은 들은 척도 하지 않으며 엉덩이를 탁탁 쳐주었다.
"주사 맞은 부위를 솜으로 가볍게 문지르세요."
아무렇지 않은 얼굴로 주사실을 나온 성옥은 손바닥을 소리 나게 털었다. 그리고는 아직 성태가 남아 있는 주사실을 노려보았다.
'웃기고 있네. 언니? 또다시 언니 타령하면 그땐 오빠 소리 나오게 만들어줄 테다.'

한 무리의 손님들이 빠져나가자 파주댁은 그제야 겨우 지친 다리를 쉴 수 있었다.

본격적으로 가을이 깊어지자 식당도 안정기에 접어들었다. 정욱에게 신세진 돈을 갚아야 유경이 마음고생을 덜할까 싶은 생각에 파주댁은 요즘 동분서주하고 있었다. 굳이 배달까지 나가지 않아도 되지만 배달도 하고 새벽부터 식당을 열었다. 최근 들어 아예 발길을 끊어버린 정욱이며 입을 꾹 다문 유경을 보노라면 답답하기 그지없었다. 따지고 보면 자신 때문에 비롯된 일이라 마음 놓고 물을 수도 없었다.

벨소리와 함께 문이 열렸다.

"어서 오세…… 아이고, 이게 누구야? 정욱이 아니야? 요새 왜 그렇게 통 모습을 보이지 않았어?"

파주댁은 정욱을 보자 반가운 마음에 급히 자리에서 일어났다. 그사이 조금 여윈 것 같아 보였지만 얼굴 선이 돌출되어 더욱 남자답게 보였다.

"어쩌다 보니 그렇게 됐습니다. 건강하셨죠?"

"그럼, 어서 들어와."

"네, 잠시만요. 어서 들어와."

문에 살짝 몸을 걸친 채 정욱이 누군가를 보며 이야기했다. 파주댁의 눈이 살짝 찌푸려졌다. 정욱이 문을 활짝 열어주자 훤칠한 키의 미인이 식당으로 들어섰다. 파주댁과 눈이 마주친 은진이 먼저 인사를 건넸다.

"안녕하세요, 반갑습니다."

장미꽃 문양이 흐드러지게 핀 원피스를 입은 은진은 손에 든 꽃바구니를 파주댁에게 건네주었다. 파주댁은 얼떨결에 손을 뒤로 감추었다. 처음 보는 아가씨한테 꽃바구니를 받을 이유도 없거니와 갑자기 눈앞이 캄캄해지는 불안감이 엄습한 탓이었다.

파주댁의 거부에 은진이 살짝 미소를 지으며 정욱을 돌아보았다. 정욱이 눈썹을 움직이자 은진이 다시 한 번 파주댁에게 꽃바구니를 내밀었다. 이번에는 파주댁 역시 사양할 수가 없었다.

"이걸 왜 나한테?"

"정욱이가 좋아하는 분이시라니까 저도 예뻐해 달라는 뜻에서 드려요."

가지런한 치아를 드러낸 은진이 살짝 미소를 짓자 파주댁은 저절로 한숨이 나왔다. 며칠전 먹은 가래떡이 가슴에 콕 하고 박힌 것처럼 숨이 막히고 답답했다. 눈앞에 서 있는 선남선녀의 모습이 너무 잘 어울려 이유없이 미워지려 했다. 특히 정욱의 옆에 서 있는 은진을 보노라니 정욱에 대한 섭섭함으로 눈물이 날 것 같았다.

"식당이 참 깨끗하다."

"음식도 맛있어. 여기서 저녁 먹고 갈까?"

"그러지 뭐. 어차피 네 오피스텔 가도 먹을 것도 없을 텐데."

두 사람이 주고받는 이야기에 파주댁은 기운이 쏙 빠졌다. 마음 같아서는 나가 달라고 하고 싶지만 그럴 수도 없는 노릇이고.

마음이 조마조마한 파주댁이 시간을 확인했다. 유경이 퇴근하고 돌아올 시간이 다 되어가고 있었다. 어쩌자고 정욱이 여자를 데리고 왔는지 모르겠다며 파주댁은 어디라도 숨고 싶어졌다.

"수원 이모님은요?"

"잠시 배달 나갔어."

"저희 김치찌개로 둘 주세요."

"그래."

파주댁은 난생처음으로 정욱에게 웃지 않았다. 돌아서는 파주댁은 뒷모습에도 온통 서운함을 피력하고 있었다. 그런 파주댁의 태도에 정욱은 쓴웃음을 삼켰다. 설령 그렇다 해도 어쩔 수 없었다. 최선의 방법인지 확신은 들지 않지만 자신이 택할 수 있는 최선의 선택이었다. 은진과 눈이 마주치자 정욱이 편하게 웃었다.

지친 기색으로 골목길에 접어든 유경은 낯익은 정욱의 차를 보자 자신도 모르게 입술을 바르르 떨었다. 며칠 전 휴대폰에 남겨진 '행복해'라는 정욱의 음성 메시지를 방금 전까지 곱씹고 있던 중이었다.

'거짓말쟁이, 그럴 줄 알았어.'

말은 그렇게 해도 정욱이 용기없고 못된 자신을 다시 찾아주길 간절히 바랐었다. 유경의 눈보다 다리가 먼저 식당으로 빠르게 향했다. 떠나보낼 때는 언제고 이제 와서 반기는 게 무슨 소용이냐고 비난해도 좋았다. 지금은 아무 생각도 하고 싶지 않았다.

"다녀왔습니다."

서둘러 식당 문을 연 유경은 정욱의 뒷모습에 미소를 지었다. 그러나 정욱은 혼자가 아니었다. 유경과 눈이 마주친 은진이 살짝 고개를 갸우뚱하자 정욱이 뒤를 돌아보았다. 유경의 미소가 점점 부서지기 시작하더니 가루가 되어 공중으로 흩날렸다.

"유경이 왔구나."

수원댁이 탁자를 정리하며 넉넉한 웃음을 지었다.

"네."

들릴 듯 말 듯한 목소리로 대답을 한 유경은 힘없이 식당 안으로 들어섰다. 식사를 하고 있는 정욱의 옆을 스쳐 가는 순간 평소와 다른 진지한 목소리가 들려왔다.

"장유경, 오랜만이다."

가벼워서 늘 놀림받는, 빈정거림이 다분한 뉘앙스가 차라리 좋았다. 지금 정욱의 목소리는 너무 낯설다.

"……그러네."

"이분이 유경이라는 친구 분이야? 안녕하세요, 이은진이에요."

당당하면서도 시원시원한 목소리가 유경의 뒷덜미를 잡아당겼다. 힘겹게 고개를 돌린 유경은 말없이 고개를 끄덕였다.
"어디 아프신가 봐요? 안색이 안 좋아요."
은진의 말에 밥만 먹고 있던 정욱이 유경을 힐끔 쳐다봤다. 정욱을 마주 볼 수 없어 유경은 시선을 피했다. 아무렇지 않게 아주 담백한 시선으로 마주 대하고 싶은데 그럴 용기가 나질 않았다.
"우리 유경이 요즘 감기 호되게 앓고 있어. 벌써 며칠짼지 몰라, 며칠이 뭐야. 한 한 달은 되어가나."
정욱에게 들으라는 듯 수원댁은 일부러 과장되게 말했다. 졸지에 화제의 주인공이 된 유경의 뺨이 살짝 상기되었다.
"그럼 식사 맛있게 하세요. 저는……."
"아니에요. 우리도 이제 일어서야죠. 정욱아, 나 먼저 나가서 시동 걸고 있을게. 차 키 줘."
은진이 자리에서 일어서자 유경은 자신도 모르게 움츠러들었다. 뚜렷한 이목구비만큼 키도 큰 은진은 성격 또한 시원스러운 것 같았다.
"받아."
정욱이 차 키를 던져 주자 은진이 귀엽게 받고는 생긋 웃었다. 유경에게 살짝 눈인사를 건넨 은진은 정욱의 어깨를 지그시 누르고 식당을 나섰다. 친근한 연인처럼 행동하는 두 사람을 지켜보던 유경은 입술을 잘근 깨물었다.

"아팠냐?"

정욱이 마지못한 것처럼 물었다.

"그냥 감기."

"겨울도 아닌데 웬 감기. 병원은?"

"약 먹었어."

"그게 약으로……."

정욱이 발끈 화를 내다 입을 다물었다. 물로 입가심을 하던 정욱이 자리에서 벌떡 일어났다.

"직장 다니랴, 데이트하랴, 공부하랴 감기 걸릴 만도 하지. 애인이 알아서 어련히 잘해줄까. 미안하다. 내가 또 주제넘는 참견하는 거지? 이만 갈게. 이모님, 저 이만 가볼게요."

정욱이 정중히 인사를 하고는 지폐 한 장을 테이블 위에 놓고 유경의 곁을 지나갔다. 곪은 상처가 삭지 않고 터져 버렸다. 아프다는 비명이 나올까 봐 유경은 숨도 쉬지 않았다.

'어서 빨리 사라져, 어서 빨리…….'

유경의 눈은 마음과 달리 멀어지는 정욱의 뒷모습만 바라보았다. 정욱의 등이 흔들리고 있었다. 유경은 자꾸만 눈에 힘을 주었다.

"그래도…… 병원은 꼭 가봐라."

문 닫히는 소리와 함께 정욱이 완전히 사라지고 나서야 유경은 참았던 상처를 터뜨렸다. 두 아주머니를 의식한 유경은 자신의 방으로 뛰다시피 들어갔다. 유경의 뺨 위로 뚝뚝 눈물이 흘러내렸다.

정욱이에게 여자 친구가 생겼다. 정욱의 눈빛이, 목소리가 예전과 달랐다. 자신만을 봐주던 눈은 다른 여자를 향했고, 장난스러운 목소리는 더 이상 유경의 이름을 부르지 않았다. 유경은 베개에 얼굴을 묻고 엉엉 소리 내어 울었다. 아무도 모르게 말없이 간직한 시간. 가슴에 품은 감정이 사랑임을 부인하기 싫은데 이제 더는 품을 수 없게 되었다.

'바보라도 욕해도 좋아. 너 보내고 나서 나 참 많이 아팠어. 이렇게 될 줄 몰랐었냐구? 알고 있었어. 다만, 가슴이 찢어질 만큼 고통스러울 거라고는 생각하지 못했어. 자신있었는데, 조금만 아파하고 끝날 줄 알았는데. 그냥…… 너한테 받기만 하고 준 게 없어서 미안해. 전부 다 미안해…….'

유경은 이미 축축할 때로 젖어버린 한쪽 베개로 인해 살이 따끔거리는 것도 느끼지 못하고 흐느꼈다. 차갑게 식어버린 정욱의 얼굴을 떠올리면 떠올릴수록 하염없이 눈물이 쏟아졌다.

"시간 좀 걸릴 줄 알았는데 금방 나왔네?"

정욱이 운전석에 앉으며 안전벨트를 매자 은진이 의외라는 듯한 표정을 지었다.

"인사는 했니?"

"응."

"너랑 나랑 수상하게 쳐다보지 않던? 안색이 창백해서 내가 다 미안해지는 거 있지. 정말 이래도 되는 거야?"

"당연히 이래야 해. 걔 나 아무렇지 않게 생각해."

"그래? 이상하네."

은진은 도통 이해가 안 되었다. 사정은 모르지만 정욱의 말처럼 유경이 아무렇지 않게 생각하는 거 같진 않았는데. 당사자들이 아니라고 하니 아니라고 믿어야지. 은진이 고개를 끄덕였다.

"내 임무는 여기서 끝인 거니?"

"응, 아니."

"응, 아니는 또 뭐야? 끝이라는 거야, 아니라는 거야?"

"내일 친구가 오거든. 누나도 와서 같이 놀자."

"내가 한국에 공부하러 나온 건지 최정욱 해결사 노릇 하러 나온 건지 모르겠네. 우리 엄마는 나 한국에서 지금쯤 열심히 공부하는 줄 알 텐데."

정욱을 바라보던 은진이 핀잔 섞인 푸념을 늘어놓았다.

"미안, 그러게 누가 누나더러 금방 한국에 나오래? 아무튼 수고했어."

"에이, 모르겠다. 일단 집부터 데려다 주라. 내일도 데리러 와 주고."

"알았어."

정욱이 기어를 바꾸며 슬쩍 파주댁의 식당을 쳐다보았다. 유경의 야윈 모습이 자꾸 눈앞에 어른거렸다. 그 자식 때문에 힘든 건가? 핸들을 쥔 정욱의 손이 부들부들 떨렸다. 어찌 되었든 이걸로 유경의 마음이 편하다면 그걸로 만족했다……

"기집애, 얼굴이 이게 뭐야? 속상해 죽겠네."

성옥은 아까부터 투덜거림을 멈추지 않았다. 어쩐지 전화를 해도 목소리가 시원찮더라니 필시 무슨 일이 있는 게 분명했다. 아무리 옆에서 바람을 잡아도 유경은 미소만 지을 뿐이었다. 학창 시절의 유경과는 확실히 달라진 분위기였다. 그땐 웃고 있어도 속을 가늠하기 힘들었는데 지금은 가끔 슬퍼 보이는 색채가 차라리 마음에 들었다. 완벽함을 추구하는 것은 좋지만 받아들이는 사람은 조금 벅찬 법이니까.

"그런데 기껏 먹고 싶다는 게 떡볶이야?"

넓은 마트 안을 둘러보며 유경이 힘없이 중얼거렸다. 예전에 파주댁이 만들어주던 떡볶이가 먹고 싶다는 것이 성옥의 요구였다. 지금은 분식 종류를 하지 않아서 떡볶이 재료를 사러 마트에 오는 길이었다. 대형 마트 안은 주말 오후라서 그런지 사람들로 북적였다.

"느이 아주머니, 떡볶이 죽이게 잘하시잖아. 요즘은 그런 맛 느낄 곳이 없어. 이상하게 난 서울 음식이 입에 안 맞아."

"평택이나 서울이나 거기가 거기지."

유난스런 성옥을 타박하며 유경이 희미하게 웃었다.

"그런가? 아무튼."

두 사람은 장바구니에 간단하게 떡볶이 재료를 담았다.

"유경아, 잠깐만. 아이스크림도 사가자. 내가 가져올게."

성옥이 표지판을 둘러보더니 이내 모습을 감추었다. 유경은 바구니를 옆에 끼고 한쪽으로 물러서 있었다.

"정욱아, 칵테일도 만들까?"

뒤에서 들려온 목소리에 유경은 무심코 고개를 돌렸다. 정욱이라는 낯익은 이름을 가진 사람이 누구일까 하는 단순한 호기심에서였다. 그러나…… 유경은 멍하게 너무나 익숙한 사람을 바라보았다. 그녀가 아는 정욱이었다. 최정욱.

카터를 세워두고 이것저것 담는 정욱의 옆에 어제 보았던 은진이 장난을 치고 있었다. 정욱이 '픽' 하고 웃는 모습에 은진도 따라 미소를 지었다. 물건을 다 고른 듯 두 사람이 유경이 서 있는 곳으로 점점 다가왔.

성태에게 마트로 오라고 했던 정욱이 혹시나 하며 마트 안을 살폈다. 생각없이 마트 안을 둘러보던 정욱은 유경의 모습에 멈칫했다. 보고 싶을 땐 간절히 소원해도 볼 수 없더니. 정욱의 입에서 나지막한 한숨이 흘러나왔다.

"웬 한숨?"

은진이 정욱을 이상하게 힐끔거렸다. 정욱의 시선을 향해 무심히 따라가던 은진이 인상을 썼다. 정욱을 바라보고 있는 유경이나 유경을 바라보는 정욱이나 어쩜 그리 닮은꼴처럼 보이는지. 저런 눈빛이 아무렇지 않은 감정이라는 건…… 새삼 어제 정욱의 말이 거짓말 같다는 생각이 들었다. 아니면 정욱이 눈치를 못 채는 것이거나. 분명 둘 중 하나였다.

"누나, 내 뺨에 뽀뽀 좀 해주라."

정욱이 심각하게 부탁하지 않았다면 은진은 그 자리에서 크게 웃을 뻔했다. 애인 노릇 좀 해달라는 요청을 흔쾌히 들어주는 게 아니었는데. 은진은 잠시 갈등하다 마음을 굳혔다. 일당 받고 애인 노릇 하는데 그쯤이야 어려운 일도 아니었다.

"정욱아, 너 너무 사랑스러운 거 알지?"

은진이 쪽 소리를 내며 정욱의 뺨에 뽀뽀를 했다. 닦아낼 생각도 하지 않고 흡족하게 웃는 정욱으로 인해 유경은 눈앞이 아찔했다. 두 사람이 자연스럽게 유경의 앞을 지나쳐 갔다.

'장유경, 내가 널 잊어주는 게 널 위하는 길이라면 이제 정말 놔준다. 네가 원해서 내 마음 정리하는 거야. 난 네가 원하는 거 다 들어주고 싶었거든. 너 떠나달라는 소리 빼고. 그런데 이제 그것까지 들어준다. 널 진정 사랑하니까. 아프지 마라. 보고 있어도 보고 싶은 네 얼굴이지만 아픈 얼굴은 아니야. 이제 너 괴롭히는 일 따윈 없을 거야. 장유경, 사랑한다…….'

이가 덜덜 떨리며 눈자위가 자꾸만 따끔거린다. 못 볼 것을 본 것처럼 자꾸만, 자꾸만……. 유경은 멀어져 가는 정욱에게서 눈을 떼어내지 못했다. 상처밖에 남는 것이 없음에도 도저히…….

"유경아, 유경아, 나 지금 누구 봤는 줄 알아? 최정욱 봤어, 최정욱. 웬 멋진 여자랑…… 야, 너 왜 그래?"

양손 가득 아이스크림을 들고 오던 성옥은 유경의 핏기 잃은 모습에 아이스크림도 잊고 유경의 몸을 흔들었다.
"성옥아…… 나 어떻게 해? 나 어떻게 하면 좋아."
유경이 털석 자리에 주저앉아 무릎에 얼굴을 묻고 흐느꼈다.
"지갑 잃어버렸니?"
성옥은 주변을 두리번거리다가 유경의 옆에 무릎을 꿇고 다가앉았다.
"정욱이가…… 정욱이가……."
점점 희미해지는 정욱의 모습을 따라서 유경은 점점 의식을 잃어갔다. 그러면서도 입가에서는 정욱의 이름이 떠나질 않았다. 마음 놓고 불러보지 못한 이름을 그녀는 그렇게 마음 놓고 부르는 중이었다.
"누가 다쳤나 봐?"
막 주차장에 도착한 정욱이 물건을 싣고 있는데 은진이 사이렌 소리에 주변을 두리번거렸다.
"그런가 보네."
주차장을 빠져나오던 정욱은 마트를 향해 달려오는 구급차 옆을 유유히 지나갔다. 유난히 사이렌 소리의 여운이 강하게 남았다.

열다섯

며칠간 수원댁 혼자 식당을 도맡아한 흔적이 곳곳에 남아 있었다. 퇴원을 하고 돌아와 잠이 든 유경을 지켜보던 파주댁이 식당 구석구석을 청소하기 시작했다. 친구와 마트에 간 유경이 병원에 있다는 말에 얼마나 놀랐던지 지금도 심장이 불규칙하게 뛰었다. 꼬박 하루 동안 고열에 시달려서 사람의 간담을 서늘하게 하더니 사흘 만에 퇴원을 허락받았다.

기계도 쉼없이 돌리면 고장이 나는데 삼 년 동안 병 한 번 안 앓고 버텨낸 게 용했다. 피로가 누적되었다는 의사의 설명에도 파주댁은 원인이 정욱에게 있다고 믿었다. 상대방이 자기를 좋다고 할 땐 내치고 싫다고 하면 좋아지는 게 간사한 사람의 마음이었다. 매일 보던 정욱이 하루만 안 와도 궁금할 지경인데 자기한테 온갖 애정을 쏟던 유경이야 오죽하랴 싶었다. 유경의 초점 흐린 눈이 누구를 향하는지 알면서 모르는 척하는 것도 곤욕이었다. 언제까지 저대로 두고 볼 수도 없고. 심란한 마음을 청소로라도 풀어야 했다. 혼자서 동분서주한 수원댁에게 이틀간 쉬라고 한 파주댁은 손님이 와도 반갑지 않았다. 요즘 같아서는 식당 문 걸고 유경이와 함께 바닷바람이라도 쐬고 싶었다.

복잡한 심사를 누르며 파주댁이 저녁 장사 준비를 마칠 무렵이었다. 벨소리와 함께 식당 문이 살짝 열렸다.

"아이고, 정말 또 왔네? 병원에서 일하는 거 보니까 엄청 힘들겠던데."

"에이, 매일 하는 일인데요 뭐. 유경인 자요?"

성옥이 조심스레 인사를 하며 들어섰다.

"응, 들어가 봐."

"깨면 어떻게 해요. 병원에서 실컷 봤는데 나중에 봐도 돼요. 장사 준비하시는 거예요? 저도 좀 도와드릴게요."

입고 있던 얇은 상의를 의자에 대충 건 성옥이 일거리를 찾아 두리번거렸다. 성옥의 살뜰함에 파주댁은 후한 점수를 주었다. 다행히 성옥이 일하는 병원에 입원을 한 덕에 유경이 그나마 세심하게 치료를 받고 돌아올 수 있었다. 더욱이 유경이 심심하지 않게 성옥이 말동무가 되어주어 파주댁도 한결 수월했었다.

함께 야채를 다듬으며 두 사람은 조용조용 유경의 이야기와 소소한 주제로 이야기꽃을 피웠다. 저녁 시간이 되기가 무섭게 하나둘씩 들어서는 사람들로 인해 파주댁은 주방에서, 성옥은 홀에서 부지런히 오갔다.

"이모님, 저 왔습니다!"

평소와 달리 소심하게 식당 문을 연 성태는 스커트 차림을 한 젊은 여자의 모습에 눈이 번쩍 뜨였다. 드디어 '이모네' 식당에도 젊은 피! 젊은 아가씨가 수혈된 듯했다. 자고로 서비스업은 대세를 무시하면 안 되었다. 특히나 자신을 못마땅하게 여기던 수원댁을 떠올리자 저절로 고개가 흔들어졌다.

성태는 헤벌쭉거리며 빈자리를 찾았다. 하필이면 오늘 같은 날 젊은 피가 수혈된 것이 안타까울 뿐이었다.

"어서 오세요."

밝게 인사를 하던 성옥의 눈꼬리가 사납게 올라갔다.

'참, 가지가지 하고 앉았다. 저 인간은 여기 또 웬일이래?'

요란스러운 무늬의 셔츠에 코를 찌를 듯한 향수 냄새를 풍기는 성태를 보노라니 들고 있는 빈 쟁반으로 한 대 내리쳐 주고 싶었다. 아들이 저러고 다니는 꼴을 부모는 어떤 심정으로 봐 넘기는지 도무지 이해가 되지 않았다.

"어라? 이 언니 어디서 많이 봤는데."

성전환 수술 환자가 아닌 것은 분명했다. 성정체성을 겪고 있는 환자인가? 성옥은 자연스럽게 언니라는 말을 내뱉는 성태를 향해 혀를 찼다.

"언니, 나 어디서 본 기억 안 나요?"

"글쎄요. 지난번 정신병원에 갔을 때 본 것 같기도 하고. 뭐 드실래요?"

"에이, 언니 농담 너무 잘한다. 우리 이모는 안 계시나?"

성태가 목을 길게 빼내곤 주방 쪽을 살폈다.

지가 무슨 목이 길어 슬픈 사슴이라도 돼? 목을 탁 쳐줄까 보다. 세상의 모든 여자가 다 언니고 이모인가 보지? 성태의 모든 것이 마음에 안 드는 성옥은 다시 한 번 퉁명스럽게 말했다.

"식사 안 할 거면 나가주세요. 식당이 좁아서 다른 손님들 못 들어오니까."

성태가 픽 콧방귀를 뀌었다. 식당에 빈자리라도 없으면 모를까, 거짓말을 해도 어설프게 했다.

"이야, 우리 이모네 집이 언제 이렇게 인심이 야박해진 거야. 언니, 저기도 빈자리, 요 앞도 빈자리인 거 안 보여요? 내가 누군지 모르나 본데 나 이집 VIP 고객이에요. 나처럼 식당 분위기 업그레이드시켜 주는 손님한테까지 이러면 곤란하지. 언니가 새로 와서 아직 뭘 몰라서 하는 소리겠지만."

"주문만 하면 되지 참 말씀도 많으시네요. 그 입 안 아파요? 입에도 주사 한 방 놔주고 싶어지네. 그날 주사 맞을 만했죠?"

짜릿하게 노려보는 성옥의 눈초리에 성태는 동작 그만 자세가 되었다. 순간 얼마 전에야 겨우 아픔이 가셔진 주사를 떠올렸다. 그때의 기억을 되살리자 갑자기 으드득 이가 갈렸다. 이 뭔가 부족해 보이는 여자가 그 힘만 무식하게 좋은 간호사인 게 틀림없었다. 분노로 인해 몸이 사시나무 떨리듯 부르르 떨렸다.

그날 맞은 주사로 인해 한동안 오른쪽 엉덩이는 바닥에 붙이지도 못했다. 참선하는 사람처럼, 아니, 뭐 마려운 강아지처럼 들고 있어야 했다. 한동안은 치질로, 그 다음은 잘못된 주사로 자신의 뽀얗고 사랑스러운 엉덩이가 연속으로 수난을 당했다.

"오, 정욱이 친구 왔네?"

주방에서 음식을 갖고 나오던 파주댁이 반갑게 웃었다. 성태가 보란 듯이 어깨에 힘을 주곤 성옥을 가소롭다는 눈길로 쳐다보았다. 성옥의 날카로운 눈매가 더욱 사납게 찢어졌다. 꼴에 최정욱이 친구야? 내 친구 유경이를 울린 그 나쁜 놈. 성옥은 그날 주사를 더 아프게 놓지 않은 것이 원통해졌다.

"유경 씨는 아직 퇴근 안 했습니까?"

성옥이 두 눈이 쓰리도록 아프게 성태를 째려보았다. 그 가벼운 입에 감히 유경의 이름을…….

"유경이가, 저기……."

파주댁이 말을 흐렸다. 그동안 정욱의 노력을 알기에 다른 사람을 만난다 해도 원망할 수도 없었다. 거기다 이젠 유경을 잊은 것 같은데 괜히 아프다는 소리 해봐야 득될 것이 없었다. 파주댁이 고민하는 동안 성태 역시 망설이고 있었다.

"이모님한테 나 약혼한다고 전해주라. 유경이 마음 편해지도록 내가 완전히 마음 돌렸다는 거 확실히 해주고 싶다. 유경이

나 때문에 그동안 많이 힘들었다는데 그 소리 들으면 좋아할 거야."

하지도 않은 약혼을 했다고 전해주라니 미친놈이라고 펄쩍 뛰긴 했지만 이렇게 결국 사신단처럼 오고 말았다. 아무래도 전생에 자신은 왕이고 정욱은 내시였던 게 분명했다. 하여 후생에는 자신이 정욱의 꼬봉 노릇을 하는 게 틀림없었다. 썩 내키진 않지만 성태는 입을 달싹거렸다. 매도 먼저 맞는 것이 나았다.

"이모님, 정욱이 곧 약혼해요."

"어머머! 최정욱 약혼한대요?"

흥분한 성옥이 작은 눈을 휘둥그레 떴다.

'이 언니도 정욱일 아나?'

성태의 눈 또한 휘둥그레지기는 마찬가지였다.

"최정욱 그 인간, 우리 할머니 말마따나 똥물에 튀겨 죽일 놈이네. 아니, 유경이한테 그렇게 목매달아서 난리를 떨더니 싫다는 한마디에 다른 년이랑 약혼을 해요? 유경인 아파서 입원까지 하고 난리였는데. 이야, 정말 생긴 대로 노는구나. 거지 찌질이 같은 놈! 가서 얼굴을 다 물어뜯어 버릴까 보다. 에잇, 오백만 년 쌍으로 재수없는 것들!"

성옥의 욕설에 성태는 흠칫거리며 벽에 몸을 기댔다. 성옥에게 얼굴을 물어뜯길까 봐 겁에 질린 성태는 숨소리마저 죽였다. 지금까지 숱한 욕을 입에 달고 살아봤지만 여자애의 입에서 저런 걸걸한 욕이 나오는 것은 처음 들었다. 더군다나 똥물에 튀겨 죽일 놈이라는 욕설은 자신의 모친 왕 여사가 머리끝까지 화가 날 때면 퍼붓는 욕설이었다. 순간 성태는 성옥이 간호사로 위장한 자신의 엄마가 아닐까 하는 착각이 들었다.

멍하게 누워 천장을 주시하던 유경이 눈을 깜빡거렸다. 진작부터 깨어 있었지만 인기척을 내지 않았다. 성옥의 소란스러운 반응을 듣고 있던 유경이 몸을 일으켜 벽에 기대어 앉았다. 어둠 속에서 유경의 눈동자가 유난히 반짝거렸다.

정욱이가 약혼을 한대…….

"유경 씨 아팠습니까?"

성태가 크지도 않은 눈을 동그랗게 떴다. 그러자 성옥이 바로 눈을 흘기며 따지듯 말했다.

"흥, 그랬다면 어쩌게요? 최정욱 그 거지발싸개 같은 인간한테는 얘기하지 말아요. 저 때문에 아픈 거라고 오해할라. 아이, 신경질나."

갑자기 성옥이 성태에게 손을 내밀자 성태가 잽싸게 몸을 뒤로 빼냈다.

"이게 무슨 짓입니까?"

성옥의 거친 행동을 지켜보던 성태가 겁에 질린 표정으로 물었다.

"그쪽도 참 딱하네요. 내가 지금 그 말미잘같이 생긴 손 잡고 싶어 이러는 줄 알아요? 휴대폰 좀 줘봐요."

"아무리 화가 나셔도 그렇지, 던지려면 물 컵이나 던져요. 이

거 300만 화소 최신형 휴대폰인데 겁도 없이."

"무슨 소릴? 내가 무슨 성격 파탄자예요? 정욱이 번호 알려고 그래요."

"정욱이 번호는 왜요?"

"댁 같으면 친구가 아픔을 겪는데 가만히 있고 싶어요? 아, 최정욱이 친구니까 어련하시겠어. 가만있어 보자, 가장 치명적이고 독한 욕이 뭐가 있더라."

성옥이 잠시 다른 생각을 하는 틈을 이용해 성태가 재빨리 정욱의 번호를 눌렀다.

'이 자식, 왜 이렇게 전화 안 받아! 저 드센 아줌마가 욕바가지 퍼붓기 전에 얼른 받아.'

성태는 갑자기 '아차' 하는 표정을 지었다. 지금 정욱은 은진과 영화를 보고 있을 시간이었다.

"이런, 니미럴."

성태의 입에서도 결국 욕설이 터지고 말았다. 성옥이 황당하여 그런 성태를 쳐다봤다.

"정욱이냐? 나다. 아, 이런 미친놈. 너한테 나다 할 분이 노성태밖에 더 계시냐?"

성태의 주절주절 헛소리에 성옥이 전화를 낚아채려 했다. 사납게 손을 뻗는 성옥을 피해 성태는 얼른 용건을 전했다.

"저기…… 나 여기 이모네 식당인데, 유경 씨가 많이 아프다는데 한번 와봐야 하지 않겠냐? 네 약혼 이야기? 했지, 인마. 그래? 그럼 영화나 봐라. 그래…… 나중에 또 통화하자."

휴대폰을 탁자 밑으로 숨기며 성태가 우물쭈물거렸다.

"저기…… 영화 본다고 나중에 통화하자는대요."

"아주 제대로 맛이 가셨군. 흥! 최정욱, 지도 무섭긴 한가 보네. 나한테 걸리기만 해봐라. 영화를 봐야 해? 아무튼 나 안 만나도록 조심해라. 그 눈알을 다 뽑아버릴 테니. 아이, 이럴 줄 알았으면 공부 더 열심히 해서 의대 가는 건데. 시체 해부하듯 확……."

성옥이 아드득 이를 갈며 빈 그릇을 챙겨 주방으로 향했다. 성옥이 주방으로 사라지자 성태는 살짝 성호를 그었다. 살아생전 이런 공포 분위기는 처음이었다. 아니, 어쩌다 유경에게 저런 친구가 있는지 십대 미스터리에 들어갈 항목이었다.

호랑이도 제 말 하면 나타난다더니, 유경이 앓은 티를 내며 창백한 모습을 보였다.

"유경아, 너 괜찮아?"

주방 앞에 서 있던 성옥이 삐죽 고개를 내밀었다. 유경이 신발을 신다 말고 어색하게 웃었다.

"응. 왔니?"

꽉 잠긴 유경의 목소리에 성태가 방긋 웃으며 손을 흔들려다 재빨리 내렸다. 유경을 못 본 지 한 달도 안 된 것 같은데 몰골이 말이 아니었다. 일 년도 아니고 반년도 아니고. 커다란 두 눈이 더욱 강조되어 예쁘긴 하지만 어딘지 모르게 측은함이 몰려

들었다.

성태는 속으로 또 한 번의 성호를 그었다. '친구의 친구를 사랑했네'의 주인공은 되기 싫었다. 더군다나 정욱이 사랑하는 여자를……. 하지만 안아주고 싶은 유혹이 절로 들 만큼 유경은 청순함 그 자체였다.

"오랜만에 뵙네요."

유경이 먼저 인사를 건네며 힘겹게 웃었다. 성태는 엉거주춤 엉덩이를 들며 살짝 손을 들었다. 성태가 인사말을 하려고 하자 그와 동시에 성옥의 잔소리가 날아들었다.

"장유경! 너 어디 가려고? 몸도 안 좋은데 그냥 누워 있어."

"이제 괜찮아. 환자도 아닌데 누워 있으려니 답답해."

"유경아, 너 머리는 다 마른 겨? 씻고 푹 잔다고 해서 허락했더니. 그러다 감기 더 들어."

주방에서 뛰어나온 파주댁이 기겁을 하며 말렸다.

"바람 쐬러 나갈 거면 나도 같이 가자."

"따라 나오지 마세요, 저 동네 한 바퀴만 돌고 올게요. 정말 답답해서 그래요. 성옥이 너도."

유경이 애교를 부리자 앞치마를 풀던 파주댁은 동작을 멈췄다. 유경은 따라 나오려는 성옥에게도 고개를 젓고는 식당 문을 열었다.

"어휴, 저 고집불통."

억지로 따라간다고 했다간 유경이 울 것 같아 성옥은 더 조르지도 못했다. 망연자실 서 있는 성옥을 향해 성태가 가볍게 웃음을 날렸다. 성옥이 눈을 흘기며 입술을 삐죽거렸다.
"그쪽 이름이 성옥 씨입니까? 저는 성탠데요. 누가 보면 남매로 알겠어요."
"어휴! 그런 걱정 붙들어매고 밥이나 드세요. 내가 이름을 바꾸던지, 원."
성옥이 집어 던지듯 음식을 차렸다. 괜히 본전도 못 찾은 성태는 코를 훌쩍거리곤 수저를 들었다. 그러면서도 계속 성옥을 곁눈질했다. 혼자서 구시렁거리는 것이 정욱에 대한 욕설 같지만 오물거리는 입술이 은근히 귀여웠다.
'그나저나 최정욱, 이 염병할 자식! 심장병 소리 한 번만 더 했다가는 내 손에 먼저 죽을 줄 알아. 노성태 이미지 그 새끼 땜에 다 버린다니까.'

"누구야?"
은진이 정욱의 옆구리를 살짝 눌렀다.
"응? 성태."
"성태? 둘이 데이트나 하라고 하더니 그새 심심한가 보네. 영화 같이 보자니까 어딜 그렇게 급하게 간 거야."
은진의 중얼거림을 뒤로하고 정욱이 좌석에 편하게 몸을 기댔다. 반전에 반전을 거듭하는 영화는 정욱의 머리 속에 제대로 주입되지 않았다. 눈은 화면을 향해 있는데 줄곧 생각은 다른 곳에 머물렀다.

성태에게 약혼 이야기를 부탁하던 순간을 끝으로 두 번 다시 유경의 이름을 떠올리지 않겠노라 맹세했었다. 약혼 소식이 유경의 귀에 들어가는 순간, 최정욱의 기억에서 장유경은 없다고. 그런데 장유경 그 무심한 바보가 아프다는 말에 심장이 갈기갈기 찢어지는 것처럼 쓰리고 아팠다.

최신 설비를 갖춘 극장답게 영상도, 음향도 웅장했지만 정욱에겐 보이지도, 들리지도 않았다. 불안한 아이처럼 다리를 떨던 정욱이 주먹을 꽉 쥐었다.

"누나, 나 먼저 가야겠어."

정욱이 벌떡 자리에서 일어나자 뒷좌석의 사람들이 불만 섞인 소리를 냈다. 미리 예상이라도 한 것처럼 은진은 시원하게 고개를 끄덕였다.

"그래, 가봐. 끝에 내용은 나중에 내가 이야기해 줄게. 아니다, 유경 씨랑 다시 와서 보면 되겠다."

은진의 말에 정욱이 브이 자를 그리곤 부리나케 극장 안을 빠져나갔다.

받아주지 않아도, 바라보는 곳이 달라도 상관없었다. 잊겠다는 말도 쓸데없는 오기일 뿐. 날이 지나면 지날수록 그리움만 더욱 커지고 있었다. 그리움에 지쳐 죽을 수도 있겠다는 생각이 들 만큼 간절하게 유경이 보고 싶었다.

정욱은 몇 번의 헛손질을 끝에 자동차 키를 꽂았다.

'장유경, 나 네가 아무리 싫다고 해도 너 포기 못하겠다. 싫다면 바라보기만 할게. 그것까지 막지는 마라. 그건 내 권리니까.'

급브레이크 밟는 소리가 요란하게 들렸다. 끼익거리는 타이어 긁히는 소리에 성태가 인상을 잔뜩 찌푸렸다.
"아, 졸라 짜증나네! 어느 미친놈이 저렇게 험하게 차를 세우는 거야? 고막 터지겠네."
성태의 구시렁거리는 소리에 건너 테이블에 앉아 신문을 뒤적이던 성옥이 혀를 찼다.
'욕을 해도 꼭 저 같은 욕만 해요. 저런 아들 둔 부모만 불쌍하다니까.'
한소리 해줄까 망설이던 성옥은 부서져라 열리는 문소리에 화들짝 놀랐다. 놀란 사람은 성옥만이 아니었다. 밥을 막 입 안으로 퍼 넣던 성태는 난데없는 소리에 수저를 덥석 깨물고 말았다.
"아, 이빨아. 아…… 아…… 내 이빨, 내 이빨."
성태가 펄쩍거리며 자리에서 일어났다 앉았다를 반복했다. 그리고는 빈 컵을 들고 애처롭게 성옥을 바라보았다.
"보여줄 게 없으니까 이젠 별걸 다."
컵에 물을 따라 건네주며 성옥이 한마디 거들었다. 이 동네는 주로 시끄러운 사람들만 사는 것 같았다. 성옥이 인상을 쓰며 요란스럽게 등장한 주인공을 노려보았다.

"너, 최정욱 맞지? 어머……."

환하게 미소를 짓던 성옥이 고개를 저었다. 자신도 모르게 정욱의 모습에 감탄사를 지를 뻔했지만 고의가 아닌 본능에 충실한 반응일 뿐. 이성은 정욱을 미워하라고 주문하고 있었다.

'장유경, 네가 처음부터 정욱이 받아줬음 이 멋진 녀석이 다른 여자랑 사귈 생각을 했겠니? 너도 참 남자 보는 눈 없다. 당장 저 이상한 양아치랑만 비교해도……'

절로 혀 차는 소리가 나왔다. 복을 차도 어쩜 저리 제대로 차냈는지.

"유경이는?"

유경의 방으로 직행한 정욱은 텅 빈 방 안을 들여다보곤 하얗게 질려 두 사람을 쳐다보았다. 정욱의 놀라는 모습을 보자 성옥은 유경이 너무 부러워졌다. 저런 얼굴이 사랑에 빠진 사람의 얼굴이구나. 성옥은 가슴이 두근거렸다.

"유경이 왜 방에 없어? 병원에 간 거야?"

정욱이 굶주린 맹수처럼 차갑게 눈빛을 번뜩이며 날카롭게 외쳤다.

"야, 인마! 나 밥 좀 먹자. 병원 안 갔으니 염려 마."

"지금 밥이 넘어가? 병원 안 가면 어디 간 거야?"

"미친놈, 그럼 밥이 넘어가지 숟가락이 넘어가겠냐. 바람 쐬러 간다고 나갔어."

"아픈 사람이 바람은 무슨 바람이야! 아무도 안 말린 거야?"

정욱이 버럭 고함을 질렀다. 밥을 먹던 성태는 사레들려 마구 밥알을 분출해 냈다.

"내 저놈하고 연을 끊든지 해야지. 말려도 본인이 나가겠다는데 무슨 수로 말려? 너는 유경 씨 고집 꺾을 수 있었냐? 어디서 큰소리야? 하여간에 저놈은 꼭 뒷북을 쳐요."

"아주머니는?"

"요 앞 상가에 배달 나가셨어."

정욱에 대한 원망으로 성옥이 퉁명스럽게 대답했다. 이제 와서 화를 내면 무슨 소용이람, 다른 여자랑 약혼한다면서.

"미치겠네. 어디로 간다는 말도 없었어?"

정욱이 머리를 쥐어뜯듯 쓸어 넘겼다.

"동네 한 바퀴 돌고 온댔는데 좀 늦네."

"아픈데 어딜…… 나 유경이 찾아보러 갈게. 혹시 오면 바로 연락 줘!"

정욱이 순식간에 식당을 뛰쳐나갔다. 성태는 불안한 눈으로 열린 식당 문을 쳐다봤다. 밥이 눈으로 들어가는지 코로 들어가는지 구분이 되지 않았다. 밥 한 끼 먹는데 무슨 태클이 이리도 많은지. 그 원흉이 바로 최정욱이었다.

"하여간에 최정욱 저 자식은 내 인생의 태클이라니까."

투덜거리는 성태의 말에 성옥은 코웃음을 쳤다.

'정욱이 때문에 인생의 피크를 맞았겠지.'

다음번엔 정신과를 적극 추천해 주리라 생각하며 성옥은 열린 문을 하염없이 바라보았다. 부럽다, 장유경.

유경은 발걸음이 원하는 대로 무작정 걷고 있었다. 시야를 어지럽히는 불빛, 짙게 드리운 어둠이 지금은 그녀의 친구였다. 굳이 설명하지 않아도, 구차한 변명 따윈 하지 않아도 되는. 하지만 위로를 건네주지 못하는 서글픈 친구였다. 동정을 바라진 않지만 누군가의 마음이 필요했다. 아무도 모르는 타인의 손길이 필요한 것 같기도 하고 그냥 기대어 울 수 있는 어깨가 필요한 것 같기도 하고. 유경은 갈피를 잡지 못하고 있었다.

"정욱이, 곧 약혼해요."

흩날리는 머리카락을 귀 뒤로 넘기는 유경의 얼굴에 핏기가 가셨다.
나는 네게 아픔이었겠지? 너도 내겐 아픔이니까······.
그래도······ 그래도 있지, 난······ 정욱아······.
갑자기 걸음을 멈춰 선 유경이 우두커니 서서 얼굴을 감싸 쥐었다.
정욱이 자신을 배신했다고는 생각하지 않았다. 일방적으로 마음을 주다 내쳐진 쪽은 정욱인데 그런 생각 자체가 모순이었다. 그렇다고 그렇게 완전히, 기다렸다는 듯이 선을 그어버린 정욱이 원망스러웠다. 보란 듯 다른 여자를 보며 웃는 정욱이

미웠다. 원망도 하면 안 되는 것임을 알고 있었다. 받기만 하고 준 것이라고는 모진 말밖에 없는데 어떻게 원망을.

유경은 떨리는 몸을 감싸 안고 다시 걷기 시작했다. 걷다 지쳐 발걸음이 멈춰 서는 곳이 그녀가 쉴 곳이었다.

정신없이 뛰어다닌 탓에 입고 있는 상의가 땀복처럼 젖어들었다. 마른침을 삼키며 숨을 고른 정욱이 쥐고 있는 휴대폰을 다시 한 번 확인했다. 혹시나 하고 바라본 휴대폰은 역시나 조금 전의 상황과 별다를 바가 없었다.

정욱이 땀에 젖은 머리를 손가락으로 빗어 넘겼다. 골목길을 반복해서 뛰어다닌 게 수차례였다. 혹시라도 유경이 쓰러진 건 아닐까 하는 불안감에 걸을 수도 없었다.

'어디 간 거야? 혹시…… 선호라는 그 사람 만나러 간 거냐? 그럼 차라리 다행인데.'

사랑은 일방적으로 강요해서 되는 것이 아니라는 할머니의 말씀을 이제야 어렴풋이 알 것 같았다. 상대방이 행복하다면 그 행복을 지켜봐 주고 축복해 주는 것도 사랑이었다. 마음은 찢어질 듯 아프겠지만.

그래도, 장유경. 나 다시 도전한다. 이대로는 못 물러서.

바라보는 것도 사랑이라면 포기할 수 없는 것도 사랑임을 보여주고 싶었다. 이제야 사랑이 뭔지 제대로 표현할 수 있을 것 같았다.

'장유경! 도대체 어디 간 거야? 네가 너무 보고 싶어. 걱정되

어서 미치겠단 말이야!'

정욱은 폭발 일보 직전의 상태를 억누르며 습관처럼 벽에 몸을 의지하고 기댔다.

"휴우."

"으음……."

무심코 나온 한숨 소리에 메아리가 있을 리 만무했다. 정욱이 신음 소리를 좇아 고개를 돌리자 어둠 속에서 무엇인가 꿈틀거리고 있었다. 그 무엇인가가 사람이라는 것을, 또 유경이라는 것을 감지한 순간 정욱은 입술을 꽉 깨물고 두 눈을 무섭게 치켜떴다.

"너…… 도대체 뭐 하자는 거야?"

너무나 낯익은 고함 소리에 몸을 웅크리고 있던 유경이 고개를 들었다. 긴장된 몸이 바르르 떨렸다. 정욱일 리 없는데…… 너무나 똑같은 목소리가 들렸다. 이젠 환청까지 들리나 봐. 유경은 등을 붙인 채 그대로 몸을 일으켰다. 옷감 스치는 소리가 벽을 타고 흘렀다.

"장유경! 너……."

정욱은 감정이 복받쳐 더 이상 추궁하지 못하고 애꿎은 벽만 노려보았다.

"정욱…… 이니?"

손을 뻗으면 잡을 수 있는 위치이건만 두 사람은 벽에 몸을 의지한 채 말이 없었다. 힘겨운 숨소리와 씩씩거리는 숨소리가 절묘하게 조화를 이루고 있었다.

"어떻게 된 거야? 몸도 아프다면서 왜 이러고 있어?"

"너…… 보기 싫어."

"훗! 네가 나 싫어하는 건 이미 다 알고 있어."

"네가…… 너무…… 미워."

"알아."

"가…… 가버려!"

혼신을 다한 유경의 거부에 정욱은 더 이상 서운함도 느끼지 못했다. 끝까지 싫다고 외치는 것이 아픈 모습보다 나았다. 정욱이 벽에서 몸을 떼어냈다. 더 버티다간 유경의 흥분이 심해질 것 같아 오늘은 여기까지 하고 양보할 생각이었다.

"쉬어라. 갈게."

정욱이 막 발걸음을 뗄 때였다. 작은 흐느낌 소리가 뒷덜미를 잡고 놓아주질 않았다. 그리고 그 흐느낌 속에서 작은 웅얼거림이 들려왔다. 정욱이 숨소리를 낮춰가며 소리를 들으려 집중했다.

"나는…… 그 아이의 손이 너무 좋았어. 내가 아플 때마다 내 이마를 짚어주던 손, 내 눈물을 닦아주던 손, 넘어지면 나를 일으켜 주던 손. 그 손을 나는 지금도 못 잊고 있어. 아마 평생 그럴 거야. 가끔은 그 아이가 잡아주던 그 손이 너무 소중해서 씻지 않고 영원히 간직하고 싶었어. 그럴 수만 있다면 그랬을 거야."

"유경아."

유경에게 다가가는 정욱의 발걸음이 떨림으로 자꾸 지체되었다. 감격에 겨운 정욱은 어떤 말을 해야 할지 막막하기만 했다. 유경이 말하는 이야기 속 대상이 자신이라는 것을 확신할 수 있었다.

금방이라도 쓰러질 것 같은 유경은 슬픈 목소리로 말을 이어 나갔다.

"그런데…… 나는 있지, 그 아이의 손이 우리 아빠라는 사람의 손처럼 커갈까 봐 무서워졌어. 언젠가 그 아이의 손도 아빠처럼 그렇게 커지면 나랑 엄마를 버리고 다른 여자를 좋아하고, 다른 아이를 사랑해 줄까 봐. 그 아이의 손도 아빠라는 사람의 손처럼 엄마를 때리거나 내가 좋아하는 책을 찢어버리고 그럴까 봐. 아무렇지 않은 얼굴로 휘두르는 손이 너무 끔찍했어. 너도 그렇게 변할 거라고 내 스스로 최면을 걸었어. 그렇게 될 거라고 확신했었어. 미안…… 해. 내 멋대로 그렇게 생각해서."

정욱의 주먹 쥔 손이 부르르 떨렸다. 유경의 아버지가 폭력을 썼다는 건 전혀 몰랐던 사실이다. 어떻게 어린 유경에게 그런 상처를…… 정욱은 상상만으로도 미쳐 버릴 것 같았다.

"그래서 나는 그 아이를 무작정 피했어. 무서웠거든. 그 아이도 그렇게 날 때릴까 봐. 바보처럼…… 아니야, 바보 맞아. 아마 그 아이는 무척 황당했을 거야. 난 상처받는 거 싫었어. 겨우 이겨냈다고 생각했는데, 너 만나서 나 좋았어. 그렇지만 늘 두려왔어. 다시 상처받으면 내가 이겨낼 자신이 없었거든."

"유경아……."

"너 어떻게 그럴 수 있어? 너 어떻게…… 나 좋아한다며? 그래 놓고선 다른 여자랑 약혼한다구? 너 어떻게 그럴 수 있니? 내가 가버리란다고 가버리고, 너도 똑같아. 그 사람이랑 똑같아. 그런데도 난…… 흑……."

"알아, 알아. 미안해, 내가 나쁜 놈이야. 정말 미안해. 유경아, 울지 마. 제발."

정욱은 가슴에 품어도 무게가 느껴지지 않을 만큼 야윈 유경의 몸을 소중하게 안아주었다. 유경의 눈물이 얇은 셔츠를 적시는 동안 정욱은 가슴으로 흐느끼고 있었다. 유경의 모든 것을 안다고 자부했지만 정작 가슴속에 그런 아픔을 감추고 있으리라고는 상상도 못했었다.

"나…… 네 손 볼 때마다 가슴이 떨리면서도 무서웠단 말이야. 네가 내 말대로 가버렸을 땐 나 정말 죽고 싶었어. 이젠 정말 아무도 없다고. 우리 엄마 장례식 마치고 혼자 집에 왔을 때도 난 네 손만 떠올렸어. 네가 옆에 없어도 내 옆에 있는 거나 마찬가지라고. 천안으로 갔을 때도 네 손 떠올리며 견딜 수 있었어. 알아, 아닌 척 속인 내가 나쁘다는 거. 티 안 내고 혼자 몰래 좋아한 거. 나도 이런 내가 싫어."

유경의 고백에 정욱은 충격에 휩싸였다. 유경이 자신을 싫어해서 몰아내고 내치는 줄만 알았다. 그렇게 원했던 말인데도 정욱은 기쁨보다 더 큰 슬픔을 느꼈다. 혼자 마음고생 했을 유경이 가엾고 안타까웠다. 아버지의 폭력과 외도, 배신감으로 인해 상처받을 것을 염려해 사랑을 거부했던 유경의 마음을 어떻게 위로해야 할지 막막했다.

유경을 안은 팔에 더욱 힘을 준 정욱은 가슴이 묵직해지는 느낌에 힘겹게 숨을 몰아쉬었다.

"아니야, 너 나쁘지 않아. 내가 미안해, 유경아. 정말 미안해."

정욱이 유경의 이마에 입술을 대고 고해하듯 속삭였다.

"가끔 여기에 서서 널 기다렸어. 오지 않을 거 알면서도…… 보내놓고 나서 그러는 거 우습지만 난 늘 그랬어. 엄마한테 아빠 원망 많이 했었는데, 엄마 하늘나라로 보내놓고 나서 얼마나 후회했는지 몰라. 이번에도 후회할 줄 알면서 일부러 그랬어. 나만 아픈 거 싫어서, 내 자존심 때문에. 너도 언젠가 꼭 우리 아빠처럼 날 버릴까 봐 혼자서 짐작하고 혼자서 판단했어. 그래놓고선 또 후회하고……."

"너 절대 안 버려. 네가 날 버려도 난 너 못 버려. 너…… 나한테는 단 하나밖에 없는 심장이야. 내 가슴속에 뛰고 있는 게 심장이 아니라 지금 내 앞에 이렇게 있는 네가 내 심장이야. 너 없으면 나도 숨을 쉴 수 없어, 유경아."

유경의 머리에 얼굴을 묻으며 정욱은 못다 한 고백을 했다. 미치도록 보고 싶었다고, 죽을 만큼 사랑한다고, 그러다 지쳐

쓰러져도 후회없다고.

"얼마나 아팠기에 이렇게 야윈 거야? 이 바보……."

엄마가 아이의 얼굴을 쓸어주듯 정욱의 섬세한 손가락이 유경의 뺨을 계속 어루만지고 있었다. 정욱의 근심 어린 질책에 유경은 빙긋 웃었다. 툴툴거리며 내뱉는 정욱의 정감 어린 핀잔이 너무 그리웠었다. 말없이 정욱의 품에 안겨 있던 유경이 갑자기 고개를 들었다.

"너, 그 사람에게도 나한테처럼 그랬니?"

"장유경, 그건 키스가 아니고 뽀뽀야. 내 입술 예전에도 네 거였고, 앞으로도 네 거야. 누구한테도 준 적 없어. 앞으로도 그럴 거야."

유경의 뺨이 살짝 달아오르자 정욱은 만족스러운 표정을 지으며 웃었다.

두 사람의 눈이 조용히 마주쳤다.

살며시 내려오는 정욱의 입술을 이번에는 유경도 피하지 않았다. 살며시 눈을 감고 정욱의 입술을 기다렸다. 따스한 온기가 조심스럽게 와 닿는 것을 느끼며 유경은 저도 모르게 정욱의 셔츠 자락을 꼭 쥐었다.

부드럽게 호흡을 빨아 당기는 정욱의 입술에 유경이 살며시 입술을 열었다. 조심스러움을 담은 정욱의 혀가 살며시 유경의 혀에 와 닿았다. 촉촉하게 맞닿은 서로의 혀가 사랑 고백을 하듯 달콤하게 오갔다.

유경의 손에 쥐어진 셔츠 자락이 조금 늘어났을 즈음에야 두 사람의 얼굴이 겨우 떼어졌다. 벌겋게 달아오른 유경의 뺨을 쓰다듬던 정욱은 유경이 쥐고 있던 셔츠 자락을 놓자 피식 웃음을 터뜨렸다.

"이게 스웨터가 아니라서 천만다행이다."

정욱이 장난스럽게 웃으며 옷자락을 들어 보였다.

"그런데 그 사람."

"그런데 그 사람."

동시에 똑같은 말을 내뱉은 두 사람은 황당한 듯 마주 보다 동시에 웃음을 터뜨렸다.

"정선호 씨? 그 사람 내 애인 아니야. 우리 금고 오 대리님이 짝사랑하는 사람인데 내가 잠시 여자 친구처럼 보인 것뿐이야."

허탈한 한숨이 정욱의 입에서 흘러나왔다. 이런 바보들. 어쩔 수 없이 자신들은 운명인가 보다.

"은진이 누나, 실은 내가 고용한 아르바이트 애인이었어. 네가 나 때문에 힘들까 봐, 그렇게라도 너 편하게 해주고 싶었거든."

"최정욱 정말 나빠."

정욱의 가슴팍을 밀치며 유경은 새침하게 말했다. 작은 입술을 삐죽이는 모습이 귀여워 정욱은 참지 못하고 유경을 끌어안았다. 정욱의 입술이 조금씩 유경에게로 다가갔다. 유경은 눈을 살며시 감고 정욱의 입술을 받아들였다. 조금 전의 조심성이 묻어났던 키스와 달리 정욱은 빨아들일 기세로 유경의 입술을 삼켜 버렸다. 셔츠 대신 정욱의 단단한 몸에 손을 댄 유경은 땀이 배어난 손으로 정욱을 힘 주어 안았다.

사람의 온도가 왜 적정 온도를 유지해야 하는지 알 것 같았다. 너무 뜨거우면 두 사람이 녹아버릴 거니까.

"아씨! 집에 가야 하는데. 저 자식 저거, 언제까지 저러고 있을 참이야? 나가서 분위기 깰 수도 없고."

밖으로 의자를 돌린 채 등받이에 턱을 기댄 성태는 부러움을 질투로 승화시키고 있었다.

"보아하니 집에 제때 들어가는 게 드문 사람 같은데, 뭘 그리 티를 내요? 어련히 알아서 들어올까? 꼭 공부 못하는 애들이 시험 때만 되면 공부하느라 바쁘다더니 딱 그 짝이네."

성태와 등을 지고 앉은 성옥이 얄미워 핀잔을 주었다. 성옥의 잔뜩 꼬인 말에 성태가 입술을 이리저리 실룩거렸다.

'최정욱, 부럽다! 네 심장 박동수 확인하니 행복하냐? 나도 이제부터 유경 씨처럼 첫눈에 반하게 생긴 여자 없나 다시 찾아봐야겠다. 그나저나 같은 친구인데, 좀 달려도 너무 달린다.'

'장유경, 좋겠다. 넌 지금 정욱이랑 행복하지? 난 이상하게 생긴 양아치랑 이러고 있다. 에구, 내 팔자야.'

투덜거리며 뒤를 돌아보던 두 사람의 눈이 동시에 마주쳤다. 성옥이 먼저 팩하고 고개를 돌렸다. 성태도 질 수 없다는 듯 그녀의 행동을 따라했다.
 '언감생심 감히 누구를.'
 두 사람 모두 코웃음을 쳤다.

열여섯

머리를 말리고 난 정욱이 가운 차림으로 잡지책을 넘기고 있을 때였다. 화장대 위에 올려놓은 휴대폰이 진동을 했다. 이미 집에도, 식당에도 잘 도착했다는 전화를 마친 상태였다. 휴대폰의 발신자를 확인한 정욱은 못 말리겠다는 표정으로 고개를 흔들고는 휴대폰의 폴더를 열었다.

"또 왜?"

[또 왜라니? 짜식, 듣는 사람 섭섭하게. 뭐 하냐?]

"네 전화 받고 있잖아."

[썰렁하게. 유경 씨는?]

"유경이 뭐 하는지 네가 왜 궁금해?"

휴대폰을 귀에서 떼어낸 정욱은 휴대폰이 마치 성태인 양 노려보았다.

[중신아비로 나선 거 확실하게 매듭을 지어줘야지. 뭐 하냐?]

"노성태! 너 십 분 전에도 전화했던 거 기억 안 나?"

[십 분밖에 안 됐냐? 난 한 시간은 된 줄 알았는데. 대업은 달성했나 궁금해서.]

"너 자꾸 전화하면 우리 유경이한테 변태 소리 들어."

[그런데 유경 씨 아직도 샤워 중이냐? 너무 길다.]

"네 전화가 더 길어. 끊어, 임마."

성태의 웃음소리를 뒤로하고 일방적으로 전화를 끊은 정욱이 휴대폰을 침대 위로 던졌다. 그러고 보니 유경이 욕실에 들어간 지 제법 시간이 흘렀다. 샤워실에서 계속 물 떨어지는 소리가 들리는 걸로 봐서는 조금 더 기다려야 할 듯했다.

유경과 결혼을 했다는 것이 이제야 조금 실감이 났다. 웨딩드레스를 입고 자신에게 다가오던 유경의 모습이 떠오르자 정욱은 가슴이 뭉클해졌다. 세상에서 가장 아름다운 신부였고 가장 사랑하는 여인이었다.

정욱은 괜히 입고 있는 가운을 다시 한 번 여몄다. 정욱이 거울 앞에 서서 팔 운동을 하며 근육을 만들어보았다. 군살 하나 없는 탄탄한 몸매가 살짝 벌어진 가운 사이로 드러났다. 만족스럽게 자신의 근육을 비춰보던 정욱은 입매를 굳게 다물고 자리로 돌아갔다.

조금 전 읽고 있던 잡지를 다시 잡긴 했지만 성태의 전화로 흐름이 깨진 것인지 아니면 긴장 탓인지 더는 눈에 들어오지 않았다. 유경의 친구들이 준비해 준 과일 바구니와 호텔 측에서 마련해 준 와인을 보자 결혼식을 마쳤다는 것이 실감되었다.

 아직도 유경이 나올 기미가 보이지 않자 정욱은 테라스로 향했다. 가을 밤 설악산의 야경이 꽤나 운치있었다. 하 여사가 극구 반대만 하지 않았다면 민박을 하며 일주일간 동해안을 돌아보는 것이 신혼여행이 되었을 텐데. 자꾸만 아쉬움이 남았다. 유경의 말처럼 일주년 기념일에 실행해 볼 수밖에 없었다.

 정욱이 두 눈에 들어오는 절경들을 거르지 않고 눈에 담고 있을 때 등 뒤에서 인기척 소리가 들렸다.

 "뭐 해?"

 유경의 목소리에서 떨림이 느껴졌다.

 "야경이 좋아서."

 대답을 하는 정욱의 목소리도 조금 떨렸다. 괜스레 귓불에 열이 오른다고 느끼며 정욱이 유경에게 손을 내밀었다. 정욱이 내민 손을 잡으며 유경이 나란히 서서 눈앞에 펼쳐진 야경을 바라보았다.

 "우와! 정욱아, 저기 봐봐. 꼬마 전구들이 촘촘히 박힌 트리 같아."

 "응……."

 짧게 대답을 한 정욱이 헛기침을 해댔다. 유경의 화장기 없는 얼굴을 본 것이 하루 이틀도 아니건만 가슴이 심하게 울렁거렸다. 무안함에 마른침을 삼키며 얼굴을 돌려보려 했지만 유경에게서 눈길이 떨어지지 않았다.

"계속 여기 있을 거야?"

정욱의 마음을 안 것처럼 유경이 살며시 머리를 어깨에 기댔다.

"들어가고 싶어?"

"응. 머리 말리고 싶어."

그러고 보니 유경의 머리가 촉촉하게 젖어 있었다.

"감기 들겠다. 들어가자."

유경을 먼저 안으로 들여보내고 정욱이 창문을 닫고 살며시 커튼을 쳤다. 두 사람의 시선이 거울을 통해 마주쳤다. 유경이 볼에 든 홍조를 감추려 재빨리 드라이어를 꺼냈다.

"앉아봐. 내가 말려줄게."

유경의 뒤로 다가간 정욱이 드라이어를 빼앗아 머리를 말려주기 시작했다. 그동안 가장 해보고 싶었던 일 중의 하나가 유경의 머리를 직접 말려주는 것이었다. 길고 보드라운 생머리가 정욱의 손에서 부채처럼 펼쳐지며 곱게 떨어졌.

"대충 마른 것 같은데?"

드라이어를 잡고 도무지 놓을 생각을 않는 정욱에게 유경이 확인해 보라는 듯 머리를 흔들었다. 아무 생각 없이 고개를 든 유경은 거울을 통해 정욱의 눈빛과 마주치자 두 손으로 뺨을 가렸다. 아까부터 이유없이 정욱만 보면 볼이 화끈거려 바라볼 수가 없었다. 드라이어를 놓는 정욱도 상기되어 있기는 마찬가지였다.

"저……."

"저기……."

동시에 두 사람이 더듬거리며 말을 꺼냈다. 이번엔 먼저 말을 하라고 둘 다 침묵을 지켰다. 결국 함께 웃음을 터뜨린 후에야 정욱이 살며시 유경의 어깨를 잡았다. 손에 잡히는 뽀송한 타월지의 가운보다 더 뽀송한 유경의 얼굴을 정욱이 뜨거운 눈길로 쳐다보았다.

"나, 너 안아봐도 돼?"

"응……."

정욱이 유경을 숨이 막히도록 끌어안고는 머리카락에 살며시 키스를 했다. 향긋한 쟈스민 향이 코끝을 간질이자 정욱은 억지로 신음 소리를 삼켰다.

"있잖아, 유경아. 우린 절대 싸우지 말고 살자. 우리 부모님, 참 많이 싸우셨거든. 지금은 많이 나아지셔서 친구처럼 지내시지만 여전히 다투기는 하셔. 어렸을 땐 그게 너무 싫었어. 그때마다 난 남자니까 하며 겉으로 대범한 척했지만, 속으로 많이 불안했었어. 꼬마 녀석이 대범해 봐야 얼마나 대범했겠냐."

지금은 웃으며 말할 수 있지만 부모님의 불화는 정욱을 방황하게 했었다. 거기다 유경까지 자신을 외면하자 고통은 배가되었었다. 지금의 행복을 주기 위한 시련이었다고 하지만 두 번 다시 겪고 싶지 않았다.

"그럴게. 그러자, 우리."

유경의 맑은 눈동자가 반짝거렸다. 정욱이 크게 들이쉬었다. 정욱의 입술이 유경의 귀로 미끄러졌다.

"나, 너 사랑해도 돼?"

"응……."

열기를 담은 물음에 수줍은 대답이 바로 들려왔다. 유경의 대답에 용기를 얻은 정욱의 행동은 거침이 없었다.

정욱이 유경을 가볍게 안아 침대 위에 조심스럽게 뉘었다. 가운 사이로 보이는 유경의 얇은 슬립에 정욱의 호흡이 가빠졌다. 정욱이 천천히 자신이 입고 있는 가운의 끈을 풀었다.

"서두르지 마라. 남자가 제 욕심 차리겠다고 서두르면 둘 다 힘들어. 흠흠…… 너희들 둘이 사랑하는 마음처럼만 표현하면 무사히 치를 거다."

정욱은 아버지의 충고를 떠올리며 조급한 마음과 달리 천천히 가운을 벗은 뒤 얌전히 개어 한쪽에 치워두었다.

팬티 하나만 걸친 정욱이 다가오자 유경의 볼이 더욱 붉어졌다. 유경은 살짝 고개를 돌렸다.

"너, 앞으로도 나 안 볼 거야?"

열기가 느껴지는 정욱의 물음에 유경이 고개를 저었다.

"그럼 왜 내 날 피해? 네가 부끄러워하는 것만큼 나도 그래."

수줍은 정욱의 고백에 유경이 용기 내어 눈을 들었다. 다른 누구도 아닌 자신이 세상에서 가장 사랑하는 사람이 눈앞에 있었다. 유경이 살짝 정욱의 뺨에 손을 가져다 대었다. 정욱이 조심스럽고 정성스럽게 유경의 가운 매듭을 풀었다. 유경은 정욱이 수월하도록 살짝 등을 들어주었다. 조금 전과 마찬가지로 유경의 가운을 개킨 정욱은 그것을 자신의 가운 옆에 나란히 놓아두었다.

핑크빛 슬립 차림의 유경은 발끝부터 얼굴까지 입고 있는 슬립과 비슷한 색으로 변해 있었다. 유경의 수줍음을 덜어주려 정욱은 대담하게 다가갔다. 어깨에 가느다랗게 매어 있는 슬립의 끈을 푸는 정욱의 손이 살짝 떨렸다. 아담한 가슴을 감싸고 있는 브래지어가 드러나자 정욱의 얼굴도 붉게 상기되었다. 정욱이 막 유경의 등 뒤로 손을 넣어 후크를 풀려는 순간 야단스러운 진동음이 느껴졌다.

마치 나쁜 일을 하다 들킨 아이처럼 정욱이 후다닥 몸을 일으켰다. 부끄러운 듯 몸을 돌리는 유경을 뒤로하고 정욱이 조금 전 침대 위에 던져 두었던 휴대폰을 집어 들었다.

"노성태, 너 서울 가서 두고 보자!"

정욱은 아예 휴대폰의 충전기를 빼내어 바닥으로 던져 버렸다. 겨우 진도가 나가는가 싶었는데. 정욱은 어찌할 바를 몰라

하며 이를 갈았다. 갑자기 유경이 쿡쿡거리며 웃기 시작했다.
"왜 웃는 거야?"
정욱이 골이 난 아이처럼 퉁명스럽게 말했다.
"그냥, 그냥 우스워서."
말은 그렇게 했지만 유경은 '네가 사랑스러워서'라고 고백하고 있었다. 성옥이 며칠 전 말해 준 충격적인 성교육보다도 정욱이 보여주는 행동이 유경에게는 상큼한 충격으로 와 닿았다. 유경이 망설이고 있는 정욱에게 손을 내밀었다. 유경이 내민 손을 잡은 정욱이 손바닥에 입술을 맞추었다.
"불 끌까?"
"……아니. 우리 둘 다 처음이잖아. 그러니까 부끄러워하지 않을래. 너한텐 절대 부끄러워하지 않을 거야."
유경의 고백이 끝나기 무섭게 정욱이 그녀의 입술을 찾았다. 평소의 입맞춤과는 또 다른 열기가 느껴졌다. 귓불에 뺨으로 스치던 입술이 살며시 목덜미를 타고 흐르기 시작했다. 두 눈을 감고 있는 유경의 긴 속눈썹이 파르르 떨리는 것을 보며 정욱이 브래지어의 후크를 풀었다. 자신을 돕기 위해 살짝 등을 들어주는 유경의 배려를 느끼며 정욱이 숨을 크게 들이쉬었다.

뽀얀 젖무덤 위에 유난히 붉게 돋아 있는 정점을 살며시 쓸어 본 정욱은 입술을 내려 한입에 머금었다. 유경의 가슴골에서 나는 은은한 향기를 깊이 들이쉰 정욱은 조심스럽게 혀로 굴리다가 빨아들였다. 유경의 가슴에서 달콤함을 맛본 그는 유혹의 열기에 빠져들었다. 낯선 경험으로 유경이 떨고 있는 게 느껴지자 그는 다른 쪽 가슴을 소중하게 감싸 쥐며 그녀를 토닥거렸다. 유경의 도톰한 가슴을 빨아 삼키던 정욱의 입술이 가슴 선을 따라 점점 아래로 내려갔다.

"정욱……."

말로 표현할 수 없는 느낌에 취해 있던 유경이 정욱의 행동에 당황한 듯 이름을 불렀다. 떨리는 목소리와 함께 시트를 꼭 틀어쥔 유경의 작은 손을 보며 정욱이 한쪽 손을 내밀어 깍지를 꼈다.

"나 믿지?"

"으응……."

자신의 목소리가 아닌 것 같다고 생각하던 유경이 금세 몸을 뒤척거렸다. 정욱의 입술이 얇은 팬티 위를 방황하고 있었다. 온몸이 뒤틀릴 것 같아도 차마 말릴 수 없었다. 아니, 말리기 싫었다. 자신 안에 또 다른 자신이 있기라도 한 것처럼 정욱의 열기를 부축이고 싶어졌다.

뱃속이 꼬일 것 같던 느낌이 잠시 멈췄다. 살며시 고개를 든 유경의 눈에 하나 남은 속옷을 벗는 정욱이 들어왔다. 수줍음에 취해 있던 유경의 눈빛이 정욱과 마주쳤지만 유경은 그 시선을 피하지 않았다.

"이제 우리 둘 다 똑같은 거지?"

"응."

고개를 끄덕이는 유경의 달아오른 얼굴을 향해 정욱의 얼굴이 살며시 겹쳐졌다. 머리카락에서 이마, 콧잔등, 입술, 귓불을 차례로 훑던 그의 입술이 다시금 가슴으로 내려섰다. 유경의 가슴을 살짝 움켜 쥔 정욱이 살며시 핑크빛 유두를 깨물었다.

"흐음."

저도 모르게 나온 신음 소리였다. 유경의 신음 소리와 함께 정욱이 대담하게 뽀얀 가슴을 입 안에 머금었다. 아기가 엄마의 젖가슴을 빨듯 살며시 유경의 핑크빛 돌기를 빠는 정욱의 자유로운 한 손이 아래로 향했다. 허벅지를 잔뜩 오므리고 절대 열어주지 않으려는 유경과 조심스레 허락을 구하는 정욱의 손이 밀고, 밀어내고를 반복했다.

"열어줘, 유경아."

정욱의 애타는 한마디에 절대 열릴 것 같지 않던 유경의 허벅지가 살짝 열렸다. 정욱의 손가락이 간질이듯 숲을 헤치며 길을 찾았다.

"흐…… 응……."

마침내 목적지를 찾은 그의 손은 누구의 침입도 허락하지 않았던 비밀스런 중심을 살살 어루만졌다. 온몸을 뒤틀며 신음하는 유경의 몸짓에 정욱이 더는 견디기 힘든 자신의 분신을 살짝 갖다 대었다. 유경의 표정을 살피던 그는 조심스럽게 숲길을 열어젖히기 시작했다. 유경의 몸을 힘 주어 안으며 정욱은 천천히 자신의 몸을 밀어 넣었다.

그러나 마음과 의욕만 앞설 뿐, 난생처음 낯선 이를 받아들이는 유경과 마찬가지로 처음인 정욱은 입구에서 계속 헤매고 있었다. 조바심으로 인해 정욱의 이마에 땀방울이 송골송골 맺혔다. 유경이 이마에 맺힌 정욱의 땀을 훔쳐 주며 쉰 목소리로 속삭였다.

"괜찮아…… 긴장하지 마."

유경의 목덜미에 얼굴을 묻으며 용기를 낸 정욱의 분신이 힘껏 길을 찾아 들어갔다. 힘겹게 열린 길을 따라 들어가는 순간 유경의 얼굴이 새빨갛게 변해갔다. 난생처음 가해지는 고통에 숨이 턱까지 차 올랐지만 이를 앙다물고 참아보려 했다.

"아……."

유경의 신음 소리에 정욱이 서둘러 몸을 빼내려 했다. 이제 겨우 시작인지라 그의 욕심은 아직 반도 차지 않았지만 유경을 아프게 하면서까지 채울 마음은 없었다. 유경의 안에 들어가 있는 분신을 빼내려던 순간 유경이 더욱 세게 그를 껴안았다.

"싫어…… 나, 너한테 다 주고 싶어. 견딜래."

"유경아……."

나직하게 속삭인 정욱은 유경의 입술을 살며시 물며 그녀의 내부 안으로 깊숙이 잠식해 들어갔다. 유경이 고통스럽다는 걸 알면서도 정욱은 미칠 것 같은 감각에 전신이 붉게 물들었다. 유경을 배려해 천천히 움직임을 시작하며 리듬을 탔다. 유경의 안으로 들어갈수록 배로 증가하는 흥분을 주체할 수 없어 정욱은 하얀 목덜미를 덥석 물어버렸다.
 아픔을 잊기 위해 정욱의 탄탄한 가슴에 얼굴을 맞댄 유경은 그를 품기 위해 애를 썼다. 어느 순간부터 아픔이 둔해지자 땀으로 미끈거리는 어깨를 힘 주어 안으며 정욱의 움직임에 동조하였다. 서로를 배려하고 아껴주기 위한 그들의 아름다운 율동은 시간이 가도 계속되었다. 뜨거움이 느껴지는 침실과 달리 선선한 바람이 불고 있는 창밖으로 고운 별똥별 하나가 그들의 첫 의식을 축하하며 떨어졌다.

 "아!"
 따스한 물이 닿자마자 유경이 인상을 썼다. 얼얼하기도 하고, 쓰리기도 하고. 조심스레 자신의 아랫부분을 감추는 유경을 보며 정욱이 걱정스러운 얼굴을 했다.
 "아파?"
 "조금."
 유경의 몸을 씻겨주던 정욱이 더욱 조심해서 손을 놀렸다. 비누거품이 다 씻겨져 나가자 목욕 타월로 유경의 몸을 감싼 정욱이 아이를 안듯 품에 안고는 침대로 향했다.
 "많이 아팠어?"
 유경의 몸에 물기를 닦아주는 정욱은 어딘가 불편해 보였다.
 "많이는 아니야. 처음엔 다 그렇대. 너 얼굴이 왜 그래? 화났니?"

남자들은 여자와 욕구가 다르다는 성옥의 충고가 떠올라 유경은 은근히 걱정이 되었다. 기대했던 것보다 별로여서 불만인 것일까. 사실 정욱이 정성스레 애무를 해줄 땐 난생처음 이상한 기분이 들었다. 은밀하게 떨리기도 하고 좋았지만 정욱이 안으로 들어왔을 땐 아프기만 했을 뿐 상상이나 다른 사람들의 말처럼 엄청난 느낌은 없었다. 그냥 견딜 만하다는 정도였다. 자신이 그럴 정도니 정욱은 오죽하랴 싶었다. 유경은 고민에 싸였다.

유경의 몸을 닦아준 정욱은 마른자리로 유경을 누인 뒤 불을 끄고 옆에 누웠다. 유경의 몸에 시트를 덮어주는 손길은 여전히 다정했지만 정욱은 말이 없었다. 유경은 점점 더 걱정이 되기 시작했다.

"정욱아, 나 때문에 화난 거야? 다음엔…… 잘할게."

유경의 사과에 정욱이 갑자기 웃음을 터뜨렸다. 한참을 웃던 정욱이 유경의 머리카락에 얼굴을 묻으며 살짝 귓불을 깨물었다.

"바보야. 너 때문에 화가 난 게 아니고 나 때문에 화가 난 거야. 넌 아파하는데 난 너무 좋았거든. 그래서 화가 났어. 넌 아픈데 나만 좋았으니까."

"실은…… 아주 나빴던 건 아니야. 나도 좀…… 좋았어."

정욱은 보나마나 유경의 뺨이 붉게 물들었을 것이라고 생각했다. 어둠 속이지만 알 수 있었다. 자신의 입술에 와 닿는 유경의 뺨이, 목덜미가 무척이나 뜨거웠으므로. 정욱이 팔베개를 해 주며 유경을 품 안으로 바짝 끌어당겼다.

벗은 몸을 서로에게 밀착시킨 채 두 사람은 깊은 잠에 빠져들었다.

"흐음."

살며시 몸을 뒤척이던 유경은 꼼짝도 할 수 없는 답답함에 겨우 눈을 떴다. 평소 늦잠을 자지 않던 유경은 어느새 날이 환해져 있자 어리둥절한 눈으로 주위를 살폈다. 낯선 풍경에 경계심을 품었던 눈이 빠르게 안정을 찾아갔다.

눈에 익지 않은 낯선 곳은 지난 밤 정욱과 함께 잠이 든 호텔이었고, 자신의 몸을 단단한 팔로 두른 채 잠든 사람은…… 유경이 빙그레 미소를 지었다. 세상에서 가장 사랑하는 남자이자 이제 자신의 남편인 정욱이었다.

잘생긴 정욱의 콧날을 조심스레 쓸어본 유경은 그의 목덜미에 얼굴을 깊이 묻었다. 그리고 아주 작은 속삭임으로 기도를 했다.

"뭐? 잘 안 들려."

어느새 잠이 깬 정욱이 사랑을 듬뿍 담아 유경의 귀에 속삭였다. 고개를 든 유경은 정욱의 눈빛에 가슴이 철렁 내려앉는 듯했다. 유경의 벗은 몸을 살며시 쓸며 정욱이 장난 가득한 눈으로 그녀를 다그쳤다.

"아까 뭐라고 했던 거야?"

한손으로 입을 막은 채 유경이 고개를 저었다. 발그스레한 볼로 정욱의 가슴만 파고들 뿐. 유경이 침묵을 지키자 정욱이 짐짓 화를 냈다.

"장유경, 우리 어제 약속했잖아. 비밀 같은 거 없기로. 잊었어?"

"싸우지 말자고 했지, 비밀까지 공유하자는 말은 안 했다 뭐."

유경이 작은 목소리로 항의를 했다. 유경의 간질이는 숨소리에 정욱의 표정이 불편하게 변했다.

"어쨌든. 부부가 된 첫날부터 따로 비밀을 가지는 건 말이 안 되지. 그러니까 털어놔."

"말 안 할래."

은근히 고집을 부리는 유경으로 인해 가뜩이나 인상을 쓰고 있는 정욱의 얼굴이 점점 더 일그러지기 시작했다. 정욱이 더는 못 참겠다는 듯 그녀를 살짝 몸에서 떼어냈다. 그럴수록 유경은 점점 더 정욱의 가슴으로 파고들었다.

"저기…… 유경아."

"조금만 더 이렇게 있어."

"저기……."

정욱이 고통을 참으며 애원조로 말했다.

"그냥 잠시만."

"나 지금 견디기 힘들단 말이야."

힘겹게 말을 꺼낸 정욱은 얼굴이 벌게진 채 유경의 시선을 피했다. 가슴이 자신의 성감대일 줄은 정욱도 미처 몰랐던 사실이다. 정욱의 고백에 유경의 얼굴도 붉어졌다. 유경이 손바닥으로 살며시 정욱의 가슴을 더듬었다.

"으흠……."

정욱의 입에서 신음 소리가 나지막하게 흘러나왔다.

"여기쯤이니, 네 심장이 있는 곳?"

"아마도……."

남의 속도 모르고 편안하게 심장 타령을 하는 유경에게 정욱은 퉁명스럽게 대답을 했다. 지금 정욱은 점점 더 뻗어나가려는 열기를 식히느라 애를 먹고 있었다. 차라리 고문을 당하는 게 낫겠다고 생각하던 정욱은 가슴을 배회하는 유경의 입술로 인해 더는 버틸 인내심이 없었다.

"나 아까, 실은…… 네가 빨리 일어나서 사랑해 달라고 빌었어."

"장유경."

유경의 몸을 반듯하게 눕힌 정욱이 뚫어질 듯 그녀를 바라보았다. 유경의 눈에 담긴 사랑을 읽으며 정욱은 자폭하듯 그녀의 몸 위로 쓰러졌다. 달콤한 사탕을 빨아 먹는 아이처럼 유경의 몸을 정성스레 핥으며 하얀 속살을 다시금 핑크빛으로 바꿔놓기 시작했다. 혀끝으로 유경의 탐스러운 가슴을 핥고 또 핥던 그가 한참 동안 그녀의 가슴을 머금고 놓지 않았다.

가느다랗게 들리는 유경의 신음 소리를 들으며 정욱의 입술이 가슴골을 따라 길게 내려갔다. 유경이 지난밤과 마찬가지로 다리를 잔뜩 움츠리고 있자 정욱의 혀가 다시 가슴골로 올라갔다. 유경이 목덜미에 와 닿는 뜨거운 정욱의 혀에 눈을 떴다.

"네가 싫다면…… 안 할게. 네가 아픈 건 나도 싫어."

"내가 먼저 사랑해 달라고 했잖아. 네가 거절하면 난 고개도 들지 못할 거야."

유경의 솔직함에 웃음으로 답을 한 정욱이 대담하게 탐색을 시작했다. 유경의 사랑스러운 손가락 하나하나에 입맞춤을 한 정욱의 입술이 가느다란 팔을 타고 올라갔다. 겨드랑이를 스쳐 유경의 옆선을 타고 흐르던 입술이 조심스레 그녀의 오므려진 다리 앞에 멈춰 섰다.

천천히 벌어지는 유경의 숲을 그의 혀가 조심스레 갈랐다. 이미 조금 젖어 있는 입구를 촉촉하게 달래며 그는 정성 들여 빨아들이기 시작했다. 그러자 점점 더 젖어든 유경에게서 따스한 샘물이 흐르기 시작했다. 유경이 입술을 틀어막고 신음 소리를 삼키자 정욱이 살며시 샘물을 들이마셨다.

"정…… 그만…… 그만……."

더는 견디기 힘든 듯 유경이 몸부림치며 애원하자 정욱은 유경의 다리를 벌리며 자리를 잡았다. 수줍게 얼굴을 붉히면서도 유경이 자신을 위해 내민 손을 잡은 정욱은 단단하게 일어선 분신을 조심스럽게 밀어 넣었다.

처음 경험과 달리 유경의 얼굴에서 고통의 빛이 보이자 않자 정욱은 더욱 강하게 파고들었다. 또다시 전해오는 쾌감에 숨이 멎을 것만 같아 거친 호흡을 했다. 정욱은 흥분으로 흐리게 변해가는 유경의 눈동자를 바라보며 더욱 움직임을 빠르게 했다.

유경의 작은 신음 소리와 정욱의 거친 호흡이 하나로 만날 즈음…… 수줍음을 담은 미소가 정욱의 얼굴로 전이되었다. 정욱은 잔잔히 번져 가는 유경의 미소를 두 눈에 담으며 그녀의 안에서 분열을 반복했다.

열일곱

인터넷 검색을 마친 정욱은 바닥으로 내려와 구인지를 처음부터 다시 훑기 시작했다. 옆에 놓인 메모지에 연락처를 옮겨 적던 정욱은 현관 벨소리에 의아한 빛을 띠었다. 지금 이 시간에 방문할 사람이 없었다. 단 한 사람, 백수인 성태를 제외하고. 정욱은 구인지를 덮고 현관으로 나갔다.

"누구십니까?"

이미 알고 있지만 정욱은 시침을 떼고 물었다.

"지나가는 과객인데 물 한 잔 얻어 마실까 하여 그러니 예쁜 낭자는 나와서 물을 주시오."

천연덕스럽게 답을 하는 성태에게 정욱은 두손두발 모두 들었다. 문을 열어주기 무섭게 성태가 얼굴만 쏘옥 내밀고 하얀 이를 드러내며 웃었다.
"하이, 친구."
"좋은 우리 말 놔두고 꼭 반쪽짜리 영어를 써야겠냐?"
"혀 굳을까 봐 그런다. 하여간에 이놈은 나만 보면 갈군다니까. 너무 잘나도 괴로워."
성태가 투덜거리며 집 안으로 들어서자 정욱은 코웃음을 치며 바닥을 가리켰다.
"앉아라. 주스 마실래?"
"됐어. 기집애들도 아니고 징그러운 사내 녀석 둘이 주스 앞에 두고 뭐 하게. 야, 최정욱. 네 집 도우미 아줌마 구하냐?"
성태가 바닥에 놓인 구인지를 집어 들었다. 무심코 구인지를 넘겨보던 성태는 빨간 색연필이 칠해져 있는 란을 애써 읽으려 노력했다.
"사원 모집. 성실하게 일할 분. 초보 가능. 정밀토건. 이게 뭐냐? 설마 너……."
"뭘 그렇게 놀라?"
정욱이 대수롭지 않게 여기며 성태의 손에서 구인지를 빼앗았다. 성태는 눈을 동그랗게 뜨고는 정욱을 새삼스럽게 쳐다보았다.
"있는 집안이 더 무섭다더니, 너희 부모님 생활비도 안 주시냐? 너까지 나가서 돈 벌어야 할 만큼 재정 상태 최악인 거야?"

"또 소설 쓴다. 아냐, 인마."

"아니긴 뭐가 아니야. 이 형님한테만 털어놔 봐. 너희 부모님이 유경이 빚 갚아주고 한 것 때문에 너 유산 상속에서 제외시키고 뭐 그런 이야기로 돌아가는 거냐?"

"네놈 그 잔머리 굴리는 걸로 보면 백수 노릇 하고 있는 게 아깝다. 이상한 상상 하지 말고 유경이 앞에서 입 조심해."

성태의 눈이 점점 의심을 더해갔다. 돈이라면 둘째가라도 서러워할 만큼 많은 집안이 정욱의 집안이다. 그런데 하나밖에 없는 아들을 위해 내어준 살림집은 고작 열다섯 평짜리 오피스텔에 며느리인 유경은 직장을 다니고 있었다. 성태는 새삼 자신의 부모님께 감사드렸다. 놀고 먹는 백수라 해도 구박 않고 용돈 꼬박꼬박 주시는 부모님이 아니시던가. 정욱의 부모님과 비교하면 천사 같은 부모님들이시다.

"너희 집 좀 심한 것 같다. 아니, 많이 심하다. 유경 씨 금고 계속 다니는 것도 모자라 아들까지 돈 벌라고 하고. 이야, 너희 부모님 보기완 완전 딴판이시네."

성태가 계속 부모님 운운하자 정욱은 심기가 조금 불편했다. 취업은 부모님과 상관없는 전적으로 자신의 의지일 뿐이었다. 성태가 더 심각한 소설을 쓰기 전에 싹을 잘라야 했다.

"네 생각처럼 그런 거 아니야. 유경이 때문에 그래. 유경이가 나랑 결혼해 주는 조건이 자기는 무조건 직장을 계속 다닌다가 첫 번째였고, 두 번째가 내가 공부 열심히 하는 거, 세 번짼 부모님께 생활비를 받지 않고 우리끼리 살아보자는 거였어. 유경이랑 결혼할 생각에 무조건 좋다고 했는데 이제 와서 후회된다."

"왜? 밤이 여엉 아니올시다야?"

목소리를 낮추어 물은 성태가 바짝 다가앉더니 갑자기 정욱을 위아래로 훑었다. 살이 빠진 것으로 보아 밤일이 부실한 것 같지는 않지만, 일단 의심을 풀지 않았다.

"누가 별명이 변성태 아니랄까 봐. 아니야, 인마."

"그럼 왜 후회한다는 소릴 해? 네 심장하고 결혼했는데."

"너도 내 입장 되어봐라. 유경이 퇴근하고 돌아와서 집안일 하고 저녁엔 수능 공부해. 올해는 힘들 것 같고 내년 시험에 기대를 건다지만 지켜보는 내 입장은 너무 괴롭다."

정욱이 자학의 웃음을 지었다. 그 모습이 힘겨워 보였다. 유경이 부모님의 원조 없이 생활하자는 제안을 정욱은 건성으로 받아들였다. 자랑은 아니지만 풍족하게 써도 될 만큼 금전적으로 풍요로운데 그걸 마다할 이유가 없기에 괜히 해보는 소릴 것이라 여겼다.

그러나 그것은 자신의 착각이었다. 유경은 그녀가 내건 조건을 모조리 실천하고 있었다. 변함없이 아침이면 직장에 출근했고 정욱에게는 복학 때까지 공부만 하라고 지시했다. 부모님께서 억지로 주시는 생활비 역시 마다했다.

지금까지 정욱에게 받은 것이 많으니 정욱의 학비까지 자신이 벌겠다는 유경의 말에 부모님께서도 기함을 하시며 말리셨다. 하지만 고집불통 유경이 자신의 뜻을 꺾을 리 만무했다. 때문에 정욱은 백수 아닌 백수 남편이 되어 유경의 출근을 배웅하고 퇴근을 마중했다. 기름 값 아까우니 되도록이면 차도 쓰지 말고 대중교통을 이용하라며 건네준 교통 카드와 몇만 원이 든 현금 카드가 정욱이 지닌 전부였다. 거기에 대하여선 불만이 없었다.

다만 한 가지, 유경이 직장을 다니는 것이 정욱은 가장 큰 불만이었다. 유경은 아침밥을 꼭 챙겨주고 출근을 했다. 말이 좋아 은행이지 퇴근은 날마다 늦었고 피곤한 모습을 애써 감추지만 힘겨워하는 빛이 역력했다. 거기다 책을 펴놓고 잠이 들기 일쑤였다.

유경을 행복하게 해주기 위해 결혼을 하고 싶었지 힘들게 하려고 한 것이 아니었다. 정욱은 날마다 책상에 엎드려 잠이 든 유경을 침대에 눕히며 결혼을 고집했던 자신을 책망했다. 결국 유경을 힘들게 한 것은 결혼이었다.

가장이 무능력하니 유경이 사회 생활을 하는 건 어쩌면 당연했다. 그게 싫어서 정욱은 요즘 구인 광고란을 뒤적이고 있었다. 그러나 '이태백'이라는 신조어답게 대학교 1학년 휴학생이 취직할 자리는 거의 없었다. 운 좋게 자리가 나와도 경력자 우선이었다.

과외를 해볼까도 생각했지만 그건 정욱이 내키지 않았다. 그는 안정적인 직업을 택하고 싶었다. 취직만 하면 무조건 유경을 이직시켜 공부만 하게 할 작정이었다.

"내가 너 졸업시킬 거야. 나야 야간 대학 다니면 돼. 대신 둘 다 반 장학금이라도 받아야 한다."

유경이 날마다 강조하는 계획 중 일부였다. 정욱은 그 말을 들을 때마다 가슴이 아팠다. 유경은 즐거운 얼굴을 했지만 정욱은 절대적으로 마음이 편치 않았다. 반드시 직장을 구해야 한다. 정욱이 다시 한 번 어금니를 물었다.

"이야, 우리 제수씨 같은 여자 데리고 가면 우리 부모님은 나 업어주실 거다. 에이, 졸라 짜증나는 놈. 무슨 복이 많아서 유경 씨 같은 여자를."

정욱의 이야기를 다 듣고 난 성태가 부럽다며 입맛을 다시자 정욱이 가볍게 주먹을 날렸다. 남은 심각해 죽겠는데 부럽기는.

"아, 머리는 때리지 말라니까. 모처럼 스타일 살렸구만. 그럼 네가 원하는 건 뭐냐? 유경 씨가 직장 그만두고 대학 가는 게 네 목표라고 치면 네 복학은 어쩌고? 둘이 서로 서방님 먼저 공부하세요, 부인 먼저 하세요 그러려고? 아주 눈물겹다, 눈물겨워."

"유경이 공부시키고 하면 돼. 장유경 그 똥고집이 애도 대학교 졸업하고 낳는단다. 그러니 하루라도 빨리 입학시켜야지."

"그래? 아무튼 유경 씨 대단하다. 하기야 너처럼 백수 남편 만나면 여자라도 독해져야지."

성태가 당연하다는 식으로 연설을 늘어놓다 기어코 한 대 더 맞고 말았다. 성태가 인상을 쓰며 욕설을 마구 내뱉었다.

"이 십장생아, 그만 때려. 내가 좋은 비책이 있어서 가르쳐 주려고 했더니만 자꾸 치고 지랄이네. 너 유경 씨한테도 나한테처럼 폭력 쓰냐?"

"내가 미쳤냐, 우리 유경일 때리게? 유경인 인마, 때릴 곳은커녕 쳐다보는 것도 아까워."

"미친놈, 나만 동네 북이지. 하기야 유경 씨 지나가는 자리도 숭배할 놈이니까 어렵하겠냐. 간단한 문제 같은데 뭘 그리 고민하고 자빠져서는. 임신시켜 버려."

성태는 뭐 그 정도 문제 가지고 호들갑이냐며 정욱을 힐끔거렸다.

"뭐? 하여튼 생각하는 거 하고는. 70년 대 신파극 찍을 일 있냐?"

정욱이 더 이상 들을 필요없다며 팔까지 내저었다. 노성태 머리에서 나오는 해결책이 그럼 그렇지.

"들어봐, 인마. 유경 씨도 사람인데 힘들지 않겠냐? 네놈이 걱정하는 게 그거 아니야?"

성태가 동의를 구하자 정욱이 가볍게 고개를 끄덕였다.

"일단 임신만 시켜봐. 몸 무겁지, 애새끼 낳아서 키우려면 돈도 필요하지, 너 복학도 시켜야지. 그거 생각하다 보면 유경 씨 제풀에 지쳐서 백기 든다. 틀림없어."

정욱은 성태의 그럴듯한 설명에 일단 긍정적인 평가를 내렸다. 그러고 보니 맞는 말 같기도 했다.
"그런데 인마, 애새끼가 뭐냐? 남의 집 귀한 자식한테."
정욱의 손이 다시 한 번 성태의 머리로 날아갔다.
"아, 이 개념 상실한 놈. 갖지도 않은 애새끼보고 벌써부터 귀한 자식 운운하기는. 아무튼 임신이나 시켜 버려. 그럼 만사 오케이니까."
간단하게 정의를 내린 성태는 스스로 생각해도 흡족한 듯 얼굴 가득 만족한 웃음을 지어 보였다. 성태의 계획에 솔깃하던 정욱은 이내 고개를 저었다.
"애기 갖자고 하면 유경은 절대 안 가질 거야. 스물여덟에 첫애 낳을 거니까 그때까지 무조건 기다리란다."
정욱이 바람 빠진 풍선처럼 늘어지며 거실 바닥에 드러누웠다. 백날 고민해도 결론은 하나였다. 자신이 취업을 하고 유경을 일 그만두게 하는 게 최선의 방법이었다. 정욱이 깍지 낀 손으로 머리를 받치고 눕자 성태가 발로 툭툭 찼다.
"너 물총에 그거 씌우냐?"
"물총?"
정욱이 거실을 두리번거렸다. 난데없이 무슨 물총타령인지, 하여간 이상한 놈이다.
"아, 이 새끼랑은 토킹 어바웃이 힘들다니까. 여기 말이야, 여기. 네 거시기."

성태가 정욱의 중심부를 가리키며 혀를 찼다. 유행어 정도는 알고 지내야 원만한 대화가 이어지는 법이거늘. 어찌 그런 은어도 모르냐는 타박이었다.

"어디 가서 이상한 말만 배워와서는."

정욱이 혀까지 차며 고개를 절레절레 흔들었다.

"아무튼 너, 네 물총에 그거 덮어쓰지 않지?"

"콘돔 말이냐? 당연히 내가 해. 그런 것까지 어떻게 여자한테 맡기냐?"

정욱의 말에 성태가 손가락으로 딱 소리를 냈다.

"잘됐네. 그럼 오늘부터 당장 실행에 옮겨. 무조건 덮쳐 버려서 임신부터 시키면 만사형통. 가화만사성. 오케이?"

성태가 동그라미를 그려 보이자 정욱이 픽 하고 콧방귀를 끼었다.

"하여간에 단순한 놈."

헛소리를 한없이 주절거리던 성태가 돌아가고 난 다음 정욱은 유경을 마중 나갔다. 정욱은 이 시간이 가장 기다려지면서도 비참했다. 유경을 곧 만날 수 있다는 기쁨도 잠시, 지친 빛이 역력한 모습을 볼 때면 무능력한 남편임을 증명하는 것 같아 괴로웠다.

'도착 이 분 전' 이라는 문자 메시지를 확인한 정욱이 버스 정류장의 난간에서 몸을 뗐다. 유경이 타고 오는 버스의 번호판이 보이자 정욱은 미리부터 하차하는 곳에 대기했다.

"정욱아!"

유경이 활짝 웃으며 서둘러 내렸다.

"다쳐, 조심해."

정욱은 급히 내리는 유경이 넘어질까 봐 몸을 날렸다. 유경은 정욱의 유난스러움에 혀를 내둘렀다.

"나보다 네가 먼저 다치겠다. 왜 그렇게 바짝 서 있어? 위험하잖아."

유경이 걱정스럽게 핀잔을 준 후 정욱의 팔에 팔짱을 꼈다. 유경이 머리를 기대자 정욱이 거만하게 물었다.

"오늘은 내 생각 몇 번 했는지 보고해."

"핏."

"어? 감히 서방님의 명령을 비웃어? 장유경, 너 내가 백수 서방님이라고 무시하는 거냐?"

"어유, 설마요. 백수는 무슨? 곧 복학할 학생인데. 거기다 네가 왜 백수야? 집안일도 도와주는 착한 남편이지."

유경의 말에 정욱은 억지로 웃음을 짓긴 했지만 심각한 고민에 빠져들었다. 이제 겨우 한 달 남짓의 신혼 생활이지만 마음이 조급했다. 아무리 유경이 우긴다 해도 역할을 철저히 구분할 필요가 있었다. 제 입으로 유경의 조건에 동조하겠다고 했지만 어차피 약속이란 깨지라고 있는 법. 정욱이 슬쩍 유경을 떠보았다.

"장유경, 너 진짜 대단하다. 아침 일찍 밥해놓고 출근하랴, 직장 다니랴, 공부하랴, 가끔 나랑 놀아주랴. 내가 마누라 하나는 잘 얻었다니까. 팡팡 노니까 난 아주 살맛나거든. 용돈 좀 더 올려주라. 모처럼 애들 만나서 놀 계획이거든."

"나 악바리 근성 있는 거 몰랐니? 뭐, 그 정도 가지고 감탄을 하고 그래. 어머님이 그러셨잖아, 놀 수 있을 때 놀아야 한다고. 맞는 말씀이시지 뭐. 내 몫까지 놀고 공부도 열심히 해야 착한 우리 정욱이지. 내일 용돈 두둑이 줄게. 대신 아껴 써."

유경이 정욱의 엉덩이를 툭툭 쳐주었다. 정욱의 속마음을 꿰뚫고 있기에 유경은 절대 넘어가지 않았다. 처음 일주일은 자신의 출근을 두고 정욱이 화를 내고, 짜증을 내는 통에 아침마다 마음이 편치 않았다. 정욱의 마음을 알기에 참을 수 있었지만 최근 들어 그런 모습이 보이지 않아 다행이다 싶었는데.

솔직히 정욱의 말처럼 힘들고 피곤했다. 슈퍼우먼이 아닌 다음에야 여러 가지 역할을 한다는 것이 쉽지 않았지만 정욱이 옆에 있어 가능했다. 그동안 정욱이 자신을 위해 그림자 노릇을 했으니 이젠 그녀가 할 차례였다. 정욱에게 마음고생 시키고 받은 것에 비하면 아무것도 아니었다. 유경은 가장 노릇을 하지 못해 미안해하는 정욱의 믿음직한 모습에 피곤함을 잊어버렸다.

임신을 시켜 버리라는 성태에게 말도 안 되는 소리라고 핀잔을 주긴 했지만 생각하면 할수록 틀린 말이 아니었다. 유경이 아이를 포기할 사람도 아니고, 가장 된 도리라고 큰소리치며 직장을 구할 수 있는 방법은 성태의 말처럼 임신밖에 대안이 없는 것 같았다.

책상에 앉아 있던 정욱이 살짝 고개를 돌렸다. 작은 상 위에 참고서를 펼쳐 놓은 유경은 연습장에 무언가 열심히 쓰고 있었다. 정욱은 또다시 고민에 싸였다. 관계시 항상 콘돔을 쓰는데 갑자기 쓰지 않으면 유경이 의심할 것이 분명했다. 의심까지는 아니더라도 이상하게 여길 것이 틀림없었다.

"무조건 덮쳐 버려."

"무조건 덮친다?"
정욱이 턱을 간질이며 저도 모르게 중얼거렸다.
"뭐?"
공부를 하고 있던 유경이 고개를 들었다. 도둑이 제 발 저린다고 정욱은 화들짝 놀라 읽지도 않는 책으로 시선을 옮겼다. 그러나 마치 성태가 주문을 외워놓고 간 것처럼 정욱의 뇌리엔 온통 그 말만이 둥둥 떠다녔다. 가뜩이나 밤늦게 공부하는 유경이 피곤할까 봐 안고 싶어도 꾹꾹 참아왔는데……. 그래, 가정의 평화를 위해서라면…… 더군다나 내일은 유경이 출근을 쉬는 토요일. 거사를 도모하기엔 최적의 조건이었다.
"장유경, 자자."
정욱이 책을 덮고 일어났다.

"먼저 자. 나 이제 삼십 분 공부했단 말이야."

"야! 너 어제도, 그제도 나 혼자 잠든 거 알지? 너 그거 직무유기 내지는 책임회피야."

정욱의 툴툴거림에 유경은 어이없어 웃고 말았다. 마치 큰 죄를 지은 사람처럼 거창한 단어까지 갖다 붙이는 정욱이 황당하기만 했다. 유경은 정욱의 말을 무시하고 다시 풀고 있는 수학 문제에 집중했다. 정욱이 가끔 저렇게 투정 부리는 것을 볼 때면 아이 같아 귀여웠지만 적당한 무시도 필요했다.

"장유경, 셋 셀 동안 그 책 안 덮으면 월요일부터 금고로 또 출근한다."

유경이 연필을 놓고 한숨을 쉬었다. 한 번 심술이 발동하면 제어가 되지 않는 게 정욱의 단점이었다. 유경은 마지못해 참고서를 덮고 자리에서 일어났다.

"그래, 자자. 됐지?"

유경이 정욱을 지나쳐 침대로 올라갔다. 유경이 평소처럼 옆으로 누워 눈을 감자 정욱은 재빨리 불을 끄고는 침대 위로 날았다.

"내가 같이 자자고 했지 너 혼자 자라고 했냐?"

정욱이 퉁명스럽게 내뱉고는 유경이 입고 있는 파자마로 된 잠옷 속으로 손을 집어넣었다. 난데없는 정욱의 덮침에 유경이 살짝 몸을 뺐다.

"왜 이래, 갑자기."

"갑자기는 무슨? 너도 며칠 독수공방 해봐."

정욱이 유경의 가슴을 살짝 움켜쥐고는 입술을 막았다. 앙탈을 부리기 전에 기선 제압을 해둘 필요가 있었다. 정욱의 키스에 유경이 살짝 입술을 벌려주었다. 회심의 미소를 지은 정욱은 촉촉한 유경의 혀를 정성스럽게 애무하며 입고 있는 옷들을 빠르게 제거해 나갔다.

마침내 나신을 드러낸 유경이 추운 듯 살짝 떨자 정욱의 입술이 온기를 불어넣으며 바삐 움직였다. 편안함과 유혹이 동시에 느껴지는 가슴에 얼굴을 묻으며 유경의 향기를 듬뿍 들이마셨다. 코끝을 자극하는 강한 체취에 그의 몸이 빠르게 달아올랐다. 며칠 동안 참았던 욕망은 주체할 수 없을 정도가 되어 닦달했다. 단순한 목표와 상관없는 원초적인 본능이었다.

정욱은 유경의 입술에 키스하며 그녀의 입 안을 차례로 훑었다. 가지런한 치아를 열고 혀를 찾아내 빨아 당기며 유경의 타액까지 모조리 자신의 것으로 만들었다. 유경의 입술만으로 만족할 수 없자 정욱은 그녀의 쇄골에 자신의 흔적을 남기며 영역을 표시하였다. 하얀 살결이 금세 붉게 변하자 남성적인 만족감이 전신에 퍼졌다. 목덜미로 옮겨 혀로 감질맛나게 핥자 유경의 입에서 낮은 신음이 흘러나왔다.

유혹적으로 느껴지는 달콤함에 정욱은 다시 유경의 입술을 집어 삼켜 버렸다. 유경의 입술에 오랫동안 열중해 있던 정욱은 손으로 감싸고 있던 가슴으로 얼굴을 내렸다. 그를 향해 오똑하게 일어선 핑크빛 돌기를 강하게 흡입하자 유경이 몸을 비틀며 정욱의 머리카락을 움켜쥐었다. 조금 더 공을 들이고 싶은 마음은 굴뚝같지만 정욱은 목적 달성을 가장 염두에 두고 있었다. 유경을 임신시켜야 한다는 다급함이 정욱의 자제심을 날려 버렸다. 유경의 가슴과 허리에서 연신 움직이던 손이 유경의 허리를 단단하게 부여잡고 준비를 했다.

유경의 다리를 벌리고 자리를 잡은 정욱은 성난 남성을 밀어 넣으려고 했다. 그러자 유경이 정욱의 팔을 잡아 행동을 제지한 채 머뭇거리며 말했다.

"저기…… 정욱아, 그거."

유경은 정욱이 예방조치를 하지 않았음을 상기시켰다.

"한 번만 봐주라. 대신 안에다 하지 않을게."

정욱은 거짓말을 하고는 그대로 유경의 안으로 돌진해 들어갔다.

"장유경, 너 뭐 하는 거야?"

샤워를 마치고 나오던 정욱이 커피를 따르고 있는 유경을 보곤 혼비백산했다. 향긋한 커피 향에 취해 있던 유경은 다짜고짜 커피 잔을 빼앗아가는 정욱으로 인해 어이가 없었다. 자신의 빈 손을 보자 더욱 황당했다.

"그거 커피야. 이상한 거 아닌데."

"카페인 든 거 앞으론 마시지 마. 넌 무조건 주스만 마셔."

아이처럼 우기기 좋아하는 정욱의 특기가 또다시 발동했다.

유경은 말도 안 되는 정욱의 우김에 즉각 반기를 들었다.
"그런 게 어디 있어? 커피가 어때서."
"내가 주스 마시라면 무조건 마셔. 이건 내가 마실 테니까."
유경의 항의를 무시하며 정욱은 단호하게 인상까지 써 보였다. 유경은 갓 뽑은 커피를 단숨에 마시는 정욱을 보고 있자니 기가 막혔다. 힘을 너무 쏟아 피로해서 저런 건가. 유경은 정욱을 걱정스럽게 응시했다.

유경과 눈이 마주친 정욱이 장난을 도모하는 악동처럼 눈을 빛냈다. 정욱이 슬쩍 유경의 곁으로 가는 척하더니 단단하게 허리에 팔을 둘렀다.

"왜 이래?"
"왜 이러긴, 네가 너무 예뻐서 그러지."

정욱이 유경의 입을 막아버리며 재빨리 불을 껐다. 목표를 세웠으면 최단 기간에 목적을 달성해야 했다. 정확하고 신속하게.

그로부터 한동안 유경은 정욱과 눈이 마주치는 게 두려워 일부러 피하기까지 했다. 늘 정욱의 뜻대로 되었지만.

"야, 장유경. 너 그쪽은 손도 대지 마. 오른쪽에 골라둔 것만 봐."

유경이 모처럼 영화를 감상하기 위해 구비된 DVD를 고르는데 어느새 등 뒤에 정욱이 서 있었다.

"이쪽 거? 이건 순 애들용이잖아."
"애들용은 무슨. 죄다 불후의 명작들만 모아둔 건데."
정욱이 말도 안 되는 억지를 부렸다. 특히 유경의 손에 들린 공포물을 보는 순간 정욱은 기함할 것처럼 요란을 떨었다.
"넌 이런 거 보면 절대 안 돼. 이런 건 폭력적이고 음산해서 사람이 난폭해진단 말이야. 좋은 영화 다 놔두고 왜 하필 이런 걸 봐."
"네 눈엔 내가 애로 보이니? 너나 나나 나이 똑같아. 나 그거 보고 싶어."
유경도 지지 않겠다는 듯 고집을 피웠다.
"어헛! 이런 거 보고 난 뒤 괜히 무섭다고 하지 말고 내가 골라둔 것 중에 하나 선택해."
정욱은 눈썹도 까딱하지 않으며 끝내 자신의 뜻을 관철시켰다.
결국 유경은 커다란 화면을 통해 한 시간 내내 물고기와 펭귄이 나오는 만화만 보아야 했다. 영화를 보며 하품을 하던 유경은 정욱이 인상을 잔뜩 찌푸리며 화면을 노려보고 있자 또다시 고민에 빠졌다.
정욱이 요즘 불만이 많이 쌓인 것 같았다. 전에 없이 사사건건 잔소리를 하며 참견을 했다. 물론 나쁜 의도의 잔소리는 아니지만. 유경은 이해 못할 일이라며 아이스크림을 떠 넣었다.
'아이들은 이런 유치한 걸 좋아한단 말이지?'

정욱은 단순하고 단조로운 화면을 관찰하며 내용을 주지했다.

"일단 잠을 자꾸 자려고 하고 먹을 걸 많이 먹으면 임신 증세라고 봐야지."

성태의 말이 떠오르자 정욱이 슬쩍 유경을 쳐다보았다. 아이스크림을 맛나게 먹으며 영화를 보는 유경이 사랑스러워 눈을 뗄 수가 없었다.
어제도, 오늘도 유경은 내리 늦잠을 잤다. 먹을 것이 당기는지 틈만 나면 냉장고를 확인했다. 아무래도 임신이 틀림없었다. 흡족함이 정욱의 얼굴 전체로 번져 나갔다.
"장유경, 아이스크림만 자꾸 먹으면 배탈나. 과일 먹어. 귤이나 오렌지로만."
유경의 눈이 휘둥그레졌다. 쟤 정말 갈수록 이상하네.
"정욱아, 너 요즘 집에서만 공부하는 거 답답하지? 도서관이라도 다녀."
"아니야. 그냥 집에서 공부하는 게 더 편해."
어차피 얼마 후면 직장을 구해야 할 상황이 벌어질 텐데 도서관이 무슨 소용이냐. 정욱이 히죽 웃었다. 정욱은 자신이 세워둔 계획을 머리 속에 그려 나가자 흐뭇하기 그지없었다. 정욱이 흐흐거리며 웃자 유경은 어깨를 으쓱였다.

'아무튼 애라니까. 이런 유치한 영화가 재미있다고 웃고.'

유경은 잠시의 틈만 나면 어깨를 주물렀다. 몸이 노곤하고 자꾸 하품이 나와 주위 사람들의 눈치를 살펴야 했다. 이 모든 게 정욱의 탓이었다.

요즘 정욱은 전과 달리 밤마다 유경을 귀찮게 했다. 사랑을 나누는 것이 유경도 싫지 않았지만 문득 정욱의 정열이 너무 과하다는 생각이 들었다. 몸보신을 따로 하는 것도 아닌데 정욱은 몇 주째 힘을 과시하고 있었다.

유경은 시도 때도 없이 나오는 하품을 참으며 억지로 점심 시간까지 버텨냈다.

"유경 씨, 결혼하고 나서도 직장 생활 하려니 힘들지?"

점심 식사를 마친 후 오 대리가 자판기 커피를 뽑아 건네주었다. 커피를 받아 드는 유경의 얼굴이 붉게 물들었다. 아무래도 하품하는 것을 본 모양이었다. 하긴 그렇게 시도 때도 없이 하품을 해대니 못 보는 게 이상한 일이었다.

"조금요. 그런데 오 대리님, 왜 저한테 자꾸 유경 씨라고 부르세요? 그냥 유경이라고 부르시지."

"결혼했으니까 이제 어른이잖아. 이젠 존대해 줘야지. 그런데 신혼 생활은 재미있어?"

유경은 망설임없이 고개를 끄덕였다. 선호와 내년 여름쯤 결혼할 예정이라는 오 대리는 최근 들어 더욱 예뻐지고 있었다.

"신혼이 좋기는 한가 보다, 그렇게 금방 대답이 나오게. 구천원 씨가 워낙 유경 씨를 사랑해 주니 행복하겠지. 나 먼저 들어갈게. 천천히 마시고 들어와."

유경은 오랜만에 들어보는 정욱의 별명에 미소를 지었다. 짧은 시간 동안 참 많은 일이 일어난 것 같았다. 정욱을 다시 만나고, 상처 주고, 사랑을 확인하고, 결혼까지. 이 모든 것이 자신에게 일어난 일이라는 것이 가끔은 믿기지 않았다. 가끔 자신을 둘러싼 모든 것이 꿈만 같아 실감이 나지 않을 때도 있었다. 그러다 곁에 있는 정욱을 보며 결코 꿈이 아님을 실감한다.

행복은 행복을 낳는 것 같았다. 유경이 행복한 만큼 파주댁 아주머니에게도 좋은 소식이 있었다. 사고를 치고 소식이 없던 아들이 돌아오자 말없이 맞아주는 파주댁을 보며 유경은 새삼 숙연해짐을 느꼈다. 그것이 부모의 마음이라는 것을 알기에.

흡족한 마음으로 손에 들린 커피를 마시려던 유경이 잠시 망설였다. 정욱은 커피도 마시지 못하게 하고 비타민이 풍부한 과일이라며 강제로 먹게 했다.

'내가 살이 찐 건가?'

혹시 정욱이 자신을 임신한 것으로 착각한 것이 아닐까 싶어 유경은 슬쩍 몸매를 휴게실 거울에 비춰보았다. 작고 아담한 모습은 결혼 전보다 살이 빠졌으면 빠졌지 더 붙지는 않았다. 없는 용돈에 비타민제까지 사다 놓는 정욱의 행동을 정성으로 받아들여야 할지 이상하다고 받아들여야 할지 구분이 가지 않았다. 그러나 확실한 건 그 모든 것이 정욱의 사랑에서 비롯되었다는 것이다. 그걸로 충분했다.

"하아암."

유경의 입에서 또다시 하품이 터졌다. 유경은 심각한 증세에 할 말을 잃어버렸다. 다행인 건 아침부터 생리가 시작되었다는 것이다. 오늘 밤은 그나마 편하게 잘 수 있겠다고 생각하며 유경은 마지막으로 길게 하품을 했다.

"뭐? 성공을 못했다고? 네 물총 어디 구멍난 거 아니냐? 아니, 젊디젊은 놈이 밤마다 거사를 치르는데 임신이 왜 안 되냔 말이야. 그건 필시 너한테 문제가 있는 거다. 암, 그렇고말고."

며칠 전 유경이 생리가 시작되었다며 곁에 오지 못하게 하는 것보다 더 충격적인 성태의 진단이었다. 정욱은 멍하니 생각에 잠겨 있었다. 결코 쉽게 넘어갈 문제가 아니었다. 성태의 말처럼 그렇게 노력을 했다면 임신이 되고도 남았어야 했다. 유경이나 자신이나 나이도 어리고 무엇보다 젊었다.

정욱의 입에서 한숨이 흘러나왔다. 정욱이 언제쯤 자신의 이름이 불릴까 접수 창구를 쳐다보았다. 정욱을 향해 넋을 잃고 있던 간호사가 흠칫거리자 괜히 무안해진 그는 고개를 돌렸다.

비뇨기과의 간호사는 되도록이면 남자들로만 구성되었으면 좋겠는데. 최근 간호학과에 남학생들도 제법 간다고 들었는데 정작 정욱은 실제 남자 간호사를 본 적은 없었다.

인터넷으로 남자 간호사가 있는 비뇨기과를 검색해 보고 올 걸 그랬나? 정욱이 엉뚱한 잡념으로 시간을 보낼 무렵 드디어 이름이 불렸다.

"어디가 불편해서 오신 겁니까?"

뿔테 안경을 낀 남자 의사는 얼굴도 보지 않고 차트를 보고 있었다. 정욱은 뒤에 서 있는 간호사를 의식하며 헛기침을 했다.

"제가 혹시 무정자증이라는 게 아닌가 싶어서 왔습니다."

망설이던 정욱은 과감하게 자신의 소견을 피력했다. 의사가 쓰고 있던 안경을 위로 쓰윽 올리며 정욱을 쳐다보았다. 뒤에 서 있는 간호사의 눈도 정욱을 안타깝게 훑고 있었다. 다부진 체격에 영화배우 같은 외모를 지닌 남자의 입에서 나온 말이 하필이면 무정자증이 아니냐니. 이런 뛰어난 외모를 지닌 사람들의 유전자는 널리널리 퍼져 후세까지 이어져야 하는데 실로 통탄을 금치 못할 일이었다.

"그래요? 일단 정액 검사부터 해봐야겠지만 특별히 그렇게 생각하는 이유라도 있습니까?"

긴장된 정욱과 달리 의사는 가벼운 표정을 짓고 있었다. 혼자서 진단하고 병명까지 내려왔으니 자신은 방관자 노릇을 해도 되겠다는 얼굴로 정욱의 대답을 기다렸다.

잠시 고민하던 정욱이 심각하게 고민을 털어놓았다. 정욱의 고민을 듣고 난 의사는 무뚝뚝하게 고개를 끄덕이고는 간호사에게 눈짓을 했다. 정액 검사를 위해 용기를 받아 들고 채취실로 간 정욱은 결과를 기다릴 때까지 굳은 표정을 풀지 않았다.

"흐음, 그것참."

정욱의 검사 결과를 보며 의사는 연신 고개를 갸웃거렸다. 정욱은 사형선고를 앞둔 것처럼 긴장감을 풀지 못했다.

"우리가 통상적으로 임신 가증한 정자의 수치를 1㎖에 육백만에서 많게는 일억 개로 보는데 이중에서 유효 정자 수가 이십에서 삼십 이상이면 임신이 가능하다고 봅니다. 그런데 최정욱 씨 경우는……."

의사가 말을 흐리며 또다시 고개를 이리저리 기울였다. 결국 답답함을 이기지 못한 정욱이 먼저 물었다.

"제 정자가 정말 모자란 겁니까? 그래서 임신이 안 되는 겁니까?"

"흠, 이렇게 건강한 정자를 지닌 사람이 그 무슨 망발을. 최정욱 씨 정도면 열 명도 문제없으니 그런 걱정은 하지도 마세요. 그래서 말인데…… 혹시 정자 기증할 생각 없어요?"

"네에?"

정욱의 눈이 당장이라도 튀어나올 것처럼 크게 떠졌다.

"불임 부부들의 시술에……."

"의도는 알지만 사양하겠습니다, 선생님. 전 우리 유경이와 저의 아이를 낳고 싶습니다. 대신 다른 걸로 좋은 일 하고 봉사할게요. 저 정말 아무 이상 없는 거 맞죠?"

정욱이 활짝 웃으며 자리를 박차고 일어났다. 조금 전과는 전혀 상반된 모습으로 정욱은 인사를 하고 진료실을 빠져나왔다. 만면에 웃음을 머금은 채 정욱은 기운차게 병원을 나섰다.

"그것참, 뉘 집 유전자인지 성격도 마음에 드네."

좀처럼 미소를 짓지 않던 의사가 웃으며 정욱의 진료 차트를 덮었다.

"노성태, 뭐가 어쩌고 어째? 하여간 그 자식은 어디 가서 이상한 것만 주워듣고서는."

병원을 나선 정욱은 성태에 대한 푸념을 투덜거렸다. 정욱이 의기양양하게 어깨를 펴고는 방금 전 나온 병원을 돌아보았다. 앞으로 두 번 다시 오고 싶지 않은 곳이었다. 특히 정액을 채취할 때의 그 기분이란. 정욱이 절레절레 고개를 저었다. 아무튼 오늘부터 다시 목표 달성을 위해! 정욱이 비장한 각오라도 하는 것처럼 주먹을 불끈 쥐었다.

"뭐?"

막 유경을 침대에 뉘었던 정욱이 벌떡 일어났다. 정욱이 믿기지 않는 얼굴로 유경을 쳐다보았다.

"너 지금 뭐라고 했어?"

되묻는 목소리가 떨렸다.

"성옥이가 그러더라. 남자들은 갑자기 흥분하면 예방조치 하는 거 잊어버린다고. 너 한동안 그랬잖아."

유경이 살짝 얼굴을 붉히며 미소 지었다. 다른 때 같았으면 가슴이 뛰어 주체를 못하겠지만 지금은 예외였다. 정욱이 입술을 세게 깨물었다.

"그래서 피임약을 먹고 있다고?"

"응. 그러니까 너무 부담 갖지 마. 내가 너한테만 책임을 미뤄 둔 것 같아. 이런 건 진작 함께 이야기를 나눴어야 했는데."

정욱은 순간 맥이 풀려 버렸다. 허탈함이 극에 달해 어이없는 웃음으로 변해 버린 듯 웃음만 나왔다. 자조의 쓴웃음이었다.

"네가 직접 피임약을 사러 갔다고?"

"응."

정욱은 아직도 앳된 소녀 같은 유경의 얼굴을 물끄러미 쳐다보곤 한숨을 삼켰다. 유경이 피임약을 구입하러 갈 때의 심정이 어땠을까 궁금해졌다. 그것보다 유경을 혹시 색안경을 끼고 보는 사람들이 없었을까 별의별 생각이 다 들었다.

"자자."

무뚝뚝하게 내뱉은 정욱이 풀썩 침대에 드러누웠다. 방금 전까지 유경의 잠옷을 더듬던 손을 깍지 끼어 머리에 고인 채 정욱이 눈을 감았다.

유경은 그런 정욱을 보며 안절부절못했다. 자신이 무얼 잘못한 것일까. 갑자기 싸늘하게 굳은 시체처럼 구는 정욱이 유경은 낯설기까지 했다. 그렇다고 특별히 이상한 점이 있는 것도 아니었다.

유경은 잠옷을 만지작거리며 정욱의 옆에 누웠다. 평상시라면 팔베개를 해주며 절대 품에서 놔주지 않는 정욱이 미동도 하지 않고 고른 숨소리를 냈다. 유경이 습관처럼 몸을 돌리자 단단한 팔이 유경의 머리 뒤로 들어왔다.

"등 보이고 자는 거 절대 하지 않기로 했잖아."

정욱이 유경을 가슴으로 끌어당기며 나직하게 말했다. 유경의 입에서 안도의 한숨이 나왔다. 그러나 정욱은 따뜻하게 품어주기만 할 뿐, 더 이상의 다른 행동은 하지 않았다. 그런 날이 며칠째 계속 이어졌다.

열여덟

"정말 세상 오래 살고 볼일이네. 네가 정욱이 때문에 고민할 때도 다 있고. 역시 부부가 된다는 건 쉬운 게 아닌가 보다."

유경이 사 온 케이크를 먹으며 성옥이 장난스러운 어투로 말했다. 아까부터 접시만 만지작거릴 뿐 먹음직스러운 케이크는 손도 되지 않은 채 유경은 시무룩했다.

"나한테 무슨 문제가 있는 걸까?"

금방이라도 울 것처럼 유경의 목소리가 떨렸다. 요즘 정욱은 유경을 의도적으로 피하고 있었다. 평상시와 다름없는 모습이지만 여자의 직감이랄까 분명 뭔가 달라졌다는 느낌을 떨칠 수 없었다. 새벽까지 공부하는 유경의 옆에서 책을 보며 함께 잠들지만 옆에 오지 않는다고 툴툴거리지도 않고 안아주지도 않았다.

유경의 입장에선 실로 고민스럽지 않을 수 없었다. 사랑을 받기에만 익숙한 탓인지도 모르지만 정욱이 보여주는 일련의 행동들이 서운하기까지 했다.

"글쎄, 유경이 네가 문제가 있을 게 뭐 있어? 정욱이가 호강에 겨워서 그런 거면 몰라도."

가재는 게 편이라고 성옥은 무조건 유경의 편을 들어주었다.

"성옥아, 내가 의처증 같은 건 아니지? 난 그게 두려워."

"어이구, 대단한 소설가 나오셨다. 네가 진짜 의처증 환자를 못 봐서 그래. 너처럼 하는 게 의처증이면 진짜 환자들은 뭐라고 불러야 하냐? 아무튼 귀여운 우리 장유경, 이러니 최정욱이 예뻐 죽지."

성옥의 말도 지금 유경에겐 위로가 되지 못했다.

"아니야, 정욱이 요즘 나 예뻐하지 않아."

유경이 힘없이 중얼거리자 성옥이 눈살을 찌푸렸다.

"얘가 누구 염장 지를 일 있니? 내 앞에서 애써 안 그런 척해도 돼. 고등학교 때부터 최정욱이 유별나게 장유경 사랑한 거 내가 산 증인이잖아."

성옥이 살짝 눈을 흘기며 유경을 쳐다보았다. 성옥의 말에 유경은 씁쓰레한 미소를 지었다. 정욱이 바로 옆에 있어 가끔 잊어버리기도 하지만 정말 많이 사랑받았구나 하는 기억은 늘 새삼스러웠다. 그렇게 사랑해 주던 정욱인데…….

유경이 갑자기 눈시울을 붉혔다.

"정말이야, 정욱이 요즘 나…… 안지도 않는걸. 내가 싫어졌나 봐."

유경의 큰 눈에서 눈물이 뚝뚝 떨어졌다. 케이크를 입으로 가져가던 성옥이 그대로 동작을 멈추었다. 놀란 성옥이 의자에서 일어나 유경의 곁에 다가앉았다.

"유경이 너 지금 우는 거니?"

"흑."

성옥의 위로가 더욱 서러워 유경은 소리 내어 흐느꼈다. 성옥은 고개를 저으며 유경의 등을 다정하게 토닥여 주었다.

"하여간에 복에 겨운 인간들이 남자라는 족속들이라니깐. 결혼한 지 일 년이 지난 것도 아니고 세 달 만에 애를 울려? 이런 똥물에 튀…… 이런 나쁜 최정욱."

성옥은 목구멍까지 차 오른 욕설을 누르며 흥분하기 시작했다. 유경이 예민하게 반응하는 것은 아닐까 대수롭지 않게 여겼는데 자존심 강한 유경이 눈물을 보이자 슬슬 열이 끓기 시작했다.

"나 막말 좀 할게, 네가 이해해 주라. 저 대신 직장까지 다니면서 사는 애한테 이게 아주 호강에 겨워서 지랄을 떠네. 아니, 걔 도대체 뭐가 불만이래?"

열여덟 415

유경이 눈물을 훔치며 고개를 저었다. 그 이유를 알면 자신이 이렇게 성옥을 찾아와서 하소연할 필요가 없었다.

"속상해하실까 봐 아주머니한테 가지도 못하겠고 너한테 온 거야."

"잘 왔어. 너 오늘 집에 들어가지 말고 나랑 자자. 나 내일 나이트니까 시간 괜찮아."

"그래도 집에는 가야지."

유경이 희미하게 미소를 띠는가 싶더니 다시 시무룩해졌. 성옥이 팔짱을 낀 채 방 안을 왔다 갔다 거리더니 걸음을 멈추었다.

"정욱이가 널 안지 않는다고 했지? 언제부터?"

"자세히는 모르겠어. 한 열흘쯤?"

"열흘? 너희 결혼한 지 얼마나 됐다고? 신혼에 열흘이면 심각한 건데."

성옥이 단박에 결론을 내렸다. 아직 경험은 없지만 일찌감치 로맨스 소설에 심취했던 탓에 나름대로 성 지식이 풍부하다고 자부했다. 서당개 삼 년이면 풍월을 읊는다는데 만물의 영장인 자신은 로맨스 소설 경력 팔 년차였다. 성옥이 헛기침을 하며 다시 유경의 곁에 앉았다.

"유경아, 요즘 남자들은 소극적인 여자 안 좋아해. 모든 면에서 적극적인 여자를 좋아하거든. 우리도 그렇잖냐. 남자가 빼고 그러면 밥맛이고 재수없는 것처럼 남자나 여자나 다 똑같은 거야. 그래서 말인데 너, 정욱이랑 할 때 너무 소극적으로 대처하는 거 아니니?"

"소극적? 어떻게 하는 게 소극적인 건데?"

어느덧 눈물을 멈춘 유경이 진지하게 눈을 빛내며 물었다. 성옥이 잠시 고개를 기울이며 생각에 잠겼다.

"그게…… 그러니까…… 아이, 구체적으로 설명하려니까 좀 그렇다. 그러지 말고 너 오늘 나한테 성교육 좀 확실히 받아라. 우선 이거 읽고 있어."

성옥이 책꽂이에서 두툼한 책 한 권을 꺼내주었다.

"뜨거운 아내? 이게 누구 작품인데?"

"로맨스계의 대모 '레드 그레이엄'이라는 아줌마가 쓴 건데, 내가 자주 보는 부분이 있거든. 책갈피 꽂아뒀으니까 펴봐. 보고 나면 내가 더 강한 걸로 보여줄게."

성옥의 말대로 책갈피가 꽂힌 부분을 펼친 유경은 벌어진 입을 다물지 못하며 얼굴을 있는 대로 붉혔다. 주인공들의 침실 장면이 너무 세세하게 묘사되어 있어 유부녀인 유경도 낯이 뜨거울 지경이었다.

"야, 이미 해본 아줌마가 뭘 얼굴까지 붉히고 그러냐? 봤으면 머리 속에 넣어두고 이리 와봐."

성옥이 컴퓨터를 켜놓고 유경을 앉혔다.

"너 내가 이런 거 본다고 이상하게 생각하지 마. 요즘은 중, 고등학생 때 마스터하는 거니까. 이거 정말 아무한테도 보여주지 않는 건데, 설마 소문나진 않겠지?"

성옥이 과장되게 너스레를 떨었다.

"뭔데 그래?"

"일단 보기나 해."

무심코 모니터를 주시하던 유경이 헉 하며 손으로 얼굴을 가렸다.

"놀고 있다, 너네는 뭐 이렇게 안 하냐? 잘 보란 말이야, 저 여자가 어떻게 하는지."

"그래도 어떻게 이런 걸 봐."

"직접 하는 건 괜찮고? 잘 보고 정욱이한테 해주란 말이야. 나는 장래의 내 남편을 위해 매일 밤마다 이거 보면서 공부해. 뭐든 예습이 필요하잖니."

유경의 손을 떼어내며 성옥이 선생님처럼 훈계를 했다. 유경은 너무나 리얼한 화면이 민망했지만 가슴을 진정시키며 억지로 머리 속에 장면들을 주입시켰다. 난생처음 보는 장면들이 계속 이어지는 동안 유경은 실제 저런 일이 가능한지 고민에 싸였다. 정욱이 원한 게 저런 것일까 생각하자 점점 자신이 없어졌다. 어떻게 저렇게……

그러나 정욱을 위해서라면…… 유경은 한숨을 삼키며 마음을 다잡았다.

크리스마스를 앞둔 주말 탓에 도로가 생각보다 많이 막혔다.

본가에 다녀오는 길인 정욱은 예상보다 늦어진 귀가에 서둘러 주차를 하고 발길을 재촉했다. 집으로 향하는 발걸음이 여느 때보다 무거웠다.

정욱의 머리 속에는 온통 유경의 생각으로 가득 차 있었다. 수능 성적이 예상보다 훨씬 좋게 나온 유경은 상위권 대학을 충분히 가고도 남았지만 끝까지 야간 대학을 가겠다고 고집을 부리는 중이다. 그것도 내년이라는 단서를 붙이며. 복학할 날은 점점 다가오는데 해결된 것은 하나도 없었다.

"할머닌 네 의견도 맞고 유경이의 생각도 옳다고 봐. 두 사람 다 생각이 틀린 게 아니니 할미 입장에서는 조율을 하는 게 좋겠구나 싶은데, 결국 해결은 두 사람의 몫일 테지?"

정욱은 할머니의 조언을 떠올리며 엘리베이터에 올랐다. 결국 두 사람 중 한 사람이 양보를 할 수밖에 없지만 정욱은 절대 뜻을 굽히기 싫었다. 원점이라는 건가? 정욱은 허탈하게 웃었다.

밖에서 보니 집에 불빛이 없었다. 번호를 누르고 현관문을 연 정욱은 차 키를 신발장 위에 던지고 걸치고 있던 재킷을 벗으며 침실로 들어갔다.

"깜짝이야!"

정욱은 침대 위에 앉아 있는 유경의 형체에 깜짝 놀랐다. 정욱이 스위치로 손을 가져가자 유경이 작게 외쳤다.

"불 켜지 마, 정욱아. 잠시만 그냥 이대로 있어."

유경의 목소리가 조금 침울한 것 같았다. 어둠 속이지만 창을 통해 들어오는 불빛에 유경의 모습이 보였다. 신혼여행 이후 한 번도 입은 적 없는 슬립 차림으로 유경이 침대 끝에 멍하니 앉아 있었다.

"추운데 왜 이러고 있어?"

유경의 곁으로 다가간 정욱이 살짝 어깨에 손을 얹다 말고 인상을 찌푸렸다. 정욱은 맨살이 그대로 드러난 유경의 팔을 가볍게 쓸어주고는 벗은 재킷을 걸쳐 주었다.

"정욱아, 난 내가 널 많이 사랑한다고 생각했는데 그게 아니었나 봐."

유경이 정욱의 시선을 외면한 채 고해하듯 속삭였다.

"뭐?"

정욱이 깜짝 놀라며 유경의 앞으로 자리를 옮겼다.

"장유경, 날 봐. 그렇게 고개 돌리지 말고."

유경의 앞에 앉은 정욱이 살짝 팔을 뻗어 유경의 턱을 잡았다. 정욱의 손가락이 유경의 뺨을 부드럽게 쓸었다.

"사랑하지 않고 사모한다는 거지?"

정욱이 분위기를 띄우려 장난스럽게 말했다. 그러나 유경은 여전히 웃지 않았다.

"미안해. 널 위해서라면 뭐든지 다 할 수 있을 것 같았는데 도저히 용기가 나지 않았어."

"뭘? 무슨 용기가 나지 않았다는 거야? 응? 유경아."

정욱도 어느새 진지해지고 있었다. 뜬금없이 사랑은 뭐고 용기는 뭐라는 말인지. 정욱이 다시 한 번 대답을 재촉했다.

"저거…… 널 위해 준비한 건데 도저히 못하겠어."

유경이 어둠 속에서 손을 뻗으며 화장대 위를 가리켰다. 반쯤 몸을 일으킨 정욱은 상자 위에 수북이 담긴 것이 꽃잎임을 희미한 불빛에 의지해 확인했다.

"저걸로 뭘 하려고 했던 건데? 네가 못하면 내가 해줄게."

정욱의 말에 유경이 입술을 바르르 떨더니 고개를 떨구었다. 정욱은 손등으로 떨어지는 유경의 눈물에 당황했다.

"저게 뭐기에 이러는 거야? 응? 유경아."

"넌 날 위해서 무조건 다 하겠다고 하잖아. 난 몇 번이고 생각해도 못하겠는데. 미안해, 정욱아."

"뭔 줄 알아야 사과를 받아도 받지."

자리에서 일어난 정욱이 화장대 위에 있던 꽃잎이 담긴 상자를 들고 왔다.

"말해, 도대체 왜 이러는지."

"침대에…… 깔려고……."

"이걸 침대에 왜 깔아? 이불에 꽃잎 물들면 어쩌……."

갑자기 정욱은 뭔가 생각난 듯 피식하고 웃었다. 한쪽 무릎을 꿇고 유경의 앞에 앉은 정욱이 걸쳐 주었던 재킷을 살짝 걷어냈다. 붉은 꽃잎과 슬립 차림의 유경을 차례로 보던 정욱이 침대 위에 걸터앉았다. 유경을 품에 안은 정욱이 이마에 살짝 입맞춤을 했다.

"일명 최정욱 유혹 작전 이런 건가? 그럼 계획대로 하지 왜 안 했어? 장유경이 유혹하는 모습 한번 보고 싶은데."

잠시 유경의 모습을 상상해 보던 정욱이 가볍게 웃음을 터뜨렸다. 굳이 이런 모습이 아니어도 유경은 언제나 유혹적이었다. 그의 눈에는, 항상.

"그 다음이…… 도저히……."

"그 다음? 그 다음이면, 이거 성옥이가 가르쳐 준 방법이지? 하여튼 누가 성남매 아니랄까 봐. 성옥이가 도대체 뭘 코치한 거야. 말해 봐."

"싫어, 말 못해."

유경은 자신이 보았던 책과 영상을 떠올리자 얼굴이 홍당무처럼 붉어졌다. 유경이 달아오른 뺨을 손으로 살짝 가리자 정욱은 안 봐도 뻔하다는 듯 고개를 끄덕였다.

"훗, 말 안 해도 알겠다. 그런데 장유경, 그런 건 단지 눈요깃감으로 만든 거야. 네가 그렇게까지 안 해도 내가 너 사랑하는데 뭐가 걱정이어서 그래?"

"거짓말."

유경이 저도 모르게 마음속의 말을 내뱉었다.

"뭐?"

정욱은 순간 자신의 귀를 의심했다. 유경의 입에서 나온 거짓말이라는 말에 충격받은 정욱은 황당함을 떨치지 못하고 유경을 채근했다.

"무슨 뜻이야, 그거?"

"너 요즘 변했잖아. 나 사랑해 주지 않는 거 내가 별로……."

"장유경! 어휴, 내가 정말 돌아가시겠네. 이 바보를 어떻게 하면 좋아."

정욱이 자리에서 일어나 이마를 손으로 짚고 왔다 갔다 했다. 어떻게 그런 생각을! 정욱은 너무 어이가 없어 웃음조차 나오지 않았다. 정욱이 화장대에 몸을 기대고 입을 열었다.

"장유경 너, 나 욕심 많은 거 알지? 네 말대로 갖고 싶은 거 가져야 하고, 하고 싶은 거 꼭 해야 되는 사람이 나란 녀석이야. 너만 보면 나 살짝 이성을 잃잖아. 성태가 그러더라. 내가 너 안지 않는 건 나 스스로가 너무 부끄러워서야."

정욱의 말에 유경이 눈을 깜빡거렸다. 부끄럽다니, 뭐가? 정욱이 유경의 곁으로 다가와 앉더니 손을 잡았다. 유경의 궁금증을 읽기라도 한 것 것처럼 작은 손을 만지작거리며 고백했다.

"나 실은 너 임신시키고 싶어서 일부러 예방조치 하지 않았어. 그런데 넌 그것도 모르고 네 나름대로 예방을 했고. 네가 그런 약 먹게 만든 것도 싫었고, 약 사러 가게 만든 것도 싫었어. 널 안으면 내가 꼭 나쁜 마음으로 안는 것 같아서 부끄러웠어. 널 사랑하고 싶은 마음은 굴뚝같은데 정말 사랑한다면 참아야 한다고 생각했거든. 강제로라도 임신시키고 싶은 마음 다 버릴 때까지 참아보자고 혼자 약속했었어."

"왜 그랬어? 우리 아기 나중에 갖기로 했잖아."

유경은 그간의 마음고생이 봄눈 녹듯 사라지는 것을 느끼며 정욱의 대답을 기다렸다. 정욱이 길게 심호흡을 내쉬었다.

"나 남자잖아. 네가 아무리 즐겁게 다니는 직장이라고 해도 나, 너 직장 다니면서 공부에 살림까지 하는 거 보기 힘들어. 넌 누구나 다 하는 거라고 했지만 하지 않아도 될 여건이면 일단 공부면 공부, 한 가지만이라도 마무리해 놓고 다니면 좋잖아."

"정욱아, 그건……."

"알아, 네 마음, 네 뜻. 그렇지만 네가 공부와 살림까지 병행하면서 일해야 하는 거라면 차라리 너 졸업하고 나서 결혼할 걸 그랬어. 나 때문에 삼중고잖아."

"그래서 내가 임신만 하면 다 포기할 줄 알았어?"

정욱에게 다가간 유경은 화장대 위에 있던 빗을 들어 그의 머리를 넘겨주었다.

"그래. 결국 실패로 돌아갔지만."

"그동안 그렇게 얼굴 어두웠던 거 나 때문에 그랬구나. 넌 늘 나 때문에 그렇게 마음고생 하는데 난 그것도 모르고."

유경이 미안함을 담아 정욱의 뺨을 어루만졌다.

사랑은 주는 방법도 여러 가지인만큼 받아들이는 방법도 각양각색인가 보다. 자신의 방법이 옳다고 고집했었고 정욱도 그릴 것이라고 믿었던 것이 어쩌면 혼자만의 독단이었을 수도 있음을 미처 생각하지 못했었다. 정욱이 행복하지 않다면 자신도 행복할 리 없는데. 정욱의 마음을 헤아리지 못하고 자신의 뜻만 관철시켰던 것이 미안하기만 했다.

이렇게 멋지고 잘난 정욱은 자신의 어디가 그렇게 좋아서 넘치도록 사랑을 주는 걸까? 자신도 정욱의 사랑만큼 그를 사랑할 수 있을까? 유경은 스스로에 질문을 던졌다. 대답은…… 그렇다였다.

"장유경, 너 춥지 않냐?"

정욱이 눈썹을 움직이더니 유경을 살짝 침대 위에 눕혔다. 정욱의 목을 안으며 유경이 살며시 속삭였다.

"네가 싫은 건 내가 싫어. 다는 아니더라도 몇 가지는 포기할게."

예상하지 못했던 유경의 양보에 정욱의 눈이 반짝거렸다.

"정말? 정말이다, 장유경. 말 바꾸기 없기다."

"응."

들뜬 정욱의 목소리가 점점 잦아들며 유경의 신음 소리가 흘러나왔다. 은은한 장미 향과 함께 두 사람의 호흡이 짙게 묻어나기 시작했다. 서로의 사랑이 빛을 발하는 그런 밤이었다.

에필로그

봄 축제가 곧 시작될 캠퍼스에는 시원한 바람과 함께 연인들의 사랑도 무르익었다. 곳곳에 보이는 커플들을 보며 정욱이 잔디밭에 책을 던지고는 털썩 주저앉았다.

손목시계를 보며 시간을 확인한 정욱은 책으로 얼굴을 가리고 잔디밭에 편안하게 드러누웠다. 교수의 사정으로 휴강이 생긴 덕에 유경과 함께 집에 가기 위해 기다리고 있었다. 유경에게 문자 메시지를 보내뒀으니 수업을 마치면 그녀는 이곳으로 올 것이다. 그때까지 정욱은 잠을 보충할 생각이었다. 새벽마다 도서관을 다니느라 요즘 잠이 많이 부족했다.

정욱이 막 잠들려 하는데 누군가 조심스럽게 다가오는 소리가 들렸다. 발소리를 죽이고 살금살금 다가오자 정욱의 입매가 살짝 올라갔다.

하나, 둘, 셋!

"유경이냐?"

"깜짝이야! 자고 있었던 거 아니었어?"

정욱이 책을 떼어내며 벌떡 일어나 앉자 유경이 두 눈을 동그랗게 뜨며 가슴을 쓸어 내렸다. 환한 웃음을 짓고 있는 표정과 달리 정욱이 거만하게 몸을 약간 젖혔다.

"난 앞면은 물론이고 측면, 뒷면 모두 눈이 있거든."

"뭐야, 그럼? 난 괴물이랑 사는 거네."

"그렇지. 대단한 괴물."

"어우, 징그러워라. 그런데 왜 여기서 누워 있어?"

"새벽까지 우리 예쁜 마누라한테 봉사하느라 잠이 부족했거든."

정욱의 말에 유경의 얼굴이 봄 햇살을 받은 복사꽃처럼 붉어졌다. 자는 사람을 일부러 깨워서 건드린 게 누군데. 유경이 살며시 노려보자 정욱이 장난스럽게 눈웃음을 치고는 하늘을 올려다봤다.

"이야! 하늘이 언제 저렇게 파래졌냐?"

"그러게. 봄 하늘도 가을 하늘 못지않게 참 파랗고 높아. 그치?"

두 사람이 나란히 앉아 하늘을 보고 있는데 누군가 뒤에서 말

에필로그 427

을 걸었다.

"저, 경제학부 2학년 최정욱 선배시죠?"

낯선 여자의 목소리에 두 사람이 동시에 고개를 돌렸다. 귀엽게 생긴 여학생 둘이 눈을 빛내며 정욱에게로 몰렸다. 유경은 자신을 없는 사람 취급하자 알아서 자리를 옮겨주고는 정욱이 던져 둔 책을 펼쳐서 읽기 시작했다.

"저희는 이번에 새로 만든 동아리 '짱 찾아' 회원들이거든요. 이번에 우리 학교 얼짱 투표에서 선배님이 엄청난 표 차로 1위를 하셨는데 혹시 들으셨어요? 저희가 최정욱 선배님을 직접 모시고 모임을 가졌으면 하는데."

"얼짱? 얼굴이 최고 뭐 그런 뜻인가?"

유경을 의식한 정욱이 일부러 거들먹거리며 되물었다.

"네. 저희가 후보 추천을 받아서 인터넷으로 투표를 했거든요. 선배님께서 압도적인 표 차로 뽑히셨어요."

"이상하네. 얼짱보다도 몸짱으로 뽑히는 게 맞는 거 같은데."

유경이 아무런 내색을 하지 않자 정욱이 능청을 떨었다.

"저희가 준비하는 다음 투표가 몸짱 선발이거든요. 당연히 선배님께서 또 후보에 오르실 거예요."

여학생들의 추켜세움에 정욱은 연신 싱글벙글이었다. 유경이 곱게 눈을 흘겼다. 정욱은 평소와 달리 말도 많고 웃음을 남발하고 있었다.

"몸짱 선발이면 상반신 노출 사진 그런 것도 필요하지 않나?"

"네. 저희도 그것 때문에 지금 고민이거든요. 선배님, 저희 사진 한 장만 주세요. 네?"

"이렇게 귀여운 후배들이 달라면 당연히 줘야지. 어려운 것도 아닌데."

점점!

유경이 입술을 꽉 깨물며 눈을 무섭게 치켜떴다. 그런 유경을 곁눈질하며 정욱이 피식 웃었다.

"그런데 유부남이 얼짱이 되거나 몸짱이 되면 좀 그렇지 않나?"

"네?"

정욱의 말에 여학생들의 눈이 동그래졌다. 얼짱을 뽑는다는 공지에 압도적으로 추천을 받은 사람이 군대까지 다녀온 예비역이라는 말에 모두들 놀랐었다. 거기다 추천인이 보내준 휴대폰 사진은 이미 한번 놀란 사람들을 더 놀라게 했다. 그 완벽한 외모라니. 그런데 이번엔 유부남이라고? 여학생들은 정욱의 말에 눈을 커다랗게 뜨고 어리둥절해했다.

"나도 얼짱, 몸짱 하고 싶은데 우리 마누라님께서 싫어하시는 것 같아. 어이, 부인! 아무래도 이건 내가 포기하는 게 좋겠지?"

유경이 그제야 샐쭉한 표정을 조금 풀었다. 그러나 유경은 짐짓 여유를 부렸다.

"하고 싶으면 해. 안 말려."

"진짜?"

"대신 나도 나가보지 뭐. 여학생 몸짱은 안 뽑아요? 여자 몸짱은 비키니 같은 거 입으면 더 호응이 좋겠죠?"

유경의 말에 정욱이 갑자기 자리에서 벌떡 일어났다.

"빨리 가자! 어머니 생신 선물 고르기로 했잖아. 얼른 가야지."

유경을 강제로 일으켜 세운 정욱이 그녀의 어깨를 단단히 감쌌다.

"아무래도 부부가 그런 곳에 나오면 그렇겠지? 뽑아준 성의는 고마운데 사양할게. 다른 짱들 많이 찾아봐요."

정욱이 싱긋 웃고는 유경을 돌려 세우며 살짝 귓속말을 했다.

"너 이제야 내 기분 알겠냐?"

"또 그 얘기? 이젠 좀 잊을 때도 되지 않았니?"

"또라니? 한 가정이 파탄날 뻔했는데, 절대 못 잊지."

복학생 선배 하나가 신입생 환영회에서 반했다며 유경에게 줄기차게 구애를 했었다. 남편이 있다고 해도 막무가내더니 급기야 집에까지 따라왔다. 복학생은 유경이 유부녀라는 사실을 확인시켜 준 하 여사의 말에야 고개를 숙이고 돌아갔다. 뒤늦게 그 사실을 안 정욱은 학교를 당장 그만두게 해야 한다며 흥분을 감추지 않았다. 정욱의 오버에 할머님과 부모님 모두 경악을 금치 못했다. 그러는 정욱은 날마다 여학생들의 선물과 이메일 공세까지 받느라 정신이 없었고 이래저래 유경의 신경을 긁었다.

"억울하면 쟤들한테 다시 가봐. 안 말려."

쌀쌀맞은 유경의 반응에 정욱이 보드라운 뺨에 입술을 갖다 댔다.

"장유경! 너 자꾸 그러면 나 화낸다. 내 심장은 아직도 너만 보면 주체를 못하는데, 넌 벌써 식은 거야? 네 거 어디 고장난 거 아니야?"

고백 겸 안달하는 정욱의 말에 유경이 몰래 미소를 지었다.

'바보같이. 난 점점 네가 더 좋아져서 아예 녹아버리고 없는 걸.'

뜻 모를 유경의 웃음에 정욱이 더욱 수상한 표정을 지었다.

"대답 안 할 거야?"

"글쎄."

"너 자꾸 이럴래?"

"내가 뭘?"

계속되는 정욱의 채근에도 아랑곳하지 않은 유경이 더욱 새침하게 굴었다.

"장유경, 그러면 나 심장 떼어내고 새 걸로 바꾼다."

"안 믿어."

"안 믿어? 진짜로 그럴 건데?"

"네 심장은 나밖에 사랑할 수가 없게 되어 있는데, 그게 떼어낸다고 바뀌겠니? 절대 못 바꿔."

확신하는 유경의 말에 정욱이 고개를 끄덕였다. 틀린 말이 아니니 반박할 여지가 없었다. 주차장으로 향하는 오르막길에서 갑자기 정욱이 유경을 번쩍 들어 안았다.

"너, 왜 이래? 남들 보면 어쩌려구?"

"내 마누라 내가 안아주겠다는데 누가 뭐래? 불륜도 아닌데. 유경아, 우리 부모님 너 사랑하시는 거 알지?"

정욱이 잔뜩 무게를 잡으며 진지하게 말했다.

"응."

"아침에 어머니께서 넌지시 말씀하시더라."

"무슨 말씀?"

"올해는 어차피 늦었으니까 포기하셨고 내년에는 예쁜 손녀로 생신 선물 달라시던데."

"학교 졸업할 때까진 안 돼. 약속했잖아."

단호한 유경의 말에 정욱이 인상을 썼다.

"법으로 정한 약속도 아닌데 얼마든지 깰 수 있잖아. 거기다 성태 녀석 성옥이랑 곧 날 잡을 텐데 걔들이 먼저 성공하면 어떻게 해?"

"유치하게. 애기 갖는 게 무슨 내기니?"

"그게 아니라, 실은 내가 갖고 싶어서 그래. 너 닮은 딸 하나만 낳아주라. 낳기만 해. 내가 키울게."

"하나도 재미없고, 하나도 안 감동적인 부탁이야, 그거."

"진짜라니까. 나 못 믿겠어?"

걸음을 멈춘 정욱이 심각하게 물었다. 살짝 한숨을 쉰 유경이 시무룩한 표정을 지었다.

"널 믿으니까. 그래서 싫어."

"무슨 그런 대답이 있냐?"

"네가 날 얼마나 사랑하는 줄 아니까. 만약 내가 애기 낳으면 걔 더 사랑하면 어떻게 해? 그렇다고 애기랑 싸울 수도 없잖아."

유경의 고백에 정욱이 호탕하게 웃었다. 실컷 웃고 난 정욱이 유경을 더욱 단단하게 안아주었다.

"염려 붙들어 매라. 너보다 딱 0.1% 부족하게 사랑할 테니까. 아무렴 내가 장유경보다 더 사랑하는 사람이 생기겠냐? 그러니까 안심하고 딸 하나만 낳아주라. 응?"

"싫어."

"장유경!"

"낳아도 아들 낳을래. 딸은 안 낳을 거야."

"넌 우리 집에서 딸을 낳아야 이백 점 며느린 거 모르냐? 우리 어머니나 아버지 손녀타령만 하시잖아. 딸로 낳자."

"아들 낳을 거야."

"딸 낳아야 한다니까."

티격태격하는 두 사람 사이로 하얀 목련꽃이 떨어졌다. 유경은 그 꽃잎만큼이나 하얀 미소를 지었다. 아직은 혼자만이 간직한 비밀을 담고.

유경은 살짝 배 위에 손을 얹었다. 아들일까, 딸일까?

대학가를 지나가고 있었습니다. 젊음의 열정이 넘치는 곳임을 활기참으로 느끼며 막 신호등 앞에 섰을 때였습니다. 한 남학생의 환하게 웃는 얼굴이 눈에 들어왔습니다. 물론 저를 향한 것이 아니라(——;) 제 옆에 서서 함께 신호를 기다리는 여학생을 향한 것이었습니다. 상대방의 미소에 손을 흔들어 보이는 여학생과 바로 반대편에서 크게 답을 하는 남학생. 신호등을 사이에 둔 젊은 연인들의 귀여운 모습에 저절로 웃음이 나왔습니다. 재회의 시작은 거기서 시작되었습니다.

사랑을 하면 빛이 난다는 말을 체험해 본 적은 없지만 사랑에 빠진 연인들을 보면 그 말이 맞는 것 같습니다. 사랑하는 사람들에게서는 그들만의 색채로 빛이 납니다. 감히 표현할 수 없는 빛깔로요.

정욱과 유경에게도 그런 사랑의 빛이 나길 바라며 살짝 못다 한 이야기를 적어봅니다.

소설의 제목을 재회로 정한 것은 두 주인공의 마음이 다시 만난다는 의미에서 정하게 되었습니다. 오로지 한 여자만을 바라보는 순정파 남자와 그 사랑을 받는 여자라는 설정 속에서 정욱과 유경을 그리게 되었습니다. 열정이 넘쳐 상대방을 곤란하게 할 만큼 사랑을 주는 정욱은 제 로망이기도 합니다.

작가후기

완결은 이미 해두고도 게으름을 피우다 이제야 독자님들을 뵙게 되어 쑥스럽네요. 더불어 부모님의 결혼 40주년인 가정의 달에 재회가 나오게 되어 더없이 기쁘고 떨립니다. 사랑으로 키워주신 두 분, 정말 많이많이 사랑합니다. 귀여운 조카들, 형제들도요. ^^

시간이 흐를수록 소중함도 더해가는 가는 것이 우정임을 알려주시고 제 삶의 새로운 지침서가 되어주시는 소중한 분들. 미애님, 영희님, 수정님, 희선님, 문님, 미향님, 영화님, 은영님, 금옥님, 정희님, 주희님, 미옥님, 현정님, 선미님, 은경님, 현지님, 호미님, 정숙님, 선경님, 미선님, 은주님, 미영님, 혜선님, 지선님, 금님님, 선영님, 원주님, 지연님, 승미님, 옥아님, 인자님, 미현님, 진희님, 정금님, 희정님, 우사기짱님, 베베님, 햄토리님, 파수꾼님, 바람마녀님, bamboo님, 쟈넷님, 토토로님, 정윤님, 여우사냥님, 은빛사랑님 이하 연인 가족님들! 세상에 이런 별난 주인장이 있을까 싶을 만큼 지독하게 구는데도 불구하고 늘 웃는 모습으로 찾아주셔서 죄송하고 고마워요. 심술 조금만 부리도록 노력할게요. ^^;

멋지고 고마운 친구 정임이, 화야, 연이, 언젠가 바라시는 소망이 꼭 이루어지실 해련님, 금희님, 수연님, 연우(얼른 나아라), 성옥님, 윤경님, 은님, 노은(순산하길), 지현(꼭 합격해),수다지기 진희님 언제나 행복하세요.

멋진 사인으로 힘을 돋아준 나의 영웅, H! 그대의 모든 것을 사랑하며 닮고 싶습니다. 높게 비상(飛上)하세요. 원고 읽어봐 주고 교정 봐주신 규진님, 종민님 수고 많으셨습니다.

채찍질 열심히 해주시는 독자님들, 때론 아프기도 하지만 그것이 결국 제게는 약이 됨을 깨달아가고 있습니다. 앞으로도 좋은 말씀 많이 부탁드릴게요.

사랑을 시작하기 더없이 좋은 계절, 모두들 예쁜 사랑하세요!

—수수꽃다리 향기에 심취해 있는 지원 드림.

chungeoram romance novel

김랑

농염한 서른네 살
두 아이의 엄마
죽을 때까지 남편에게 섹시한 여자로 남고 싶은
괴상한 아줌마
현재 다음카페 수지똥누나의 발전소에서 연재 중

『이브의 정원』

갖고 싶지만 가질 수 없는…… 내가 당신을 어떻게 견뎌낼까.

선악과를 먹으면 죽는다는 극단적인 경고를 듣고도 설마 한입 맛본다고
정말 그러하랴 싶어 베어 물어버렸다.
환영받지 못할, 싸구려지만 손에 쥐고 놓기 싫은 이 몹쓸 감정은
다잡으려는 이성을 뒤흔드는 향이와 같았다.

● 김랑 지음 값9,000원

도서출판 **청어람** chungeoram@chungeoram.com
☎ 032-656-4452 FAX 032-656-4453

chungeoram romance novel

이영채

몽상가 기질이 다분한 여자
아직은 완결작보다 완결할 작품이 더 많다고 믿는 여자
가슴이 훈훈해지는 글을 쓰고 싶은 여자

완결작 〈우리 이제 연인인가요〉
현재 〈여우별이 뜨다〉 연재 중

유피의 해피걸
http://cafe.e-novelist.com/happygirl

『해피걸』

명랑만화 같은 여자와 순정만화 같은 남자가 만났다.

그 남자? 내 로설에 나오는 남주처럼 생겼어.
처음 봤을 때는 내 책 속에서 주인공이 걸어나오는 줄 알았다니까?
어우, 역시 싸가지도 없더라. 킥킥. 이상형이냐고? Oh, No!
그 여자? 처음 봤을 땐 스토커인 줄 알았지. 로맨스 소설 작가라나?
어리어리하면서도 말은 잘하더군. 이상형이냐고? 절대 아니지!

● 이영채 지음 값9,000원

연두

77년에 물고기처럼 파닥거리며 동면에서 깨어난 뱀

경칩 즈음 세상 밖으로 나오는 바람에

먹을 거 찾아 바빠 돌아다니고

그러면서도 동면에서 덜 깬 탓에 약간 흐리멍덩한 뱀

http://yaundoo.g3.cc

『그의 모든 것, 또는…』

그녀에게 사랑한다며 결혼하자고 한 남자는, 그 사람이 아니다.

"사랑하는 사람이 있었어요. 그 사람에게 그 말을 듣고 싶어했어요.

바보같이…… 난 계속 기다렸어요."

너는 나의 모든 것, 또는 아무것도 아닌 것.

나는 너의 모든 것, 또는 아무것도 아닌 것.

하지만 우리는 사랑이란 걸 했네.

● 연두 지음 값9,000원

도서출판 **청어람** chungeoram@chungeoram.com
☎ 032-656-4452 FAX 032-656-4453

chungeoram romance novel

이승연

1979년 생
2002년부터 로맨스 소설을 쓰기 시작함
역사물 발해 무왕시대를 배경으로 한
〈서언〉과 〈계토레이〉를 쓰고 있는 중
완결작 『내가 그대를』, 『미워도 다시 한 번』,
『그대에게 가기까지』

www.romancetree.com

rina2023@empas.com

『적과의 동침』

주한전자로 인해 아버지 회사 삼진테크가 1차 부도가 났다고 생각한 주영은
주한전자 박현재 사장과 타결을 보기 위해 그를 찾아간다.
하지만 어이없게도 교통사고로 인해 박현재 사장의현 상황은 기억상실증.
그것도 모자라 퇴행성이라는 멋진 수식어까지 붙어 그의 자각 나이 열두 살!!
흥, 그렇다고 천하의 김주영이 물러날쏘냐!!
하지만 박현재 사장의 기억이 돌아오면서 주영은 예기치 못한 상황에 닥치게 되는데…….

● 이승연 지음 값9,000원

도서출판 **청어람** chungeoram@chungeoram.com
☎ 032-656-4452 FAX 032-656-4453